Gerd Fuchs

Schinderhannes

Roman

Hoffmann und Campe

Die Arbeit des Autors an dem vorliegenden Text wurde
durch den Deutschen Literaturfonds e. V. gefördert.

CIP-Kurztitelaufnahme der Deutschen Bibliothek
Fuchs, Gerd:
Schinderhannes: Roman / Gerd Fuchs. – 1. Aufl.
– Hamburg: Hoffmann und Campe, 1986.
ISBN 3-455-02270-7

Schutzumschlaggestaltung: Hannes Jähn
Gesetzt aus der Aldus-Antiqua
Satz: Utesch Satztechnik GmbH, Hamburg
Druck und Bindung: May + Co., Darmstadt
Printed in Germany

Gerd Fuchs · Schinderhannes

Vier Wochen nach Ankunft des neuen Generalkommissars war die Bückler-Bande zerschlagen, saßen ihre wichtigsten Mitglieder hinter Gittern, war – acht Wochen später – auch Bückler gefaßt, genannt der Schinderhannes, und Jeanbon konnte Fouché Vollzug melden. Maria war verschwunden, Ulrike in Frankfurt, und Veit, nachdem er Bückler auf die Guillotine gebracht hatte, hätte Karriere machen können, wäre er aufzufinden gewesen.

Bückler sah Veit den Spitzel auf den ersten Blick an, und wenn er eineinhalb Jahre später in Mainz vor dreißigtausend Menschen die Guillotine besteigt, wird er sich an den Augenblick erinnern, als Joschi Veit in die Küche der Lauschieder Mühle schob. Der Mann war durchnäßt, halb erfroren und vor Erschöpfung nahezu blind. Er hätte ihn hinauswerfen lassen können, und der Mann hätte nicht gewußt, wem er gegenübergestanden hatte. Doch Bückler tat nichts, ließ seine Leute sogar zusammenrücken, damit Veit ihm gegenüber am Tisch Platz fand.

Also die alte Sucht, erkannt zu werden? Die für einen wie ihn lebensgefährliche Eitelkeit, einen Namen zu haben? Als der Mann eintrat, war ihm gewesen, als fasse ihn etwas kalt an die Brust. Ein kurzer, eisiger Luftzug von weither, als hätte sich für einen Augenblick die Tür eines Raumes geöffnet, in dem es sehr kalt war. Natürlich hatte auch er von dem neuen Mann in Mainz gehört, diesem Jeanbon, dem neuen Generalkommissar.

Bückler ließ Veit etwas zu essen bringen. Aus dem Krug mit Glühwein, den sie auf dem Tisch hatten, goß er ihm ein Glas voll und schob es ihm hinüber. Allmählich erholte sich der

Mann, und langsam begann er, seine Umgebung wahrzunehmen. Doch blieb das gewohnte Entsetzen aus, das Bückler anzeigte, daß sein Gegenüber wußte, wen er vor sich hatte. Der Mann erkannte ihn nicht. Er wußte nicht, wem er gegenüber saß.

Als Bückler das begriff, mußte er lachen. Das war, als wäre ein unsichtbarer, nur von seiner Seite aus zu durchschauender Vorhang zwischen ihnen. An ihm wäre es also, den Vorhang wegzureißen oder nicht. Er war plötzlich neugierig auf den Mann. Dies hier war keine der Visagen, die ihn bisher hereinzulegen versucht hatten, und natürlich waren ihm sofort Veits Hände aufgefallen. Aber war der neue Mann in Mainz wirklich so naiv zu glauben, er könnte ihn mit einem Studierten leimen? Er ließ Veit noch einmal auftun. Doch sparte er mit dem Glühwein. Er wollte sich den Mann so lange wie möglich vernehmungsfähig halten.

Vor einer Stunde hatten Leyendecker und Schick Veit ausgeraubt. Als sie seine Börse, eine Landkarte und eine Pistole auf den Tisch legten, den Mann aber nicht beschreiben konnten, dem sie das alles abgenommen hatten, hatte Bückler aufgehorcht. Vor allem die Karte machte ihn mißtrauisch. Der Mann war offenbar auf dem Weg nach Lauschied, genauer zum Lauschieder Wirtshaus, wo sollte er zu dieser Tageszeit auch sonst hin. Bückler hatte Joschi geschickt, nachzusehen.

Wenn es geht, bring ihn her. Den will ich mir einmal selber anschauen.

Der Fremde aß gierig, nur mit dem Fleisch und dem Brot auf seinem Teller beschäftigt, und Bückler wartete, daß er den Teller zurückschieben und endlich aufblicken würde. Als Veit es schließlich mit einem Seufzer tat, zuckte Bückler zurück. Der Mann lächelte. Er lächelte wie ein endlich sattes Kind.

Bückler war verlegen. Er heiße Haid, sagte Bückler. Johannes

Haid. Auch Veit sagte seinen Namen, und Bückler stellte zu seiner Verblüffung fest, daß er dem Mann glaubte.
Leyendecker, Schick, Joschi und Klein hatten zugehört. Sie waren erfahren genug, mitzuspielen, ohne daß er ihnen das sagen mußte, nur die Müllersleute und die Magd würde er instruieren müssen. Er stand auf und drängte sich hinter dem Tisch hervor. Draußen hatte es zu schneien begonnen. Große, nasse Flocken sanken durch den Lichtschein, der durch die Fenster nach draußen fiel. Das war schlecht wegen der Spuren. Wenn es kälter würde und es weiterschneien würde, säßen sie in der Falle. Zusammen mit einem Polizeispitzel.
Als er dem Müller sagte, wer Veit war und welchen Namen er sich selbst zugelegt hatte, war für den Bruchteil einer Sekunde ein verräterisches Leuchten in den Augen des Mannes aufgezuckt. Niemand brauchte ihm zu sagen, was es bedeutete. Die französische Verwaltung begann sich zu konsolidieren, man rechnete mit einer baldigen Annexion des linken Rheinufers durch Frankreich, und die Autorität der Polizei wuchs. Zwar hatte er noch nie so viel Macht und Einfluß besessen, sich noch nie so sicher gefühlt wie jetzt, doch war das Flackern im Blick des Müllers ein Zeichen, und schon war es vorgekommen, daß ein Dorf Gegenwehr geleistet hatte, statt dem Raub – bequemerweise meist an einem Juden – schweigend zuzusehen.
Er ging hinaus. Es war windstill. Der Schneeregen fiel schnell und lautlos. Er ging zu Deckert hinüber, der unter dem vorspringenden Scheunendach saß, die Flinte im Arm. Er meinte, der Anteil von Schnee in dem Regen nehme bereits wieder ab.
Als er die Küche betrat, saß der Müller bei Veit. Er erzählte ihm Schinderhannes-Anekdoten. Den Reichen nehme er, und den Armen gebe er. Er könne fliegen und an zwei Orten gleichzeitig sein. Unverwundbar sei er und der Anwalt der Gerechtigkeit, sagte er mit einem verschlagenen Grinsen zu Bückler

hinüber. Als er Veit von dem Glühwein nachschenken wollte, nahm ihm Bückler den Krug aus der Hand und hieß ihn das Schwein zu schlachten, das letzte, das übriggeblieben war, sie wollten nun doch länger bleiben. Der Mann wurde grau unter seinen Stoppeln. Doch duckte er sich und ging zu seiner Frau hinüber, die am Herd stand.

Bückler hatte inzwischen die Geschichten zu hassen begonnen, die sie über ihn erzählten, diese kindischen Produkte ihrer einfältigen, verschlagenen Phantasie. In einer soll er einer ungetreuen Eierfrau – was immer man sich dabei denken sollte – die Röcke über dem Kopf zusammengebunden und ihren nackten Hintern mit den Eiern, die sie in ihrem Korb hatte, beworfen haben. Doch nicht nur das, es gab offenbar auch Arschlöcher, die so etwas aufschrieben.

Aber war er denn nicht einmal sehr stolz gewesen auf das Bild von ihm, das da allmählich entstand, auf diese Figur, die immer größer und fremder vor ihm aufwuchs?

Er war doch geradezu darauf versessen gewesen, in Gasthöfen abzusteigen und ihnen zuzuhören, wenn es spät zu werden begann, die ersten schon gegangen waren und man zusammenrückte. Als wäre er durch die Scheiben getreten aus der Dunkelheit und dem Wind heraus, und plötzlich war er im Raum. Und immer waren es die zwei, drei Bauern, die nahe der Theke zusammenhockten, die seinen Namen, den Namen, den sie ihm gegeben hatten, zuerst aussprachen. Verhohlen kichernd, fast triumphierend, mit einer Genugtuung, die sie wie ein kleines, schmutziges Geheimnis verbargen. Und immer war es der bessere Herr weiter hinten, der mit der staatsmännischen Uhrkette über dem Bauch, der protestierte, der in diesem sogenannten Schinderhannes nichts weiter als einen gemeinen Verbrecher sehen konnte, immer erregter darauf bestand, je klarer ihm wurde, daß er morgen früh wieder auf die Landstraße hinausmußte.

Doch die Bauern kicherten nur und um so triumphierender, je mehr sich der Herr erregte, und immer hatten sie dann ihn hinzugezogen, der sich bisher herausgehalten hatte. Er hatte dann zweifelnd und abwägend den Kopf hin und her bewegt und selber angefangen, Schinderhannes-Geschichten zu erzählen.

Etwa so: Einmal, als der Schinderhannes mit seinem treuen Julchen auf der Schmidtburg bei Kirn saß, hatte er sich im Kallenfelser Hof ein Atelier einrichten lassen, wo zwei Schneider damit beauftragt waren, ihm eine neue Garderobe zu machen. Sie hatten viel Besuch von Leuten aus der Umgebung, zwischendurch legten sie einen Tanzabend in Griebelschied ein, und wie nun Hartmann, der eine der beiden Schneider, einen Anzug fertig hatte und zur Schmidtburg bringen wollte, begegnete er dem Schinderhannes und seinem Julchen auf halbem Weg. Doch statt auf die Schmidtburg zurück oder zum Kallenfelser Hof zu gehen, zog sich der Schinderhannes auf der Stelle zur Anprobe aus. Auf offener Straße nackt hin und her gehend, schlug er sich auf den Hintern und rief, jetzt, ihr Gendarmen, kommt und holt den Schinderhannes.

Oder die Geschichte, als er eine Gesellschaft reisender Juden ausgeraubt hatte. Zum Schluß hatten sie die Juden die Schuhe ausziehen lassen. Sie hatten sie auf einen Haufen geworfen und dann zugesehen, wie sich die Juden um ihre Schuhe balgten.

Er erzählte nur wahre Geschichten und immer nur lustige oder solche, die die Leute lustig fanden. So kam er in den Ruf, selber ein lustiger Vogel zu sein.

Die Geschichten über ihn wucherten. Er erkannte sich immer weniger darin. Der Schinderhannes, das war ja längst nicht mehr er selbst. Noch nicht einmal seine Bande. Das waren die, die ihm Unterschlupf gewährten, die mit ihm soffen und tanzten, die vor der Polizei schwiegen, die ihn warnten, die ihm steckten, wann aus welchem Gasthof welche Reisenden aufbrachen, die ihm verrieten, bei welchem Juden etwas zu holen war, das waren seine Hehler, das waren seine Informanten bei der Polizei, das waren alle, die er bestach, die nahmen, die die Hand aufhielten. Die Schinderhannes-Geschichten begannen ihm unheimlich zu werden.

Er war neun gewesen, als die Franzosen zum erstenmal kamen. Fast den ganzen Oktober waren die Trecks zum Rhein zu in Richtung Osten nicht abgerissen. Jetzt lag die Chaussee leer. Es war auf einmal still. Die Franzosen konnten nicht mehr weit sein.

Doch dann kamen noch einmal Kutschen. Erst vereinzelt, dann in immer kürzeren Abständen. Sie kamen oben aus dem Wald den Berg herab, verschwanden in der Senke, erschienen abrupt ganz nah am Eingang der Kurve, preschten durch die weite Biegung, die die Chaussee machte, und verschwanden in dem abschüssigen Waldstück. Es waren meist schwere, vierspännige Reisekutschen mit Vorreitern, schwarz, die Wappen verhängt.

Den ersten hatten die Bauern auf den Feldern nur nachgesehen. Dann aber, als dieses rasende Galoppieren in immer kürzeren Abständen kam, hatten sie sich nach und nach aufgerichtet. Langsam versammelten sie sich am Straßenrand. Niemand sprach. Es genügte ihnen, dieses panische Vorbeipreschen zu beobachten. Der Adel floh.

Er hatte mit seinem Vater ebenfalls am Straßenrand gestanden. Natürlich abseits, wie es sich für einen Schinder gehörte. Schließlich, als das kupferne Oktoberlicht über den Chausseebäumen abnahm, hatte sein Vater ihn an die Hand genommen und war mit ihm in das Wirtshaus gegangen, das nicht weit entfernt am Straßenrand lag. In dem niedrigen, dunklen Schankraum saßen vier Bauern um einen Tisch. Sein Vater war wie üblich am Eingang stehengeblieben, dann, als niemand sie

beachtete, hatten sie sich an einen kleinen Tisch neben der Eingangstür gesetzt. Die Bauern hatten ebenfalls am Straßenrand gestanden. Sie starrten schweigend vor sich hin. Es war still im Schankraum. Der Adel floh.
Beinahe gleichzeitig blickten sie auf und sahen zu ihnen herüber. Es war, als überlegten sie. Und dann, langsam, sagte einer zu seinem Vater hinüber: Du mußt nicht glauben, daß jetzt auch einer wie du den Kopf heben dürfte.
Es war still.
Wirtschaft, schrie sein Nebenmann.
Am 21. Oktober 1792 erreichten die französischen Armeen unter Custine Mainz. Die ersten Franzosen, die er sah, waren den Weg herabgekommen, der durch Eichen- und Buchenhekken zum Dorf hinunterführte. Der Weg war beinahe zugewachsen. Sie ritten Schritt. Manchmal knarrte das Sattelzeug, und manchmal schnaubte ein Pferd, wenn es gezügelt wurde. Es waren vier. Sie hielten Lanzen im Anschlag. Sie bückten sich unter den Zweigen hindurch, bereit, beim geringsten verdächtigen Geräusch loszupreschen.
Er drehte sich um und rannte los. Er war barfuß, er machte kein Geräusch. Sie kommen, schrie er, als er zum Dorf hineinlief. Sie sind da.
Wirklich da waren sie aber erst drei Stunden später. Sie kamen das Tal herauf. Reiter, Wagen, Fußvolk. Ein lärmender Haufe. Er lief ihnen entgegen. Einer fing ihn ein und setzte ihn neben sich auf den Kutschbock. Und so fuhr er ins Dorf zurück, auf dem Kutschbock eines französischen Proviantwagens. Er war neun, er war stolz, alle standen vor den Haustüren, der Franzose neben ihm winkte lachend den Leuten zu, und so winkte und lachte auch er. Es war wie ein Fest, ohne daß er doch gewußt hätte, was gefeiert wurde. Und es wurde ein Fest. Es wurde das größte Fest seines Lebens. Die Franzosen brauchten Schweine? Er wußte, wo die fettesten waren. Sie suchten eine Gans? Er

hatte eben noch eine gesehen. Brennholz? Kein Problem. Betten? Federzeug? Wein? Hänschen wußte Rat.
Hänschen war stolz. Er hatte sich einen Sergeanten geangelt. Oder hatte sich der Sergeant das Hänschen geangelt? Der Mann lachte nur in das eifrig zu ihm aufgewendete Kindergesicht, lachte und tätschelte Hänschen den Kopf, worauf Hänschen nur noch eifriger wurde. Ein nie gekanntes, ein ungeheures Gefühl erfüllte ihn: Ein Erwachsener, ein Sergeant tat, was er wollte, folgte ihm, wohin er ging, ja fast der ganze Haufe schwerbewaffneter Männer folgte ihm, zwar mit unverständlichen, aber offenbar anfeuernden und lobenden Rufen.
Es wurde Hänschens glücklichster Tag. Das Dorf lag offen vor ihm. Keine Tür mehr verschlossen, und er, der draußen stehenbleiben mußte, wenn er eine Nachricht von seinem Vater zu überbringen hatte, der mit den Bauernkindern nur heimlich spielen durfte, er kam in Häuser, die er nie zu betreten gewagt hätte. Er sah das Schlafzimmer des Bürgermeisters und die Studierstube des Pfarrers, er kam in Küchen, Räucherkammern, Ställe, Keller, Milchkammern, die für ihn unwiderruflich verschlossen gewesen waren.
Vor seinem ausgestreckten Kinderarm öffneten sich Türen, ein Wink seiner kleinen Hand förderte Schätze zutage, und der Sergeant lachte, tätschelte ihm den Kopf und lobte ihn mit Seitenblicken voller Spott auf die Bauern hin, die mit versteinerten Gesichtern dastanden und sich nicht zu helfen wußten gegen den Knirps, der die Franzosen auf ihre Kosten bewirtete.
Der aber war Hans im Glück und wußte plötzlich die einfachsten Zeichen in diesen Bauerngesichtern nicht mehr zu deuten, begriff nicht, wenn man ihn beiseite ziehen wollte, hörte nicht hin, wenn man mit ihm zu reden versuchte, verstand nicht, wenn man ihm Geld anbot, damit er nach Hause ging, war taub, wenn man ihm sagte, seine Mutter habe nach ihm geru-

fen, ließ sich auch von seinem Vater nicht wegführen, den man geholt hatte, riß sich los, ungeduldig und belästigt. Er mußte sich doch vergewissern, daß die Gäste des Dorfs gut untergebracht waren in den Betten des Bürgermeisters, daß die Feuer auf der Dorfstraße auch richtig brannten, an denen die abgestochenen Schweine brieten, daß auch Wein genug da war und es auch an Stühlen und Bänken nicht fehlte, er würde sonst welche aus den Häusern heraus auf die Straße holen. Natürlich feierte er auch mit. Obwohl, von dem Wein trank er nichts, den ihm die Franzosen lachend anboten, aber von dem Kalbfleisch nahm er, das hatte er noch nie gegessen, und einen Hähnchenschenkel dazu, den konnte er im Laufen essen. Denn an sich selbst durfte er zuallerletzt denken.

Und so merkte er nicht, daß ein Wagen nach dem andern abzog, voll beladen. Daß von den Fußtruppen ein Haufe nach dem andern das Dorf verließ, auf den Bajonetten aufgespießt Hühner, Brotlaibe, Fleischbatzen. Und auch sein Sergeant war plötzlich verschwunden. Ein Feuer nach dem andern fand er verlassen, und plötzlich war er allein, nirgendwo mehr ein Franzose, das Dorf wüst und versaut, und auf einmal stand er vor den Bauernjungen des Dorfs. Sie versperrten ihm schweigend den Weg. Und dann flog der erste Stein.

Es flogen viele Steine in den nächsten Sekunden, aber dieser erste Stein traf ihn am Kopf. Gar nicht einmal, daß er einen besonderen Schmerz empfunden hätte – wie tief die Wunde klaffte, merkte er erst später –, aber einen Augenblick stand er wie erstarrt. Doch dann lief er. Er lief und schrie, stürzte, raffte sich auf und lief, stürzte schreiend in die Arme seiner Mutter.

Sein Vater aber riß ihn von ihr weg. Der verband ihm nicht die Wunde und trocknete auch seine Tränen nicht. Der verprügelte ihn, wie er ihn noch nie verprügelt hatte. Johann Bückler schlug in dieses von Blut und Rotz kaum noch kenntliche

Kindergesicht mit allem, was seine Arme hergaben. Er schrie nicht dabei und brüllte nicht. Er stieß langgezogene, zwischen Wimmern und Heulen schwankende Töne aus, er verfolgte seinen Sohn unter Tisch und Bänke, er prügelte das kreischende Bündel von einer Ecke in die andere.
Denn er war das ärmste Schwein im Dorf. Er war von diesen Bauern abhängig, er durfte den Kopf nicht heben, und was sein Sohn getan hatte, machte die Arbeit und Erniedrigung von Monaten zunichte. Doch da war noch etwas anderes. Als er seinen Sohn auf dem Wagen der Franzosen gesehen hatte, da war er nach Hause gelaufen, als hätte er etwas tief Unzüchtiges, etwas tief Obszönes gesehen, etwas vor dem er sofort die Augen schließen mußte, und er hatte sich geschämt wie nie in seinem Leben. Er hatte sich bis zur Selbstvernichtung geschämt, und es war diese vernichtende Scham, die ihn auf seinen Sohn einschlagen ließ statt auf sich selbst. Bis schließlich seine Frau sich dazwischenwarf und das Kind entkommen konnte.
Sie waren sicher, daß er zum Abendessen wieder erscheinen würde. Als er um zehn immer noch nicht da war, suchten sie ihn, doch vergeblich. Auf den Gedanken, ihn in dem alten Schweinestall hinter dem Haus zu suchen, waren sie nicht gekommen. Sie waren nicht auf den Gedanken gekommen, daß sich dort ein Mensch aufhalten könnte. Johann Bückler bewahrte dort, ehe er sie zum Gerber brachte, die Häute der gefallenen Tiere auf, die er zu beseitigen hatte. Der Schweinestall lag abseits vom Haus, und Johann Bückler hatte die Fenster vermauert, und doch drangen von dort, wenn der Wind von Süden kam, Schwaden herüber, die in den Magen stießen wie eine Faust, die Witterung von etwas völlig Grauenhaftem.
Johann Bücklers Sohn verbrachte die Nacht darin und einen Tag. Hockend in der Finsternis, bedeckt von Fliegen, horchte er

auf das Jagen der Ratten und das stetige knisternde Geräusch, das die sich träge windenden Maden auf den verwesungsblauen Häuten machten. Er hockte in einer Finsternis, die jenseits der Wörter Tag und Nacht war, jenseits von Zeit.
Am Abend des nächsten Tages hörte seine Mutter ein Geräusch in der Futterküche. Als sie nachsah, hockte er nackt unter der Wasserpumpe. Sie brachte ihm saubere Kleider, ein Stück Seife, ein Handtuch und setzte die Grütze aufs Feuer. Ihren Mann schickte sie hinaus. Sie setzte sich an den Tisch und wartete. Als die Tür aufging und er eintrat, wurde ihr Blick starr. Er lächelte.
Sie holte ihren Mann. Sie hatte Angst. Johann Bücklers Sohn aber sah seinem Vater grinsend ins Gesicht. Der schlug verwirrt den Blick nieder. Der da am Tisch saß und löffelte, war das ihr Sohn? War das überhaupt noch ein Kind?
Er wußte, daß er den Kindern des Dorfs nicht entrinnen würde. Seine Eltern konnten ihn nicht schützen, und je länger er sich versteckte, desto größer würde der Haß werden. Mit dem ersten Licht stand er auf. In dem schon blaßblauen Himmel standen wie Funken noch ein paar Sterne. Im Osten begann es hinter den Bergketten weiß zu glühen. Das welke Gras stand starr und bereift. Unter ihm die graugrünen Strohdächer des Dorfs. Als aus dem ersten Schornstein plötzlich Rauch aufzusteigen begann, wurde ihm übel. Er zitterte.
Er dachte nicht an Flucht. Er sah auf das Dorf herab, und er wußte, daß ihm etwas einfallen mußte. Und tatsächlich fiel ihm etwas ein. Er ging ins Dorf hinab und setzte sich auf die Bank neben dem Brunnen auf dem kleinen Kirchenvorplatz.
Aus immer mehr Schornsteinen stieg Rauch, Sonnenlicht traf das Dorf, das Laub der Bäume leuchtete auf, Fensterläden wurden aufgestoßen, Rufe, Kindergreinen, Vieh wurde unruhig, brüllte, und dann wurde die Tür des gegenüberliegenden Hauses aufgerissen und der Sohn des Bürgermeisters trat her-

aus, ein vierschrötiger Vierzehnjähriger. Als er ihn auf der Bank sah, erstarrte er in der Bewegung. Er glotzte, doch dann, als hätte er ein Gespenst gesehen, schlug er die Tür zu. Nach einer Weile öffnete sie sich wieder, doch vorsichtig, und darin erschien die ganze Familie des Bürgermeisters. Sie starrten. Zögernd löste sich der Jüngste und kam auf ihn zu. Er stand unschlüssig vor ihm, doch schließlich wagte er es, ihn anzustoßen. Er war vollkommen widerstandslos. Sein Körper gab mit einer müden Bewegung nach. Der Junge war ratlos. Doch dann hatte er einen Einfall. Er lief zum nächsten Haus, lief von Haus zu Haus, und in kurzer Zeit war die Dorfstraße voller Kinder.

Sie kamen zögernd näher. Sie hatten das Bedürfnis, sehr nah aneinander zu gehen, und so kamen sie in einem dichten Haufen auf ihn zu. Er blickte zu Boden. Er durfte niemanden ansehen. Auch sie standen ratlos vor ihm. In den Türen der Häuser jetzt überall Erwachsene. Die Kinder traten von einem Bein aufs andere. Einer stieß ihn an, und da fielen alle über ihn her. Er machte sich ganz klein, die Arme über den Kopf gekrallt, die Knie unters Kinn gezogen, hart wie eine Kugel.

Sie schlugen auf ihn ein. Sie zerrten an ihm herum. Längst war er zu Boden gefallen, doch brachten sie ihn nicht dazu, sich zu öffnen. Schließlich griffen die Erwachsenen ein und zerrten die Kinder von ihm weg. Aber auch sie waren ratlos. Sie schrien auf ihn ein, sie versuchten, ihn zu ohrfeigen, sie wollten sein Gesicht sehen, doch taten sie sich nur die Hände weh an seinen spitzen Ellenbogen. Sie versuchten, ihm die Arme vom Kopf zu ziehen, aber diese Kinderarme rutschten ihnen durch die Fäuste. Sie hoben ihn auf die Bank, aber er rollte ihnen immer wieder vor die Füße.

Schließlich ließen sie von ihm ab, gingen, fluchend die Kinder vor sich hertreibend, nach Hause zum Frühstück. Er war allein. Er wartete. Er setzte sich auf die Bank, doch den Oberkörper

vornübergebeugt, den Kopf zwischen den Armen vergraben. Langsam begann er, vor und zurück zu schaukeln.
Während sie frühstückten, hatten sie offenbar einen Entschluß gefaßt. Sie taten, als gäbe es ihn nicht. Sie gingen ihrer Arbeit nach, doch der Platz um die Bank blieb ausgespart. Aber das hielten sie auch nicht aus. Sie kamen einzeln. Zuerst der Bürgermeister. Er baute sich vor ihm auf, brüllte, er solle nach Hause gehen. Er duckte sich und krallte die Arme um den Kopf. Dann kam die Lehrersfrau, schließlich der Pfarrer. Er antwortete niemandem, sah keinen an, rührte sich nicht.
Sie beratschlagten. Die Gruppe am Rand des Marktplatzes wurde immer größer, diskutierte immer erregter. Kinder, die sich in seine Nähe wagten, wurden scharf zurückgepfiffen. Schließlich hatten sie einen Entschluß gefaßt. Sie kamen näher. Alle auf einmal.
Sie wollten ihn wegtragen. Sie hatten sich das so gedacht. Sie würden ihn einfach beseitigen. Aber er klammerte sich an die Bank. Hatten sie die eine Hand losgerissen, klammerten sich seine Beine fest. Hatten sie seine Beine gelöst, hatten seine Hände wieder Halt.
Denn er hatte sich sofort zu Boden fallen lassen, als sie kamen. Und so mußten sie zu ihm herunter in den Dreck. Sie waren sich gegenseitig im Weg. Keiner konnte richtig zugreifen. Sie traten sich auf die Füße, sie stolperten übereinander, und allmählich merkten immer mehr, wie grotesk dieses Handgemenge war, fragten aufwachend, was denn da in sie gefahren war, ob sie das denn nötig hätten, das sei ja geradezu kindisch, und fluchend löste sich einer nach dem anderen aus dem Haufen.
Er war auf einmal allein. Er lag vor der Bank. Es läutete Mittag. Der Platz, die Straße war leer. Langsam streckte er sich. Alle Muskeln gaben nach. Schwerfällig stand er auf. Er ging die Dorfstraße entlang. Es geschah nichts. Er ging nach Hause, fiel auf seinen Strohsack und schlief bis zum nächsten Tag.

Am Nachmittag ging er ins Dorf hinab und zielstrebig auf die nächstbeste Gruppe von Kindern zu, die er sah. Er sprach sie an, und sie machten ihm bereitwillig Platz. Sie waren älter als er, aber sie behandelten ihn wie seinesgleichen und als wäre nichts geschehen.

Veit hatte keinerlei kriminalistische Erfahrung. Er war Gerichtspräsident Rebmanns dritter Sekretär, und Rebmann hatte ihn zu der Sitzung mitgenommen, die der neue Generalkommissar gleich am Tag nach seiner Ankunft mit den Spitzen der Justiz- und Verwaltungsbehörden anberaumt hatte. Einziger Tagesordnungspunkt: der Stand der Ermittlungen gegen die Banden im Hunsrück, insbesondere gegen die Schinderhannes-Bande. Doch hatten die beleibten cisrhenanischen Herren und ihre französischen Kollegen, die nicht weniger gut im Futter waren, wenig mehr vorzubringen gewußt, als Klagen über die Verstocktheit des niederen Volkes, das den Verbrecher schützte, statt ihn der Staatsgewalt auszuliefern.

Das Problem ist aber doch nicht, daß das Volk den Bückler fürchtet, hatte Veit gesagt, sondern daß es ihn liebt.

Jeanbon fuhr herum. Sehr gut, sagte er. Trotzdem werden wir den Fall als kriminalistischen behandeln. Das ist die Linie.

Eine halbe Stunde später hatte er sich diesen jungen Mann vorstellen lassen, war Veit persönlicher Referent des mächtigsten Mannes im Rheinland, hatte er auf Jeanbons Frage, ob er sich zutraue, einen Spitzel in die unmittelbare Umgebung Bücklers zu bringen, mit ja geantwortet, saß er in einem der kleinen, an Jeanbons Arbeitsraum angrenzenden Büros an einem leeren Schreibtisch, vor sich nichts als die Bückler-Akte, die Jeanbon aus Paris mitgebracht hatte.

Als ihm auch am dritten Tag nichts eingefallen war, dämmerte ihm, daß er wohl selber in die Wälder hinaufmüsse.

Am ersten Tag gelang es ihm, auf einem leeren Holzfuhrwerk mitgenommen zu werden. Danach mußte er zu Fuß weiter.

Am Abend erschienen die schwarzen Bergrücken des Soonwaldes am Horizont. Die Straße lief jetzt stetig bergan. Die festgefahrene Schneedecke hatte sich in eine glasige, von Schmelzwasser überströmte Eismasse verwandelt. Kalkig leuchteten Schneefelder auf dem Braun der Äcker. Aus dem steingrauen Himmel regnete es.
Sie werden Geld brauchen, hatte Jeanbon gesagt und ihm eine Börse über den Schreibtisch geschoben. Und möglicherweise auch dies noch. Er hatte die Schreibtischschublade geöffnet und eine kurzläufige Pistole neben den Beutel gelegt. Papiere, die Sie ausweisen, kann ich Ihnen nicht geben. Ich werde Ihnen auch nicht helfen können, wenn Sie in etwas hineingeraten. Am besten, Sie lassen sich nicht erwischen. Auf keinen Fall von Beckers Leuten. Von jetzt an bis zur Beendigung der Aktion werde ich Ihren Namen nie gehört haben.
Bückler war inzwischen dazu übergegangen, Sicherheitskarten auszugeben. Wer zahlt, kann sich von ihm beschützt fühlen. Im übrigen schickt er Erpresserbriefe, die er mit Johannes durch den Wald unterzeichnet. Gelegentlich überbringt er sie auch selbst, stellt sich als Schinderhannes vor. Am 23. Januar erscheint ein Bauer aus Lauschied beim Bürgermeister von Raumbach und berichtet, im Wirtshaus tanze die Schinderhannes-Bande. Was heißt, daß sich das Dorf von Bückler bewirten läßt. Der Bürgermeister versucht, den Kommandeur eines französischen Infanteriezuges, der in Raumbach liegt, zum Eingreifen zu bewegen, vergeblich. Erst als am Abend ein zweiter Mann aus Lauschied das gleiche berichtet, setzt der Franzose eine Abteilung in Marsch. Sie kommt um zehn Uhr an, findet aber das Wirtshaus dunkel. Außer den Berichten der beiden Männer können keine weiteren Aussagen gewonnen werden. Das Dorf schweigt. Veit wollte nach Lauschied.
Er trug einen abgewetzten dreieckigen Hut, einen grauen, mehrfach geflickten Umhang, darunter einen grauen Rock, der

an den Seiten aufgeplatzt war, eine speckig glänzende lederne Kniebundhose und graue Strümpfe. Er hatte die Sachen auf dem Markt in Mainz gekauft. Er wollte aussehen, wie er dachte, daß Bückler aussah.
Es gab auf dem Markt reichlich Stände mit gebrauchten Kleidern, doch jedesmal war er zurückgewichen. Der Gestank, der aus den Lumpen aufstieg, war überwältigend. Er war schon fast wieder am anderen Ende des Markts, als er sich überwand und an den Karren eines Kleiderjuden trat. Es würgte ihn. Toten mochte man diese Fetzen abgezogen haben, Sterbenden. Selbst Landstreichern waren sie nicht mehr gut genug gewesen. Sie wimmelten von Ungeziefer. Zu Hause weichte er sie erst einmal in Seifenlauge ein.
Er ging nicht schnell, doch stetig. Auf den Schultern spürte er die durchsickernde Nässe. Es war Nachmittag, es dunkelte, und er wußte, daß seine Kraft nicht mehr lange reichen würde. Als er an einem hohen Buchenwald eine halbverfallene Scheune sah, schlug er sich durch das Gebüsch, das um sie wucherte, kratzte die Strohreste zusammen und legte sich in eine einigermaßen windgeschützte Ecke. Aus seiner Tasche aß er etwas von dem Brot und dem Speck, den er mitgenommen hatte.
Im Nachthimmel brauste der Tauwind und ließ den Wald dröhnen, riesige Luftmassen, die nach Süden gerissen wurden, ein ruheloses Hin und Her von Materie. Er hatte in Tübingen studiert, als am 16. März neunundneunzig der einrückende General Jourdan proklamieren ließ, er werde keinerlei Erhebungen dulden. Sie hatten geglaubt, die Franzosen würden ihnen bei dem Umsturz helfen. Sie hatten geglaubt, sie könnten in Schwaben Revolution machen. In Paris bereitete Bonaparte seine Wiederwahl auf Lebenszeit vor. Die Revolution war beendet. Sie war am Rhein zum Stillstand gekommen.
Gegen Morgen fiel er endlich in Schlaf. Er erwachte spät. Er brach sofort auf. Am frühen Nachmittag war er in einem

Erschöpfungsrausch. Er hätte nicht mehr sagen können, wo er in Mainz wohnte. Er kam nicht mehr auf den Namen der Straße. Vom Holzturm aus ging es einfach nicht mehr weiter. Als wäre die Gasse von dort ab zugemauert. Vor ihm wogte die Hochebene unter einem steinernen Himmel. Der Gedanke umzukehren war nur noch wie ein schwaches, auf und ab tanzendes Fünkchen in seinem Bewußtsein. Es ginge alles wieder von vorne los. Das Spiel mit Rebmann, das Spiel mit Susanne.

Hinter einer Wegbiegung tauchte der Karren des Kleiderjuden auf, bei dem er seine Sachen gekauft hatte. Bereits am Mittag hatte er ihn überholt. Flüchtig fragte er sich, ob es Abkürzungen gebe, geheime, auf Karten nicht eingezeichnete Wege. Doch statt zu fragen, beschleunigte er seinen Schritt, um möglichst schnell an dem alten Mann vorbeizukommen.

Seiner Karte nach hätte er längst in Lauschied sein müssen. Der Weg wurde immer schmaler. Kalter, nässender Nebel hing zwischen dem Gestrüpp. Der Kleiderjude hatte Augen wie Jeanbon, alt und schwarz und schwer. Den Gestank der Lumpen an seinem Leib roch er nur noch schwach. Er erinnerte ihn an den Geruch, der von einer alten Frau ausgegangen war, die er als Kind einmal gesehen hatte. Sie lag auf einem Bett in einer Kammer. Die Fenster waren verhängt gewesen, nur zwei Kerzen hatten zu Häupten dieses gelben Dings gebrannt, das da auf dem Bett lag und unter der Decke nahezu keine Erhöhung mehr verursachte.

Auf den Schultern und den Rücken hinunter war er naß bis auf die Haut. Der Karren des Kleiderjuden kam ihm jetzt von vorn entgegen. Es war ihm klar, daß er das nicht länger hinnehmen konnte, doch war er unfähig, den Mann nach dem Weg zu fragen. Als wüßte der Alte, was er vorhatte, und stumm an ihm vorübergehend, glaubte er gesehen zu haben, daß er in seinen Bart lächelte.

Es schien aber alles entschieden, als zwei Kerle aus dem Gebüsch traten und sich ihm in den Weg stellten. Der eine hatte eine Pistole in der Hand. Es wurde nicht gesprochen, und in weniger als einer Minute war Veit sein Geld los, seine Pistole, seine Karte und seine Uhr. Der Kleinere der beiden steckte seine Pistole ein und wandte sich zum Gehen.
Moment, sagte der andere, Veits Börse in der Hand wiegend. Wieso hat der denn soviel Geld?
Er packte plötzlich Veits rechte Hand und betrachtete sie. Dann nahm er ihm den Hut ab.
Der ist doch nicht echt, sagte er.
Komm schon, sagte der andere.
Er setzte Veit den Hut wieder auf, wollte auch schon gehen, da zeigte er auf Veits Stiefel.
Sieh mal, sagte er.
Veit hatte sich nicht überwinden können, auch sein Schuhwerk seinem Aufzug anzupassen. Er hatte gedacht, seine Stiefel würden nicht auffallen. Er mußte sie ausziehen und gegen die zerrissenen Halbschuhe des Größeren eintauschen. Als Veit, seine neuen Schuhe bindend, aufsah, waren die beiden verschwunden.
Er setzte sich auf einen Baumstumpf. Seine Glieder waren plötzlich wie aus Stein. In Mainz würden sie sich die Bäuche halten vor Lachen, wenn er jetzt umkehrte. Es dämmerte, und er raffte sich auf. Doch wußte er nicht mehr, aus welcher Richtung er gekommen war. Er wandte sich nach rechts. Es würde ihm nichts anderes übrigbleiben, als so lange zu gehen, bis er auf Menschen stieß oder wenigstens auf einen Wegweiser.
Er war keine zehn Minuten gegangen, als er Lauschied vor sich liegen sah. Er hatte keinerlei Anhaltspunkte für die Annahme, daß diese graue, geduckte Ansammlung von Strohdächern Lauschied war. Doch war er ganz sicher. In den Regen begann

sich Schnee zu mischen. Die Dorfstraße lag wie ausgestorben. In dem eiskalten Morast blieb sein linker Schuh stecken. Er band ihn neu. Hinter den Scheiben der niedrigen, engen Fenster ab und zu der trübe Schein einer Kerze.
Als er den Schankraum des Wirtshauses betrat, wurde es still. An einem Tisch bei zwei oder drei Kerzen saßen sechs Männer. Einer stand auf und trat ihm entgegen, offenbar der Wirt.
Ob er ein Glas Wasser bekommen könne und sich aufwärmen dürfe, sagte Veit. Er sei ausgeraubt worden.
Der Wirt trat wortlos hinter den Schanktisch und goß ihm aus einem Krug einen Becher mit Wasser voll. Veit nahm und ging zu einem Tisch. Er wollte im Sitzen trinken.
Trink und verschwinde, sagte der Wirt, noch ehe sich Veit setzen konnte. Er blieb vor Veit stehen und hielt die Hand ausgestreckt, während Veit trank.
Ich muß nach Mainz, sagte Veit den Becher zurückgebend.
Dann gehst du denselben Weg zurück, den du gekommen bist, sagte der Wirt grinsend.
Als Veit aus der Tür trat, sah er im Hof den Karren des Kleiderjuden. Das Maultier war ausgespannt Wahrscheinlich hat der Wirt recht, sagte sich Veit, und so ging er denselben Weg zurück, den er gekommen war. Glaubte er jedenfalls. Doch hundert Meter hinter dem Dorf stand er plötzlich vor einer Weggabelung. Entweder hatte er sie eben übersehen oder er war in die falsche Richtung gegangen. Er setzte sich auf einen Feldstein. Er wußte nicht weiter. Er zog sich den Mantel über den Kopf.
Zehn Minuten später – Veit glaubte, Stunden so gesessen zu haben – tippte ihm jemand auf die Schulter.
Du brauchst wohl ein warmes Plätzchen für die Nacht, sagte Joschi. Er zog Veit hoch. Komm. Ich weiß etwas für uns.
Veit konnte nicht erkennen, wer da sprach. Es war ihm auch gleichgültig. Er stolperte hinter der Gestalt her, die in der

Dunkelheit immer schwerer auszumachen war. Gestrüpp peitschte ihm ins Gesicht, sie rutschten Abhänge hinunter, dann ging es wieder steil bergan, später wieder abwärts, zum Schluß sehr tief. Wasser rauschte. Doch nach Stunden – in Wirklichkeit waren sie nicht länger als eine halbe Stunde lang marschiert – eine Tür und Licht und Stimmen und Wärme.

Maria hatte Veit keine Minute aus den Augen gelassen. Bückler und seine Leute waren nun schon den dritten Tag da. Schweigend schufteten der Müller, seine Frau und sie, um die Bande zu bedienen. Sie hatten kaum geschlafen in den drei Nächten. Was an Vorräten übriggeblieben war, war verbraucht, und eben hatte der Müller das letzte Schwein abgestochen.

Der Fremde war ziemlich schnell betrunken gewesen. Bückler hatte angefangen, mit ihm Unfug zu treiben, und plötzlich hatte er aus den Säcken mit Beutegut, Kleider herausgefischt. Sie begannen, den Fremden umzuziehen. Schließlich stellten sie ihn auf einen Stuhl. Bückler hatte ihn in die Kleider eines Schreibers aus der Stadt gesteckt, und an der nervösen Routine, mit der der Fremde sich die Hemdspitzen aus den Ärmeln zupfte, sah sie, daß das die Kleider waren, die wohl wirklich zu ihm paßten. Der Fremde versuchte, auf seinem Stuhl noch eine Rede zu halten, aber sie hoben ihn johlend herunter und gossen ihm Glühwein ein.

Während sie der Müllerin kochen half, während sie auftrug, abräumte, feuerte, abwusch, neu auftrug, hatte sie diesen Fremden nicht aus den Augen gelassen. Doch war sie vorsichtig. Die ganzen drei Tage hatte sie Bücklers Blick auf sich gespürt. Er galt als schöner Mann, und das wußte er. Sie kannte diesen kalten Blick von Männern, die sich für unwiderstehlich halten. Andererseits hatte er keine Anstalten gemacht, sich ihr zu nähern. Wenn die andern nach ihr grabschten, hatte sie gelacht. Auch wenn sie die Kerle zurückstieß, daß sie ins Torkeln kamen. Doch konnte sie sich das nur erlauben, weil er dazu lachte. Ohne ihn wäre es ihr

schlecht ergangen. Sie spürte, daß er wußte, daß sie das wußte.
Als Bückler die Kleider für Veit gebracht hatte und man sie ihm angezogen hatte, als er auf dem Stuhl stand und sich die Spitzen aus den Ärmeln zupfte, fand sie, daß er sich endlich ähnlich sah. Sie hatte einen Kessel Brühe, in dem sie Wurst gekocht hatten, angehoben, und obwohl der Kessel sehr schwer war und auch sehr heiß, stand sie da mit dem schweren Kessel in den Händen und sah ihn an. Erst als sie Bücklers Blick auf sich spürte, hatte sie sich aufgerichtet und war weitergegangen.
Daß Veit sie nicht wahrgenommen hatte, wunderte sie weder, noch kränkte es sie. Es war ihr angenehm. Sie wollte gar nicht von ihm wahrgenommen werden. Nicht er sollte sie anschauen, sie wollte ihn anschauen. Als sie sah, daß Bückler ihm von dem Glühwein einschenkte, wurde sie unruhig. Das konnte böse ausgehen. Sie wußte nicht, wie der Fremde auf Alkohol reagierte. Dagegen wußte sie, wie Bücklers Leute darauf reagierten, besonders Leyendecker. Mehrmals hatte es Schlägereien gegeben in den drei Tagen. Bückler hatte im Hintergrund gesessen und zugesehen. Erst an einem bestimmten Punkt war er dazwischengegangen. Danach war Ruhe für eine Weile.
Sie war erleichtert, als Bückler für den Fremden etwas zu essen forderte. Bevor die Müllerin es tun konnte, hatte sie einen Teller gefüllt und ihm gebracht. Während sie den Teller vor ihn hinstellte, berührte ihre rechte Brust seine Schulter. Als sie sah, wie er zulangte, wandte sie sich ab, damit Bückler nicht sah, daß sie lächeln mußte.
Es war ihr natürlich klar, daß er betrunken war, als er diese Rede hielt. Und es war nicht schwer, sich auszudenken, wie es enden würde. Unter dem Vorwand, Gläser und Geschirr abräumen zu müssen, drängte sie sich in den Haufen, der ihn umringte, nachdem man ihn vom Stuhl heruntergehoben hatte.

Als die Aufmerksamkeit für ihn nachließ, schob sie ihn seitwärts aus dem Licht, gegen die Schatten hin an der Tür. Dieser Abend war anders als die vorhergehenden. Der Schnaps und der Wein schien nicht mehr zu schmecken, man debattierte über einen anderen Unterschlupf. Und anders als an den vorhergehenden Abenden hatte man den Müllersleuten und ihr erlaubt, schlafen zu gehen.

Der Fremde war inzwischen jenseits der Ansprechbarkeit. Zusammengesunken hockte er auf der Truhe neben der Tür, an der Grenze des Lichtkegels, den die Kerzen auf dem Tisch warfen, um den Bückler und seine Leute saßen. Immer noch war es laut in der Küche, doch jetzt gleichmäßig und konzentriert, und als der Fremde aufzustehen versuchte, packte sie ihn schnell am Arm und führte ihn aus dem Licht. Er strebte schwankend zur Tür. Hätte sie ihn nicht gehalten, er wäre gefallen. Niemand bemerkte, daß sie die Küche verließen.

Im Hausflur begann er, sich an der Hose zu nesteln. Sie führte ihn nach draußen. Er atmete tief ein, als er die kalte, frische Luft spürte, dann nestelte er erneut an seiner Hose, und plötzlich sprühte ein scharfer Strahl vor ihm in den Schnee. Gleichzeitig begann er zu würgen. Sie hielt ihn von hinten fest, während er sich erbrach, und als auch das Letzte heraus war, wischte sie ihm mit dem Schürzenzipfel den Mund ab.

Er wurde immer schwerer in ihren Armen, und als er versuchte, sich neben der Haustür in den Schnee zu legen, hob sie ihn hoch, legte sich seinen Arm um ihren Nacken und schleppte ihn in die Scheune zu der Leiter, die zu ihrer Kammer ging. Sie stellte ihn an die Leiter, legte seine Hände an die Sprossen und drückte ihn hoch. Er schien das Signal verstanden zu haben, seine rechte Hand griff nach der nächsten Sprosse, er hob einen Fuß an, sie stellte ihn auf die Sprosse und so, geschoben, gehoben, gedrückt, begann er zu steigen. Schwankend, lallend stieg er, sie schob nach, mehrmals griff er daneben, sie hielt ihn fest, bis er schließlich über den Rand auf den Scheunenboden kippte. Eilig kletterte sie nach und zog die Leiter ein. Sie waren sicher.

Sie ließ ihn liegen und zündete erst ein Licht in ihrer Kammer an, ein Verschlag aus Brettern auf dem Heuboden neben dem Schornstein. Dann holte sie ihn und schleppte ihn auf ihr Bett, einen Strohsack, über den sie eine Pferdedecke gebreitet hatte und ein Laken. Einen Augenblick horchte sie noch auf das Grölen und das Geschrei aus der Küche, dann schloß sie die Tür.

Jetzt erst spürte sie ihre Müdigkeit. Sie streifte die Holzschuhe ab und bewegte die Zehen. Der Mann lag, wie sie ihn hingelegt hatte: auf dem Rücken, die Arme ausgebreitet, die Beine seitlich auf den Boden hängend. Sie war zufrieden. Er war in Sicherheit. Und endlich konnte sie ihn betrachten.

Sie war neunundzwanzig. Sie war eine große massive Frau, größer als die meisten Männer hier und auch stärker. Seit sie ausgewachsen war, hatte sie immer gute Stellen gehabt und meist auch guten Lohn, denn sie war so viel wert wie ein Knecht, ohne daß man sie doch wie einen Knecht hätte halten müssen. Sie zog ihre Jacke aus, und während sie ihr Oberkleid abstreifte, ging sie zu Veit hinüber und legte seine Beine auf das Bett. Als er im Schlaf seufzte, mußte sie lächeln. Sie hatte ein rundes, volles Gesicht, kleine, verkniffene Augen. Doch das war Vorsicht, eingefleischt seit ihrer Kindheit. Wenn sie etwas interessierte oder wenn sie sich sicher glaubte, konnten sie sehr groß werden. Das hatte Bückler bemerkt, als sie Veit angesehen hatte.

Sie zog ihre Strümpfe aus. Als sie Veits Beine aufs Bett gehoben hatte, hatte sie bemerkt, daß seine Schuhe und Strümpfe naß waren. Sie ging hinüber und zog sie ihm aus. Seine Füße waren feucht und kalt. Doch nicht das war es, was sie plötzlich innehalten ließ: Sie waren schön. Er hatte richtige Kinderfüße,

fand sie. An einem Erwachsenen hatte sie noch nie solche Füße gesehen. Die sie kannte, waren schwielig, krumm und hornig. Diese aber waren zart und schlank. Unschuldig, fand sie, während sie sie in ihren Händen zu wärmen versuchte.
Es war heiß in ihrer Kammer. Die linke Seite bildete der Kamin. Sie hatten in den letzten drei Tagen derart heizen, kochen, sieden und braten müssen, daß der Kamin warm war bis hier oben hinauf. In ihrer Kleiderkiste bewahrte sie eine Flasche Johannisbeerwein und ein Glas auf. Sie fand, daß sie sich jetzt eins gönnen könnte. Sie goß das Glas voll, nippte, und während sie auf ihrer Kiste saß und sich den Zopf aufband und Veit betrachtete, wurde ihr bewußt, daß sie nur noch ihr Hemd anhatte und daß sie unter dem Hemd nackt war. Sie stand auf, um ihr Haar auszukämmen, das ihr braun und voll bis weit über die Schultern fiel, aber auch um ihre Nacktheit unter dem Hemd zu spüren, die warme Luft an ihrer Haut.
Sie war mit zehn zu einem Bauern gegeben worden, und an ihre Eltern und Geschwister hatte sie kaum noch Erinnerungen. Sie hatte es aufgegeben, die Höfe zu zählen, auf denen sie gearbeitet hatte. Sie kannte jetzt schon mehr Menschen, als mancher sein ganzes Leben kennenlernen wird. Sie hatte Kinder zur Welt gebracht und Herden von Kälbern und Schweinen. Sie hatte Kranke gepflegt und Sterbenden die Hand gehalten. Zwei Bauern hatte sie vom Strick geschnitten, und immer wieder machte man ihr Heiratsanträge. Sie hatte nur gelacht. Als Frau eines Bauern hätte sie genausoviel arbeiten und ihn außerdem noch nachts über sich lassen müssen. Und jedes Jahr ein Kind. Sie hörte ja, wie das nachts war in den Betten, und sie hörte es klatschen und das Wimmern der Frauen, wenn die Männer nachts betrunken nach Hause kamen und ihr Elend an ihnen ausließen. Sie sah ihnen in die kleinen verschlagenen Augen, wenn sie ihr Angebote machten, und lachte nur. Dann lieber allein in ihrem Verschlag. So galt sie als stolz, was der

Bäuerin recht war, denn da kam der Bauer nicht auf dumme Gedanken, und als verschroben in der Meinung des Bauern, für den sie zu stark war, als daß er ihr mit Gewalt hätte kommen können. Sie war es zufrieden, solange sie bei Kräften blieb und nicht krank wurde.
Sie setzte sich neben Veit auf das Bett. Auch solche Hände wie die seinen hatte sie noch nicht gesehen, ohne Schwielen, eingerissene und verwachsene Nägel. Doch überraschten sie sie nicht so, wie seine Füße sie überrascht und gerührt hatten. Seine Hände waren breit und kräftig, nicht zart, sondern nur unversehrt.
Sie öffnete ihm die beiden oberen Rockknöpfe. Dabei fiel sein Hemd auseinander und gab seinen Hals und einen Teil seiner Brust frei. Zögernd und ganz vorsichtig berührten ihre Fingerspitzen seine Haut. Eine prickelnde Hitze war auf einmal zwischen ihren Beinen, und plötzlich stand sie auf und zog ihr Hemd aus. Sie war nackt.
Ein überwältigend süßes Gefühl von Gefahr schoß ihr in Bauch und Knie, von Preisgegebenheit und Übermut. Wenn er jetzt die Augen öffnen würde. Waren sie überhaupt geschlossen? Er rührte sich nicht. Ihre Brustspitzen waren hart und groß. Vorsichtig setzte sie sich wieder. Sie legte ihre Hand auf seine Brust. Er atmete tief und gleichmäßig.
Zweimal war sie vergewaltigt worden, als sie von einer Kirmes nach Hause ging. Doch gelang das nur dadurch, daß zwei sie festhielten, damit der dritte sie besteigen konnte. Einmal war sie schwanger geworden. Eine Hebamme hatte ihr das Kind abgetrieben. Sonst hatte sie keine Erfahrung mit Männern. Den meisten war sie zu groß, und mit ihrem verkniffenen Blick wußten sie nichts anzufangen. Versuchte es trotzdem einmal einer mit ihr, wurde sie kreischig und griff ihm an den Arm oder in die Rippen, höhnisch, was er denn schon zu bieten hätte. Jeder verstand das als Abwehrgeste und zog sich zurück.

Es war ihr wohl nicht bewußt, daß das aber auch Versuche waren, einen Mann zu berühren.
Veits Atem hatte sich nicht verändert. Ihre Hand wurde mutiger, schlüpfte in seine Achselhöhle, glitt tiefer und war plötzlich dort, wo es weich und verletzlich war. Doch weiter als bis zum Gürtel kam sie nicht. Sie preßte ihre Schenkel zusammen. Die Hitze war unerträglich, und da öffnete sie seinen Gürtel, griff unter ihn und zog ihm mit zwei schnellen Bewegungen die Hose aus. Sie mußte lächeln. Das war alles? Dieses kleine, seitwärts wie schlafend liegende Ding? Dieses schneckenweiche Stückchen Fleisch? Sie tastete, hob es vorsichtig an, und plötzlich fühlte sie eine pulsierende Bewegung darin. Es vergrößerte sich und richtete sich auf, war plötzlich hart. Die Hitze zwischen ihren Beinen begann in Wellen in ihren Bauch hinaufzusteigen, und da hockte sie sich über ihn. Mit der einen Hand griff sie in ihr Geschlecht, mit der anderen führte sie ihn an ihre Öffnung. Sie ließ sich niedersinken, die eine Hand immer noch an ihrem Geschlecht. Die Wellen schlugen in ihre Brust hinauf bis an ihr rasendes Herz. Sie bekam keine Luft mehr, ihr war, als würde sie eingeschnürt, immer fester, und plötzlich war Schwärze, dunkelrot glühende Schwärze.
Sie hellte sich auf, lichtete sich, sie sah ihn unter sich liegen, und da merkte sie, daß sie ihn nicht mehr spürte. Sie stieg von ihm herab. Sein Geschlecht lag klein und naß auf seinem Schenkel. Sie kniete vor dem Bett und nahm es in die Hand. Ein weißer Tropfen trat aus.

Veit erwachte im Schweinestall. Er lag auf einem Haufen Stroh, unter sich eine Pferdedecke und auch eine über sich. Es war ihm warm, er fühlte sich ausgeruht, aber er wußte nicht, wo er war. Er horchte ins Haus. Es war totenstill.

Er schlug die Decke zurück. Verblüfft sah er an sich herab. Wie kamen diese Kleider an seinen Leib? Wie kam er in diesen Stall? Er sprang auf. Er öffnete die Stalltür. In dieser Tenne war er nie gewesen. Er zwängte sich durch den Wirrwarr von Karren, Pflügen, Eggen zu der Tür an der anderen Seite. Eine Futterküche, eng, dumpf. Sie führte in eine Küche. Sie war sehr groß, doch alles tot und kalt und wie seit langem verlassen. An den beiden niedrigen Fenstern eine Bank und davor ein langer Tisch. Und plötzlich kamen ihm diese Fenster, diese Bank, dieser Tisch bekannt vor. Das alles hatte er schon einmal gesehen, doch anders, wie von oben. Um den Tisch hatten Männer gesessen, grölend, zerlumpt, mit aufwärts gewandten Gesichtern.

Konnte die Wirklichkeit Träumen so genau entsprechen? Die Schränke waren leer, ohne Geschirr und ohne Vorräte. Hinter den Fenstern stand Nebel. An dem Tisch hatte ein Mann gesessen, Haid hatte er geheißen, sein Gesicht konnte er plötzlich genau erinnern, und jetzt war er auch sicher, in dieser Küche gewesen zu sein. Doch wie war er hierhergekommen, was war hier geschehen, wie kam er in den Schweinestall? Aber wann wollte er in dieser Küche gewesen sein? Offenbar war sie seit Wochen verlassen. Er war in Panik. Er wollte hinaus, doch die Tür war verschlossen.

Er probierte eine andere und stand in einer Schlafkammer. Die

Bettstatt war ausgeräumt, der Kleiderschrank stand offen. Er hatte das Gefühl, als beobachtete ihn jemand. Doch wagte er es nicht, sich nach den beiden bleigrauen Augen umzudrehen, die in dem Türspalt auf ihn gerichtet waren. In seinem Nacken bildete sich eine eiskalte Stelle, die sich schnell vergrößerte. Er stürzte zu der zweiten Tür. Er stand in völliger Finsternis. Hinter ihm fiel die Tür ins Schloß. Er schrie, rannte, Wände stießen ihn hin und her, er prallte gegen Holz, fühlte eine Klinke in seiner Hand und fiel eine Treppe hinunter.

In dem Halbdunkel konnte er Räder erkennen, Gestänge, ein Wirrwarr, doch planvoll, ohne daß er begriff. Er wußte nicht mehr, wie er hieß. Er wußte nicht mehr, wer er war. Er war lebendig begraben. Er hatte nur noch ein paar Atemzüge.

Er tastete um sich, eine Stange gab nach, Räder begannen sich in Bewegung zu setzen, Gestänge fing an, quietschend auf und nieder zu stoßen, Wasser rauschte, Getöse füllte den Raum, ein Stampfen begann, ein immer schnellerer Rhythmus bildete sich heraus, unendliche Wassermassen stürzten herab, wälzten sich über Abgründe.

Er bekam eine Leiter zu fassen. Insektenhaft spulte er an ihr empor, bekam Boden unter die Füße, watete durch Heu, stand vor einer offenen Tür, eine Kammer, ein schmaler Verschlag mit einem Bett. Hinter ihm war es wieder still. Unter ihm lag die Tenne. Die kannte er. Er stieg eine Leiter herab und gelangte durch die Futterküche in die Küche. Jetzt war die Tür nach draußen unverschlossen.

Er stand im Freien. Eine niedrige, langgezogene strohgedeckte Kate. Er ging um die Ecke. Ein Mühlrad, das aber stand. Er folgte dem Pfad um das Haus herum. In dem Nebel konnte er nicht weiter als zwanzig Meter sehen. Glatt und flach und tückisch schoß der Mühlbach dahin. Als er um die hintere Hausecke bog, stand er vor dem Müller. Ein hagerer Mann undefinierbaren Alters. Er war dabei, einen Sack mit Getreide

auf einen Wagen zu heben. An der Deichsel ein räudiges, mageres Pferd.
Veit grüßte, der Mann antwortete nicht.
Sind Sie der Müller? sagte Veit. Der Mann nickte.
Danke für das Nachtlager, sagte Veit. Und wer waren die Leute gestern abend in der Küche?
Welche Leute, sagte der Mann. Ihr habt spätabends angeklopft, Herr, und wir haben Euch im Stall schlafen lassen. Da waren keine Leute.
Und ich trug auch diese Kleider, als ich anklopfte, sagte Veit belustigt.
Gewiß, Herr, sagte der Mann. Er ging zur Haustür, schloß ab und legte den Schlüssel unter die Türschwelle.
Ihr seid ausgezogen, scheint mir, sagte Veit.
Die Mühle lohnt nicht mehr, sagte der Mann. Er setzte sich auf den Wagen und berührte mit der Peitsche das Pferd. Der Klepper zog an und bog auf den Weg. Der Mann sah sich nicht um, als er um den Haselbusch bog.
Es war heiß gewesen in dieser Küche und laut, und er hatte etwas getrunken, das wie ein Strahl Hitze in ihn eingedrungen war. Und plötzlich sah er die Beine eines Mannes unter dem Tisch, und an den Füßen dieses Mannes steckten seine Stiefel. Die Stiefel, die ihm die beiden Strauchdiebe am Nachmittag abgenommen hatten. Das Bild war so deutlich, daß er es unmöglich geträumt oder nachträglich fabriziert haben konnte. Es fiel ihm jetzt alles wieder ein, doch nur bis zu dem Punkt, wo er sich an der Weggabelung hinter dem Dorf auf einen Feldstein gesetzt hatte.
Es war warm. In dem Nebel konnte er gerade bis zu dem Haselstrauch am Weg sehen. Er mußte nur dem Müller folgen, um zu einem Dorf und unter Menschen zu gelangen. Er beeilte sich. Der Müller konnte ihm nicht mehr als dreihundert Meter voraus haben. Nach fünf Minuten blieb er stehen. Es war still.

Vielleicht hatte er eine Abzweigung übersehen, die der Müller genommen hatte.
Der Weg führte über einen morschen Steg über den Bach, der das Tal herunterkam. Dann war er zu Ende. Auf der anderen Talseite ein mit hohen, lichten Buchen bestandener Hang. Er mußte aus dem Tal heraus. Oben würde er irgendwann auf Felder stoßen und auf Menschen. Zwischen den silbergrauen Stämmen lichtete sich der Nebel. Oben stand er plötzlich vor einem Pfad. Vor ihm ging eine Frau.
Maria hatte ihn beobachtet, wie er den Hang heraufkam. Als sie ihn unten zwischen den Buchen erkannt hatte, hatte ihr Herz einen Schlag getan. Doch sie wußte, daß es ganz falsch war stehenzubleiben. Da kam Unheil auf sie zu. Doch wenigstens wollte sie ihm noch aus dem Wald heraushelfen, sagte sie sich. Aber sie wußte, daß das ein Vorwand war. Er sah nicht auf beim Steigen, und erst als er schon nahe heran war, drehte sie sich um und ging weiter. Zweimal ließ sie ihn rufen, erst dann drehte sie sich um. Er lief auf sie zu, das Gesicht hell vor Freude. Am liebsten hätte sie die Arme geöffnet und ihn aufgefangen. Aber in seinem Gesicht sah sie auch, daß er sie nicht erkannte. Sie hörte nicht, was er sagte. Sie wußte ja, was er fragen wollte. Sie sah nur seine Augen und wußte, daß sie schwanger war.
Dorthin, sagte sie, den Pfad entlang weisend. Ihre Stimme versagte, und sie mußte sich räuspern. Sie drehte sich um und ging weiter.
Es war vorbei, und tatsächlich stand Veit nach zwei Minuten an der Landstraße, kam auch schon eine Kutsche, hielt, und aus dem Fenster beugte sich Becker.
Da sind Sie ja, rief Becker, herein mit Ihnen.
Und Veit sank in einen Sitz, und fort ging es unter dem Gelächter Beckers, der nicht wissen wollte, wie er denn an diese Landstraße und in diesen Wald gekommen war, sondern nur

lachte, noch in Veits Träumen lachte. Denn sobald er in den weichen Ledersitz gefallen war, wurden ihm die Augen schwer. Die Räder rasselten, die Pferde schnaubten, Bäume, Häuser, Felder flogen an den Fenstern vorbei, und schon bogen sie in den Erthaler Hof ein.

Erst zwei Tage nach dem Abend in der Lauschieder Mühle kam Bückler der Gedanke, daß Veit nur so getan haben könnte, als erkenne er ihn nicht, in Wahrheit aber sehr wohl wußte, wen er vor sich hatte. So daß er, Bückler, es war, der vor der undurchsichtigen Seite des Vorhangs gesessen hatte und nicht Veit, er also der Düpierte war.

Er war verblüfft, dann wurde er nachdenklich, schließlich mußte er grinsen. Nicht schlecht. Und die einzige Möglichkeit, den Kopf aus der Schlinge zu ziehen. Denn was wäre ihnen denn übriggeblieben, wenn er zu erkennen gegeben hätte, daß er wußte, wen er vor sich hatte. So aber hatten sie ihn für einen Trottel halten und laufen lassen können. Dieser Studierte hatte sie alle an der Nase herumgeführt.

Bückler gefiel das, auch wenn er selbst das Opfer war. Es war kaltblütig, es war frech, das liebte er. Nur, daß es ein Studierter war, der ihn hereingelegt hatte, störte ihn, gab ihm einen Stich, schmeckte wie Galle. Daß Veit ihn auf die Guillotine bringen wollte, störte ihn dagegen überhaupt nicht.

Er hatte nicht verhindern können, daß Veit sich betrank. Auch das war, wie er jetzt merkte, wohl eine List gewesen. Doch auch damals hatte er das schon wie ein Sichentziehen empfunden, und als er plötzlich aufsprang und ihm trockene Kleider holte, war das wie ein Versuch gewesen, ihn zurückzuholen. Seine Leute johlten, als er mit den Kleidern kam. Fäuste packten Veit, rissen ihn hoch, wirbelten ihn herum, und beinahe wie von selbst trennten sich seine Schuhe, seine Strümpfe, sein Rock, seine Hosen, sein Hemd von ihm, zogen sich andere Strümpfe, Hosen, Schuhe über seine Glieder, hatte er plötzlich ein Hemd an und auch einen Rock. Bückler hatte ihm eigentlich nur trockene Sachen holen wollen, doch mit traumhafter Sicherheit hatte er aus den Säcken mit Beutegut Sachen herausgefischt, die Veit nicht nur paßten, sondern ihm standen, als hätten sie ihn nie in anderen Kleidern gesehen. Und er merkte, daß Veit jetzt aussah wie jener Junge, den er vor mehr als zehn Jahren einmal so schrecklich verprügelt hatte, wie jener Sohn eines durchreisenden Mainzer Hofrats, als er sich aus dem Dorfgasthof auf die Straße gewagt hatte.

Sie hatten Veit schließlich auf einen Stuhl gestellt wie ein Ausstellungsstück, und da offenbar kaum jemand einer solchen Versuchung widerstehen kann, hatte auch Veit getan, was die meisten in einer solchen Position tun, er hatte eine Rede gehalten. Mit einer fahrigen, viel zu großen, betrunkenen Geste hatte er sich Ruhe verschafft, und vor Verblüffung waren sie tatsächlich still gewesen.

Bückler verstand nichts. Da war eine Landschaft gewesen, in einem fahlen Licht erstarrt und absterbend liegend, die sich aber jetzt wie im Traum und noch unbewußt belebte. Laub rauschte plötzlich auf, Wipfel erschauerten und begannen, sich in den Wind zu neigen, Wasser strömte abrupt weiter, ein Wanderfalke schoß über den Waldrand hinaus und lag starr und schnell kleiner werdend im Wind, der ihn in den Himmel hinaustrug. Die Dunkelheit über dem Land floß zurück, und das Licht nahm zu, bis das Grün wieder grün, die Borke an der Windseite der Eichen wieder wie krustiges Silber war und Türme winziger Mücken über den braunen Pfützen des Waldwegs standen.

Bückler verstand nichts, und während ihm das klarwurde, merkte er, daß ihn eine große Trauer erfüllte und daß es dieselbe war, die er gespürt hatte, als er diesem Jungen vor dem Gasthof zuhörte, der so schön war, daß er es nicht glauben wollte. Er hatte nicht verstanden, was der Junge sagte. Er hatte nur gespürt, daß es ihn traurig machte, ihm zuzuhören.

Es war den andern Jungen genauso gegangen, nur daß er es war, der zuschlug, als erster zuschlug, wieder einmal der war, der als erster zuschlug.
Der Junge war übel zugerichtet gewesen, und als sein Vater von dem Bitt- und Entschuldigungsgang bei dem Herrn Hofrat zurückkam, genügte ihm ein Blick in die höhnischen Augen seines Ältesten, um ihn wortlos den Leibriemen lösen zu lassen.
Die Prozedur verlief schweigend. Der Riemen klatschte, und Johann Bückler keuchte immer schwerer. Sein Ältester gab keinen Laut von sich, versuchte auch nicht zu fliehen oder auszuweichen. Johann Bückler ließ erst von ihm ab, als er nicht mehr konnte. Seine Frau hatte danebengestanden und zugesehen. Sie hatte nicht einzugreifen versucht.
Johann Bückler haßte sein Leben. Wo er auftauchte, da stand die Kuh mit hängendem Kopf, und Schleim troff ihr aus dem Maul. Da lagen die Schweine auf dem Rücken, mit zuckenden Läufen, da stand das Rind, aufgetrieben wie ein Ballon, lag die Kuh brüllend auf der Seite mit aufgerissenem Leib, ohne daß sie doch das Kalb aus sich herausgebracht hätte. Wo er erschien, da war Unheil und Angst, war der immer gleiche verzweifelte Aufschrei, wenn er nach einem kurzen Blick zu dem Messer an seiner Seite griff und die Kuh abstach, das bitterliche Schluchzen, wenn sein Klepper den verrenkten, schlaffen, eine Spur aus Schleim und Blut und Kot hinterlassenden Kadaver auf seinen Karren zog, Reichtum einst, jetzt wertloses, stinkendes Fleisch, das schnellstens verscharrt werden mußte.
Man ekelte sich vor ihm, der sich selbst vor Krankheit, Eiter, Ausfluß und krankem Blut nicht ekeln durfte. Der in den Schleim griff und in das faule Fleisch, der aus dem aufgetriebenen Kadaver das Ungeborene herausschnitt, der das stinkende Fleisch häutete, bevor er es verscharrte. Doch brachte er nicht selten die Kuh, die nicht mehr aufstehen wollte, auch wieder

auf die Beine. Er griff nicht immer zum Messer, und manchmal – dann ging ein Aufatmen durch den Stall – ging er auch zu seinem Karren und kam mit dem Ledersack zurück, aus dem er der Kuh einen Trank mischte oder für das Schwein eine Pille nahm. Er sammelte wie sein Vater schon Kräuter, Heilerde, seltene Früchte und Salze. Doch was in Johann Bücklers Sack war, das war nicht nur für das Vieh, das war manchmal auch für Menschen gut. Und manch einer zog ihn nach getaner Arbeit beiseite und wollte wissen, ob in seinem Sack nicht auch etwas für ihn sei.

Johann Bückler war ein stiller Mann, doch eines Abends im Frühjahr achtundachtzig, sein Ältester war vier, stieß er seinen Teller zurück und ging hinaus, ohne gegessen zu haben. Seine Frau fand ihn auf dem Holzplatz. Als sie sich ihm nähern wollte, ging er weg. Sie brachte die beiden Jungen zu Bett und wartete. Als es dunkel war, kam er zurück und setzte sich an den Tisch.

Er wollte weg. Er wollte Land. Er wollte nach Russisch-Polen.

Und so verkaufte Johann Bückler das Haus, kaufte ein Pferd und einen Planwagen und verließ an einem Frühsommermorgen mit Frau und Kindern das Dorf Mielen im Taunus für immer. Sie bettelten, arbeiteten, hungerten. Sie kamen weiter, aber immer langsamer. Als sie den Winter hinter sich hatten und Nordböhmen erreichten, war Johann Bückler zu schwach, um sich noch zu wehren, als seine Frau sagte, jetzt läßt du dich anwerben von den Österreichern. In Olmütz liegt ein Regiment.

Als er sich seiner Frau zum erstenmal in Montur zeigte, schämte er sich. Da hätte ich auch zu Hause bleiben können, dachte er.

Vom Westen her kamen Gerüchte. In Paris sei das Schloß des Königs gestürmt worden. Im Elsaß, im Badischen und östlich des Oberrheins verweigerten die Bauern Abgaben und Frondienste. Unruhen in Köln, Bauernaufstand in Kursachsen. In den Städten Sachsens forderte man die Heranziehung des Adels zu Steuerleistungen. Die Breslauer Bürger verlangten Zugang zur Stadtverwaltung. Kundgebungen von Handwerkern und Gesellen in Hamburg, Bremen und Mainz. Bei ihrem Hauptmann kam ein neues Schimpfwort auf: Demokrat. Beim Bajonettfechten ließ er den Stoffpuppen blau-weiß-rote Kokarden anheften.

Preußen und Österreich taten sich gegen Frankreich zusammen. Im Juni die Nachricht, der französische König habe sich zu den österreichischen Truppen, die die Unruhen im Norden niedergeschlagen hatten, begeben und marschiere mit ihnen auf Paris. Der Hauptmann feierte das Ereignis die ganze Nacht. Als er am nächsten Morgen wieder aufnahmefähig war, wurde er belehrt, daß es sich ein wenig anders verhalten hatte. Ludwig XVI. habe, verkleidet als Kammerdiener, zu fliehen versucht, sei aber bei Varennes abgefangen und durch ein Spalier von Nationalgarden nach Paris zurückgebracht worden. Die Nationalgarden hätten die Gewehre umgedreht gehabt, die Läufe nach unten.

Das war für Johann Bückler das Zeichen. Seine Frau setzte ihm seine Zivilkleider instand, und in der nächsten Nacht desertierte er. Seine Frau würde mit den beiden Jungen nachkommen. Bei Jena trafen sie sich, dann wanderten sie gemeinsam zurück, wiederum bettelnd, arbeitend, wo sich Gelegenheit bot, hungernd. Johann Bückler wollte nicht nach Hause, das gab es für ihn nicht mehr. Er wollte nach Westen, soweit wie möglich, auf jeden Fall über den Rhein. Das gelang ihm, er arbeitete wieder als Abdecker.

Niemand bestritt, daß er eine wichtige, notwendige Arbeit tat, daß er Viehdoktor und manchmal auch Menschendoktor war, und obendrein hatten sie ihn zum Feldhüter bestellt, und keiner hätte zu behaupten gewagt, er lasse es an Eifer fehlen. Im Gegenteil. Manch einer redete ihm begütigend zu, wenn er triumphierend ein Kind vorführte, das die Hosentaschen voller Äpfel hatte. Haben wir doch auch getan, sagten viele, ist doch nicht so schlimm, die Bäume hängen voll, laß es gut sein, Johann. Aber Johann Bückler ließ es nicht gut sein, bestand darauf, daß der Bauer das Kind seinen Eltern vorführte. Laß die Kirche im Dorf, sagte man immer öfter.

Sein Ältester sah ihn mit wachsendem Ekel den Kindern hinterherrennen wegen ein paar Äpfel oder einer Handvoll Pflaumen, hörte ihn keuchen, sah, wie er nicht mehr konnte, wie ihm die Gören davonzogen, wie sie ihn abhängten, wie er sie überlistete, sah seinen billigen, traurigen Triumph, wenn er sie mit einem Erwachsenentrick abfing, sah die Betretenheit der Bauern, denen er sie vorführte wie ein apportierender Hund.

Da war ein unerklärlicher Übereifer, eine Verbissenheit, die fast wie Renitenz aussah, nur daß keiner wußte, gegen wen sie sich richtete. Manchmal dachte er, daß sein Vater in den Kindern die Väter verfolgte. Nur daß das keinen Sinn ergab, denn die Väter der meisten Kinder, die er verfolgen mußte, waren arme Schlucker wie er. Oder weil er, der nichts besaß, das Eigentum der Besitzenden verteidigen mußte?

Gewiß, Abdecker waren unehrliche Leute. Man gab ihnen nicht die Hand. Wollten sie essen, mußten sie ihr eigenes Geschirr mitbringen. In Gasthäusern hatten sie an der Tür stehenzubleiben, bis ihnen bedeutet wurde, daß sie sich setzen durften. Doch wollten die Bauern das alles längst nicht mehr so genau genommen haben. Johann Bückler aber bestand auf seiner Erniedrigung. Mit einer ihnen unverständlichen Renitenz lehnte er es ab, beinahe als einer der ihren zu gelten. Er gab ihnen einfach keine Chance, sich großzügig zu zeigen. Offenbar wollte er sie als Leute erscheinen lassen, die sie gar nicht waren.

Die Plünderungen, Kontributionen, das Hin und Her zwischen Kaiserlichen und Franzosen, vor allem aber die Tatsache, daß auch unter den Franzosen der Zehnte weiter zu zahlen sei, hatten im Dorf eine Aggressivität erzeugt, die, da sie sich nicht nach außen entladen konnte, sich gegen sie selber richtete. Nichtigkeiten wurden plötzlich wichtig, alte Feindschaften wurden wieder aufgewärmt, Streit überall, es wurde gesoffen, wo immer sich Gelegenheit dazu bot.
Das begann sich auch gegen Johann Bückler zu richten. Plötzlich Diskussionen, ob diese Kuh oder jenes Schwein nicht doch noch zu retten gewesen wäre, obwohl jeder wußte, daß ein ganz klarer Fall von Knochenbrüchigkeit oder Rotlauf vorgelegen hatte. Johann Bückler sah seine Kompetenz in Frage gestellt, er protestierte, doch es befriedigte ihn wenig, wenn am Schluß herauskam, daß er mit seiner Diagnose recht gehabt hatte. Bei dem geringsten Anlaß bot er seine Kündigung an.
In den Jahren auf der Landstraße und beim Regiment war er ein weicher, umsichtiger, immer konzilianter Mensch gewesen. Woher kam diese weinerliche Aufsässigkeit, diese verbockte Quengeligkeit? Dem Mann schien nicht zu helfen zu sein. Er verstand keinen Spaß mehr, und es wurde immer offensichtlicher, daß er keinen Spaß mehr verstehen wollte.
Bis der Bürgermeister, wieder einmal von Johann Bückler gefragt, ob die Gemeinde ihn noch wolle, sagte: Johann, vielleicht willst du die Gemeinde nicht.
Er habe es ja immer gewußt, sagte da Johann Bückler, kündigte und zog nach Hommerich. Dann nach Langweiler. Dann nach Hoppstädten, Kirchbollenbach, Idar, Veitsroth, Kirschweiler. Im Durchschnitt hielt er es in den nächsten zehn Jahren nirgendwo länger als anderthalb Jahre aus.
Der Zwischenfall mit dem Sohn des durchreisenden Mainzer Hofrats passierte in Idar. Er trug nicht unwesentlich dazu bei, daß Johann Bückler wieder einmal das Dorf wechselte. Seinem

Ältesten war das darauf folgende Strafgericht zwar als das unerbittlichste in Erinnerung geblieben, das je an ihm exekutiert worden war, gleichzeitig war es das einzige, an das er ohne Bitterkeit, ja mit Heiterkeit und sogar mit einer gewissen Befriedigung zurückdenken konnte. Der Junge war so schön gewesen, wie er nie gedacht hatte, daß ein menschliches Wesen schön sein könnte. Er hätte nur nicht sprechen dürfen.

Bückler hatte sehr wohl gesehen, wie die Magd der Müllersleute von Lauschied Veit angeblickt hatte. Er hatte sie die ganzen drei Tage beobachtet. Erst als Joschi Veit in die Küche stieß, bekam sie Augen: große, runde, schöne Augen.

Als Bückler und seine Leute abzogen, hatten sie Veit gesucht. Sie fanden ihn nicht. Bückler hätte ihnen sagen können, wo er war. Er schwieg aber.

Von all den Legenden, die man sich über ihn erzählte, amüsierte ihn die am meisten, die ihn beschrieben und beneideten als einen, der frei war. Die Fettsäcke hatten nicht die Phantasie, sich vorzustellen, welche Voraussetzungen auch nur für eine einzige Aktion gegeben sein mußten. Welches System von weit auseinander lebenden Mitakteuren, sie zusammenrufenden Boten, von Informanten, Spitzeln, Hehlern, Mitwissern, Unterschlupf gewährenden, Schleichwege zeigenden, schweigenden, lügenden Normalbürgern nötig war, um auch nur einen einzigen Karolin zu erbeuten.

Er mußte das ja alles im Kopf haben, er hatte sich dieses über eine große Fläche erstreckende System aufbauen müssen, da waren viele Faktoren zu berücksichtigen. Er konnte längst nicht mehr, wie er wollte.

Und wenn er dieselben Leute, die ihn eben noch um seine vermeintliche Freiheit beneideten, eiligst versichern hörte, er sei nichtsdestoweniger ein ganz gewöhnlicher Verbrecher, mußte er lachen. Und was waren dann die Abnehmer all dieser erstaunlich preisgünstigen silbernen Leuchter, Becher, Tabatieren, Uhren, Ringe, Ketten, Bestecke, Pelze, Stoffe, Pferde, Hammel, Schweine?

Er war in Speyer dabeigewesen, als sie am 22. März achtundneunzig auf dem Vorplatz des Doms einen Freiheitsbaum pflanzten. Am Eingang des Platzes hatte er sich eine Kokarde gekauft und angesteckt. Zweimal war er bereits verhaftet worden, zweimal war er geflohen. Der Mord am Blackenklos lag erst drei Monate zurück. Er war zwar nicht daran beteiligt, aber er war dabeigewesen.

Als er die Situation auf dem Platz überblickte und zu begreifen begann, durchdrang ihn ein Gefühl überwältigender Peinlichkeit.

Der Vorplatz war voller Menschen. In der Mitte hatte man gerade eine mit blau-weiß-roten Bändern geschmückte junge Eiche aufgerichtet. Daneben stand ein Rednerpult, seitwärts saßen Trommler, Flötisten und Trompeter. Aus der Tiefe der Straße, die zum Dom führte, war eine weitere Gruppe von Flötenspielern im Anmarsch. Zwei Ketten französischer Grenadiere hielten ihnen die Straße frei. Der Platz war dicht von Menschen umstanden, als würde ein Schauspiel aufgeführt.

Und innerhalb dieses Rechtecks wurde tatsächlich ein Schauspiel aufgeführt. Die Leute von Speyer gafften mit offenen Mäulern. Da wandelte der Bürgermeister mit dem Schlosser, der Dachdecker mit dem Notar, da scherzte der Arzt mit dem Schreinergesellen, der Krämer mit dem Richter, da lagen sich Gutsbesitzer und Schmiede in den Armen.

Das Peinlichste aber waren Bückler die Mädchen, die um den Freiheitsbaum einen Reigen tanzten. Es waren ganz offensichtlich die Töchter der besseren Häuser von Speyer. Doch tanzten sie nicht eigentlich. Sie versuchten zwar, ihre Bewegungen der Musik anzupassen, doch genügte sie ihnen aus einem Bückler unbekannten Grund nicht. Sie schienen in dieser eher langweiligen Musik noch etwas zu hören, das er nicht hörte und das

ihre Beine und Schultern in unkoordinierte Bewegungen versetzte, die wohl als ekstatisch gelten sollten. Das war ihm so peinlich, daß es ihm kalt den Rücken hinunterlief, zumal diese verrenkten Bewegungen den meist etwas dicklich geratenen Mädchen selber peinlich zu sein schienen.
Inzwischen waren die Flötisten am Rednerpult angekommen. Für einen Augenblick trat Stille ein, dann stimmten sie zusammen mit den anderen Musikern die Marseillaise an. Die Menge auf dem Platz fiel begeistert ein, Hüte wurden geschwenkt, Damen winkten singend zu den Zuschauern in den Fenstern der umliegenden Häuser hinauf. Nur die Abteilung französischer Chasseurs am rechten Rand des Vorplatzes sah mit steinernen Gesichtern zu.
Man klatschte, als die Marseillaise zu Ende war. Ein Herr im Gehrock bestieg das Rednerpult. Alle Menschen seien gleich, seien frei, seien Brüder. Bückler verstand nichts.
In seiner Akte hatte Veit gelesen: Festnahme in Iben bei Kreuznach wegen Beraubung französischer Proviantkolonnen. Flucht auf dem Transport ins Gefängnis. Festnahme wegen Diebstahls, Ausbruch aus dem Gefängnis. Festnahme in Züsch, Flucht auf dem Transport. Festnahme auf der Weidener Mühle, Überführung ins Gefängnis Herrstein, Ausbruch, dabei entdeckt, gefesselt und nach Oberstein, dann nach Saarbrücken überführt. Dort eingetroffen, in der folgenden Nacht ausgebrochen. Festnahme in Schneppenbach, Überführung nach Simmern, Ausbruch aus dem Turm.

Veit wurde in eine Zelle geführt, die er auf dem Hohenasperg nie gesehen hatte. Sie hatte keine Fenster, aber ein blendendes Licht erfüllte den Raum. Als er eintrat und hinter ihm die schwere, eichene Tür verschlossen wurde, senkte er unwillkürlich den Kopf, so niedrig war die Zelle.

Als er einen leisen Druck auf seinen Haarspitzen fühlte, dachte er, er hätte den Kopf gehoben, doch da spürte er den Stein sich schon zart und wie beruhigend auf seine Schultern legen. Die Quader der Zelle waren aus hellgelbem Sandstein und mit äußerster Sorgfalt behauen und gefugt. Er kniete nieder und wartete auf die Kälte, die dem Stein vorausging. Von der Tür, durch die er eingetreten war, war nur mehr das untere Drittel zu sehen. Er mußte erneut den Kopf senken. Da legte er sich hin und streckte sich aus. Noch einmal wollte er den Kopf heben, doch da war nur mehr so viel Platz, daß er ihn gerade noch drehen und die Wange auf den Boden legen konnte.

Er erwachte. Er lag in seinem Bett. Sein Bett stand in seiner Schlafkammer. Seine Schlafkammer lag neben seiner Wohnstube. Stube und Kammer lagen im Dachstuhl eines Holzschuppens, erreichbar über eine Außentreppe vom Hof des weitläufigen und verwinkelten Anwesens Heinrich Simons, Bäckermeister in Mainz.

Er betrachtete das Netz der Risse im Kalk der Schlafzimmerdecke. Er hätte längst im Büro sein müssen. Er stand auf und zog sich an. Draußen ein milder, sonniger Märztag. Geschäftigkeit überall, Bürgerfleiß, Bravheit, Ernst. Und plötzlich stand er vor Ulrike Rebmann, der Mutter Susannes, der Frau seines Chefs.

Ich will nicht wissen, wo Sie gewesen sind, sagte Ulrike Reb-

mann. Aber Sie könnten mich ein wenig begleiten. Sie brauchen auch nicht zu reden.
Noch während sie sprach, wandte sie sich zum Gehen, als wäre es undenkbar, daß Veit ihre Bitte ablehnen könnte. Sie betrachtete ihn lächelnd von der Seite, und er wußte, daß sie ihn ansah.
Veit war noch nie mit ihr außerhalb des Rebmannschen Hauses zusammengewesen, und noch nie auf der Straße, und erst recht nicht allein. Er achtete nicht auf den Weg, und plötzlich waren sie in dem Viertel um die Schiffsanlegeplätze.
Aber wo haben Sie mich denn hingeführt, sagte Ulrike Rebmann.
Veit war verwirrt. Er begriff selber nicht, wie sie hierhergekommen waren. Sie standen vor einer Spelunke.
Ich meine, wenn wir schon einmal davorstehen, sagte Ulrike Rebmann, wollen wir nicht hineingehen? Ich war noch nie in solch einem Wirtshaus.
Die Theke war schon dicht umlagert. Für einen Augenblick wurde es still, als sie eintraten und durch die enge Wirtsstube zu einem Tisch im Hintergrund gingen. Die Leute starrten; Fischer, Schiffszimmerer, Kornträger, ein paar Nutten. Unter dem Tisch berührten sich ihre Knie, als sie sich setzten. Die Wirtin starrte feindselig zu ihnen herüber. Sie dachte nicht daran, sich zu bewegen.
Wirtschaft, rief Ulrike Rebmann.
Die Frau stieß sich widerwillig vom Tresen ab und schlurfte herbei. Ulrike Rebmann bestellte zwei Gläser Glühwein und Semmeln. Sie öffnete ihren Umhang und lockerte ihr Brusttuch.
Veit hatte in Mainz, insbesondere aber im Hause Rebmann, beinahe einmal Sensation gemacht, und immer wieder mußte Gerichtspräsident Rebmann jenen Abend beschreiben, als ihm zwei abgerissene Gestalten gemeldet wurden, er hinausging

und er in Veits Gesicht starrte, oder besser in eine verquollene, blaurot unterlaufene Masse, die Lippen geplatzt und blutverkrustet, mußte er beschreiben, wie er den Fischer, der den jungen Mann über den Rhein gesetzt und zu ihm gebracht hatte, entlohnte, den Brief, den Sinclair dem Fischer mitgegeben hatte, genommen und den jungen Mann in eins der Gästezimmer hinaufgeführt hatte.

Unten bestürmten ihn Ulrike und Susanne, doch benommen zog er sich in sein Arbeitszimmer zurück. Er wollte zuerst Sinclairs Brief lesen. Danach schrieb er unverzüglich Bäckermeister Simon, er werde – falls die Wohnung über seinem Holzschuppen noch frei sei – ihm morgen früh einen Mieter bringen. Er schickte Ulrikes Aufwärterin mit dem Brief zu Simon, dann erst ging er zu Frau und Tochter hinüber.

Am nächsten Morgen brachte er Veit zu Bäckermeister Simon – seine Wohnung war noch frei gewesen – und übergab ihn Simons Frau, die nach einem Blick in Veits Gesicht den einen Arm um Veits Schulter legte und ihn ins Zimmer zog, mit dem andern Rebmann hinausdrängte und die Tür schloß.

Man verstand durchaus, daß die Tür geschlossen blieb. Man war in Anbetracht dieses Gesichts, dessen Zugerichtetheit man sich gar nicht fürchterlich genug ausmalen konnte, sogar sehr einverstanden, daß diese Tür geschlossen blieb, zumal dadurch Zeit gewonnen wurde, darüber nachzudenken, was es bedeuten mochte, daß Sinclair schrieb, er schicke Rebmann einen jungen Demokraten, dem es gelungen sei, aus dem Hohenasperg zu fliehen, und dem er Papiere auf den Namen Eduard Veit besorgen möge. Woraus doch folgerte, daß er anders hieß. Aber wie? Und nicht zuletzt blieb dadurch Zeit, sich zu beglückwünschen, daß man den Machinationen von Despoten wie jenes Herzogs in Stuttgart auf dem linken Rheinufer unter dem Schutz der Franzosen ein für allemal entzogen war.

Nur daß die Zeit ein wenig lang wurde. Daß die Bürgerin

Simon ganz gegen ihre Gewohnheiten schwieg und die Irritation auftrat, daß nicht Gerichtspräsident Rebmann zu dem jungen Mann Zutritt bekam, sondern Schneider Lüdke. Über Nacht avancierte Schneider Lüdke zum Geheimnisträger. Doch schwieg auch er. Man verstand nun gar nichts mehr, und allmählich klopfte man nur noch aus Pflichtgefühl an dieser Tür oder schob Billets mit Einladungen unter ihr durch.

Eines Abends aber, als Rebmann – er war eigentlich nur noch aus Gewohnheit vorbeigekommen – wieder einmal klopfte, wurde ihm aufgetan. Er kam in einem Zustand nach Hause, der nicht anders als aufgewühlt bezeichnet werden kann. Ulrike hörte ihm zuerst mit Verblüffung zu, dann mit wachsender Befremdung, in die sich jedoch allmählich Belustigung mischte. Als Rebmann die Wendung Zierde seines Geschlechts gebrauchte, hakte sie ein. Wie er das meine? Ob er damit sagen wolle, der junge Mann sehe gut aus? Ja, sagte Rebmann erleichtert. Er sieht blendend aus. Ich hab' ihn zu meinem Sekretär gemacht.

Da bin ich nun aber gespannt, sagte Ulrike Rebmann nachdenklich.

Nicht nur sie, ganz Mainz, beziehungsweise sein demokratischer Teil war gespannt, als Veit endlich Rebmanns Einladung zu einer Soiree annahm. In Rebmanns Salon trat ein allerdings nicht schlecht aussehender junger Mann, zwar in altmodisch republikanisch-strenges Schwarz, doch dafür in erlesene Stoffe gekleidet. Ganz unbeschreiblich, wie seine Hosen saßen.

Ulrike Rebmann fand ihren Besuch in einer völlig echten Hafenkneipe hochinteressant, mußte allerdings zu ihrer Verblüffung feststellen, daß Veit dort kein Unbekannter war.

Wir sehen uns ja heute abend, sagte sie mit etwas gezwungen wirkender Munterkeit, als sie sich verabschiedeten.

Er ging in sein Büro, um einen Bericht über seine Mission zu schreiben. Jeanbon hatte aus seinem Arbeitsraum alle über-

flüssigen Möbel hinauswerfen lassen. Was blieb, waren ein Tisch aus Fichtenholz mit einer grünen Decke, sechs Stühle und eine Lampe: unverkennbar eine Nachbildung des berüchtigten Büros des robespierristischen Wohlfahrtskomitees.
Natürlich hatte auch Veit am Fenster gestanden, als die Kutsche mit dem neuen Generalkommissar im Erthaler Hof vorfuhr. Doch war unter den Herren, die aus dem Wagen sprangen, Jeanbon kaum auszumachen gewesen. Erst im großen Saal bei der Begrüßung hatten sie ihn richtig zu Gesicht bekommen. Mit schnellen, etwas zu großen Schritten war ein dünner, schwarzgekleideter Mann hereingekommen, war bis zur Mitte des Saals gegangen und hatte sofort zu sprechen begonnen. Doch mehr, als daß er auf gute Zusammenarbeit hoffe, sagte er im Grunde nicht. Was zu sagen war, hatte er mit der Art gesagt, wie er sich vor seiner Begleitung bewegte.
Als Jeanbon ihn gefragt hatte, ob er sich zutraue, einen Spitzel in die unmittelbare Nähe Bücklers zu bringen, hatte Veit gesagt, aber Bürger Becker hat doch bereits ein Spitzelnetz aufgebaut. Jeanbon hatte gelacht. Dann bauen wir eben auch eins auf, hatte er gesagt. Veit war verwirrt. Das war zweifellos nicht der Dienstweg, den der Generalkommissar da vorschlug, und für einen Augenblick standen sie sich in dem kleinen Büro gegenüber und wußten nicht weiter. Dieser Jeanbon sah fremd aus, ein ausgedörrtes, lederfarbenes Gesicht, schwarze, schwere Augen. Veit hatte plötzlich Mitleid mit dem Mann, und ohne daß er nachgedacht hätte, sagte er, Citoyen Generalkommissar, darf ich Sie etwas fragen?
Jeanbon fuhr herum. Doch als er in Veits Gesicht blickte, mußte er lächeln.
Gewiß, sagte er. Sie wollen nach Robespierre fragen.
Veit fand sich unmöglich. Er war bleich geworden.
Das war mehr als taktlos von mir, sagte er.

Ach was, sagte Jeanbon. Das wollen alle fragen. Sie trauen sich nur nicht mehr.

Veit hatte keineswegs nach Robespierre fragen wollen, aber jetzt wußte er, warum ihm Jeanbon leid getan hatte.

Als Jollivet abgelöst und bekanntwurde, wer sein Nachfolger werden würde, hatte im Erthaler Hof bei den deutschen Beamten Verständnislosigkeit geherrscht. Niemand kannte diesen Mann. Die Franzosen jedoch reagierten mit ungläubigem Erstaunen, hatten sich mit einem schiefen Grinsen jedoch schnell wieder in der Gewalt. Schließlich war der neue Mann vom Ersten Konsul selbst ernannt worden. Doch so viel war klar. Am Thermidor hätte auch Jeanbon mit Robespierre und Saint-Just und Couthon und den andern auf dem Karren stehen müssen, der durch die jubelnden Menschenmassen die Rue Honoré zur Place de Grève fuhr, wo die Guillotine stand.

Er hatte nur deshalb nicht auf dem Karren gestanden, weil er einfach nicht in Paris war. Doch kam er, als das Schlimmste vorbei war, zurück, wurde angeklagt, inhaftiert, nach der Amnestie für alle Konventsabgeordneten freigelassen. Danach tauchte er als Generalkonsul für Algier und später Smyrna im Orient unter.

Veit hatte sofort eine heftige, grimmige Sympathie für den Alten empfunden. Was er als erstes an ihm wahrgenommen hatte, war die Art, wie er sich bewegte, die reißende Energie seiner Schritte. Doch war er nicht sicher, ob der Alte wirklich wußte, was um ihn herum vorging. Die letzten drei Jahre hatte er in türkischen Gefängnissen verbracht.

Durch die Tür hörte Veit Stimmen, meist die Jeanbons, gelegentlich die des Besuchers oder die von Jeanbons Sekretär, der ihn in den jeweiligen Fall einwies. Türenklappen, Stühlerücken und dann Jeanbons Stimme, entschieden, scharf, abschließend. Einmal glaubte er, die Stimme Beckers erkannt zu haben. Er lauschte auf das Kommen und Gehen, eine Maschine, die

arbeitete, gleichmäßig und mit enormem Tempo. Für die Bauern wurden der Zehnte und alle sonstigen Abgaben und Leistungen abgeschafft. Sie wurden Eigentümer ihres Bodens und konnten frei über ihn verfügen. Die Zünfte wurden aufgehoben. Die Gewerbefreiheit wurde eingeführt, das Steuerwesen vereinfacht. Die wichtigste Steuer war die Grundsteuer. Die Adelstitel wurden abgeschafft, Geschworenengerichte bei Kriminalprozessen eingeführt. Die Klostergüter wurden beschlagnahmt, Klöster und geistliche Orden aufgehoben. Die Führung der Personenstandsregister war allein Sache der Verwaltungsbehörden, die Zivilehe war obligatorisch. Was Hunderttausende von Franzosen mit ihrem Leben bezahlt hatten, wurde den Deutschen links des Rheins geschenkt.
Veit übergab seinen Bericht kurz vor Büroschluß. Für den nächsten Tag ließ er sich ein Pferd, Pistolen und Geld anweisen. Er wollte keine Zeit verlieren. Daß er in seinem Büro manchmal zu ersticken geglaubt hatte, sagte er natürlich nicht. Jeanbon war sehr freundlich gewesen, fast kameradschaftlich. Als er hörte, daß von Fahndungsresultaten noch keine Rede sein könne, hatte er Veits Bericht beiseite gelegt. Er werde ihn morgen lesen.

Der Abend bei Rebmanns begann um halb acht und war kurz nach elf zu Ende, als Jeanbon und Veit gingen. Beendet war er in Wahrheit kurz vor zehn, als man Ulrike Rebmann hinausführte und Prälat Kiefer die Soiree verließ. Daß Jeanbon noch blieb, sollte heißen und wurde auch so verstanden, daß das Vorgefallene als nicht existent anzusehen sei. Man war ihm dankbar. Denn bevor man zugab, daß etwas Ungeheuerliches geschehen war, zweifelte man lieber, ob überhaupt etwas geschehen war.

Nachträglich wollte einigen aufgefallen sein, daß Veit nicht sprach. Das stimmte. Statt dessen aß er. Ober besser: Er fraß. Rabiat und mit verletzendem Schweigen schaufelte er in sich hinein. Ulrike Rebmann hatte ihn neben sich gesetzt. Zu ihrer Rechten saß natürlich Jeanbon, und amüsiert, als füttere sie ihren Pudel, ließ sie Veit auftun. Anfangs hatten ihm die Umsitzenden noch fröhlich einen guten Appetit gewünscht, sehr bald aber warf man ihm nur noch indignierte Seitenblicke zu.

Für die Mainzer Gesellschaft war es ein wichtiger Abend. Ein böses Wort hatte umzugehen begonnen, als bekannt wurde, wer Jollivet ablösen sollte: Terrorist. Jetzt hatte man endlich Gelegenheit, sich diesen Menschen aus der Nähe anzusehen.

Veit fiel also zunächst nicht auf. Er fiel sowieso nicht auf. Dieses nach seiner Wiederherstellung durchaus ansehnliche, mit so viel Vorschußlorbeeren bedachte, von Mitgefühl und Solidarität geradezu überhäufte Opfer der Tyrannei erwies sich als Enttäuschung. Der junge Mann brachte den Mund nicht auf, und auch im Büro war er nur für einfache und mechanisch zu erledigende Arbeiten zu gebrauchen. Hatte man ihm an-

fangs noch die Zeit auf dem Hohenasperg zugute gehalten, vergaß man später einfach, ihn zu fragen, warum er schwieg.
Ein angenehmer junger Mann, sagte schließlich Prälat Kiefer, als er ihn einmal loben wollte. Man bemerkt ihn fast überhaupt nicht.
Einmal hatte ihn Rebmann in seiner Bibliothek angetroffen. Vor dem Schreibtisch saß knurrend Harro, Rebmanns Neufundländer. An der Tür stand Veit.
Schön, daß Sie endlich kommen, sagte Veit und fuhr sich mit der Hand übers Gesicht.
Und wie lange stehen Sie schon so da, sagte Rebmann.
Genau zweiunddreißig Minuten, sagte Veit.
Sie hatten sich sehr schnell ein Bild von ihm gemacht, derart, daß, als Andreas Rebmann eines Tages eine anerkennende Bemerkung über den Rock machte, den Veit trug, und Veit ihn trotz der Beteuerung Rebmanns, der Rock sei ihm doch viel zu klein, nötigte, den Rock zu probieren und der Rock Rebmann tatsächlich paßte, Rebmann empört ausrief: Warum paßt mir Ihr Rock?
Veit fraß. Vergeblich zwinkerte Susanne zu ihm herüber. Er sah nicht auf. Sie hatte wieder eines dieser Kleider an, wo man alles sehen konnte. Allmählich wurde sie über Veits Halsstarrigkeit wütend. Er hatte gefälligst aufzublicken. Er war schließlich nicht ihr Bruder oder ihr Cousin, der sich ein solches Benehmen vielleicht leisten konnte. Er war der Sekretär ihres Vaters. Andererseits durfte der Sekretär ihres Vaters, was all die reichen jungen Herren der Stadt nicht durften. Er durfte ihr den Schuh binden, sie anstoßen beim Schaukeln, ihr über Gräben helfen, sie auffangen, wenn sie von einer Mauer springen mußte. Bei ihm konnte sie, was sie bei andern jungen Herren nicht konnte: sich Bücher mit gewissen Illustrationen leihen, Bein an Bein sitzen, sich in den Ausschnitt sehen lassen. Dem konnte man blau in die Augen sehen und immer nur

lachen, denn man war schön und achtzehn und die Tochter des Gerichtspräsidenten Rebmann.
Ihre Mutter war ebenfalls schön, wenn auch doppelt so alt, also so alt, daß sie es gar nicht zu bemerken brauchte, daß ihre Brust die Schulter des Sekretärs ihres Mannes berührte, wenn sie sich über ihn beugte, um zu sehen, was er da mit Susanne las. Wie ihr auch jetzt völlig zu entgehen schien, daß ihr Knie immer wieder sein Knie berührte, wenn sie sich vorbeugte, um mit Henriette Knieriem-Gmelin zu sprechen, die an Veits linker Seite saß, einer Person, die sie gewöhnlich unausstehlich fand, mit der sie aber an diesem Abend entscheidend Wichtiges zu besprechen hatte. So daß es gar nicht zu vermeiden und auch ganz unwichtig war, daß ihre Schulter an Veits Schulter lag und er ihr stracks in den Ausschnitt blicken konnte, eine Perspektive, die in der Stadt übereinstimmend als atemberaubend angesehen wurde.
Veit kam allmählich ins Schwitzen. Vom Essen, aber auch vor Beengtheit. Denn auch die Knieriem-Gmelin diskutierte sehr engagiert, wenn auch ihr eher dürres Gebein bei weitem nicht den Eindruck machte, den Riekchen Rebmanns Knie hervorzurufen imstande war. Als das Dessert kam, Mousse au chocolat, gab Veit auf. Die ganze Zeit hatte er seine Beine wenn nicht zusammengekniffen, so doch zusammengehalten in einem Abstand, den er, gemessen an der Stuhlbreite, für ihm zustehend hielt. Als aber die Mousse au chocolat kam, ließ er sein rechtes Bein gegen den Schenkel der Frau seines Chefs sinken. Und der Schenkel der Frau seines Chefs blieb an seinem Bein liegen.
Er spürte plötzlich einen Blick auf sich. Er war mit seiner Mousse au chocolat beschäftigt, und er fragte sich, woher dieser Blick kommen könnte. Von Rebmann nicht; der merkte nie etwas. Von Susanne? Es war der Prälat Kiefer. Fischauge, dachte Veit. Und obwohl er wußte, daß dieses bleigraue Auge ihn jetzt nicht mehr loslassen würde, machte er unter dem

Vorwand, seinen Dessertlöffel zurücklegen zu müssen, eine kleine Drehung, und seine Hüfte lag an der Hüfte Ulrike Rebmanns. Er wartete, und siehe da, nicht nur daß ihr Oberschenkel an seinem lag, auch ihr Unterschenkel legte sich an den seinen, und schließlich lagen auch ihre Füße aneinander.

Susanne hatte es aufgegeben, und nur noch aus den Augenwinkeln streifte ihr Blick über ihn hin. Ihr Vater fühlte sich immer noch auf unklare Weise für Veit verantwortlich, und ihre Mutter schien auf belustigte Weise damit einverstanden. Sie begriff nicht, was zwischen den dreien vor sich ging, und je unheimlicher ihr das wurde, desto schnippischer ließ sie Veit Picknick-Körbe tragen, Handschuhe aufheben, Briefe austragen, Klavier spielen, je bereitwilliger Veit das aber tat, desto schnippischer wurde sie nur.

Das spitzte sich unmerklich zu bis zu einem Abend kurz vor der Ankunft Jeanbons. Als auch Prälat Kiefer der Meinung war, dieser Mann hätte am Thermidor ebenfalls unter die Guillotine gemußt, bekam Veit einen Lachanfall. Es sprengte ihn fast auseinander, und plötzlich war ihm alles egal, und er wieherte los, daß ihm die Seiten wehtaten.

Man erstarrte. Veit wollte schon hinausgehen – er kam gegen dieses Lachen einfach nicht an –, als Susanne auf ihn zusprang und mit der Faust auf ihn einschlug.

Was ist an uns so lächerlich, schrie sie. Warum können Sie immer nur über uns lachen?

Man riß sie zurück, Veit lachte immer noch, und langsam färbte sich seine Hemdbrust blutig.

Erst da entdeckte man das Messer in Susannes Hand, ein Obstmesser.

Während man sie hinausführte, kümmerte man sich um Veit. Langsam kam er wieder zu Atem. Erschöpft und glücklich ließ er die Untersuchungen über sich ergehen, und als er nach

Hause ging, trug er einen gewaltigen Verband um Oberarm und Schulter.

Als er seinen Dessertlöffel zurücklegte, hatte er seine Hand auf dem Tisch liegenlassen, so nahe neben Ulrike Rebmanns linker Hand, daß er ihre Wärme spürte, so nahe, daß die Härchen seiner Hand ihre Hand berührten, so nahe daß sich seine Hand an ihre legte. Das sah niemand außer Prälat Kiefer und Susanne.

Die beiden kleinen Wunden an der Schulter hatte sich Veit mit einem Pflaster versorgen lassen, und als er am Nachmittag zu Susanne ging, sah man ihm nichts mehr an.

Er wolle sich entschuldigen. Sie starrte ihn verblüfft an. Aber nein, sie sei es, die sich entschuldigen müsse. Umgekehrt, oder habe sie vielleicht nicht gemeint, was sie gesagt hatte. Also müsse er sich entschuldigen.

Sie versuchte zu protestieren, schließlich schwieg sie verstimmt. Irgend etwas war an seiner Entschuldigung falsch, sie wußte nur nicht was. Er ließ sie auch nicht mehr zu Wort kommen, und als er nach einer halben Stunde ging, brach sie in Tränen aus, ohne daß sie hätte sagen können, worüber sie weinte.

Ulrike Rebmann hob schließlich die Tafel auf. Man begab sich in den Salon. Für die Damen Liköre, für die Herren die besseren Weine. Und für den Herrn Generalkommissar das Beste des Hauses.

Gib mir mal die Schlüssel, Georg, rief Ulrike Rebmann, nachdem sie inspiziert hatte, was ihr Mann hatte auffahren lassen. Ich glaube, ich habe eine Idee.

Und Sie werden mir den Korb tragen, junger Mann, sagte sie zu Veit.

Oder sollte sie ihn vielleicht selber tragen? Natürlich nicht. Und beifällig lächelte man über ihren Eifer, dem Herrn Generalkommissar zu zeigen, daß man sich auch hier auf Wein verstand.

Ulrike Rebmann war sechsunddreißig, seit achtzehn Jahren mit Andreas Rebmann verheiratet, und sie hatte an ihrem Leben nichts auszusetzen. Manchmal hatte sie sich ein bißchen gelangweilt, und manchmal hatte sie gedacht, das könne doch nicht alles gewesen sein. Ein bißchen könnte ja noch passieren, hatte sie dann gedacht, nichts Aufregendes selbstverständlich, eher etwas Angenehmes, und auch davon nur ein bißchen, doch hätte sie nicht sagen können, was das sein könnte, das alles war eher Gefühl als Gedanke.

Sie war fröhlich, aß und tanzte gern und war rundherum beliebt. Ein wenig galt sie sogar als Original, zumindest aber als originell. Das kam, weil sie so gern und so laut und so ungeniert lachte. Sie hatte dieses Lachen, das man ansteckend nennt. Aber das kam auch davon, daß sie manchmal Sachen sagte, die bei anderen als taktlos gegolten hätten, in ihrem Mund aber humorvoll, offenherzig und ganz und gar gutmütig klangen. Und manchmal sagte sie auch gewagte Sachen, weshalb sie besonders bei den Herren beliebt war. Aber auch die klangen nicht schlüpfrig in ihrem Mund, sondern komisch, so als wüßte sie nicht so recht, was sie da sagte, und besonders komisch wirkte dann ihr Erstaunen über die Heiterkeit, die sie erregt hatte. Worüber lachte man denn da?

Manchmal konnte sie einen ganzen Tisch unterhalten. Man lachte dann nicht über das, was sie sagte, sondern darüber wie sie es sagte, also über sie. Man fand sie drollig, und nach einer Weile griff Rebmann ein, doch eher väterlich, als sei es jetzt genug. Neuankömmlinge hielten sie zuerst für ein bißchen dumm, dann für durchtrieben. Doch schließlich schlossen sie sich der Allgemeinheit an und einigten sich darauf, daß sie einfach nur ein bißchen naiv war, vielleicht noch nicht ganz erwachsen.

Die Laterne in der einen, den Schlüssel zum Allerheiligsten des Rebmannschen Weinkellers in der anderen Hand, stieg sie, den

Sekretär ihres Mannes hinter sich, in den Keller hinab. Es war plötzlich still. Sie mußte lachen, doch auf eine Art, wie sie selten lachte, ein Lachen das tief aus ihr herauskam, in ihrer Kehle sich aber in einen dunklen Glockenton verwandelte. So wie sie gingen, sah es aus, als lockte sie Veit immer tiefer. Manchmal sah sie sich nach ihm um, und dann lachte sie. Ihr Haar fiel ihr schwarz über die nackten Schultern, und wenn sie den Arm mit der Laterne hob, öffnete sich dunkel ihre Achselhöhle.

Doch war sie froh, als sie endlich vor den vergitterten Weinregalen ankamen, als sie aufschließen, Flaschen prüfen und ihm den Korb füllen konnte.

Mein Kleiner, sagte sie lachend. Was siehst du mich denn so an?

Aber eigentlich lachte sie da schon nicht mehr wie vorher, und plötzlich hatte sie es eilig. Allzu eilig, denn auf den Stufen, die aus dem Weinkeller zur Treppe hinaufführten, glitt sie aus, und wenn er nicht hinter ihr gewesen wäre und sie aufgefangen hätte, wäre sie gefallen.

Einen Augenblick stand sie so, dann drehte sie sich langsam in seinen Armen um. Sie spürte ihre Brüste an seiner Brust und ihren Bauch an seinem. Ihr Kleid war sehr dünn und ebenso tief ausgeschnitten wie das von Susanne; auch sie hatte nahezu nichts an. Und da sagte sie etwas, was ihr oben im Licht des Salons als etwas ganz und gar Entsetzliches wieder einfallen wird.

Du stinkst wunderbar, sagte sie. Wie ein Kutscher.

Was dann kam, war unklar. Plötzlich standen ihre Brüste aus ihrem Ausschnitt hervor, feist und mit riesigen Höfen, die sich körnig zusammengezogen hatten. Plötzlich war ihr Kleid ein Wulst über ihren Hüften, sah sie ihren Busch struppig unter ihrem Bauch hervorstehen, spürte sie seine Hände unter ihren Hinterbacken, hatte sie seinen Hintern in der Hand, klein und hart und glatt.

Wehrte sie sich? Immer ununterscheidbarer verwickelten sie sich ineinander, und plötzlich spürte sie ihn in sich, eine heiße, muskulöse Schnecke. Das nächste, was sie erinnerte, war die Kellertreppe, die sie hinauflief, stolpernd, stürzend, sich wieder aufraffend. Und so lief sie direkt in den Salon.

Es war Henriette Knieriem-Gmelin, die nach einer endlos langen Sekunde auf sie zutrat und ihr wortlos den rechten Träger ihres Kleides wieder über die Schulter streifte. Als wäre aber das die eigentliche Katastrophe, schluchzte Ulrike Rebmann plötzlich auf und stürzte hinaus.

Die Situation wäre ziemlich schwierig geworden, wäre Veit nicht mit dem Korb mit Weinflaschen hereingekommen, hätte Rebmann, rosig, blond und behend, sich nicht auf diesen Korb gestürzt und, in jeder Hand eine Weinflasche, Jeanbon einen begeisterten Vortrag über die Jahrgänge 1762 und 1784 gehalten, hätte man sich nicht augenblicklich aufs höchste interessiert um Jeanbon und Rebmann versammelt. Nur Prälat Kiefer stand auf und ging, ohne sich zu verabschieden.

Schließlich war ausgegossen, hatte man angestoßen, war die Situation gerettet. Nur daß man immer wieder zu der Ecke hinsehen mußte, wo Veit stand und in einem Buch blätterte.

Susanne hatte von dem Augenblick an, wo ihre Mutter in der Tür gestanden hatte, kein Wort mehr gesprochen. Aufrecht saß sie in der Ecke einer Chaiselongue, nicht mehr ansprechbar. Sie war die einzige, die nicht zu Veit hinübersah.

Bückler hatte seine bisher größte Aktion hinter sich. Zusammen mit Picard und dessen niederländischer Bande hatten er und seine fünfzehn Mann die Posthalterei im rechtsrheinischen Würges gestürmt. Zum erstenmal hatte er mit dem Chef der größten europäischen Bande zusammengearbeitet. Er hatte noch Julchen in Haßloch besucht, dann war er wieder über den Rhein gegangen in den Hunsrücker Hochwald hinauf, wo er am dicksten war, nach Muhl zu den Köhlern. Er war vier Jahre nicht mehr dort gewesen.

Er war allein, hatte aber Nachricht hinterlassen, wo er zu finden war. Es dunkelte, als er ankam, das heißt, als plötzlich der Wald aufhörte. Er stand vor einem riesigen, kilometerlangen Kahlschlag. Früher in eine Geländefalte geduckt und nahezu unauffindbar im Wald, jetzt, entblößt in einer Wüste von Baumstümpfen, die sechs Hütten, die früher einmal der Weiler Muhl gewesen waren.

Er ging langsam durch den Schneeregen auf die Hütten zu. Aus keinem Schornstein stieg Rauch. Als er näher kam, sah er, daß sie verlassen waren. Er stand lange. Hier hatte er einen Sommer verbracht. Er kehrte um.

Doch da war ihm, als hätte er Licht gesehen. Er ging zurück. Die Haustür war offen. Er drückte langsam die Klinke der Stubentür nieder. Auf dem Tisch brannte ein Kerzenstummel. In der Ecke ein Bett. Unter den Decken zeichnete sich eine Gestalt ab. Er nahm das Licht und ging vorsichtig hinüber.

Mara, sagte er.

Sie bewegte die Lippen. Die Haut über ihren Backenknochen spannte. Ihre Augen glänzten fiebrig.

Er legte Feuer im Herd, holte Holz, setzte Wasser auf, suchte

ein paar Kerzenreste zusammen, machte Licht. Langsam schien Mara zu begreifen, daß er kein Fiebertraum war. Er half ihr, sich aufzusetzen.
Die Franzosen waren im Herbst gekommen, Holzfäller, Förster, Fuhrleute. Sie hatte mit ihrer Schänke ein enormes Geschäft gemacht. Als es Winter wurde, war es wieder still, standen die Hütten in dieser Wüste aus Baumstümpfen, fiel das Grundwasser, versiegten die Brunnen. Man packte zusammen, was sich zusammenpacken ließ, und ging weg. Nur sie blieb. Ihre beiden Töchter waren mit den Franzosen gezogen. Den größten Teil des Geldes hatten sie mitgenommen.
Er nötigte sie, von dem Brot zu essen, das er in seiner Tasche hatte, und auch ein paar Schluck Wein trank sie aus seiner silbernen Flasche.
Er hatte nicht nachgedacht, als er gesagt hatte, er wolle allein sein, und er gehe für ein paar Tage zur Witwe Duppré nach Muhl. An dem, was hier auf einmal fehlte, merkte er, daß er etwas gesucht hatte.
Diese fünf Hütten und Maras Schänke, das war einmal ein Versteck gewesen, ein Unterschlupf und eine Zuflucht. Doch zugänglich nur dem, der den von Gestrüpp halb überwucherten Pfad dahin lesen konnte. Das war Licht und Wärme, dorthin machten sie sich in der Finsternis der Wälder auf, wenn es allzu laut schrie nachts im Gestrüpp. Das war Schnaps und Weiberfleisch, das sie von ihren Kohlenmeilern und aus ihren Schlägen lockte. Das war ein Platz, den nie der Fuß eines Polizisten betreten hatte, wo sie unter sich waren mit Messern und Schnaps und Karten und Musik.
Er hatte damals ein paar Tage bleiben wollen, es war ein ganzer Sommer geworden.
Es begann, warm zu werden in der Stube. Mara hatte sich wieder zurücksinken lassen, aber sie bestand darauf, seine Hand zu halten. Träume liefen über ihr großes, zerstörtes

Gesicht wie Wolkenschatten. Sie murmelte im Fieber. Sie war eine Zigeunerin, hängengeblieben bei einem der Muhler Holzhauer, eine große, schlanke Frau damals, als Bückler zum erstenmal hier oben auftauchte, mit blauschwarzem Haar, die nur hochgeschlossene Kleider trug.
Das war vor vier Jahren, und er hatte bereits eine Reihe aufsehenerregender Diebereien hinter sich, außerdem eine Verhaftung und seinen ersten Ausbruch, aus dem Gefängnis in Kirn. Er war fünfzehn, und er hatte sich ziemlich unangenehm aufgeführt, laut, prahlerisch, doch verkniffen, als glaubte er sich selber nicht. Schließlich hatte er begonnen, einen alten Fuhrmann zu provozieren, der schon angetrunken war, ein billiger Spaß. Mara beobachtete ihn aus den Augenwinkeln dabei, und auch er sah immer wieder zu ihr hinüber. Doch der Mann war zu müde, um sich provozieren zu lassen, und Bückler fläzte sich auf eine Bank und bestellte bei Ami, der ältesten Tochter Maras, Abendessen, Wein und ein Bett für die Nacht.
Ami hatte sich schon umgewandt, um Wein zu holen, als Mara plötzlich sagte: Zeig mir erst mal dein Portemonnaie. Sie hatte ihm halb den Rücken zugedreht und wischte Gläser.
Bückler sprang auf, schrie etwas von Unverschämtheit, fuchtelte. Ami drückte ihn auf die Bank zurück und ging zu ihrer Mutter.
Muß das sein?
Bei einem solchen Rotzjungen muß das sein, sagte Mara, ohne sich umzudrehen.
Aber das hast du doch noch nie verlangt.
Dann verlange ich es eben jetzt zum erstenmal.
Ami sah zu Bückler hinüber und zuckte ratlos die Schultern. Es war still geworden. So hatten sie Mara noch nie gesehen. Bückler starrte finster vor sich hin. Doch dann griff er an seinen Gürtel, löste den Geldbeutel und ging zu ihr hinüber.
Hier, sagte er mit abgewandtem Gesicht.

Ist gut, sagte sie.
Auch sie hatte nicht hingesehen.
Er ging zu seinem Platz zurück, und Ami beeilte sich, ihm einen Krug Wein zu bringen. Doch ihre Mutter drängte sie beiseite.
Was willst du essen, sagte sie.
Was du hast, sagte er, ohne aufzusehen.
Ich hab' gefragt, was du essen *willst*. Er sah sie nicht an. Er starrte immer noch vor sich auf den Tisch, und plötzlich sagte er, während er tief errötete: Reisbrei mit Himbeersaft.
Sie drehte sich um und ging in die Küche. Als wäre das eine normale Bestellung. Als wäre es normal, daß sie selbst kochte. Als wäre es normal, daß sie für diesen Rotzjungen kochte.
Immer noch war es still in der Wirtsstube. Es war etwas geschehen. Doch was?
Aber das war absurd. Dieser unangenehme Lümmel und diese Achtunddreißigjährige, dieses verkniffene Früchtchen und Mara – das konnte nicht sein, da hatten sie geträumt, da hatten sie sich doch verhört. Mit einem Schlag war es laut in der Wirtsstube. Alle redeten durcheinander.
Ami ging in die Küche. Als sie eintrat, wandte ihre Mutter ihr den Rücken zu.
Laß mich das machen, sagte sie.
Du weißt doch gar nicht, was er will.
Dann sag es mir.
Schlampe, schrie Mara plötzlich herumfahrend. Wie siehst du denn aus. Kümmer dich um dich selber, da hast du genug zu tun.
Ami ging hinaus. Abwesend nahm sie wieder ihren Platz hinter der Theke ein. In der Ecke saß immer noch dieser Bückler, doch jetzt still und für sich. Mechanisch schenkte sie aus, wusch Gläser und Krüge und Becher ab. Sie war wie betäubt. Etwas Gefährliches begann sich da zu entwickeln, etwas das sie zu-

nehmend mit einem überwältigenden Gefühl von Peinlichkeit, ja von Scham erfüllte. Und dieser Bückler hatte die Dreistigkeit sitzen zu bleiben. Ein paarmal hatte er herübergeblickt, schuldbewußt wie ein geprügelter Hund, gleichwohl entschlossen, nicht seinen Platz zu verlassen. Blind vor plötzlichem Zorn warf sie das Handtuch hin und ging zu ihm hinüber. Als hätte sie etwas geahnt, stand ihre Mutter in der Küchentür. Für alle sichtbar stand sie da, in den Händen den Teller mit dem Reisbrei. Mit abgewandtem Gesicht ging Ami wieder hinter den Tresen.

Mara aber ging mit diesem Teller durch die ganze Wirtsstube, setzte Bückler den Teller auf den Tisch, holte ihm sogar einen Löffel.

Bückler sah nicht auf, als sie diesen Teller vor ihn hinstellte, einen großen Teller mit Reisbrei, schlierig durchzogen von leuchtend rotem Himbeersaft. Zögernd, mit gesenktem Kopf, doch dann immer gieriger, begann er zu essen.

Es war Sonntagabend, immer neue Gäste kamen, es wurde voller und lauter, und irgendwann war er in seine Kammer verschwunden.

Maras Töchter registrierten es mit Erleichterung, und je später es wurde, desto sicherer waren sie, Opfer ihrer eigenen Einbildung geworden zu sein. Es war nicht bekannt, daß Mara sich je auf einen Mann eingelassen hätte, außer auf den Vater ihrer Töchter. Eher berüchtigt war sie für die kompromißlose Härte, mit der sie jeden Annäherungsversuch abwehrte. Andererseits hatte sie nie den Versuch gemacht, dagegen anzugehen, daß ihre Töchter sich zu ausgesprochenen Schlampen entwickelten. Je älter sie wurde, desto weniger schien sie sie als ihre Töchter zu betrachten, eher als jüngere Freundinnen, schließlich als Kellnerinnen. Was keinem Mann gelungen wäre, vermochte sie scheinbar spielend, nämlich diese Köhler, Holzhauer, Bauern, Fuhrleute, Fahrende und Wegelagerer jeder Sorte

in Schach zu halten, wenigstens so weit, daß niemand ihr die Kneipe zerschlug, sie angriff oder daß es einen Toten gegeben hätte. Je älter sie wurde, desto mehr wurde sie eine Person für sich, immer unansprechbarer und entfernter.
Wie sehr sie sich getäuscht hatte, merkte Ami am nächsten Morgen, als sie verkatert und gähnend in die Wirtsstube herunter kam. Am Fenster saß Bückler, hinter dem Tresen stand ihre Mutter und spülte Gläser. Hätte Ami noch gekonnt, sie wäre weggelaufen. So hatte sie ihre Mutter noch nie gesehen. Sie trug einen bunten weiten Rock, dazu eine weiße Leinenbluse, unter der sie ersichtlich nichts weiter anhatte, deren Ärmel aufgeschlagen waren und die am Hals offen war. Über Nacht waren die Wolken verschwunden, durch die offenen Fenster spielte Sonnenlicht, die Eichen über dem Haus rauschten im warmen Wind.
Doch zum Weglaufen war es zu spät. Die beiden hatten sie gesehen. Ihre Mutter raffte die Bluse am Hals zusammen und ging hinaus.
Bückler sah sie mit seinem mageren, hungrigen Jungengesicht an. Sie hatte in viele Männergesichter geblickt, es war immer auf dieselbe Art ausgegangen, und sie wußte, daß es keinen Sinn hatte, von diesem Jungen etwas zu verlangen. Was da geschah, hatte nur sehr wenig mit ihm zu tun – wie alles, was mit ihr geschehen war, nur sehr wenig mit den einzelnen Männern zu tun gehabt hatte, sondern immer nur mit ihr.
Was ist, sagte er.
Nichts, sagte sie und ging hinauf, sich anzuziehen.
Er ging hinaus. Durch sein offenes Hemd spürte er den Wind an seiner Brust. Mara und er hatten nicht gesprochen. Manchmal blickte sie auf, und dann stürzte er ab in die Schwärze ihrer Augen, schnell jedoch wieder aufgefangen von ihrem Lächeln. Dann wandte sie das Gesicht wieder ab,

damit er sie weiter ansehen konnte, als wäre sein Blick eine Hand, der sie sich hingab.

Er war groß für sein Alter, doch erkennbar unausgewachsen, mit noch unproportioniert großen Händen und Füßen, von jener Magerkeit, die anzeigt, daß ein Körper noch nicht sein Maß erreicht hat. Er war fünfzehn, und er wußte bereits alles, was für ihn hieß, daß alles, was gesagt und getan wurde, Vorwand und Falle, Trick und Täuschung war, so daß folglich alles, was man selber sagte und tat, Vorwand und Falle, Trick und Täuschung zu sein hatte. Er hatte gefeixt, als man ihn als freundlichen und überaus hilfsbereiten Jungen lobte und der Gastwirt Koch in Veitsrodt ihm einen Louisdor gab, damit er für ihn in Oberstein Schnaps kaufte, und er hatte gefeixt, als sie entsetzt waren, als er erst nach einem halben Jahr wiederkam, natürlich ohne Schnaps und ohne Geld. Er hatte es grinsend geduldet, daß sein Vater ihn zu dem Abdecker Nagel in Bärenbach bei Kirn in die Lehre gab, und er hatte gelacht über Nagels fassungsloses Gesicht, als nach einem halben Jahr die Polizei kam und den überaus freundlichen und hilfsbereiten Jungen zusammen mit seinem Komplizen als bereits notorischen Gewohnheitsverbrecher verhaftete.

Jetzt aber merkte er, daß er nicht alles wußte, und so war ihm, als wüßte er gar nichts mehr. Als hätte er noch nie Sonnenlicht im Gras gesehen, noch nie den Wind auf seiner Haut gespürt, noch nie Bäume rauschen hören. Als wäre er aufgewacht, und als er Mara hinter dem Haus hervorkommen und in den Wald gehen sah, folgte er ihr, als führte sie ihn dorthin, wo ihm das Geheimnis gelöst wurde.

Er machte keinen Versuch, die Entfernung zu ihr zu verringern. In dieser grüngoldenen Dämmerung, auf dem braunen, federnden Nadelboden hätte er ihrer Gestalt endlos zwischen den wie von Silber überkrusteten Stämmen folgen können. Er wußte nicht, wie lange sie so gegangen waren, doch plötzlich

standen sie wieder vor den Häusern, und sie war verschwunden. Er ging in seine Kammer und legte sich auf sein Bett. Nahezu augenblicklich war er eingeschlafen.
Mara war ihren Leuten weggelaufen. Der Trupp Zigeuner war schon mehr als drei Stunden durch, als sie plötzlich in Valentin Dupprés Küche stand. Sie war sechzehn, und langsam ging sie auf ihn zu und legte ihm die Arme um den Hals. Eigentlich war zwischen ihnen gar nichts gewesen. Er hatte vielleicht zwei-, dreimal zu ihr hingesehen. Vielleicht ein bißchen lange. Vielleicht zu sehr in die Augen. Er war zweiundzwanzig, seine Eltern waren tot, seine Geschwister weggezogen, er war allein in dem Haus, und plötzlich hatte er eine Frau.
Er begriff das alles zwar nicht, aber eine Frau war für einen Holzhauer aus Muhl schwer zu kriegen. Zwar war sie eine Jenische, aber Frau war Frau, er hatte einfach Glück gehabt, dachte er.
Auch deshalb, weil sie obendrein noch in ihn verliebt war. Er fand das komisch. Es war ihm weniger peinlich als fremd und lächerlich, wenn sie an ihm herumschmuste. Er hielt zwar anfangs still, weil er neugierig war, auch darauf, was das an ihm bewirkte, dann aber machte er sich immer entschlossener frei.
Aber Frau war offenbar doch nicht gleich Frau. Manchmal war sie nicht zu Hause, wenn er von der Arbeit kam, hatte die Küche ungemacht liegenlassen, kam spätabends mit einem Igel oder einem Hasen zurück, den sie in der Schlinge gefangen hatte. Oft wachte er in der Nacht auf, und der Platz neben ihm war leer. Sie trieb sich wieder im Wald herum. Deutsch konnte sie immer noch nicht richtig, und sein Rotwelsch reichte nicht hin. Es war längst nicht mehr komisch, mit ihr nur in Substantiven radebrechen zu können und auch dann noch nicht sicher zu sein, daß sie ihn verstanden hatte. Immer wieder kam es vor, daß sie aus Hermeskeil vom Einkaufen kam mit den absurde-

sten Sachen. Zwar hatte sie eifrig genickt, als er ihr sagte, was sie kaufen sollte, aber verstanden hatte sie kaum etwas.
Dieses dünne, heiße, braune Ding wurde ihm schlagartig fremd. Wut fing an, ihn anzufressen wie Rost. Er machte sich Luft mit Schlägen und Geschrei, aber diese schrägen Augen in dem Katzengesicht machten ihn unsicher. Es kam ihm vor, als hielte sie ihm, wenn er losbrüllte, einen Spiegel vor. Er wußte, daß sie nicht mehr zu ihren Leuten zurückkonnte, aber ihm war, als ob nicht sie in der Falle säße, sondern er.
Doch gab sich das alles beinahe von einem Tag auf den andern. Der Haushalt klappte plötzlich, in den Wald ging sie kaum noch, jedenfalls bemerkte er davon nichts mehr, und was sie ihm zum Essen vorsetzte, schmeckte immer bekannter. Auch die Schmusereien hatten aufgehört. Ein paar Monate später kam das erste Kind, und danach mußte er ihr nachts die Knie mit Gewalt auseinanderbringen. Aber das, dachte er, war normal. Von etwas anderem hatte er nie gehört.
Bückler erwachte am späten Nachmittag. Er spürte weder Hunger noch Durst. Er lauschte ins Haus. Aus der Gaststube kamen Stimmen, auch ihre. Als er die Treppe hinunterging, machte er möglichst viel Lärm, sah aber nicht in die Gaststube hinein, sondern ging gleich hinaus. Am Waldrand wartete er. Als er sie aus der Tür treten sah, ging er langsam in die Tannen hinein. Er wußte, daß sie ihm folgte. Die Sonne stand schon tief, und die Luft erinnerte an Wasser. Er überließ sich dem langsam, dann immer steiler abfallenden Hang, und plötzlich roch er Wasser, roch er wirkliches Wasser. Er begann zu laufen, und dann stand er auf dem Talgrund vor einem von hohen, alten Bäumen umgebenen, halb verlandeten Weiher. Er sah sie oben zwischen den Tannen stehen, und da warf er seine Kleider ab, watete ins Wasser und schwamm. Er lag auf dem Rücken und sah sie näherkommen. Hoch über ihm stand der abendliche Sommerhimmel zwischen den Baumwipfeln, in

dem grünen kalten Wasser fühlte er mit jäh aufschießender Begierde seine Nacktheit. Sie stand zwischen den Bäumen am Rand des Weihers und sah ihm zu, und da begann er um sich zu schlagen, das Wasser mit Armen und Beinen schreiend zu peitschen. Mit langen, gleitenden Stößen schwamm er auf sie zu. Sie wich zurück unter die Tannen, und als er aus dem Wasser stieg, war sie hoch über ihm im Hang, für ihn schon nicht mehr sichtbar.

Viel länger schien das alles her als vier Jahre. Zuviel lag dazwischen. Fluchten und Verhöre, Verhaftungen und Ausbrüche, Verrat und Triumph, Ausschweifung, Schmutz, Brutalität, Todesnähe. Er hatte sie gescheucht, daß ihnen die Rockschöße flatterten und die Uhrketten auf den Bäuchen hüpften. Er hatte ihnen die Zylinder von den Köpfen geschlagen und die Phrasen aus dem Maul. Und immer wieder die tiefe Lust, vor einer verschlossenen Tür zu stehen mit der Axt oder neuerdings mit dem Rammbock. Sie dahinter zittern zu wissen, und dann den Rammbock in die Tür krachen zu lassen. Denn vor einem wie ihm waren immer schon alle Türen zugeschlagen und verrammelt gewesen, immer schon hatte er draußen gestanden, hatten sie drinnen gesessen, folglich sein Triumph, wenn die Türfüllungen splitterten und ihr Allerheiligstes offen vor ihm lag, das Gehäuse ihrer *Privatheit*, die Schachtel ihrer *Individualität*, folglich sein Gelächter, wenn er den Schränken ihre schwülen Geheimnisse entriß und in den obszönen Rätseln ihrer Schubladen wühlte, folglich das Mark und Bein durchdringende Glück, ihnen mit schöner Systematik ihr wirkliches Geheimnis abzupressen, es unter Geschrei und Gestöhne, Geseufz und Gejammer langsam hervortreten zu sehen, das einzige Geheimnis, das sie hatten, die Penunze, das Geld.

Er hatte die Nacht neben Mara im Lehnstuhl verbracht, ihr Gesicht betrachtend, das wie eine braune, rissige Maske geworden war. Als er Holz nachlegte und Grütze zu kochen begann, wachte sie auf. Das Fieber war gesunken. Sie wollte sich waschen und das Bett frisch bezogen haben. Er setzte Wasser auf und ging Holz schlagen. Sie hatte das Haus nach hinten zu erweitern lassen. Die Kammern waren in einem chaotischen Zustand, offenbar noch so, wie die Gäste und ihre Töchter sie verlassen hatten. Es war kalt geworden. An einem eisblauen Himmel stand eine weiß funkelnde Sonne. Als sie frühstückten, hörten sie Schritte näher kommen. Bückler sprang ans Fenster. Es war Schick. Auch er hatte von dem Kahlschlag nichts gewußt. Hätte er nicht plötzlich Rauch aus dem Schornstein aufsteigen sehen, wäre er wieder umgekehrt.

Schick hatte eine Neuigkeit. Im Lauschieder Gasthof saß Veit und versuchte herauszubekommen, wo Bückler war. Bückler starrte Schick verblüfft an. Sie lachten fast gleichzeitig los. Als sie sich beruhigt hatten, wurde Bückler nachdenklich. Sie sollten Veit beobachten und soviel wie möglich aus ihm herausholen, sagte er. Und mindestens jeden zweiten Tag berichten. Schick sollte das organisieren. Vorher aber schickte er ihn nach Hermeskeil einkaufen. Er gab ihm doppelt soviel Geld mit, als er fürs Einkaufen brauchte. Das würde ihm Beine machen.

Er hatte über Schicks Nachricht gelacht, doch wenig überzeugt. Dieser Veit verhielt sich zwar tölpelhaft, aber er war kein Tölpel. Seit einem halben, dreiviertel Jahr war etwas anders auf der linken Rheinseite. Das Hin und Her, das Durcheinander, die Ungewißheit über das, was kommen würde, begann abzunehmen. Eine neue Ordnung bildete sich heraus, und wie immer sie aussehen würde, für ihn würde kein Platz in ihr sein. Natürlich glaubte er nicht, daß dieser Veit ihm gefährlich werden könnte. Doch das mußte nicht so bleiben. Der Mann hatte Mut, und er schien zäh. Er war natürlich auch geschmeichelt. Da machte sich seinetwegen bereits einer aus dem Erthaler Hof auf die Socken. Ein Mensch von Wich-

tigkeit hielt Ausschau nach ihm. Eine Persönlichkeit renkte sich den Hals aus. Setzte den Feldstecher an.
Mara hatte schon drei Tage so gelegen, bevor er kam. Es hatte mit Schüttelfrost angefangen, dann kamen Stiche in der Brust, Fieber und blutiger Husten. Die Stiche hatten nachgelassen, der Husten war jetzt rostbraun. Die Nachbarn hatten sie nach Börfink mitnehmen wollen, wo sie ein Haus und ein Stück Land gepachtet hatten. Wenigstens für die ersten Monate wäre sie untergebracht gewesen. Aber sie hatte schroff abgelehnt, fast verächtlich.
Vor der Tür, bevor er ging, hatte Schick gefragt, was er eigentlich bei der Alten wolle. Er hatte die Stimme gesenkt, als könnte Mara ihn hören. Ich versteh' das nicht. Im übrigen sitzt du hier wie auf dem Präsentierteller.
Das erklär' ich dir später einmal, hatte er gesagt und war ins Haus gegangen.
Konnte er das? Von Schick nicht zu reden, konnte er sich das selbst erklären?
Als er an jenem Abend in die Wirtsstube gekommen war, das Haar noch naß, das Hemd am Körper klebend, hatte sie am Tresen gestanden und mit einem Fuhrmann um die Zeche gefeilscht. Er war in der Tür stehengeblieben, und plötzlich, als wäre er auf eine unaussprechliche Art beleidigt worden, verzerrte sich sein Gesicht. Sie blickte auf, sie sah ihn in der Tür stehen, sie sah sein Gesicht, und hastig, als hätte sie sich geirrt, erließ sie dem Mann die Rechnung und ging hinaus.
Sie lief in ihre Kammer hinauf. Sie wußte, was er gesehen hatte. Er hatte sie gesehen, so wie sie war. So alt wie sie war. Er hatte eine alte Frau gesehen.
Ihre Töchter behandelten sie, als wäre sie krank. Ami war still geworden, las ihr jeden Wunsch von den Augen ab, als dürfte ihr nicht das geringste mehr zugemutet werden. Hedwig, klein, dick, hatte trotzig die Unterlippe vorgeschoben wie im-

mer, wenn sie kurz davor war, in Tränen auszubrechen. Sie ließ sich wütend an Töpfen aus, polterte, rumorte, knallte Türen, keifte herum. Eine große Beleidigung war ihr angetan worden.

Mara holte sich Amis Spiegel. Wie er auf sie zuschwamm. Wie er weiß und schlank durch das grüne Wasser auf sie zuschoß.

Als sie in die Wirtsstube herunterkam, war sie beinahe wie immer, eine kalte, entschlossene Frau. Bückler schien etwas zu essen bestellt zu haben, Hedwig weigerte sich lautstark, für diesen Kerl auch nur einen Finger zu rühren. Sie schickte sie in die Küche an den Abwasch.

Ich glaube auch, daß es besser ist, wenn du gehst, sagte sie.

Eine halbe Stunde später hatte er sein Zimmer geräumt und bezahlt. Sie war solange hinters Haus gegangen in den Wald.

Nur, daß er nach zwei Tagen wieder da war. Und daß sie ihm wortlos ein Glas Wein brachte.

In dieser Nacht kam sie zu ihm. Sie lieferte sich ihm aus. Das war ein plötzlicher, unwiderruflicher Entschluß. So wie vor vielen Jahren. Eines Nachts war sie aufgewacht. Das Bett ihres Mannes neben ihr war leer. Sie stand auf, und als sie ihn aus Amis Kammer kommen sah, die damals elf war, nahm sie eines der Holzscheite, die neben dem Herd lagen, und schlug es ihm über den Kopf. Sie schlug es ihm nicht nur einmal über den Kopf. Und nicht nur dafür, was er dem Kind, sondern auch dafür, was er ihr angetan hatte.

Alle hatten gewußt, was er mit Ami machte, nur sie nicht. Niemand hatte ihr die Wahrheit zu sagen gewagt. Als sie nach ein paar Tagen gefragt wurde, wo ihr Mann sei und sie sagte, im Rechtsrheinischen, da wußte jeder, was geschehen war. Niemand fragte mehr nach ihm. Sie hatten alle das Gefühl, daß Gerechtigkeit geschehen war.

Als Bückler zum erstenmal ihre Schänke betreten hatte, hatte

es sie durchfahren. Dieses abgefeimte Jungengesicht war uralt. Doch hatte das nicht Mitleid bei ihr erzeugt, sondern das Bewußtsein von Verwandtschaft. Dieser Junge wußte viel zu viel und doch nichts. Und sie? Was wußte sie?
Sie kam in seine Kammer wie zu einem Gericht. Er durfte nicht träumen, er mußte wach sein. Er mußte sie sehen, wie sie war. Sie war brettsteif. Er streifte ihr das Hemd herunter. Er betrachtete sie. Er zog sie aufs Bett, legte sich neben sie und drehte sie zu sich hin, und langsam begannen alle Muskeln in ihr nachzugeben.
Danach zeigten sie sich offen zusammen, schamlos, rücksichtslos, gleichgültig gegenüber dem Grinsen, den Witzen, der Verachtung, der Empörung, und mehr als alles andere überzeugte sie, daß er ruhig blieb und nicht zuschlug, wenn da einer feixte, und sie hinausführte, wenn es allzu schlimm wurde. Sie war übrigens seine erste Frau.
Er war stolz auf sie. Er war dadurch auch stolz auf sich. Das Verkniffene an ihm verlor sich in diesem Sommer. Er lernte lachen, und er lernte, was List ist. Der Sommer war endlos. Kleider dienten allenfalls noch als Schutz gegen die Sonne. Manchmal dachten sie, sie lebten in einem andern Land.
Mara weckte ihn. Sie hatte Frühstück gemacht. Das Fieber war verschwunden. Er war im Lehnstuhl eingeschlafen.
Sie behauptete, sie sei über den Berg, aber er zwang sie, sich wieder hinzulegen. Sie würde nicht weggehen. Der Winter sei schon fast vorbei, und wenn erst das Frühjahr da sei, wäre das Schlimmste überstanden. Der Wald würde wieder hochwachsen, und sie würden alle wiederkommen. Warum denn auch nicht? Und an schönen Tagen würden sie Tische und Bänke hinausstellen, und es wäre wieder wie früher.
Sie lachte, gestikulierte. Ihr Haar war grau geworden, die Vorderzähne waren ihr ausgefallen, ihre Augen glänzten. Bückler ließ sie reden. Er sagte nichts von den Brunnen und

dem Grundwasser, das weggesackt war, und nichts davon, weswegen die meisten gekommen waren, ihrer Töchter wegen nämlich. Er lachte mit ihr, ließ sie reden. Es war ja schön, wenn sie erzählte, wie das an Sommerabenden manchmal war, wenn sie Tische und Bänke hinaus unter die Eichen stellten, Lichter anzündeten, wenn es dunkel wurde und der Mond über den Tannen aufstieg.

Plötzlich schrie sie auf. Eine Gestalt war im Zimmer.

Der soll gehen, schrie sie. Den will ich nicht sehen. Hier ist niemand, schrie sie.

Bückler drängte Joschi hinaus. Er könne sowieso nicht bleiben, sagte Joschi, er habe nur Proviant bringen wollen. Es war Bückler unerklärlich, wie er hatte hineinkommen können, ohne daß sie ihn hörten.

Als er das Zimmer wieder betrat, lag Mara erschöpft in den Kissen. Ihr Gesicht glühte, das Fieber war zurückgekommen. Er sprach sie an, rief, wollte sie noch einmal erreichen, doch sie war schon zu weit weg.

Er zündete eine frische Kerze an.

Das Ende war im Frühjahr gekommen, und sie hatten beide nichts dagegen einzuwenden gehabt. Hedwig hatte ihn denunziert. Doch die Nachricht, daß da drei zu ihm unterwegs waren, war schneller als die drei. Er wich nach Züsch zu Kaspar Weber aus. Er war wohl allzu sorglos gewesen, die drei stöberten ihn auf. Die Herren hatten fünfzehn Kilometer Fußmarsch hinter sich, und als er vorschlug, den kleinen Umweg über Muhl zu nehmen, damit er seine Kleider holen könne, war die Aussicht auf einen Schnaps und eine Rast stärker als ihr Pflichtgefühl. Mara ließ auffahren, ließ ihre Töchter springen, und als es am gemütlichsten war, sagte Bückler, dann hole ich jetzt mal meine Sachen.

Sie kam ihm in seine Kammer hinauf nach. Sie wußten beide, daß dies das Ende war.

Ich würde mich auch nicht ändern an deiner Stelle, sagte sie. Aber du weißt, daß so kein Leben mit dir möglich ist. Nicht für eine Frau.
Sie werden mich nicht kriegen, sagte er. Nie.
Vom Fensterbrett aus sprang er an den Ast der Eiche, die davor stand, hangelte sich daran entlang, sprang zu Boden. Er lachte zu ihr hinauf. Niemals war er stärker und schöner als in diesem Augenblick. Er war jetzt ein Mann. Er winkte ihr noch einmal zu, war im Wald verschwunden.
Ihr Atem war schneller geworden und kürzer. Joschi hatte nichts Neues zu berichten gehabt. Veit saß immer noch im Gasthof von Lauschied. Bückler stand auf und hielt das Perpendikel der Uhr an.
Viele suchten ihn. Beim Versteckspiel wirkt der, der sucht, immer komisch. Veit wirkte besonders komisch. Er fragte sich, wie er sich diesmal verkleidet haben mochte. Von all denen, die hinter ihm her gewesen waren, war Veit der erste, den er mochte.
Maras Atmen war mühsamer geworden, begann in ein Keuchen überzugehen. Der Weiher damals im Abendlicht, schon verschattet im Talgrund unter dem Sommerhimmel. Das Schweigen des Wassers. Ein Fisch steigt aus der Tiefe. Die Welt ein zweideutiger Widerschein.
Es war auf einmal still. Er rührte sich nicht. Er schloß die Augen.
Als es graute, trat er vor die Tür. Vor ihm der Kahlschlag, die Wüste aus Baumstümpfen und Gestrüpp. Er schulterte Schaufel und Hacke.

Diesmal kam Veit zu Pferd. Er ritt nach der Karte, seine beiden Pistolen hatte er griffbereit, und bei der geringsten verdächtigen Bewegung hätte er sofort geschossen. Je höher er kam, desto trockener wurde der Schnee, der fiel, und als beginne der Himmel sich zu erinnern, trat zögernd ein blasses Blau hervor. Auch die Sonne war auf einmal da. Trotzdem schneite es weiter, fein und dünn, und in diesem weißblau-goldenen Rieseln kam er an.

Dieses Dorf mußte Lauschied sein, und es war Lauschied, wie ihm ein Bauer bestätigte. Es war alles ganz einfach gewesen. Er fand auch gleich den Gasthof, und noch während er abstieg, stürzte schon der Wirt aus der Tür und begrüßte ihn, während ein Knecht das Pferd wegführte. Ein Zimmer war auch da, es würde sofort eingeheizt. Der Wirt nahm ihm die Satteltaschen ab und führte ihn hinauf.

Zum Abendessen komme ich hinunter, sagte Veit schwach. Der Wirt dienerte und ging. Veit war gerade noch imstande, seine Stiefel auszuziehen, dann ließ er sich hintenüber kippen. Er brachte noch die Beine aufs Bett, aber davon wußte er nichts mehr, das tat er schon im Schlaf.

Als er aufwachte, war es dunkel. Aus dem Haus oder von draußen kein Laut. Es mußte tief in der Nacht sein. Er wußte sofort, wo er war. Er zog sich aus und kroch unter das Federbett. Ein kleiner weißer Mond durchwanderte das Fensterviereck. Später begann ein Lila zu glimmen, verwandelte sich in Grün, in Rosa, schließlich in ein blasses, doch sich stetig vertiefendes Blau. Die Sonne trat ins Fenster, ein weißes Feuer, das in den Eisblumen funkelte. Er hörte das Haus erwachen; Schritte, Stimmen, Lachen. Vieh brüllte, Wagen knarrten vor-

über, Kinder riefen. Auf dem Ofen stand das Abendessen von gestern. Offenbar war eingeheizt worden, während er schlief. Schließlich ging er hinunter. Der Wirt beglückwünschte ihn zu seinem gesunden Schlaf. Der Schankraum war schon beinahe voll, und einige aßen bereits zu Mittag.
Veit bot dem Wirt Platz an. Auf Rechnung einer Amsterdamer Reederei kaufe er ausgesuchtes Eichen- und Mastholz auf, sagte Veit. Es handele sich um ein langfristiges Geschäft. Seine Auftraggeber orderten große Mengen, allerdings nur in ausgesuchter Qualität. Seine Aufgabe sei es, die Kapazität des Soonwaldes zu prüfen. Was er brauche, seien Kontakte zu Förstern, Waldbesitzern, Vertretern von Gemeinden, aber auch zu Fuhrunternehmern und Sägewerksbesitzern, denn natürlich werde das Material vorbearbeitet werden müssen, bevor es zum Rhein hinunter auf Schiffe gebracht werde.
Der Wirt nickte, als wisse er bereits alles.
Er gedenke nicht, seine Dienste unentgeltlich in Anspruch zu nehmen, sagte Veit. Eine Vermittlungsprovision verstehe sich von selbst. Über ihre Höhe werde man reden müssen, obwohl man zu einer verrechenbaren Anzahlung schon jetzt kommen könne. Aber erst einmal wolle er essen.
Bei ihm sei er durchaus an den richtigen Mann geraten, sagte der Wirt, denn er kenne nahezu alle Förster im Soonwald, und zum Mittagessen könne er ihm eine Poularde empfehlen.
Als Veit auf sein Zimmer kam, war Maria gerade dabei anzuheizen. Sie hatte unten bedient. Nicht ihn natürlich, denn das machte der Wirt selbst. Sie war ihm aber aufgefallen durch die Art, wie sie ging – daß die Tische zitterten. Eine unangenehme Person, hatte er gedacht, mit diesem verkniffenen Blick, den sie hat. Doch hatte sie den nicht mehr, als sie sich, vor dem Ofen kniend, nach ihm umwandte, als er

ins Zimmer trat. Sie hat große braune Augen, dachte er, ihren gebeugten Rücken betrachtend. Hier bewegte sie sich auch anders. Fast geräuschlos.

Er begann ein Gespräch übers Feuermachen. Er hielt sich für einen Experten darin. Er kniete sich sogar neben sie vor den Ofen. Sie lachte. Auf einer Schaufel hatte sie Glut von unten mitgebracht. Das Reisig, das sie aufgelegt hatte, knisterte schon. Veit war unwillkürlich in Dialekt gefallen. Sie sprachen über die Kälte, die zunahm. Gleichzeitig sahen sie in die Flammen, die an den Scheiten emporleckten. Schließlich schloß sie die Ofentür. Er solle ordentlich nachlegen, sagte sie im Hinausgehen. Das Bettzeug sei sicher noch klamm.

Bei seiner zweiten Expedition hatte er besser vorbereitet sein wollen. Im Gepäck hatte er zwei Pistolen (Waffen zu tragen war verboten), ein feststehendes und ein Springmesser, in seinen Kleidern war reichlich Geld vernäht, und beim Kurierdienst im Erthaler Hof stand ein Pferd für ihn bereit. Gegen neun Uhr abends war er mit seinen Vorbereitungen zu Ende, als er auf der Außentreppe, die zu seinen beiden Kammern führte, Schritte hörte. Ins Zimmer trat Ulrike Rebmann.

Sorgfältig schloß sie die Tür. Sie lächelte. Langsam ging sie zu einem Stuhl. Sie nahm den Hut ab und setzte sich.

Ich wollte nur einmal sehen, wie du aussiehst, sagte sie.

Sie öffnete die Agraffe an ihrem Hals und ließ ihren Mantel über die Stuhllehne fallen. Sie lächelte. Sie trug ein sehr tief ausgeschnittenes Samtkleid.

Die Frau ist wahnsinnig, dachte Veit. Die reißt dich mit hinunter. Wenn nur einer sie auf der Treppe gesehen hat, kann dich selbst Jeanbon nicht mehr halten.

Doch flog ihm das nur so nebenbei durch den Kopf. Was er sah, war der Ausschnitt ihres Kleides. Den hielt sie ihm hin wie einen Spiegel, in dem die Sonne steht.

Sie stand auf. Eine süße, niederziehende Schwäche schoß in seine Gedärme. Er tat einen Schritt auf sie zu.
Komm her, sagte sie.
Und er kam. Er tat auch den letzten Schritt, und als sie ihm die Arme auf die Schulter legte, senkte er den Kopf.
So siehst du also aus, sagte sie.
Nach einer Stunde ging sie. Er stand und lauschte ihren Schritten nach, bis es still war, immer stiller wurde, und plötzlich raffte er seine Sachen zusammen und lief zum Erthaler Hof. Die Botenmeisterei hatte rund um die Uhr Dienst, er bekam sein Pferd, quittierte und sattelte auf. Die Nacht war feucht und kalt. Es hatte geschneit, doch der Schnee schmolz bereits wieder. Dunst hing um die wenigen Laternen. Allmählich begannen sich seine Augen an die Dunkelheit zu gewöhnen, und als die Chaussee lang und gerade vor ihm lag, preschte er los.
Veits Stammplatz war an einem Tisch in der Ecke am Fenster im Hintergrund des Schankraums. Er blieb für ihn reserviert, auch wenn es voll war. Dort verhandelte er, schrieb er Briefe, stellte er Berechnungen an, dachte er nach – von der Theke her gut sichtbar, wo man ihn nicht aus den Augen ließ, einander bedeutsame Blicke zuwerfend, sich Geheimes zuflüsternd.
Er war beschäftigt. Es war gar nicht so einfach, in die Erzählungen all der Leute, die ihm da Holz anboten, Ordnung zu bringen und Klarheit hinsichtlich Standort, Qualität und Menge des Holzes. Auch waren Faktoren zu berücksichtigen wie leichte oder schwierige Erreichbarkeit, Entfernung zur nächsten Sägemühle, Transportprobleme. Das alles war in ein möglichst günstiges Verhältnis zu setzen, denn natürlich war Amsterdam daran gelegen, den Kostenfaktor Transport so gering wie möglich zu halten.
Er trug eine taubengraue Hose, eine burgunderrote Weste, darüber eine weiße Halsbinde und einen dunkelblauen Rock

aus sehr feinem englischen Tuch. Das Kostbarste aber waren seine Stiefel. Aus tiefbraunem Juchten, handschuhweich, sich jeder Bewegung anpassend und doch Halt gebend, verliehen sie seinem Schritt nicht nur Bestimmtheit, sondern auch federnde Leichtfüßigkeit. Solche Kleidung erzeugt nicht nur gewisse Bewegungen, sondern auch das Bewußtsein von Unterschieden, also Distinktion. Gleichzeitig mußte er Fingerspitzengefühl genug haben, im richtigen Augenblick dem Wirt das Zeichen für eine Lokalrunde zu geben oder eine neue Flasche zu bringen. Denn natürlich mußte er seinen Besuchern einen Begrüßungsschnaps anbieten.

Mit den Leuten kam er immer besser zurecht. Anfangs hatten sie mißtrauisch von der Theke zu ihm herübergestarrt. Inzwischen wagten sie sich schon zutraulich an seinen Tisch, neugierig seine mit unverständlichen Zeichen bedeckten Papiere betrachtend. Wenn sie allzu nahe kamen, vom Wirt zurückgerufen. Sein Zimmer war durchgehend geheizt, er konnte sich zurückziehen, wann er wollte, und regelmäßig ging er nachmittags, wenn die Sonne nur noch wenig über dem Horizont stand, durch das tief verschneite Dorf die Landstraße hinauf bis zum Wald, um dann in die Wärme der Gaststube zurückzukehren, bei einem Grog durch das Fenster das Erlöschen der Farben beobachtend, ein Traum aus Weiß und Blau und Gold und dem tiefen Braun der Stuben.

Natürlich versuchte er, sooft wie möglich das Gespräch auf Bückler zu bringen oder auf den Schinderhannes, wie er schnell zu sagen lernte. Er rannte gegen eine Wand. Niemand hatte ihn gesehen in den letzten Monaten oder kannte jemanden, der ihn gesehen hatte, oder hatte von einem gehört, der ihn gesehen haben könnte. Er versuchte es mit Versprechungen und öfter ziemlich unverblümt mit Geld. Er deutete Summen an, die für manchen dieser armen Teufel die Rettung gewesen wären. Das Ergebnis war immer dasselbe: Achselzucken und

ein verschlagenes Grinsen, das ihm auf gutmütige und taktvolle Weise andeutete, daß man ihn bemitleidete für so viel Naivität.
Unterstellt, daß Bückler mit seiner Bande und mit dem ganzen daranhängenden Netz von Hehlern, Komplizen, Mitwissern und Bestochenen einen beträchtlichen erpresserischen Druck auszuüben imstande war, so war damit kaum etwas erklärt. Die allermeisten, die Bückler deckten, hatten nichts davon, mehr noch, machten sich der Zugehörigkeit zu seiner Bande sogar verdächtig. Veit sah natürlich, daß zwischen ihm und diesen Leuten ein Graben war und daß er auf der anderen Seite stand. Doch auch das reichte nicht zur Erklärung. Über diesen Graben waren schon viele gesprungen, wenn es um ihren Vorteil ging, und sei es auch nur, um sich zu rächen. Noch unverständlicher wurde ihm ihre Haltung, wenn er ihnen vorhielt, daß Bückler zwar seine spektakulärsten Beraubungen an wohlhabenden Juden verübt hatte, den größten Teil seiner Beute aber Müllern, kleinen Bauern, Tagelöhnern abpreßte, also ihresgleichen. Bei ihnen schien das nicht gegen ihn zu sprechen.
Sie lächelten nur, wenn er ihnen das vorhielt. In diesem Lächeln war er sehr weit von ihnen entfernt, verstand er nichts. Bei weitem zu schlau war dieses Lächeln, fand Veit, viel zu überlegen. Es war nichts dahinter. Es war die Ohnmacht und nichts sonst. Sie erschufteten ihren Herren den Zehnten, und sie trieben ihn für sie ein. Sie verhungerten dabei, und es waren ihresgleichen, die ihnen auch noch das letzte Stück Brot wegnahmen. Sie bauten die Gefängnisse, in die man sie warf, die Galgen, an die man sie hängte, die Galeeren, an die man sie schmiedete.
Er solle doch endlich Ruhe geben, hatten ihn die Herren beschworen, die man mit ihm auf den Hohenasperg gebracht hatte. Was können denn die armen Teufel dafür, die uns bewachen? Aber wer kann denn dann etwas für das alles, wenn

nicht die? hatte er geschrien, und Maus und König hatten aufgeschlossen und ihn gegriffen. Er braucht's wohl mal wieder, hatte Maus gemütlich gesagt und ihm erst einmal in die Nieren geschlagen, denn zusammengekrümmt konnten sie ihn besser auf die Krankenzelle zur Behandlung bringen.
Und nun? hatten die Herren gesagt, wenn Maus und König ihn nach einer Stunde wieder in die Zelle warfen, ist damit etwas geändert?
Was meinte der Triumph in ihrer Stimme, wenn sie hier von ihrem Schinderhannes sprachen? Triumph worüber? Gegenüber wem? Und wieso für sie?
Er sah ihre Zahnstummel, ihre Geschwüre, ihre Lumpen, ihren Schmutz. Er sah ihre Hände auf dem Wirtshaustisch, krummgearbeitet, hornig, verwachsen, schwarz von der eingewachsenen Erde ihrer Äcker. Er starrte auf diese Hände.
Maria beobachtete ihn. Ein Gast sei gekommen, hatte man gesagt und sie hinaufgeschickt, Feuer zu machen. Das Herz sprang ihr in den Hals hinauf, als sie ihn da schlafend liegen sah. Ein großes Unglück war geschehen. Hastig warf sie die Glut, die sie auf der Schaufel mitgebracht hatte, in den Ofen und legte Reisig und Holz nach. Er lag in seinen Kleidern da, und die sagten ihr, wie tief der Graben war, über den sie in jener Nacht gesprungen war. Daß niemand davon wußte, beruhigte sie nicht. Die Gefahr war in ihr. Sie war sich selbst eine Gefahr.
Sie beeilte sich, aus dem Zimmer zu kommen. Doch schon nach einer halben Stunde mußte sie wieder hinauf, um nachzulegen. Wie war es denn wirklich gewesen? Sie hatte nichts verstanden von dem, was er damals von seinem Stuhl herunter gesagt hatte. Sie hatte nur verstanden, daß er von einer großen Begeisterung erfaßt war. Etwas, worauf viele gewartet hatten, war endlich gekommen. Etwas Schönes, Großes, und es war, so glaubte sie ihn zu verstehen, auch für Leute wie sie gekommen.

Das war natürlich Unsinn, und darüber mußte sie lächeln. Aber es war doch schön, es zu hören; auch wenn sie nicht daran glaubte, war es schön. Schön war auch, jemanden sich so freuen zu sehen. Es war aber auch gefährlich. Begeisterung war keine Haltung, die für Leute wie sie gut war. Für jemanden wie sie war es gut, die Augen zusammenzukneifen, daß man blickte wie aus einem Schlitz, einer Schießscharte, aus einem Versteck heraus.

Inzwischen gab es kaum noch eine Schinderhannes-Anekdote, die für Veit neu gewesen wäre. Es stellte sich ein erstaunliches Phänomen ein: Schinderhannes und Bückler begannen, sich in seinem Kopf zu trennen. Bückler, das war ein kleiner Strauchdieb, über den man ziemlich gut Bescheid wußte und der über kurz oder lang hinter Gittern verschwinden würde. Der Schinderhannes aber, das war eine brettflache Figur wie ein Hampelmann, in den Umrissen naiv wie Bauernmalerei, nur daß etwas eintrat, was er sich beim Betrachten von Portraits oft vorgestellt hatte: Seine Augen bewegten sich, verfolgten ihn, und um seinen Holzmund spielte ein sarkastisches Lächeln. Er hatte ganz offenbar diesen Bauern zu lange zugehört.

In der Nacht träumte er von ihm. Er war bereits dreidimensional, doch noch nicht vollständig. Etwas Puppenhaft-Automatenhaftes war noch an ihm, ging auch nicht weg. Er empfand große Angst, ohne zu wissen warum. Er erwachte, ohne daß damit die Figur verschwunden gewesen wäre. Der Schinderhannes saß in der Ecke und hatte ihm halb den Rücken zugewandt. Er war mit etwas beschäftigt, vermutlich dem Laden einer Pistole. Er sah ihn über die Schulter an und lächelte, ein kaltes Lächeln, das etwas wußte, was Veit nicht wußte und was noch eintreffen würde. Natürlich saß da niemand in der Ecke. Veit hatte keine Halluzinationen. Wenn er wollte, konnte er die Figur verschwinden lassen. Der Schinderhannes ging hinaus. Fingerhut, Schuh gut, sagte sein Ledermund.

Fingerhut, Schuh gut war ein Spiel. Alle standen auf einem Leiterwagen, einer mußte durch die Sprossen hindurch einen Schuh berühren. Dann rief er Fingerhut, Schuh gut. Niemand in Mainz hatte sich dafür interessiert, wer Veit wirklich war. Anfangs hatte man über eine Passage in Sinclairs Brief gerätselt, doch nur so lange, bis man Veit zu Gesicht bekam. Dieser junge Mann gab keine Rätsel auf. Er hieß Veit, und schon für den Vornamen interessierte man sich nicht mehr. Der Name war nicht falsch, bloß unvollständig. Vollständig lautete er: Eduard Veit Baron von Falck.

Die Falcks saßen bei Koblenz auf der rechten Rheinseite, und Veit hatte gute Gründe, in Tübingen und erst recht in Mainz seinen vollständigen Namen zu verschweigen. Unter deutschen Demokraten hatte sein Vater einen ziemlich üblen Ruf. Mit zwölf, dreizehn hatte er ihn gelegentlich nach Koblenz zu den Festen des Grafen von Artois, der Herzogin von Polignac oder des Grafen von Provence mitgenommen, alles Namen, die zu nennen auch vor französischen Ohren nicht ratsam war.

Fingerhut, Schuh gut hatte Veit oft mit den Kindern im Dorf gespielt, an Juniabenden wenn die Heuwagen wieder zurück und entladen waren. Er hatte sich kaum von den Bauernkindern unterschieden. Die Garderobe für Koblenz und die Emigrantenfeste hing zwar im Schrank und wurde ihm unaufhaltsam zu klein, aber sie war auch das einzige an Kleidern, was nicht abgewetzt, zerschlissen und geflickt war. Sein Vater war praktisch bankrott. Das Landhaus verfiel zusehends.

Fingerhut, Schuh gut rief man, wenn man einen Schuh oder einen der nackten Kinderfüße berührt hatte. Aber natürlich durfte man sich nicht berühren lassen. Man mußte vor der Hand, die durch die Sprossen schnellte, ausweichen, man mußte springen, am besten man berührte überhaupt nicht den Boden. Baron von Falck hatte mit dem plärrenden Stückchen Fleisch, das ihm seine sterbende Frau hinterließ, nichts anfangen können. Gundel, ihre Aufwartefrau, bewahrte es für ihn auf. Doch auch mit dem Sechsjährigen, den Gundel ihm eines Tages, als er wieder einmal auf seinem Landsitz war, vorstellte, wußte er nichts anzufangen, und er schickte ihm Justus Schmitt als Hauslehrer, damit der etwas mit ihm anfange, ihn jedenfalls und mindestens Schreiben und Lesen lehre. Ein paarmal nahm er ihn mit nach Koblenz, doch das Ungetüm von Sohn, das ihm da heranwuchs, war ihm unheimlich, und erschöpft gab Baron von Falck auf und zog sich in den ersten Stock zurück.

Fingerhut, Schuh gut – wer berührt worden war, mußte herunter vom Wagen. Als der Regen, der durch das Dach rann, im Erdgeschoß angekommen und der junge Baron achtzehn war, hieß es hinaus in die Welt. Doch in welche? In die des Vaters oder in die von Justus Schmitt? Für den jungen Baron keine Frage, und so nannte er sich Eduard Veit und kam über Tübingen, den Hohenasperg nach Mainz und von da zu den Bauern von Lauschied.

Als Maria ihn das erstemal in seinen guten Kleidern sah, wäre sie beinahe herausgeplatzt. Schick sah er aus, aber das war kein Kaufmann, sondern einer, der den Kaufmann spielt, obwohl dem Eifer und der Gewissenhaftigkeit nach zu schließen, womit er aufschrieb, was man ihm erzählte, er von der Existenz der Amsterdamer Reederei, die er angeblich vertrat, durchaus überzeugt schien. Wäre er auch nur eine Spur geschickter gewesen, sie hätte ihn verachtet. Er kam ihr vor wie ein Schlafwandler. In dem ganzen Gasthof war er der einzige Mensch, der sie bemerkte. Sie fragte sich, ob das an der Art lag, wie sie mit ihm sprach. Sprach sie, als wüßte sie etwas über ihn, als würde sie ihn kennen, als hätten sie etwas gemeinsam? Sie nahm sich vor, kälter mit ihm zu reden.

Am Abend des vierten Tages stellte sich Veit ein Gutsbesitzer vor, der auch über bedeutende Waldungen verfügte, nach den

Größenangaben, die er machte, ein schwerreicher Mann. Veit begann, sich Notizen zu machen, und während er schrieb, sah er auf die Hände des Mannes, und da stutzte er und hörte auf zu schreiben. Das war ja nun dreist. Das war ja so frech, daß es schon komisch war. Ein Millionär sollte sich persönlich in eine Dorfkneipe bemühen, um ein paar Klafter Holz zu verkaufen? Und erst der Aufzug des Kerls. Veit lachte dem Mann ins Gesicht, der immer noch dabei war, seine gewaltigen Besitzungen aufzuzählen.

Großartig, sagte Veit. Ich beglückwünsche Sie.

Der Mann starrte ihn verblüfft an, wollte weitersprechen, doch plötzlich stand der Wirt am Tisch, und ehe Veit begriffen hatte, waren die beiden verschwunden.

Der Wirt hatte ihm einen falschen Mann geschickt. Und was waren das für Leute gewesen, die er ihm davor geschickt hatte? Betont sorgfältig ordnete Veit seine Papiere und stand auf. An der Theke steckten sie flüsternd die Köpfe zusammen. Ihre Blicke auf seinem Rücken spürend, ging er zur hinteren Tür, die in den oberen Stock führte. Jemand unterdrückte ein Lachen. Auf seinem Zimmer nahm er seine Karte aus der Packtasche. Er begann, die Orts- und Entfernungsangaben in seinen Aufzeichnungen anhand der Karte zu überprüfen. Es stimmte fast nichts. Entweder war dort, wo Holzbestände angeboten waren, überhaupt kein Wald, oder die angegebenen Entfernungen, sei es zu Ortschaften, sei es zu Landstraßen, waren falsch. Er überschlug die Holzmengen, die er geordert hatte. Man hätte eine ganze Flotte damit bauen können. Und jetzt fiel ihm auch ein, was seit Jahren Tagesgespräch war: daß die Franzosen die Wälder plünderten. Auf dem ganzen Hunsrück gab es kein Holz mehr, das zu kaufen gewesen wäre.

Er hatte keine Ahnung. Sie hatten ihn mühelos hereinlegen können. Aber wozu der Aufwand?

Sie hatten ihn ausgehorcht. Ganz einfach. Jetzt erst fiel ihm

auf, daß sich alle nach Mainz erkundigt hatten. Er hatte das für natürlich gehalten, und er hatte bereitwillig erzählt. Er war plötzlich sicher, daß er von Jeanbon erzählt hatte. Aber was?
Es klopfte. Die Magd kam mit Holz. Sie war schon im Nachthemd. Um die Schultern hatte sie ein Wolltuch. Als sie sich bückte, um nachzulegen, fiel der Ausschnitt ihres Hemdes auseinander. Er bot ihr ein Glas Portwein an. Sie sah ihm belustigt in die Augen, nahm aber an. Sie hatten in den letzten Tagen öfter miteinander gesprochen, wenn sie Holz oder das Frühstück brachte oder saubermachte. Bemerkungen über das Wetter, nichts Besonderes. Aber es war angenehm gewesen, mit ihr zu reden. Sie sprach frei, nicht wie ein Dienstbote, sogar mit einer Spur von Ironie. Erst jetzt kam ihm der Gedanke, entweder steckte sie mit dem Wirt unter einer Decke, oder sie wußte etwas über ihn.
Gefällt es dir hier? sagte er.
Sie blickte abschätzig in ihr Glas.
Im Frühjahr, wenn das Wetter besser ist, gehe ich.
Sie schien nicht zu bemerken, daß der Ausschnitt ihres Hemdes immer noch offenstand.
In Mainz könnte ich dir eine Stelle verschaffen, sagte Veit. Sie schlug abrupt ihr Wolltuch um die Schultern und stand auf.
Ich würde an Eurer Stelle heute nacht abschließen, sagte sie. Meine Kammer ist auf dem Boden. Durch die Tür am Ende des Flurs die Leiter hinauf. Ihr könnt rufen, wenn Ihr etwas braucht.
Und warum sollte ich abschließen, sagte Veit.
Das wißt Ihr selber, sagte sie. Sie wissen jetzt, daß Ihr wißt, wo der Schinderhannes ist.
Ich soll wissen, wo der Schinderhannes ist? sagte Veit.
Aber da war sie schon hinaus.
An den Scheiben knisterte Schnee. Er öffnete das Fenster. Große, nasse Flocken fielen dicht an dicht senkrecht nieder.

Er hatte gefunden, was er suchte, und jetzt suchte er, was er gefunden hatte. Sein Kopf verweigerte jede Auskunft. Es mußte offenbar bei seinem letzten Gespräch geschehen sein, daß sich einer verraten hatte. Er ging das Gespräch wieder und wieder durch, aber es war als taste er eine vollkommen glatte Wand nach einem Spalt ab. Der Mann hatte ihm sieben Morgen achtzigjährigen Tannenwald in Muhl bei Börfink angeboten. Sein Verwalter heiße Duppré.

Dieses maschinenmäßige Fallen draußen machte ihn rasend. Er saß in der Falle. Da war längst kein Durchkommen mehr.

Er starrte auf die Tür. Er fragte sich, wie haltbar sie sei. Er hatte abgeschlossen. Von unten kein Laut. Am langsam erkaltenden Ofen stehend – wegen des Lärms, den das Feuer machte, hatte er nicht nachzulegen gewagt –, sah er neben dem Schrank eine mannshohe Ritze im Mauerwerk. Er rückte den Schrank beiseite. Er stand vor einer schmalen Holztür. Er drehte den Knauf, und die Tür gab ins Nebenzimmer nach. Der Schlüssel steckte von innen, die Tür war zum Gang hin offen, er saß also nicht völlig in der Falle.

Er ging zurück und setzte sich an den Tisch. An den Scheiben pickte es. Tropfen liefen über das Glas. Unter den Schnee hatte sich Regen gemischt. Er horchte ins Haus. Und plötzlich veränderte sich die Stille, wie sie sich verändert, wenn eine Tür lautlos geöffnet und wieder geschlossen wird. Er blies die Kerze aus. Eine Treppenstufe knarrte. Jemand stand vor der Tür. Von draußen spiegelte der Schnee einen fahlen Schein ins Zimmer. Unter der Tür schob sich ein Stück von einer Pferdedecke hervor. Langsam begann sich der Schlüssel im Schloß zu drehen. Er wich zu der Tür hinter dem Schrank zurück. Als der Schlüssel aus dem Schloß gedrückt wurde, auf die Decke fiel und unter der Tür durchgezogen wurde, trat er in das Nebenzimmer, und als vorsichtig aufgeschlossen wurde, hatte er schon die Türklinke in der Hand, war auf dem Flur, lief er zu der Tür, ertastete Stufen, klomm hinauf, sah er unter einer Türritze Licht.

Sie wußte, daß er kommen würde. Sie sprang aus dem Bett, noch ehe er klopfen konnte, schob ihn wortlos in einen Verschlag neben ihrer Kammer, sprang in ihr Bett zurück und löschte das Licht. Sie kamen zuerst zu ihr. Sie fuhr hoch, tat verschlafen, schimpfte hinter ihnen her, als sie fluchend abzogen.

Sie zog ihn aus seinem Versteck.

Holt Eure Sachen aus Eurem Zimmer, sagte sie. Ich warte auf Euch.

Er schlich sich zurück, raffte das Wichtigste zusammen, und als er zurückkam, war sie angezogen. Sie löste ein Brett ihres Verschlages, führte ihn über den Heuboden und über die Leiter zum Stall hinab. Er wollte sich bedanken, doch sie war schon wieder verschwunden. Er sattelte sein Pferd und öffnete die Stalltür. Es regnete. Der Schnee war zusammengesackt zu einer sumpfigen Masse, doch der Boden darunter war noch gefroren. Er führte sein Pferd auf die Straße und saß auf. Es war unruhig und offenbar froh, Bewegung zu bekommen. Zwischen den Häusern ritt er noch Schritt, auf der Landstraße gab er ihm die Zügel frei. Es verfiel sofort in einen zügigen, kraftvollen Trab.

Ein bleifarbenes Licht begann die Wolken zu erhellen, die fahl und zerrissen dahinjagten. Angst überfiel ihn, die er vorhin nicht empfinden durfte. Er spornte das Pferd. Fast blind jagte er durch den schwarzen Tunnel der Alleebäume. Oben am Wald hielt er keuchend an. Nur Sturm und Regen. Sie hatten seine Flucht noch nicht entdeckt. Wenn überhaupt, würden sie ihn auf der Straße nach Mainz suchen. Er bog nach rechts ab, nach Westen.

Das graue Licht unter den Wolken hatte zugenommen.

Schwarz gegen Grau standen Bäume und Hecken. Das Pferd fiel wieder in Trab. Erleichterung überschwemmte ihn. Er war entronnen. Er sang in den Sturm hinein, schrie. Plötzlich preschte er wieder los. Doch jetzt aus nichts als Lust an Bewegung und Geschwindigkeit. Er spürte wieder Raum um sich, nach all der erstickenden, niederkrümmenden Enge Weite, und damit meinte er nicht nur die Tage in Lauschied. Als werde ein Vorhang beiseite gerissen, sah er, daß die Monate in Mainz nichts anderes gewesen waren, eine endlose Flucht von Kammern, die in Kammern führten, die wiederum in Kammern führten.

Im Osten, zwischen blauen und braunen und grellweißen Wolkentürmen ein brandiges Rot. Darunter Waldschwarz und Weiß das Land, endlos zum Horizont hin wogend. Es war etwas zu Ende. Er war mit etwas fertig. Etwas lag hinter ihm. Die Auftürmungen der Macht stürzten ein. Jeglicher Macht. Er würde weiterhin Objekt von Macht sein, aber keine würde er mehr anerkennen.

Angeblich wußte er, wo Bückler zu finden war. Offenbar hatten die andern bessere Ohren als er und flinkere Köpfe. Er hatte nur den Namen eines Dorfs. Es war nur mit Mühe auf seiner Karte zu finden gewesen.

Er suchte einen Mann. Aber plötzlich wußte er, daß das nicht alles war. Er suchte mehr. Er *suchte* wieder. Das war es. Mainz, das war ein grellerleuchtetes, leeres Gehäuse. Ratlos und schläfrig hatte er an Fenstern gestanden, die immer nur auf andere Fenster gingen.

Regenschauer jagten über ihn hinweg, dann wieder gleißende Lichtbahnen. Unter ihm das Land. Wolkenschatten liefen über Bergzüge und Täler. Blendende Sonnendurchbrüche, jähe Verfinsterungen. Hoch darüber im Sturm Wolkentrümmer. Er schaute wie berauscht. Er würde nicht wieder nach Mainz zurückgehen. Auch nicht nach Frauenberg zu Justus. Er würde verschollen sein. Zum erstenmal wußte er nicht, was mit ihm geschehen würde.

Ein kleiner Mond schwamm zwischen den Wolken, als er schließlich am Rand des Kahlschlags stand. Im Fenster einer der Hütten ein Lichtfunke. Er ritt darauf zu. Er stieg ab. Die Tür öffnete sich, und Haid trat heraus.

Jeanbon las Veits Bericht erst, als Veit bereits wieder unterwegs war. Durch einen alten Kleiderjuden, schrieb Veit, habe er Kontakt zum Wirt des Lauschieder Gasthofs aufgenommen mit der Bitte, ihn zu benachrichtigen, wenn sich Mitglieder der Bückler-Bande oder gar Bückler selbst in seinem Gasthaus oder in der Gegend aufhielten. Das sei geschehen, und tatsächlich habe er dort auch ein Mitglied der Bande, einen jungen Zigeuner, angetroffen und sich mit ihm anfreunden können. Der habe ihn dann zur Lauschieder Mühle geführt, wo die Bande sich aufhielt. Dort habe er Gelegenheit gehabt, sich des längeren mit Bückler selbst zu unterhalten und sein Vertrauen zu gewinnen, so daß ihn Bückler aufgefordert habe, die Begegnung so bald wie möglich zu wiederholen, er brauche nur Nachricht im Lauschieder Gasthof zu hinterlassen.

Jeanbon glaubte ihm kein Wort. Doch minderte das nicht im geringsten das Vertrauen, das er in Veit hatte. Er war selbst oft genug auf derartige Missionen geschickt worden, um zu wissen, daß es am Anfang erst einmal nichts zu berichten gab, es sei denn, man erfand etwas. Am Morgen nach der Soiree hatte er Rebmann in seinem Büro aufgesucht, um sich noch einmal für den Abend zu bedanken. Er traf bei ihm mehrere Herren, die ebenfalls an dem Abend teilgenommen hatten, und so konnte er beinahe öffentlich eine Haltung vorführen, die die Bewertung des Abends offiziell festlegte: Der Vorfall mit Rebmanns Frau und Veit existierte nicht.

Er tat dies Veit zuliebe, aber auch um Rebmann einen Gefallen zu tun. Zumindest am Anfang seiner Amtszeit mußte er seine wichtigsten Mitarbeiter für sich einnehmen. Denn er wußte, was in ihren Köpfen bei seinem Anblick vor sich ging. Er wußte, was für ein Ruf ihm vorauslief.

In Paris hatte man ein Gespenst zu sehen geglaubt, als er wieder auftauchte. Man erinnerte sich an die Erleichterung, die man empfunden hatte bei der Nachricht, daß er nach dem Thermidor zum Generalkonsul in Algier ernannt und dann nach Smyrna geschickt worden war. Und als die Nachricht kam, er sei in türkischer Gefangenschaft, war man sicher, seinen Namen nicht mehr aussprechen zu müssen. Doch der Mann schien nicht abzuschütteln zu sein.

Bonapartes Entscheidung, ihn als Generalkommissar der vier Rheindepartements nach Mainz zu schicken, verblüffte zunächst, leuchtete dann aber ein. Dieser Mann war unschädlich zu machen nur dadurch, daß man ihn beschäftigte. Schließlich bewunderte man sogar die Entscheidung des Ersten Konsuls. Der Titel Generalkommissar der vier Rheindepartements klang bedeutend genug, damit Jeanbon ihn akzeptieren mußte, gleichzeitig stand aber bereits fest, daß das eroberte Gebiet links des Rheins französisches Staatsgebiet werden und das Generalkommissariat abgeschafft würde. In wenigen Monaten wäre Jeanbon nichts weiter als ein kleiner Präfekt. Im übrigen kostete man die Ironie aus, daß sich der Kollege Robespierres im Klub, im Konvent und im Wohlfahrtsausschuß von einem Mann anstellen ließ, der im Begriff war, seine Wahl auf Lebenszeit vorzubereiten. Der Jakobiner mußte sich der Militärdiktatur zur Verfügung stellen.

Es war für Jeanbon klar, daß Mainz das Ende war, das Gnadenbrot. Doch Bonaparte kannte Jeanbon gut genug, um zu wissen, daß er die Demütigung in Arbeit umsetzen würde. Tatsächlich hatte sich Jeanbon noch am Tag seiner Anstellung die Bückler-Akte von Fouché ins Hotel schicken lassen. Und schon nach den ersten Seiten ihrer Lektüre haßte er diesen Schinderhannes.

Für den Abend darauf bat ihn Fouché zu einer Soiree.
Paris will wissen, wer unser neuer Mann am Rhein ist, hatte Fouché gesagt. Und zieh dir etwas Ordentliches an.
Der kleine Joseph, wie sie ihn im Wohlfahrtsausschuß genannt hatten, war jetzt Polizeiminister.
Jeanbon kam in seinem gewohnten Schwarz. Er war sieben Jahre weggewesen, und als er den Saal betrat, als er diese Lüster, das Gold der Stukkaturen, die Arabesken des Parketts sah, duckte er sich und schob gleichzeitig den Kopf vor, eine Reaktion, die er immer bei Gefahr zeigte.
Und dafür haben wir gekämpft? sagte er in den Saal blickend.
Ja, sagte Fouché, wir wußten es nur nicht.
Hätten wir dann gekämpft? sagte Jeanbon.
Die Mienen wurden eisig, wenn Fouché ihn vorstellte. Die Herrschaften hatten ein langes Gedächtnis. Die Gesichter hellten sich erst auf, wenn Fouché sagte, wir schicken ihn an den Rhein. Er wird unseren künftigen deutschen Mitbürgern die Segnungen der Freiheit nahebringen. Der Rhein war weit weg. Man geruhte zu lächeln.
Jeanbon hatte sich so früh es ging verabschiedet und war in sein Hotel *Vereinigte Staaten* in der Rue Gaillon zurückgegangen, wo er schon als Konventsabgeordneter gewohnt hatte, zusammen mit Saint-Just. Auf dem Tisch Akten, Verordnungen, Rundschreiben, Verwaltungsvorgänge. Er war einmal berühmt gewesen für die reißende Geschwindigkeit, mit der er Akten aufarbeiten konnte, auch bei völliger Erschöpfung. Jetzt aber befiel ihn Mutlosigkeit angesichts dieses Bergs von Papier. Er hatte drei Jahre türkische Gefangenschaft hinter sich, zuletzt in den Verliesen der Festung Kerasond am Schwarzen Meer, er war sechsundfünfzig. Fouché hatte ihm Urlaub angeboten, er hatte seine Frau neun Jahre nicht gesehen. Er hatte abgelehnt. In Montauban konnte er sich genausowenig zeigen wie in Paris. Er wollte so schnell wie möglich nach Mainz.

Er warf plötzlich den Tisch um. Er hatte immer sehr hart arbeiten müssen, bis bei seinem Anblick ein Lächeln auf einem Gesicht erschien.
Ich mache einen Spaziergang, sagte er zu dem Domestiken auf dem Flur.
Die Dezembernacht war mild. Er ging ohne Ziel. Er war in Ministerien gewesen, bei Behörden, er hatte von der Stadt noch nichts gesehen. Am Palais Royal sprach ihn ein Betrunkener an: Einen Sous. Nur einen Sous, Citoyen. Einen Sous für einen deutschen Demokraten. Eine Prostituierte hielt ihn fest, ein junges Ding. Eine Weile gingen sie schweigend nebeneinander her, dann gab er ihr Geld und schickte sie weg.
Als er aufblickte, stand er vor dem Haus von Therese. Das Haus war dunkel, und es war wenig wahrscheinlich, daß sie noch darin lebte. Er wandte sich ab und ging in sein Hotel zurück. In dieser Nacht war wieder die Negerin in seinem Zimmer.
Er hatte Therese kennengelernt, als sie im Klub Brissot ausschlossen. Das war am zehnten Oktober zweiundneunzig. Es ging um die Frage, welches Recht höher einzustufen war, das Recht auf Eigentum oder das Recht auf Leben. Es ging um die Frage, wie das Volk satt zu machen war. Es war klar, daß Brissots Ausschluß den Ausschluß der Gironde aus dem Klub bedeuten würde. Als das Abstimmungsergebnis bekanntgegeben wurde, ging er hinaus. An diesem Tag hatte er auch mit seiner eigenen Vergangenheit abgerechnet. Es war die zweite Flurbereinigung im Klub. Sie waren jetzt unter sich, im Konvent allerdings in der Minderzahl, doch sie hatten die Sektionen hinter sich, die Sansculotterie, das Volk von Paris.
Es war ein wolkenloser Oktobertag gewesen. Die Straßen brodelten. Überall diskutierende Gruppen, Enragés auf selbstgebauten Rednertribünen, Zeitungsverkäufer, Flugblattverteiler. An einem Gemüsestand sah er plötzlich einen Korb Äpfel.

Nie waren ihm Äpfel so verlockend erschienen wie in diesem Augenblick.
Einen Apfel, sagte er.
Suchen Sie sich den schönsten aus, Bürger Jeanbon, sagte die Gemüsehändlerin.
Er blickte überrascht auf. Er war es nicht gewohnt, daß man seinen Namen auf der Straße kannte. Er war keiner von denen, die die großen Reden hielten. Die Frau lächelte ihm in die Augen. Das habt ihr gut gemacht im Klub, sagte sie. Er war plötzlich verwirrt, und so suchte sie für ihn aus und reichte ihm den schönsten herüber.
Sobald es hell wurde, stand er auf und ging zu dem Haus zurück, in dem sie damals gewohnt hatte. Er beobachtete den Eingang und die Menschen, die ein und aus gingen. Sie war nicht darunter. Er wagte es nicht, nach ihr zu fragen.
Die Negerin kam seit Jahren, doch in unregelmäßigen Abständen. Das erstemal war sie auf seiner vorletzten Reise in seinem Zimmer gewesen. Er war Kapitän der Handelsmarine gewesen, und jahrelang hatte er für die Herren der großen Schiffahrtskontore in Bordeaux schwindelerregende Profite eingefahren. Nahezu wertloser Plunder verwandelte sich, hatten sie ihn über den Atlantik gebracht, in schieres Gold. Zweimal hatte er sein Schiff verloren, doch beide Male war er vor dem Seefahrtsgericht in Bordeaux freigesprochen worden. Lange hatte er sich gefragt, ob er die Havarien als SEINE Art, ihn zu warnen, verstehen sollte. Er hatte sich geprüft, er hatte keine Antwort gefunden. Bei der zweiten Havarie hatte er die erste Hälfte seines Erbes verloren. Auf seiner vorletzten Reise faßte er den Entschluß, das nächstemal die zweite Hälfte einzusetzen.
Sie waren bereits hundertzwanzig Seemeilen nördlich der Seychellen, als er eines Nachts die Tür der kleinen Kammer neben seiner Kajüte öffnete, um nach einem Buch zu suchen. Mit der Kerze hineinleuchtend, entdeckte er in der Ecke eine schwarze

Frau. Ihre Haut unterschied sich kaum von der Dunkelheit. Nur das Weiß ihrer Augäpfel leuchtete grell. Ihre riesigen aufgeworfenen Lippen waren blau, doch an den Innenseiten rot wie rohes Fleisch. Er schlug die Tür wieder zu. Ihre Brüste waren fast nackt gewesen.
Eine entlaufene Sklavin. Doch schon nach wenigen Minuten war er sicher, Opfer einer Sinnestäuschung geworden zu sein. Er wagte aber nicht, die Tür wieder zu öffnen. Am Morgen waren die Reste seines Abendessens verschwunden, die Platten leer. Es dauerte zwei Tage, bis er es wagte, die Kammertür zu öffnen. Die Frau kauerte immer noch in der Ecke. Sie sah ihn an. Er schlug die Tür zu.
In der Nacht erwachte er. Die Frau ging im Zimmer umher. Er war von dem Geräusch erwacht, das die rosigen Innenseiten ihrer Füße auf den gebohnerten Dielen der Kajüte machten. Ihre riesigen Brüste schwangen beim Gehen hin und her. Unter dem dünnen Tuch, das sie um die Hüften trug, schoben sich die Massen ihres Hinterteils träge auf und ab. Sie taten beide, als schliefe er. Sie hatte keine Eile und offenbar auch keine Furcht. Kurz danach schlief er ein.
Das wiederholte sich damals jede Nacht. Von seinem Essen ließ er das meiste für sie stehen. Als sie in Bordeaux einliefen, traf er Vorkehrungen, daß sie, ohne gesehen zu werden, das Schiff verlassen konnte. Doch als er zwei Wochen später, bereits wieder auf offener See, die Kammertür öffnete, kauerte sie immer noch in der Ecke.
Die Rückreise begann ohne besondere Vorkommnisse. Gegen fünf Uhr dreißig warfen sie in Port-au-Prince die Leinen los, ein leichter Süd-Südwest wehte, sehr bald schon hatten sie die Fregatte unter Segel, sie machten Fahrt, Jeanbon ging in seine Kajüte. Er hatte Ladung auf eigene Rechnung.
Erreichte er Bordeaux, wäre er reich. Ein alter, viel zu oft geträumter, längst zerschlissener Traum. Längst bekannt und

längst ebenso zerschlissen die unzüchtigen Bilder, die bei dem Gedanken daran in ihm mechanisch aufstiegen. Kaum noch nötig, sie sich zu verbieten, so verblaßt waren sie.

Er haßte die See. Sie hatte ihn ertragen, wie ihn Gott all die Jahre ertragen hatte; mit Gleichgültigkeit. Sie war eine endlose Öde unermeßlichen Wassers, Materie, auf die Materie einpeitschte, ein endloses Sichzusammenbrauen und Austoben von Stürmen, Sichaufbauen und Entladen von Gewittern in der gleichgültigen Monotonie der Gezeiten und Strömungen. Die Sterne betrachtete er schon lange mit Gleichgültigkeit. Rätsel, die sich nicht lösen lassen, hören auf, Rätsel zu sein.

Die Seefahrtsschule in Bordeaux war eine Ausflucht gewesen. Seine Lehrer auf dem Jesuitenkolleg in Montauban hatten immer aufdringlicher um ihn geworben. Die Jeanbons waren Calvinisten, die sich zwar katholisch taufen und ihre Kinder katholisch erziehen lassen mußten, die aber während der Messe die Bibeln in ihren Manteltaschen berührten und danach sich zu ihrem eigenen Gottesdienst im Wald trafen, heimlich, unter Lebensgefahr, ständig von Pogromen bedroht.

Drei Tage lang hatten sie einen Sturm abgeritten. Jetzt klarte es auf. Die Mannschaft war guter Dinge, nur der Portugiese, sein Erster Offizier, schien unzufrieden. Der Wind hat nachgelassen, sagte er. Er wird wieder zunehmen, sagte Jeanbon. Der Wind nimmt stetig ab, sagte der Portugiese. Es wird kein einziges Segel eingeholt, sagte Jeanbon scharf. Der Portugiese übertrieb wieder einmal. Jeanbon ging in seine Kabine. Aber er hatte natürlich auch gesehen, daß der Himmel inzwischen wolkenlos war und der Seegang in ein kraftloses Schwappen überzugehen begann.

Sie fuhren schon viel zu lange zusammen. Sie sprachen nahezu überhaupt nicht miteinander. Manchmal, wenn sie in einer Hafenstadt durch Straßen gingen oder in Wirtshäusern saßen und die Frauen zu nahe kamen, legte ihm der Portugiese lä-

chelnd die Hand auf den Arm. Eine kleine Geste, aber sie gab ihm die Fassung wieder zurück. Der Portugiese war zehn Jahre älter als er.
Er merkte plötzlich, daß es still war. Einzelne Stimmen drangen vom Deck herauf, aber das machte die Stille nur noch tiefer. Das Schiff lag bewegungslos. Es gab keinen Seegang mehr.
Er hatte nie aufgehört, sich in das Haus seiner Geburt zurückzuwünschen. Doch zu der Bedingung, er wäre fünfzehn und seine Tante Odile noch nicht angekommen. Das Haus war riesig. Unten, vom Ufer des Tarn ansteigend, die Tuchwalkereien, darüber Büros, darüber Wohntrakte, die, obwohl das Haus mitten im Arbeiterviertel Villenouvelle von Montauban lag, nach oben zu immer stiller wurden. Auf dem Dach hatte er sich eine Sternwarte eingerichtet. Unter sich das dunkle, schweigende Haus, umschließend die Schläfer in der Starre ihres längst entschiedenen Schicksals, wartete er auf den Aufzug der ewigen, ewig unenträtselten kalt glitzernden Bilder.
Das Schiff lag bewegungslos. Auf den Decks war es totenstill geworden. Jeanbon stand vor der Tür seiner Kabine. Wenn er die Tür öffnete, würde er wissen, wie Gott gesprochen hatte. Er riß die Tür auf. Die See lag glatt, träg atmendes, flüssiges gleißendes Blei. Das Blau des wolkenlosen Himmels aber hatte eine so tiefe unirdische Durchsichtigkeit angenommen, wie er es noch nie gesehen hatte. Er drehte sich um und ging in seine Kajüte zurück. Natürlich hatte er die weiße Dunstwand im Norden gesehen. Als kurz darauf der Portugiese klopfte und eintrat, fand er Jeanbon in der Ecke der Kajüte stehend mit dem Gesicht zur Wand. Auch im Süden und Osten stand jetzt weißer Dunst.
Wir reffen jetzt, sagte der Portugiese.
Jeanbon schwieg. Der Portugiese ging hinaus.

So hatte er oft stehen müssen. In der Ecke mit dem Gesicht zur Wand.
Odile war ein Name, der nicht oft fiel im Haus seiner Eltern. Doch eines Tages hatte er einen Körper, war eine schmale, schwarze Gestalt, die aus einer Kutsche stieg an einem Augusttag, war ein riesiges schwarzes Augenpaar in einem schmalen, blassen Gesicht, war eine erschrockene Hand unter schwarzen Spitzen, war eine verschlossene Tür an einem Mittag im August. Tante Odile war die jüngste Schwester seiner Mutter. Sie hatte kein Haus, sie hatte keine Wohnung, wohnte bei der Verwandtschaft, wurde weitergereicht, jetzt waren die Jeanbons dran.
Als er eines Mittags nach dem Essen auf sein Zimmer gehen wollte, sah er, daß ihre Tür offenstand. Es war kaum wahrnehmbar, aber die Tür war zweifellos nicht geschlossen. Am nächsten Tag stand sie wieder offen, nicht weit, doch jetzt so viel, daß sie einen kleinen Sektor ihres Zimmers freigab. Es war still. Draußen brütete die Mittagshitze. Als sie sich drinnen räusperte, ging er hastig weiter.
Eines Tages setzte er sich bei Tisch neben sie. Sie saß am unteren Tischende, möglichst weit weg von seinem Vater. Wenn sein Vater abgelenkt war, begann sie, sich mit ihm zu unterhalten. Sie fragte ihn nach seinen Studien, und an der Weise, wie sie fragte, merkte er, daß sie mehr wußte, als eine Frau wissen durfte. Sie hatte eine überraschend tiefe, volle Stimme, obwohl sie leise sprach, kaum über der Schwelle zum Flüstern.
Aus der Bibliothek seines Vaters hatte er sich Atlanten geholt. Er saß jetzt lange über Seekarten, die bunt waren von Ungeheuern und Schlangen, Walen und Fregatten, die mit prallen, kleinen Segeln enormen Küsten zustrebten, eine kleine Bugwelle vor sich herschiebend.
Sein Vater schien sie zu beobachten. Manchmal unterbrach er

sich im Gespräch und begann, ihn zu examinieren. Tante Odile sah dann wie ertappt auf ihren Teller, und wenn er ins Stocken kam, sagte sie ihm vor. Sie flüsterte, kaum daß sich ihre Lippen bewegten, und er wiederholte stockend, was sie ihm vorsagte. Stockend nicht aus Unsicherheit, sondern weil er halb ohnmächtig war und ihm die Knie zitterten.

Sie ließ übrigens nicht nur die Tür zu ihrem eigenen Zimmer offen, es schien ihr überhaupt schwerzufallen, Türen zu schließen. Seine Mutter ermahnte sie deswegen. Zuerst sanft, mit der Zeit immer schärfer. Seine Eltern eines Abends belauschend, erfuhr er nicht nur, daß Odile keinen Mann bekam, weil sie arm war, sondern auch, weil sie eine Affäre mit einem Offizier gehabt hatte, der sie schwanger hatte sitzenlassen. Das Kind hatte man ihr genommen.

Er wagte kaum, sie anzusehen. Über den Teller gebeugt, kamen in seinen Gesichtskreis fast nur ihre Hände, allenfalls, daß er, vorgebend im Fenster links über ihr etwas entdeckt zu haben, den Kopf zu heben wagte und die sanfte Kurve ihrer Wange wahrnahm oder den Haaransatz an ihrem Hals. Seit er von ihrer Schande wußte, wagte er es manchmal, sie von der Seite anzusehen. Er begann auch, kleine Scherze zu machen, die seinen Vater zum Gegenstand hatten. Sie antwortete mit halblauten, ebenfalls scherzhaften Bemerkungen. Doch hütete sie sich, auf seinen Vater anzuspielen. Er war verblüfft über ihren scharfzüngigen Sarkasmus. Sie sprach fließend Latein, und manchmal verschluckte er sich vor inwendigem Lachen. Natürlich durfte nur gelacht werden, wenn auch sein Vater lachte. Sie schien es aber darauf anzulegen, ihn bei ganz unpassenden Stellen zum Lachen zu bringen. Ein riskantes Spiel. Sie hätte alles verderben können.

Begegnete er ihr aber auf der Treppe oder auf einem Gang, schlug er die Augen nieder, konnte er vor Verlegenheit nicht sprechen. Noch nie hatte er in dem Zimmerausschnitt, den ihre offene Tür freigab, etwas von ihr gesehen. Eines Tages verfiel er darauf, auf Zehenspitzen zu gehen. Vor ihrer halb offenen Tür blieb er stehen. Komm doch herein, sagte sie drinnen. Er stürzte in Panik davon.

Er arbeitete kaum noch. Er verbrachte Stunden damit, seiner Katze zuzusehen, den Blick immer wieder in der völligen Schwärze ihres Fells verschwimmen zu lassen. Er erwartete die Mahlzeiten mit Ungeduld, obwohl er schon lange keinen Hunger mehr spürte und nur aß, um keinen Verdacht zu erregen. Saß er neben ihr, spürte er die vage Wärme und den Geruch, der von ihr ausging, wurde er ruhig wie seine Katze, wenn sie auf seinen Schoß gesprungen war, auf der Stelle trat, sich ein paarmal um sich selbst drehte und sich dann endlich niederlegte. Und wenn ihr Fuß dann an seinen Fuß kam und ihr Knie sich unter dem Tisch an sein Knie legte, dann verengten sich seine Augen ein wenig, und was da oben am Tisch gesprochen wurde, klang weit weg, ein Singsang wie früher die Geschichten der Amme vor dem Einschlafen.

Und eines Abends kam sie zu ihm. Schwarz und schlank stand sie im diffusen Licht der Sterne. Sie kam langsam auf ihn zu. Auf ihrem Haar lag ein schwarzer Schleier, auf ihrer Brust leuchteten weiß ihre Hände. Sie war bereits dicht vor ihm, als in seinem Traum eine Wolke den Mond freigab. Unter dem Schleier blickte ihn die Negerin an. Er war schreiend erwacht.

Draußen auf den Decks plötzlich Kommandos, Gepolter von Stiefeln, Geschrei. Jeanbon trat hinaus. Die Mannschaft arbeitete fieberhaft in den Segeln. Die ersten Orkanböen trafen bereits das Schiff.

Er war nicht nur wegen der Jesuiten zur See gegangen. Eines Abends, mitten im Gespräch, war sein Vater aufgestanden, war an das andere Tischende gegangen und hatte mit einem Schrei das Tischtuch weggerissen. Erstarrt, unfähig zu einer Reaktion, boten sie ihre Schande dar: ihre ineinanderliegenden Hände. Noch am selben Abend bat er seinen Vater, ihn auf die Seefahrtsschule zu schicken. Noch am nächsten Morgen war Odile abgereist.

Die Sicht nahm rapide ab. Die ersten Sturmsegel knallten weg. Die Fregatte trieb manövrierunfähig vor dem Orkan. Der Portugiese trat zu ihm und umarmte ihn. Schmächtig lag er an der Brust des Riesen. Es wird schnell gehen, sagte der Portugiese. Spucken wir auf den Rest. Er grinste im Weggehen.

Jeanbon trat wieder in seine Kajüte. Gott hatte gesprochen. So hatte er oft gestanden. Die Uhr tickte, und manchmal schlug seine Mutter eine Seite der Bibel um. Irgendwann durfte er sich setzen. Über den Rand seines Buches wagte er einen Blick zu ihr hin. Doch sie blickte nicht auf. Die Uhr tickte, seine Augen füllten sich mit Tränen, sie rannen über seine Wangen, tropften auf die Seiten des Buches, versiegten, trockneten. Die Uhr tickte.

Die Sturzseen trafen das Schiff wie Fausthiebe. Der Boden der Kajüte begann, seitwärts wegzukippen. Und da öffnete sich die Kammertür, und gebückt, doch dann sich aufrichtend, trat die Sklavin heraus.

Ein Brecher zerschlug das linke Kajütfenster, eine Faust packte ihn von hinten und riß ihn ins Freie. Er sah noch den herunterbrechenden Fockmast, der Rest war ein Wirbel aus Planken, Wasser, Ladung und Gischt.

Es saugte ihn hinunter, immer tiefer, in eine sich dunkel färbende grüne Stille, und da streckte er sich aus, wie er sich noch nie ausgestreckt hatte.

Es trieb ihn unter dem Fockmast wieder an die Oberfläche. In der Takelage verheddert trieb er mit dem Sturm, und als die See sich beruhigte, sah er, daß er nicht allein war. In dem Gewirr von Tauen und Segelzeug hingen viele. Doch nur

acht bewegten sich noch. Ziemlich weit draußen hing der Portugiese zwischen den Tauen. Er war tot.
Die Fregatte hatte keine Zeit gehabt zu sinken. Der Orkan hatte sie zerschlagen wie eine morsche Kiste. Trümmer trieben im weiten Umkreis auf der Wasseroberfläche. Überlebt hatten außer Jeanbon der Steuermann, der Koch, der Schiffszimmermann und vier Matrosen. Die Sonne brannte. Sie hatten bereits unerträglichen Durst. Einige hatten noch ihre Messer an den Gürteln. Sie schnitten Stücke aus den Segeln und hüllten sich darin ein. Grotesken weißen Vögeln gleich, trieben sie auf den Trümmern hockend dahin.
Gegen Abend, als die Hitze nachließ, begannen sie, Planken und Balken zu sich heranzuziehen und in das Tauwerk des Masts einzubinden. Jeanbon hatte sofort wieder das Kommando übernommen. Auf zusammengebundenen Balken, mit Tauen gesichert, schickte er seine Leute hinaus, Treibgut einzuholen. Ein Faß mit Pökelfleisch, Koffer, eine Kiste mit Dörrobst, Möbel, Mastteile, alles was in ihrer Reichweite war. Es war Mondschein, sie arbeiteten die ganze Nacht, und als die Sonne aufging, war der Fockmast das Zentrum eines schwimmenden Müllhaufens. Außen aber in den Tauen, das Gesicht zu ihnen hergewendet, hing immer noch der Portugiese.
Jeanbon war nicht erstaunt gewesen, ihn tot in den Tauen hängen zu sehen. Warum sollte ihm der einzige Mensch, dem er nicht mißfallen hatte, nicht genommen werden? Doch war es schwer mit anzusehen, wie über dieses Gesicht das Wasser wusch wie über einen Stein. Wie Kopf und Schulter sich bewegten, wenn Haie an dem Körper fraßen.
Er gab Befehl, die Ertrunkenen aus den Tauen zu lösen und ins Meer zurückzustoßen. Das gelang bei allen, außer bei dem Portugiesen. So ließ sich Jeanbon aus Planken und Balken eine Art Brücke zu ihm bauen, auf der er auf dem Bauch zu ihm kroch. Unter dem Floß war das Wasser dunkel von Haien. Er

hatte eine Stange bei sich. Er arbeitete sich Zentimeter um Zentimeter voran. Als er die Stange vorschob, auf den Kopf zielend, empfand er eine Verzweiflung wie noch nie in seinem Leben. Er schloß die Augen und stieß zu, und als er Widerstand spürte, stieß er einen Schrei aus. Die Matrosen rissen ihn an dem Tau, das sie ihm um die Brust gebunden hatten, auf das Floß zurück.

Den Fockmast als Ausgangsbasis benutzend, hatten sie Balken und Planken so vertäut, daß sie die Basis bildeten, auf der sich über dem Seegang eine zweite Ebene aus Planken erhob, auf der sie lebten. Da stand ein Tisch, der vorbeitreiben wollte, ein Kanapee, das bereits halb versunken dahinschaukelte. Da waren Stühle, Fässer, Kisten, sogar eine Kommode. Auf den Köpfen hatten sie gegen die Sonne Damenhüte, Nachthauben, Sombreros – was die Koffer hergaben. Sie trugen Negligés und Abendkleider, Unterröcke und Korsetts. Sogar einen Mast und ein Segel hatten sie gesetzt, um gegen den Seegang manövrieren zu können. Jeanbons Platz war auf dem Kanapee. Er trug einen Damenhut, der zwei Wochen vorher in Port-au-Prince Furore gemacht hatte. So trieben sie dahin, gegen einen Horizont steuernd, der leer war.

Paris lag hinter ihm. In den Regen begann sich Schnee zu mischen. Zusammengerechnet müssen es Jahre gewesen sein, die er unterwegs auf Landstraßen verbracht hatte. Allein all die Reisen, die ihn der Wohlfahrtsausschuß hatte machen lassen. Zur Nordarmee, in die Vendee, nach Brest, nach Toulon, Marseille. Er hatte die Flotte zu reorganisieren versucht, er hatte Admiräle abgesetzt und Offiziere ausgewechselt, er hatte Neubauten auf Kiel legen lassen und Dockbelegschaften organisiert. Und immer wieder zurück nach Paris zum Bericht vor dem Ausschuß, dem Konvent.

Noch einmal hatte er Thereses Haus besucht. Und wieder hatte er nicht gewagt, nach ihr zu fragen. Eines Tages hatte er sich ein Herz gefaßt und David angesprochen, den Maler, als er ihn allein aus den Tuillerien kommen sah. David war Mitglied des Konvents und des Sicherheitsausschusses. Jeanbon war verlegen. Er habe ein Anliegen, ein galantes sozusagen. Von einer gewissen Bürgerin wünsche er sich ein Porträt, nein, nichts derartig Großes, eine Zeichnung, eine Skizze, ein paar Striche.

David hatte gestutzt, dann gelacht. Und wo finde ich deine Dame?

Dort drüben, hatte Jeanbon gesagt, an der Ecke.

Er war fünfunddreißig. Er war tief errötet. David hatte nicht mehr gelacht, er hatte ihn nur aufmerksam angesehen.

Jeanbon hatte seine Bitte schon vergessen, als ihn David in sein Atelier bat. Auf der Staffelei stand das Porträt Thereses. Die Gemüsehändlerin, hieß das Bild.

In Jeanbon war plötzlich ein Tumult. So schön, stammelte er innen bei sich selbst. So schön. Aber da war auch ein Stich, eine Gegenströmung, etwas Bitteres, das ihn fast zu ersticken drohte.

Auf dem Bild trug Therese das Haar offen. Gewöhnlich trug sie es zu einem Zopf geflochten und aufgesteckt. Nur ganz selten löste sie es für ihn. Nur ganz selten. Auf dem Bild aber trug sie es ganz selbstverständlich offen. Wie eine Hexe. Natürlich hatte er David gegenüber nie ein Wort von ihrem Haar erwähnt.

David wollte ihm das Bild schenken. Es ist zu teuer für mich, hatte Jeanbon gesagt. Aber versteh doch, ich schenk' es dir, sagte David. Es ist zu teuer, stammelte Jeanbon, und plötzlich drehte er sich um und stürzte hinaus.

Eine helle, trockene Verzweiflung hatte ihn erfüllt, als er den Wagen nach Mainz bestieg. Er wußte, daß er nicht mehr zurückkehren würde. Algier, Smyrna, seine Gefangenschaft – das waren Wartestationen gewesen. Aber Mainz sollte das

Ende sein. So hatten sie sich das in Paris gedacht. Aber was war vor zwei Jahren gewesen? Der Manege-Klub? Die neue Offensive der Jakobiner? Das Volk hungerte immer noch. Sollte dieser Bonaparte erst einmal abwirtschaften.

Als sein Wagen sich Mainz näherte, als die ersten Häuser auftauchten, Straßenzüge erkennbar wurden, meinte er, er müsse ersticken. So kann das doch nicht zu Ende gehen. Das ist der Tod.

Frauenberg, der Sitz der Falcks, ein kleiner Barockbau mit einigen Wirtschaftsgebäuden, lag inmitten eines Parks auf einer leichten Anhöhe am Ende einer Au, die sich sanft abfallend weit zum Rheintal hin öffnete. Licht mit Pappeln und Erlen bestanden, deren Laub bei der geringsten Luftbewegung in silbern-flirrende Bewegung geriet, senkte sich der Wiesengrund zu einem blauenden Höhenzug hin, an dessen Fuß, stand die Sonne entsprechend, der Rhein aufblitzte. Blau, Grün und Silbern waren denn auch die Farben der Falcks.

Veit, der junge Falck, hätte sich diesem Bild an gewissen Sommerabenden denn auch durchaus bis zu Ohnmachtsgefühlen hingegeben, wären da nicht die Hühner gewesen. Sie waren praktisch überall. Ob auf den Fenstersimsen des großen Saals, zwischen den verwilderten Buchsbaumhecken des französischen Gartens, auf den Lehnen der Sessel des Salons oder auf dem Geländer der großen Terrasse – es war kein Schritt möglich, ohne sie aufzuscheuchen, es war keine Naturbetrachtung denkbar, ohne daß nicht plötzlich ein Hühnerkopf im Bild gewesen wäre, von einer unerklärlichen Mechanik hin und her geruckt, schließlich schräg verharrend wie eingerastet, mit dem winzigen, braunen Glasauge auf den Eindringling zielend.

Schloß Frauenberg war total verhühnert. Andererseits waren die Hühner das einzige Mittel, wodurch Gundel, sich alle vierzehn Tage vor ihren Karren spannend, der hochbepackt war mit Eierkörben und Käfigen voller gackernder und aufgeregt kakkender Brathähnchen, Suppenhühner und Poularden, auf dem Markt ein wenig Bares in die Finger bekam. Im übrigen ernährten sie sich von dem, was die Gemüsebeete im französischen

Garten, die Obstbäume hinter den Stallungen, Franziska, die Kuh, und das Schwein Egon (es hieß immer Egon) hergaben.
Von dem Baron Falck war nichts zu erwarten oder doch so gut wie nichts, allenfalls wenn er beim Spiel gewonnen hatte. Doch mußte Gundel schon sehr auf dem Quivive sein, um, wenn er schlief, in seinen Taschen noch ein paar Münzen zu fördern. Gelegentlich gelangen ihr allerdings auch größere Funde. Seit sie denken konnte, war der Baron pleite. Seine Garderobe dagegen war sagenhaft. Sie füllte die Schränke mehrerer Ankleidezimmer. Sie hatte nicht eins, sie hatte mehrere Vermögen gekostet. Von den Spiegeln nicht zu reden, die andere Leidenschaft des Barons.
Veit kannte es nicht anders, als daß sein Vater kam und ging, ohne daß er wußte, woher er kam oder wohin er ging und wann und wie lange. Doch auch wenn er kam, war er nicht da, jedenfalls nicht für ihn oder irgend jemanden sonst. Dann verschwand er im ersten Stock, schloß hinter sich ab und zog die Vorhänge zu. Nur Gundel sah ihn dann ein- oder zweimal am Tag, wenn sie ihm Essen oder Holz brachte oder Wäsche, seinen Nachtstuhl leerte und die Öfen versorgte. Trotzdem kam es gelegentlich vor, daß der Baron Falck seinem Sohn begegnete. Sie machten dann Konversation wie zwei gute, aber sehr entfernte Bekannte.
So waren sie sich denn selbst überlassen, Veit, Gundel und Justus Schmitt, Veits Hauslehrer, und konnten sehen, wie sie durchkamen mit ihrem Gemüse und ihren Kartoffeln zwischen den Buchsbaumrocaillen des Gartens, vor allem aber mit Gundels Hühnern. Sie verdankten ihnen nichts weniger als ihr Leben. Doch Rühreier, Spiegeleier, Soleier, gekochte Eier, gefüllte Eier, pochierte Eier, verlorene Eier, Eiersalat, Eierkuchen, Eierstich, Eierschaum, Eierauflauf – es dauerte Jahre, bis Veit eine Eierspeise auch nur wieder ansehen konnte. Daß er arm wie eine Kirchenmaus war, machte ihm nichts aus (das war

beim Adel inzwischen fast die Regel), was ihn in bestimmten Augenblicken vielmehr zur Raserei trieb, waren die Hühner, war die völlige Verhühnerung des ganzen Schlosses. Wenn er schon leiden mußte, wollte er auch das Schrecklichste auf sich nehmen, aber nicht diese Hühner, diese ganze Banalisierung des Lebens durch Hühner.

Sah man ihn im Dorf, hätte man ihn von den Bauernkindern nicht unterscheiden können. Nicht daß er einen Unterschied gemacht hätte zwischen sich und ihnen (die Bauernkinder machten längst keinen mehr), nicht daß er sich etwas Besseres gedünkt hätte durch seine Geburt (dafür sorgte schon Justus), er fand, und in dem gleichen Maß, wie ihm der Flaum auf der Lippe zu sprießen begann, daß er anders war. In welcher Hinsicht hätte er nicht sagen können. Er empfand nur immer deutlicher, daß diese Welt zu klein für ihn war, zu banal. Es gab einfach zuviel Hühner darin.

Mit vierzehn war er so groß wie sein Vater, doch er wuchs immer noch. Gundel stopfte begeistert alles, was sie an Eßbarem auftreiben konnte, in diesen heranwachsenden Riesen hinein, nicht ohne die enormen Kräfte, die sich da bildeten, ausgiebig und gänzlich unnachsichtig umzusetzen in Holzhakken, Graben, Mistfahren oder Mähen. Sie war stolz auf ihn und um so stolzer, je härter sie ihn arbeiten ließ, eine Dialektik, die Veit lange nicht begriff.

Ihr Kummer war nur, daß seine geistige Entwicklung mit seiner körperlichen nicht Schritt zu halten schien. Es fing damit an, daß er sich von Bauernjungen verprügeln ließ, die einen Kopf kleiner waren als er. Warum er das zugelassen hatte, konnte er nicht sagen. Oder er saß halbestundenlang in einer Ecke und blickte vor sich hin. Er sprach auch langsamer, schien ihr, verletzte sich ständig, wußte nicht wohin mit seinen Händen, stolperte, stieß sich. Sie hielt ihn für ein wenig beschränkt.

Sie hütete sich, Justus etwas davon zu sagen. Justus Schmitt hielt seinen Zögling nämlich für ein Wunder an Begabung und Geisteskraft. Doch Justus war für Gundel nicht weniger beschränkt als sein Schüler. Stundenlang saßen die beiden über Büchern, und es bedurfte oft nicht geringen Nachdrucks und einiger Lautstärke, um die beiden an die frische Luft und an sinnvollere Tätigkeiten zu setzen. Doch so wortreich sich Justus Schmitt auch wehrte und so tapfer er ihr auch seine Verachtung entgegenschleuderte, wenn es ans Zubettgehen ging, wußte auch er, wo es am wärmsten war.

So hätte es noch eine ganze schöne Weile weitergehen können, hätte der Baron Falck nicht plötzlich darauf bestanden, seinen Sohn mit nach Koblenz zu nehmen. Ein Männchen erschien, das noch kleiner war als er, er ließ seinen Sohn holen, und nachdem er dieses Ungetüm von Abkömmling von oben bis unten gemustert hatte, sagte er mit einer resignierten Handbewegung, nehm er Maß.

Vier Wochen später kamen drei Koffer. Bis dahin hatte Veit noch keine Hose getragen, die nicht geflickt, keinen Strumpf, der nicht gestopft, keine Jacke, die an den Ärmeln nicht durchgescheuert und neuerdings mindestens eine Handbreit zu kurz gewesen wäre. Jetzt aber packte er Jabots und Hosen aus Seide aus. Er hatte solche Stoffe noch nie gesehen, geschweige denn gefühlt: glatt und kühl wie Haut. Von einem müden Blau, einem alten Rosa, einem nächtigen Violett oder einfach nur weiß, von einem blendenden, einfachen, unüberbietbaren Weiß. Dazu Schuhe, gelackt und mit Absätzen und Schnallen, Hemden mit einem wahren Schaum von Spitzen an Händen und Hals.

Er hatte noch sein gewöhnliches Hemd an, das eine Bäuerin im Dorf gewebt hatte, seine Hosen waren aus einem Stoff kaum feiner als Sackleinen, seine Strümpfe hatte Gundel gestrickt, und er trug die Holzpantinen von Justus, als er eines dieser

Jabots anzog und vor einen Spiegel trat. Er lachte nicht, er grimassierte nicht, er blieb völlig ernst. Nur in seinen Augen ging etwas vor.

Justus Schmitt protestierte sofort. Er ließ sich nicht abweisen. Mit bisher nie erlebter Kompromißlosigkeit drang er in den ersten Stock vor, und für mehr als zwei Stunden war seine Stimme aus dem Salon zu hören, ausschließlich seine Stimme.

Justus Schmitt war lang, nahezu fleischlos, hatte Theologie studiert und hellblaue, wie aus Porzellan gemachte Augen. Justus Schmitt war für rückhaltlose Ehrlichkeit. Bereits bei seinem Einstellungsgespräch hatte er Falck nicht darüber im unklaren gelassen, wie er seinen Sohn zu erziehen gedenke: im Haß auf Tyrannen wie ihn. Eduard Amadeus Chrysostomos Baron von Falck hatte seine riesigen braunen Augen müde gesenkt und ihn eingestellt.

Justus Schmitt hatte sich in all den Jahren über seinen Schüler nicht zu beklagen brauchen. Bis auf den Tag, als die Koffer mit den Kleidern kamen. Er hatte mit ihm den Sturm auf die Bastille gefeiert, den Sieg von Jemappes, die Hinrichtung Louis Capets, die Schlacht von Valmy, er hatte mit ihm die Liquidierung der Gironde betrauert und die Hinrichtung Dantons, und sie hatten gefeiert, als Robespierre stürzte. Und nun – als wäre das alles nicht gewesen – zog sein Schüler die Kleider des Feindes an, wechselte er die Seiten.

Veit hörte seinen Anklagen aufmerksam zu, und während er Justus Schmitt ansah, kam ihm zum erstenmal der Gedanke, daß die Augen seines geliebten Lehrers eine gewisse Ähnlichkeit mit den Augen jener Henne hatten, die ihm immer nachlief. Es gab nämlich eine Henne, die es auf ihn abgesehen zu haben schien. Entweder lief sie ihm hinterher oder voraus. Setzte er sich aber, war sie immer schon da, schüttelte ihr Gefieder zurecht, fuhr mit drei, vier Bewegungen ihren Hals

aus, legte den Kopf schräg und zielte nach ihm mit diesem winzigen gläsernen Auge.
Baron Falck hatte nicht gedacht, daß er so weit vorn anfangen müßte. Nicht zu reden davon, wie man ein Spitzentuch hält, es war seinem Sohn ja noch nicht einmal bekannt, wie man sich schminkt, wie man Puder auflegt und wo die *mouches* sitzen müssen. Eine Perücke war ihm ein Weltwunder, und ein Kompliment schien eine längst vergessene Kunst. Ein wenig besser schien es mit dem Tanzen bestellt zu sein. Dieses Ungetüm bewegte sich zwar noch ein wenig eckig, doch zunehmend eleganter zu dem, was er ihm auf dem Cembalo vorspielte. Er hatte ihn gelegentlich gehört, wenn er unten auf dem Flügel Mozart spielte, dieses neumodische, aufsässige Zeug, typisch natürlich für diesen Schmitt, daß er ihn damit fütterte. Doch war er nicht wenig überrascht, wie er seine Sarabanden und Allemanden auffaßte. Zumindest auf diesem Gebiet wäre von einem Ansatz von Talent zu sprechen, fand Baron Falck.
Veit hatte seinen Vater kommen und wegfahren sehen, und gelegentlich hatten sie auf der Terrasse ein paar Minuten beieinandergestanden. Jetzt aber saß er ihm gegenüber, konnte er ihn betrachten, und zum erstenmal berührte ihn sein Vater. Er verwandelte ihn. Es waren ja nicht nur die Kleider. Er gab ihm ein neues Gesicht, ein blasses, herrisches, altes Gesicht mit dem Mund einer Frau. Er gab ihm neue Gesten, neue Bewegungen, eine neue Haltung. Er gab ihm neue Gefühle, er gab ihm neue Gedanken. Böse, verabscheuungswürdige Gedanken, von denen Justus nie etwas erfahren durfte. Und er gab ihm die Liebe für Spiegel. Denn als sein Vater endlich von ihm abließ, ihn zurücktretend mit schräggelegtem Kopf noch einmal betrachtete und wie abwesend fertig sagte, als er dann in seinem neuen, in seinem anderen Zustand vor den Spiegel trat, erfüllte ihn ein tiefes Staunen. Er brachte dieses Wesen, das ihn da ansah, nicht unbedingt mit sich selbst in Verbindung. Er emp-

fand nur, daß es blendend schön war und daß er sich nicht satt daran sehen konnte.
Nach der ersten Fahrt nach Koblenz war er tagelang nicht ansprechbar. Justus war verzweifelt. Was man diesem Kind angetan hatte, war ein Verbrechen. Ausgesetzt die unschuldige Natur dem Pesthauch der Verderbnis. Zehn Jahre Erziehungsarbeit umsonst. Da brauchte nur dieser Rabenvater daherzukommen, dieses Ungeheuer, dieser verderbte Tyrann, und schon flog ihm seine Eduard an den Hals, waren alle Prinzipien vergessen, alle Treueschwüre gebrochen. Justus Schmitt war eifersüchtig.
Vielleicht denkt Ihr ausnahmsweise einmal weniger an Euch als an das Kind, sagte Gundel.
Aber Justus lief beleidigt hinaus, und so setzte sie sich denn zu Veit, legte den Arm um seine Schulter wie früher, zog seinen Kopf an ihre Wange und wiegte ihn.
Ich gehe nie wieder dahin, sagte Veit.
Sie beeilte sich, den Satz Justus zu hinterbringen. Beiläufig flocht sie ihn in eine ihrer Schimpfkanonaden ein. Ein stilles, selbstgefälliges Lächeln ging in Justus Schmitts Gesicht auf. Man könne jetzt in der Lektüre des Plutarch fortfahren, verkündete er.
Veit hatte es ernst gemeint. Er wollte wirklich nicht mehr nach Koblenz. Wenigstens am ersten Tag, am zweiten auch noch, am dritten war er nicht mehr so sicher. Justus spürte, daß er nicht bei der Sache war. Eine wortlose Gereiztheit schwelte plötzlich zwischen ihnen. Nach einer Woche war es unübersehbar, daß er der nächsten Soiree in Koblenz entgegenfieberte. Justus schwieg. Auch dann noch, als Veit dem Unterricht fernzubleiben begann. Er war oben bei seinem Vater.
Als er von seiner zweiten Fahrt nach Koblenz zurückkam, hatte er Fieber. Gundel hielt ihn im Bett. Das Fieber stieg. Tu doch etwas, schrie Justus. Was soll ich tun, sagte Gundel. Er ist doch

nicht krank. Nach zwei Tagen sank das Fieber. Er hatte immer noch nicht erzählt, wie es in Koblenz gewesen war, tat es auch danach nicht. Wenn er sprach, redete er kalt und abwesend. Erst zwei Tage, nachdem es geschehen war, erfuhr Gundel, daß er im Dorf zwei Bauernjungen böse zusammengeschlagen hatte.
Als er das drittemal nach Koblenz fuhr, zeigte er sich ihnen in seinen Kleidern. Gundel schrie auf, als sähe sie eine Erscheinung. Er war ganz in weißer Seide. Justus legte langsam den Löffel in den Teller zurück. Er aber oben in der Tür – zur Küche ging es drei Stufen herab – lachte, drehte sich um und war verschwunden.
Als Justus am nächsten Morgen in die Bibliothek kam, prallte er zurück. Veit saß bereits über den Büchern.
Guten Morgen Justus, sagte er und lächelte.
Er habe einiges aufzuholen, sagte er. Er sei nachlässig gewesen in der letzten Zeit. Danach ging er zu Gundel in die Küche, guckte ihr in die Töpfe und holte unaufgefordert Holz. Das Stalldach muß endlich repariert werden, sagte er. Ich mach' das nach dem Essen.
Er wollte ihnen wohl zu verstehen geben, daß etwas vorbei war. Tatsächlich ist er seitdem nicht mehr nach Koblenz gefahren. Aber für Gundel und Justus war mehr vorbei als bloß das, und er wußte es. Für sie alle drei war etwas vorbei. Sie hatten ihn in diesen Kleidern gesehen.
Sie waren alle drei hilflos. Und in ihrem Kummer horchten sie auf den über ihnen, von dem man nichts hörte, wenn es hell war, und der umzugehen begann, wenn es dunkelte. Vorher hatten sie manchmal ganz vergessen, daß es ihn gab, und sich erst wieder an ihn erinnert, wenn die Glocke in der Küche schrillte. Jetzt horchten sie auf jeden Schritt.
Aber was war das für ein Mensch, für den manchmal unbekannte Kutschen vorfuhren und den nach Wochen ein Wagen

wieder brachte, manchmal mitten in der Nacht? Der das Licht scheute und die Vorhänge zuzog und tagelang sein Zimmer nicht verließ? War der allein oder hatte der Umgang mit jemandem da oben in dem wüsten Durcheinander von altertümlichen Möbeln, bis zur Unkenntlichkeit nachgedunkelten Bildern, staubigen Gobelins, Globen und Bücherbergen? War er es überhaupt, der da abends umzugehen begann, war das überhaupt der Schritt eines Menschen, reißend, ziellos, unermüdbar?
Sie lauschten hinauf, als könne das nicht so weitergehen, als müsse etwas geschehen, und als dann etwas geschah, war ihnen, als wäre es ebendies gewesen, worauf sie gewartet hatten.
Ein Wagen fuhr vor, vorneweg zwei Reiter, drei Männer gingen hinauf, kamen nach einer Viertelstunde mit ihm herunter, ließen ihn mit dem Leutnant die Kutsche besteigen, reichten den Koffer, den der eine Polizist mit heruntergebracht hatte, dem Kutscher hinauf, bestiegen ihre Pferde. Die Polizisten trabten an, die Kutsche wendete, und nach zwei Minuten war noch nicht einmal mehr etwas zu hören. Baron Falck war verhaftet worden.
Er hatte es nicht für nötig gehalten, eine Erklärung zu geben, und Gundel, befragt, was der Polizist gesagt habe, den sie angesprochen hatte, sagte: Nichts hat er gesagt, und wurde rot.
Gleichviel, sagte Justus. Wie immer auch. Man wird ja sehen. Wir können's abwarten. Unser Bier ist es nicht. Morgen ist auch noch ein Tag. Die Welt bleibt nicht stehen. Es muß jeder sehen, wie er zurechtkommt.
Justus schlug also vor, zur Tagesordnung überzugehen, und sie griffen seinen Vorschlag mit Erleichterung auf. Hatte der da oben denn je eine Bedeutung für sie gehabt? Hatte er je einen Gedanken darauf verschwendet, wie sie sich durchbrachten?

Warum sollten sie jetzt einen Gedanken an ihn verschwenden?
Es war weniger Gundel als Veit, der Justus' Vorschlag aufgriff. Hatte ihm denn Justus nicht ausführlich dargetan die Parasitenhaftigkeit jenes Menschen, den er seinen Erzeuger zu nennen gezwungen war? Hatte er ihm nicht unwiderlegbar *bewiesen* seine Überflüssigkeit, ja Schädlichkeit? Und wenn schon von Vaterschaft gesprochen werden mußte, dann hätte ein ganz anderer Anspruch darauf, sein Vater genannt zu werden.
Gundel hörte ihm mißtrauisch zu. Er sprach ihr zu laut. Er war ihr zu aufgeräumt. Er ging ihr zu oft ins Dorf. Sie ärgerte sich, daß sie nicht sagen konnte, was sie daran störte. Mußte sie denn nicht froh sein, daß er wieder zur Normalität zurückfand, wieder das Kind wurde, das er in Wirklichkeit noch war, zugegeben ein großes Kind? Sie nahm Rücksicht, so sehr sie konnte, erließ ihm durchaus einmal abends das Stallmisten, holte auch selber Holz. Aber er trieb sich für ihr Gefühl einfach zu oft im Dorf herum.
Möglich, daß ihr dabei ihr eigenes Verhältnis zum Dorf in die Quere kam, das keineswegs so spannungslos war, wie sie glauben machen wollte. Sie war schließlich die Amme der Baronin gewesen, gehörte zum Schloß, während die da drüben in ihren Katen nichts weiter als Bauernknoten waren. Oder vielleicht etwa nicht? Vor allem machte sie Veits Umgang mit einem gewissen Gottlieb mißtrauisch, einem ungeschlachten, bereits leicht verfetteten Bauernjungen. Sie fragte sich, was die beiden um Himmels willen miteinander zu schaffen haben könnten.
Auch ärgerte sie sich über eine bisher so nicht aufgetretene Nachlässigkeit Veits, sich zu kleiden. Zugegeben, sie konnte ihm in dieser Hinsicht nicht viel bieten, aber das wenige, das er besaß, hätte er schon mit mehr Sorgfalt tragen können. Doch

was heißt Sorgfalt. Er beachtete ja nicht einmal mehr die einfachsten Regeln der Zivilisation. Anfangs nicht mehr von den Bauernjungen zu unterscheiden, hob sich sein Aufzug jetzt durchaus von dem ihren ab, indem er noch bei weitem schmutziger, zerlumpter und verwilderter herumlief als sie. Das fiel auf Gundel zurück. Doch er lachte nur frech, wenn sie ihm Vorhaltungen machte.
Besonders beunruhigte sie sein Umgang mit diesem Gottlieb. Irgend etwas gefiel ihr an dem Burschen nicht. Er grinste ihr ein wenig zu oft über die feisten Backen. Und dem las Veit seine Gedichte vor. Er hatte begonnen, Gedichte zu schreiben. Gundel begriff das nicht. Eine so hohe Tätigkeit konnte sie sich nur in geschmackvoller Kleidung ausgeführt denken. Wie sollten mit diesen Dreckpfoten Gedichte entstehen können. Von dem Zustand, in dem danach Papier und Feder waren, ganz zu schweigen.
Sie konnte sich nicht vorstellen, daß Gottlieb auch nur ein Wort verstand, er hätte dann ja wohl nicht mit so ochsenhaftem Gesichtsausdruck dagesessen. Denn sobald Veit zu lesen begann, setzte eine erstaunliche Wandlung in Gottfrieds Gesicht ein. Seine blauen Knopfaugen weiteten sich, traten wie unter dem Druck ungeheurer Blähungen langsam hervor, sein Unterkiefer klappte herab. War Veit zu Ende, schloß Gottlieb den Mund, schluckte und atmete tief aus.
Und noch etwas war da, und das war viel schlimmer. Pfarrer Messerich war deswegen schon dagewesen, die Mutter der Unglücksperson auch. Im Dorf wurde Gundel ständig angesprochen, und man überlegte hin und her. Doch letzten Endes waren alle ratlos. Das Vertrackte war nur, daß man Veit keinen Vorwurf machen konnte. Er wollte von ihr ja nichts wissen. Ihm war sie ja schnuppe. Er hielt sich da raus. Gerade das aber machte alles nur noch schlimmer. Je unübersehbarer er tat, als sähe er sie nicht, desto verzweifelter hing ihr Blick an ihm. Je

unbeteiligter er sich gab, desto mondsüchtiger folgte sie ihm. Je entschlossener er die Tür hinter sich zuwarf, desto lauter ihr Aufschluchzer und das dann folgende Geräusch, von dem man sagt, es klinge wie das von einem Schloßhund erzeugte.
Es war nicht mit anzuhören, und jedesmal mußte Gundel hinaus und das Elend lindern, zumindest das Schlimmste verhüten, denn nach einer Weile begann sich das Schluchzen zu Erstickungsparoxysmen zu steigern, und Eile war geboten. Doch konnte Linderung nur darin bestehen, daß die Unglückliche, wenn auch nicht den Raum, so doch wenigstens das Dach mit ihrem Geliebten teilte. Gundel holte sie dann in die Küche. Sie hieß Bärbel und war die Tochter des Dorfschulzen, eine stramme Fünfzehnjährige und bisher, bevor der Liebesgott sie schlug, ein völlig normales Mädchen. Im Dorf war man sich inzwischen einig, daß sie verhext worden war, Veit also nichts mit ihrem Zustand zu tun hatte. Doch Gundel war nicht so sicher. Wer weiß, was dieser hartherzige ungewaschene Lümmel angestellt hatte in seiner Durchtriebenheit. Denn ohne daß sie Beweise gehabt hätte, war Gundel davon überzeugt, daß Veit es hinter den Ohren hatte, und zwar gehörig. Von nichts kommt nichts, sagte sie, und zumindest das kommt von deiner Rennerei ins Dorf.
Bärbel tat ihr leid, und da ihre Maxime war, das beste Heilmittel gegen Liebeskummer sei die größtmögliche Nähe zum Objekt der Begierde, holte sie Bärbel, sooft es ging, in die Küche. Sie war sicher, daß, würde Veit ihr auch nur die geringste Avance machen, Bärbel aufwachen und auf der Stelle in schallendes Gelächter ausbrechen würde. Und so kuppelte Gundel denn in der allerbesten Absicht. Der Trampel, wie dieser steinherzige Grobian Bärbel zu nennen pflegte, war aber auch zu und zu appetitlich.
Veit floh entnervt. Wohin man in diesem Haus trat, man trat in Hühnerscheiße. Wohin man auch floh, ein Huhn war schon

da. Früher hatte er es nicht mit ansehen können, jetzt aber hatte er das Schlachten der Hühner in die Hand genommen. Man brauchte nur entschlossen genug hinter ihnen herzulaufen, und sie duckten sich wie vor einem Hahn, hoben den Schwanz und boten das muskulöse Arschloch dar. Er griff sie, schwenkte sie an den Füßen im Kreis, bis sie trunken waren und den Kopf ruhig hielten auf dem Hackklotz. Schier totlachen wollte er sich dann, wenn der nur um ein weniges verkürzte Torso flügelschlagend und blutspritzend davonraste, um schließlich zusammenzubrechen.
Einmal, als er ein Gedicht las, hatte er aufgeblickt und Gottfrieds Gesicht gesehen. Er hatte abgebrochen. Er hatte sich plötzlich geschämt. Inzwischen sah er Gottfried kaum noch. Gundel hatte begonnen, ihm aus den Sachen seines Vaters Kleider zu nähen. Doch waren die Stoffe und Farben viel zu extravagant für die Formen, die Gundel beherrschte, Dienstbotenkleidung. Die Diskrepanz war lächerlich. Sie begriff nicht, warum er die Sachen nicht tragen wollte. Was begriff sie überhaupt? Unausgesetzt mäkelte sie an ihm herum. Jetzt verbündete sie sich sogar mit diesem Mädchen gegen ihn. Er sollte lächerlich gemacht werden. Was bildete sich der Trampel eigentlich ein mit ihren Zöpfen und ihren Augen, diese Bärbel?
Von seinem Vater war geflissentlich nicht die Rede. Er war jetzt öfter oben. Wenn es ihm zuviel wurde, ging er hinauf und schloß sich ein. Sie schienen alle von seinem Vater etwas zu wissen. Etwas Dunkles, Unheimliches, Obszönes. In der braunen Dämmerung der Säle, die eng waren von durcheinanderstehenden altertümlichen, verstaubten Möbeln, ging er umher wie in Grabkammern, und manchmal stand er vor einer struppigen, wüsten Gestalt; da war er in einen Spiegel geraten.
Einen Saal hatte sein Vater als Ankleidezimmer benutzt. Er zählte einundzwanzig Schränke voller Röcke, Hemden, Wä-

sche, Schuhe, Hüte, Mäntel. Mit dem, was das alles gekostet hatte, wäre das Haus mühelos instand zu halten gewesen. Jetzt brach der Stuck herunter, weil es durchregnete. Jedesmal, wenn sie nach Koblenz gefahren waren, hatten sie mehr als einen Tag zur Vorbereitung gebraucht. Doch war das mit Auswählen, Anprobieren, Zusammenstellen nicht mehr zu beschreiben. Das war schwere Arbeit, die sein Vater da verrichtete, und es war weit jenseits des Worts Eitelkeit. Sein Vater war ein kleiner, zierlicher Mann, schmächtig, fast ohne Körper, und manchmal, wenn er fertig angekleidet schien, sich aber dann plötzlich doch wieder umzog, hatte er gedacht, er könnte so lange damit fortfahren, Kleidungsstücke abzulegen, bis nichts mehr von ihm übrig war, allenfalls seine Augen. Denn auch sein Gesicht war wie fleischlos, eigentlich gab es nur seine Augen, dunkle, hungrige, traurige Augen.
Manchmal spähte er durch einen Vorhangspalt. Blühend senkte sich die Au zum Rhein hinab. Wolken schwammen durch das Blau. Von fern die Geräusche des Dorfs, und manchmal hörte er Gundel nach ihm rufen. Eine Art Lähmung hatte sich in ihm auszubreiten begonnen, wenn er bei seinem Vater eintrat, eine langsame Erstarrung, so daß sein Vater ihn ungehindert ausziehen, anziehen, aufstehen und umhergehen lassen konnte. Immer wieder war sein Gesicht auf ihn zugekommen, diese papierne, fleischlose Maske, diese Fassung für seine riesigen Augen. Falck schminkte, frisierte und puderte ihn, und ab und zu führte er ihn vor den Spiegel. Veits Entzücken an der Figur, die ihn aus dem Spiegel anblickte, war mit Grauen gemischt. Als wäre er lebendig begraben.
Genau das wollte Falck sehen, dieses mit Entsetzen durchmischte Entzücktsein in Veits Blick. Spott war in Falcks Augen, ohne daß die Trauer darin abgenommen hätte. Veit spürte, daß sein Vater seine Erstarrung genoß, sich daran weidete, wie er vor seiner Hand zurückzuckte, obwohl von einem Zurückzuk-

ken noch nicht einmal gesprochen werden konnte, eher von einem kalten Sichzusammenziehen der Haut beim Näherkommen seiner Hand, sich daran weidete wie an einer Wunde, die er sich selbst zufügte.
Veit hatte inzwischen gelernt, den Spiegeln auszuweichen, wenn er da oben umherstreifte zwischen Atlanten, die nicht mehr stimmten, Uhren, die nicht mehr gingen, Porträts voller Schwärze und all den schweren ledergebundenen lateinischen, griechischen und französischen Büchern. Es war kein einziges deutsches darunter. Er hätte nicht sagen können, wieviel Zimmer das Schloß hatte. Hinter den Vorhängen verborgen, sah er das Mädchen unten am Tor stehen. Manchmal, wenn sie den Kopf hob, wich er zurück, als könnte sie ihn entdecken.
Einmal hatte er seinen Vater im Bad gesehen. Das heißt, er hatte nur seinen Rücken gesehen, bevor er hastig ein Tuch um sich warf. Sein Rücken war voller blutiger Striemen gewesen. Gundel behauptete, daß er nach der Hochzeitsnacht seine Frau nie mehr belästigt habe. Am Morgen danach hatte sie ihre Herrin völlig verstört vorgefunden, Falck bleich und erschöpft, auch er wortlos. Daß die Baronin bei der Geburt ihres Sohnes gestorben sei, stimmte nicht. Das Wochenbett war vorbei, als Gundel sie tot im Bett fand. Falck hatte damit nichts zu tun. Er war auf Reisen. Aber alles andere war ungeklärt und blieb es auch.
Falck kam danach immer seltener nach Frauenberg. Das Schloß verödete. Dafür begann ein Schuster aus dem Dorf ein und aus zu gehen, ein finsterer, galliger Mensch. Er bestellte Wagen für den Baron, brachte Briefe weg, erledigte Botengänge. Niemand wußte allerdings zu sagen, was er auch nachts bei dem Baron zu schaffen hatte oder spätabends.
Veit hatte Gundel insofern nachzugeben begonnen, als er sich jetzt öfter wusch. Auch erlaubte er ihr, für ihn zu schneidern, und zwar nach Modellen, die er anhand von Journalen, die aus

Paris berichteten, aufzeichnete. Stoffe dazu gewann er aus der Garderobe seines Vaters. Es hatte ihn zu ärgern begonnen, daß da oben so viele Schränke und Schubladen verschlossen waren. Die Schlüssel waren längst verloren, und so baute er sich ein Schloß aus und vertiefte sich in seine Mechanik so lange, bis er imstande war, mit Haarklammern oder einem einfachen gebogenen Stück Draht jedes beliebige Schloß zu öffnen.
In den meisten Schubladen war nichts oder sinnloser Plunder. In einer fand er allerdings einen kleinen Brillantring. Eine Truhe leistete hartnäckigeren Widerstand. Das Schloß war außerordentlich massiv und kompliziert. Es waren Ketten darin, Peitschen, Halseisen, Stricke, schwarzverkrustete Hemden.
Zum Unterricht erschien er nicht mehr. Er begann, immer mehr Wert auf seine Kleider zu legen. Ein loser Knopf konnte Wutausbrüche auslösen. Er hatte ein Gesichtszucken entwikkelt, unkontrollierte Muskelbewegungen. Die Zuckungen traten bei Anspannungen auf, aber auch in scheinbar unbelasteten Situationen. In einem Schrank entdeckte er die Kleider, die ihm sein Vater für Koblenz hatte machen lassen. Sie waren ihm viel zu klein. Er empfand plötzlich etwas wie Mitleid mit seinem Vater. Wie er ihm Kleider vorgeführt hatte, wie er vor einen Spiegel trat, wie er ihn lehrte, ein Tuch zu halten, zu gehen – das war bereits jenseits von Lächerlichkeit. Sich selbst zu einem Nichts zu machen, um sich als das eigene Kunstprodukt und reinen Schein, als vollkommene Äußerlichkeit auferstehen zu lassen – das hatte eine makabre Konsequenz, dazu mußte einer sehr verzweifelt sein. Und das alles, um in einem Saal voll ähnlich geschminkter Larven sich an eine offenbar besonders bedeutende Larve herandrängen zu dürfen, als kleiner deutscher Baron ein verächtliches Kopfnicken zu ernten und dieses verächtliche Kopfnicken heimzutragen wie ein kostbares Geschenk.

Es hatte Monate gedauert, bis er nicht mehr den Traum vom großen Tanz träumte, bis ihn diese weißen Fratzen mit den blutroten Mündern nicht mehr jagten, bis ihr gellendes Gelächter verstummt war, bis er nicht mehr um sein Leben rannte, gehetzt von Furien in riesigen Allongeperücken und Schnallenschuhen.

Schließlich ging er nicht mehr hinauf. In einer Truhe hatte er eine halbverweste Leiche gefunden. Keine wirkliche, wie er beim zweiten Blick feststellte, sondern eine Wachsplastik, ausgeführt von einem neapolitanischen Spezialisten, der ganz Europa mit Wachsleichen in allen Stadien des Zerfalls belieferte.

Er verbot schließlich Bärbel das Haus. Er kommandierte Gundel herum. Er mokierte sich über Justus. Sie hätten alle drei heulen können, und sie taten es auch, doch jeder für sich.

Und eines Nachts kam Falck zurück. Ein Wagen fuhr vor, fuhr wieder ab. Oben aber, hinter den Fensterscheiben, geisterte ein Licht umher. Am Morgen blieben sie alle drei am Tisch sitzen und warteten, bis es Zeit war, daß Gundel hinaufgehen konnte. Sie war sehr schnell wieder zurück.

Nichts hat er gesagt. Hinter mir hat er wieder abgeschlossen.

Veit wartete. Es vergingen drei Tage, und immer noch hatte Falck seinen Sohn nicht zu sich heraufgebeten oder ihm wenigstens ein paar Zeilen geschickt. Dann erschien er auf der Terrasse. Veit stürmte die Treppe hinauf. Falck erstarrte in der Bewegung. Er wandte sich, um zu fliehen. Doch er rutschte aus und strauchelte, raffte sich auf, strauchelte erneut. Veit war stehengeblieben. Sein Vater trat schon wieder in Hühnerscheiße. Und da begann Veit zu lachen. Er lachte, daß ihm die Seiten wehtaten. Sein Vater trat immer wieder in Hühnerscheiße. Es war ja alles voll von dieser Hühnerscheiße, und sein Vater trat immer wieder hinein. Er kam gar nicht mehr richtig auf die Beine. Seine Rockschöße flogen, seine Perücke verrutschte, sein Degen kam ihm zwischen die Beine, und Veit lachte und lachte. Für den nächsten Morgen bestellte sich der Baron einen Wagen, und das war das letzte, was sie von ihm sahen.

Veits Heiterkeit aber hielt an. Er begann, sich wieder im Dorf herumzutreiben, und eines Abends kam er sturzbetrunken nach Hause. Statt zu lernen, versuchte er, Justus Kartenkunststücke beizubringen. Mehrmals kam er mit Hasen und Rehen, die er in Schlingen gefangen hatte. Nach der Herkunft einiger stattlicher Hechte, Fasanen und Rebhühner fragte Gundel lieber nicht. Sie heizte statt dessen den Herd ein und setzte Töpfe und Pfannen auf. Es war die Zeit, als es zu spuken begann. Die Baronin ging um. Justus schimpfte. Diese Gundel schien offenbar keine Lehre annehmen zu wollen. Das ist wissenschaftlich völlig unhaltbar, rief er nachts im Bett. Dann geh doch selber rauf, sagte Gundel.

Offenbar war seine Wissenschaftsgläubigkeit so groß auch wieder nicht, als daß er sich eines Nachts nicht hinaufgeschlichen hätte. Was er sah, war nicht das Gespenst der Baronin, es war Veit in ihren Kleidern. Hätte Justus seinen Verstand nicht mit Gewalt zusammengehalten, er hätte geschworen, eine Frau zu sehen. Er wußte, daß es Veit war, den er sich da vor dem Spiegel drehen sah. Aber es war ihm klar, daß er ohne dieses Wissen nicht anders als Gundel reagiert hätte, als er sah, wie die Baronin ins Zimmer und vor den Spiegel rauschte, wie sie sich genoß, während sie sich betrachtete oder sich betrachtete, während sie sich genoß. Wie sie über ihre Hüften strich und den Leib herauf zu ihren Brüsten. Wie sie den Kopf warf und lautlos zur Probe lachte, den Mund offen und die Zähne frei im weißgepuderten Gesicht.

Am nächsten Morgen sagte Justus, es ist Zeit. Ich melde dich zu den Prüfungen an, und dann gehst du nach Tübingen.

Das war leicht gesagt, und danach sahen beide Gundel an. Gundel aber seufzte, stand auf, führte Veit in ihre Kammer und zog eine Kiste unter ihrem Bett hervor.
Das habe ich alles deinem Vater gestohlen, sagte sie. Die Hälfte ist für dich.
Nur, unter welchem Namen sollte er angemeldet werden? Denn Veit lehnte es ab, den Namen seines Vaters zu tragen. Justus wußte Rat. Er schlug vor, Veit solle seinen zweiten Vornamen als Familiennamen führen. Denn der heilige Veit war nicht nur Nothelfer gegen Muskelzuckungen aller Art, das heißt, gegen den Veitstanz, er war auch – um sechshundert wurde er nach zahlreichen Martern zusammen mit seiner Amme Kreszentia und seinem Erzieher Modestus, die sein Martyrium teilten (sein Tag ist der 15. Juni), gesotten – abgeleitet von dem topfartigen Kessel, in dem sitzend er immer dargestellt wird, Nothelfer gegen das Bettnässen. Denn unübersehbar und vor allem nicht mehr zu überriechen war, daß Veit das Bett näßte. Er war größer als Justus inzwischen, schmal in den Hüften, ein Bild von einem Mann, aber er näßte das Bett.
Und so wurde der junge Baron zu den Examen angemeldet unter dem bürgerlichen Namen Eduard Veit. Er bestand glänzend, und Gundel ließ einen Schneider kommen. Veit drehte sich vor dem Spiegel. Koffer fand man oben reichlich, und eines schönen Herbsttages hieß es Abschied nehmen.
Justus war alt geworden. Veit sah plötzlich, wie dünn sein Nacken geworden war, und er begann auch grau zu werden. Er war schon achtunddreißig gewesen, als er vor zwölf Jahren kam. Vor undenklichen Zeiten hatte er Theologie studiert, danach immer nur die Kinder reicher Leute unterrichtet, ihre und die Launen ihrer Eltern erduldend, von Ort zu Ort ziehend, hinausgeworfen, kündigend, manchmal auch auf der Straße, weil sein Zögling gestorben war, auf Frauenberg hängengeblieben schließlich, aber warum? Denn daß es hier bergab

ging, war schon vor zehn Jahren zu sehen gewesen, und es war sieben her, daß Justus Schmitt sein letztes Gehalt bekommen hatte.
Gewiß, noch nie hatte ihn jemand so herausgefordert wie Falck, ihn sich als Stachel geradezu ins eigene Fleisch gepflanzt, sogar die Seele eines Kindes als Preis dieses Kampfes ausgesetzt. War das Souveränität von Falck oder schlaue Anpassung an die Zeit oder resignierte Einsicht in die eigene Überständigkeit, die letzte Tat, zu der eine sterbende Klasse noch fähig ist, sich den Totengräber ins eigene Haus zu holen?
Obwohl Falck sich scheinbar um nichts kümmerte, waren Justus und er doch ein unauflöslich ineinander verbissenes Paar. Spielte Falck oben auf dem Cembalo Händel, hielt Justus unten auf dem Klavier mit Mozart dagegen. Verlangte Falck von seinem Sohn die Kenntnis der *Confessiones*, ließ Justus ihn ganze Szenen aus den *Räubern* deklamieren. Der Sturm auf die Bastille war Justus' Triumph, doch schon Danton verstand er nicht mehr wirklich, erst recht nicht Robespierre. So doch wohl nicht, sagte er wie fast alle deutschen Intellektuellen, das geht zu weit. Obwohl sie selber noch nicht einmal den ersten Schritt getan hatten, wußten sie schon, wann stehenzubleiben war. Doch war das nicht Besserwisserei bei Justus. Wenn er ab zweiundneunzig Mäßigkeit predigte, dann wohl auch aus der Einsicht heraus, daß der Funke auf Deutschland nicht überspringen würde. Mit den Tyrannen war weiter zu leben, und so kam es denn darauf an, den dritten Weg zu gehen und die Tyrannen zu bessern. Sie sollten sich mäßigen.
Erziehung wurde doppelt wichtig. Zwar war Justus Schmitt durchaus ein Demokrat, gleichwohl erzog er Veit als Herrn auf Schloß Frauenberg. Er sollte schon ein Baron bleiben, er sollte nur ein guter Baron sein. Auch er sollte sich mäßigen.
Natur gut und schön, aber sie hat auch ihre Schattenseiten, pflegte Justus Schmitt zu sagen. In der Regel meinte Justus

Schmitt aber etwas Bestimmtes, wenn er das Wort Mäßigung verwendete. Hände über die Bettdecke, sagte Justus Schmitt. Bleib sauber, sagte er. Er kontrollierte Veits Bettlaken. Kaltes Wasser, sagte er. Arbeit. Und vor allem, nicht daran denken. Man muß ständig auf der Hut sein.

War daraus zu schließen, daß er selber ständig auf der Hut war? Dachte er etwa selber ständig daran? Die Hartnäckigkeit, mit der Justus Schmitt die Sünden des Fleisches bei seinem Zögling bekämpfte, ließen auf schwere Kämpfe in seinem eigenen Inneren schließen, die Erbitterung, mit der er sie führte, darauf daß er nicht alle gewann. Denn da war ja auch immer noch die dicke Gundel.

Könnte sie also, wenn nicht der einzige, so doch einer der Gründe sein, ein ziemlich schwergewichtiger zugegeben, für die Tatsache, daß er hier nicht weggekommen war? Justus Schmitt hätte sich lieber die Zunge abgebissen, als das zuzugeben. Gewiß, er war kein Engel, und er riet ja auch nur zur *Mäßigung*, aber war diese Frau denn nicht die Unvernunft des Fleisches in Person, gleichsam die trughafte Üppigkeit sinnlichen Scheinens, das verführerische Locken vernunftloser Materie? Wollte, ja wußte sie es denn anders?

Justus und sein Grobsinnliches. Er hatte zwölf Jahre mit dieser Frau gelebt, aber er wäre nie auf den Gedanken gekommen, das Liebe zu nennen.

Gundel wußte das. Es störte sie nicht. Es gehörte zu diesem Mann, der sich immer noch für einen Junggesellen hielt, wie sein Klavierspielen, sein Schwadronieren, seine ständige Geilheit, seine Ernsthaftigkeit zu ihm gehörten. Sie nahm ihn, wie er war, und so gefiel er ihr auch.

Sie wehrte sich gegen ihn, indem sie sich weigerte, Lesen und Schreiben zu lernen, einen Hut zu tragen oder vormittags mit ihm ins Bett zu gehen. Sie wehrte sich gegen ihn, indem sie ihn vom Klavier in den Stall, von den Büchern in den Garten

schickte. Sie wehrte sich gegen ihn und machte ihn satt. Sie lachte mit ihm, und sie machte ihn müde. Sie fand ihn großartig, und manchmal ließ sie ihn nicht ins Bett.
Wenn Veit jetzt ging, welchen Grund wollte dann Justus dafür nennen, daß er blieb? An eine andere Stelle war nicht zu denken. Womit wollte er jetzt noch die Wahrheit verdecken, daß er ohne diese Frau verloren wäre?
Veit ging ins Dorf, um sich zu verabschieden. Bärbel hatte geheiratet. Er sagte ihr adieu. Sie wußte nicht, wie ihr geschah. Es war ihr sichtlich peinlich. Zurückgehend dachte er, daß es, als er ihr die Hand gab, das erstemal war, daß er sie berührte. All die Engel in seinem Kopf. Sie war eine junge Bäuerin. Alles andere war nie gewesen.
Er ging nicht zu einem letzten Blick auf die Terrasse. Den kannte er für immer. Als die Koffer gepackt waren, wollte er nur noch, daß es schnell geht. Ich schreibe. Was man so sagt. Er drehte sich auch nicht um. Er wollte die beiden nicht an der Einfahrt stehen und winken sehen.

Bückler hatte selten eine solche Verblüffung gespürt wie in dem Augenblick, als er diesen Clown aus dem Lauschieder Gasthof, diesen Spitzel, als er Veit vom Pferd steigen sah. Da mußte sich jemand verschnappt, wenn nicht gar versucht haben, ihn zu verraten. Doch schloß er letzteres aus, als er sah, daß Veit allein war, und als Veit ihn mit Haid begrüßte.

Veit war abgesprungen und auf ihn zugelaufen. Haid, hatte er gerufen. In dieser Einöde ein Mensch, und dann auch noch einen, den ich kenne. Die Lauschieder Mühle. Erinnert Ihr Euch?

Euer Pferd könnt Ihr in dem Holzschuppen da unterstellen, sagte Bückler.

Er sah Veit beim Absatteln zu. Seine Kopfhaut hatte sich körnig zusammengezogen. Sie fühlte sich an wie Eis. Das Unheimliche war nicht nur, daß dieser Mensch ihn zum zweitenmal aufgespürt hatte, sondern, daß er ihn offenbar blind zu finden verstand, denn er erkannte ihn immer noch nicht. Wäre es anders, wäre er nicht allein gekommen.

Ihm sei gewesen, als wäre er am Ende der Welt, den ganzen Tag habe er noch nichts gegessen, wieso hier alles abgeholzt sei, und wo die Leute aus den Häusern seien – Veit redete durcheinander, er war sichtlich erleichtert, er mußte sich wohl nicht wenig gefürchtet haben im Wald. Bückler führte ihn ins Haus. Was hätte er tun sollen? Noch ein Grab schaufeln? Oder ihn wegjagen, ohne Pferd, das er natürlich behalten würde und mit dem er schnell aus seiner Reichweite gewesen wäre? Er hätte sich verraten. Außerdem kamen heute nacht die andern. Wenn dieser Veit erwachte, würden sie schon über alle Berge sein.

Bückler schnitt Veit Wurst und Brot auf und goß ihm ein Glas Wein ein. Dankbar essend und trinkend, erzählte Veit, daß er eigentlich nur durch Zufall hier sei. Zuletzt habe er gar nicht mehr auf den Weg geachtet. Man könnte auch sagen, er habe sich verirrt.
Wie riecht es hier eigentlich, sagte Veit plötzlich.
Wie soll es denn hier riechen, sagte Bückler.
War das hier einmal eine Gaststube? sagte Veit.
Bückler erzählte von Maras Schänke und wie die Holzfäller kamen und die Leute von Muhl wegziehen mußten.
Es riecht merkwürdig, rief Veit. So etwas habe ich noch nie gerochen. Ich kann nicht mehr weiteressen. Seid Ihr denn schon lange hier?
Er sei kurz vor ihm gekommen, sagte Bückler. Veit glaubte ihm nicht. So wie das hier aussah, mußte er schon ein paar Tage hier sein. Da war doch etwas faul. Er stand auf und ging umher.
Hier wird es stärker, sagte er und öffnete die Tür zum Flur. Unter dieser Tür kommt es durch, sagte er, auf die Tür zur Küche zeigend.
Ich würde aufhören, meine Nase in fremder Leute Angelegenheiten zu stecken, sagte Bückler.
Veit ging in den Schankraum zurück und setzte sich wieder. Der Gestank war grauenhaft.
Er riecht es natürlich, dachte Bückler. Und bald wird er sich auch denken können, wonach es riecht. Aber was denkt er dann? Was immer er getan hatte, einen Mord hatte man ihm noch nicht nachgesagt, und das sollte so bleiben.
Sucht Ihr denn noch immer den Schinderhannes? sagte Bückler.
Ich glaube nicht, sagte Veit. Es war ganz töricht, hierher zu reiten. Ich weiß selbst nicht, warum ich es getan habe.
Und warum sucht Ihr den Schinderhannes nicht mehr?
Habt Ihr einmal die Fettsäcke gesehen, die den Revolutionsar-

meen folgen? Für die soll ich Ordnung machen helfen? Dieser Bückler tut mir leid. Ein kleiner Strauchdieb, an den sich eine Legende geklebt hat. Eine dumme, kleine, rührende Legende.
Es stinkt tatsächlich, sagte Bückler. Und Ihr habt recht. Es kommt unter dieser Tür da draußen hervor.
Er stand auf.
Vielleicht seht Ihr einmal nach, sagte Bückler mit einem schiefen Lächeln. Er öffnete die Tür zum Flur und gab Veit eine Kerze in die Hand. Er war plötzlich im Dunkeln verschwunden.
Veit öffnete die Tür. Die Klinke noch in der Hand, taumelte er rückwärts in den Flur zurück. Es würgte ihn. Er holte tief Luft.
Haid, schrie er.
Er atmete tief ein und hielt die Luft an. Er öffnete die Tür erneut. Er ging in die Ecke, auf den Klumpen aus Schwärze und Schatten zu auf dem Bett in der Ecke. Er stürzte hinaus. Seine Kerze erlosch. Er tastete an der Flurwand nach der Tür zum Schankraum.
Haid, schrie er.
Der Verwesungsgestank quoll ihm wie Schleim in Mund und Nase. Er glaubte zu ersticken. Er fand die Klinke und riß die Tür zur Schankstube auf. Wenigstens Licht. Aber der Gestank quoll jetzt auch hier hinein. Er riß die Fenster auf, dann die Haustür. Mit abgewendetem Gesicht ging er in die Küche und riß auch dort das Fenster auf. Er sah das da in der Ecke nicht an.
Mit einem Windlicht ging er den Flur entlang und die Treppe hinauf. Haid konnte nur da oben sein. Er leuchtete in alle vier Kammern. Sie waren leer. Also konnte Haid nur in dem kleinen Verschlag unter der Dachschräge sein. Er hockte sich nieder.

Wer war das da unten?
Mara, sagte Bückler.
Was ist geschehen?
Ich kam, als sie starb. Hinter dem Haus hab' ich ein Grab gemacht.
Und dann?
Ich konnte nicht.
Sie schwiegen.
Soll ich es für Euch tun? sagte Veit.
Ja, sagte es in dem Verschlag.
Veit holte Licht in die Küche. Am Fenster holte er tief Luft, dann ging er zu dem Bett und zog die Decke von der Leiche.
Die Toten lachen. Lautlos, brüllend, schwarz im Gesicht.
Aber sie können sich nicht wehren, wenn man ihnen schnell das Laken über den Schädel wirft.
Eingeknotet in Unter- und Überlaken sind sie dann plötzlich sehr klein.
Veit schleifte das Bündel vor die Tür, ums Haus herum und zu dem Busch, vor dem ein Erdhaufen lag. Sie paßte in das Loch und es war schnell wieder zu.
Haid saß wieder am Tisch, als er in den Schankraum zurückkam.
Jetzt hast du aber etwas zu erzählen, wenn du nach Mainz zurückkommst, sagte Bückler grinsend.
Veit lächelte ungläubig.
Fix, sagte Bückler. Saubere Arbeit.
Und da begriff Veit endlich. Der Mann, dem er gegenübersaß, war der Schinderhannes. Mußte es sein, konnte, wie er plötzlich unumstößlich wußte, niemand anderes sein.
Bückler hatte Veits Augen gesehen. Wie sie sich weiteten für einen Moment und starr wurden. Er hatte wegsehen müssen. Na endlich, hatte er gedacht.
Veit schluckte, versuchte sich zu konzentrieren, sein Kopf

fühlte sich leicht an, und er war vollkommen leer. Gelähmt, bewegungsunfähig und plötzlich frierend, starrte er vor sich hin.
Du willst doch den Schinderhannes sehen, sagte Bückler. Ich zeig' ihn dir. Aber das kostet etwas.
Veit grinsend in die Augen sehend, legte er die offene Hand auf den Tisch. Veit nestelte seine Börse hervor und legte sie ihm in die Hand. Doch Bückler ließ seine Hand liegen. Er sah ihn weiter an. Veit griff in das linke Seitenfutter seines Rocks und legte seine zweite Börse dazu. Bückler ließ immer noch nicht locker. Veit wühlte in der linken Satteltaasche und holte die letzte hervor. Bückler stand auf.
Du kannst in einer der Kammern oben schlafen.
Und was nun? fragte sich Veit, als er die Tür der Kammer hinter sich geschlossen hatte. Durchs Fenster in den Wald hinaus? Immerhin hatte er Geistesgegenwart genug gehabt, seine beiden Satteltaschen mit hinaufzunehmen. Er legte die Pistolen neben den Strohsack, auf dem er sich ausstreckte. So merkte er, daß er beschlossen hatte zu bleiben. Ein süßes, niederziehendes Gefühl von Gefahr in den Eingeweiden. Er zog seinen Mantel über sich und blies die Kerze aus.
Wenig später trampelten Schick, Leyendecker und Joschi in die Schankstube. Der Kerl sei ihnen entwischt.
Ich weiß, sagte Bückler verächtlich. Er ist hier.
Er lachte ihnen in die Gesichter, die vor Verblüffung plötzlich schwachsinnig wirkten.
Ruhe, schrie er. Der Herr schläft.
Sie zogen die Köpfe ein.
Warum machen wir dann nicht kurze Fuffzehn mit ihm, sagte Leyendecker.
Der kommt aus Mainz, aus dem Erthaler Hof, sagte Bückler. Der wird nicht angefaßt.
Dann hauen wir doch ab, sagte Schick.

Vor dem lauf' ich nicht weg, sagte Bückler.
Was glotzt du, schrie er Leyendecker plötzlich an. Klugscheißer. Nullen ihr alle.
Er war angetrunken. Es war jetzt besser, nichts mehr zu sagen.
Es war noch Nacht, als die Tür aufflog und eine Laterne Veit ins Gesicht leuchtete.
Aufstehen, rief Bückler. Jetzt gehen wir den Schinderhannes suchen.
Die Schankstube war voll, als Veit hinunterkam. Er erkannte Joschi, Schick und Leyendecker. Man stellte ihm einen Teller mit einem Rest Grütze hin. Doch hatte er kaum Zeit zu essen. Man war im Aufbruch. Mürrisch, wortfaul wurde gepackt. Lichter wurden ausgeblasen, Felleisen geschultert. Von draußen riefen Stimmen zur Eile. Veit ließ den Rest stehen und stolperte hinaus.
Es roch nach Frühe. Noch war es dunkel, aber schon waren die Umrisse der Männer erkennbar gegen das grau dahinjagende Gewölk. Seine Rappe diente als Packpferd. Die ersten standen schon entfernt und warteten, wandten sich aber, als der letzte endlich das Haus verließ. Niemand sprach. Sie hatten schnell den Kahlschlag überquert. Die ersten tauchten in die Schwärze des Dickichts ein, als Veit sich umwandte. Maras Haus brannte. Hinter den Scheiben gloste es dunkelrot. Aus einem Fenster leckte eine Feuerzunge ins Strohdach. Über dem First standen dünne Fäden von hochschießendem Rauch. Über die Wüste aus Baumstümpfen kam Bückler gelaufen.
Vorwärts, schrie er. Was gibt es da zu gaffen?
Es ging kaum erkennbare Pfade entlang, manchmal auch querfeldein, doch nie entfernten sie sich weit von Wald und Hekken. Straßen näherten sie sich mit großer Vorsicht. Immer wurden zwei vorausgeschickt, ehe eine eilig überquert wurde. Immer war Bückler in Veits Nähe, ständig gingen mindestens

zwei hinter ihm. Niemand sprach mit ihm. Er war praktisch Gefangener. Er hatte schon nach kurzer Zeit die Orientierung verloren.

In Schicks Berichten würde von nun an ein gewisser Veit auftauchen. Und Becker würde sich mit Sicherheit unter dem Namen jemanden vorstellen können. Zumindest würde er Vermutungen haben, und er würde ihnen nachgehen. Gestern hatte er noch geglaubt, seine Verbindungen zu Mainz gekappt zu haben, jetzt hing er plötzlich an einem Faden ganz anderer Art.

Veit war in Tübingen Mitglied des Klubs der Freunde der Verfassung gewesen, eines Kreises von immerhin sechs Männern, die sich unter strengster Geheimhaltung einmal in der Woche in Riemers Bude trafen, einem Studienfreund Veits, angeblich um Hausmusik zu machen, was sie auch tatsächlich taten, mit großen Pausen allerdings. Veit war im Oktober achtundneunzig dazugekommen. Objektiv, so schätzte man ein, bestand eine revolutionäre Situation. Bei einem Einmarsch französischer Truppen in Württemberg, der wahrscheinlich war, würde sich die Lage leicht zugunsten der demokratischen und der Volkskräfte wenden lassen. Immer vorausgesetzt mit Hilfe der französischen Truppen. Die Herren planten den Umsturz.

Riemer tat sich viel darauf zugute, Veit dem Klub zugeführt zu haben. Doch waren es keineswegs seine Agitationskünste gewesen, die Veit zu diesem Schritt bewogen hatten – Riemers Ansichten waren ihm seit langem bekannt, und er teilte sie – er hatte vielmehr, als er einmal in Stuttgart war, in einer der vorbeifahrenden Kutschen seinen Vater erkannt.

Es war nicht schwer gewesen herauszufinden, wo sein Vater wohnte. Im besten Hotel am Platz natürlich. Zum letztenmal hatte er ihn vor vier Jahren gesehen, auf der Terrasse von

Frauenberg auf Hühnerscheiße ausrutschend. Baron Falck hatte nie mehr etwas von sich hören lassen.
Manchmal, wenn er sehr großen Hunger hatte, wenn er sehr fror und sehr allein war, hatte er an ihn gedacht. Doch voller Zorn und mit Abscheu und stets mit dem Schwur, ihn nie – was immer auch kommen möge – um etwas zu bitten. Und jetzt saß er in der Domestiken-Schankstube eines Hotels und wartete auf ihn.
Falck begrüßte ihn amüsiert. Es wurde die demütigenste halbe Stunde in Veits Leben. Denn weil er den wirklichen Grund, warum er sich bei seinem Vater hatte melden lassen, ja nicht angeben konnte, fiel ihm ein, seinen Vater um etwas zu bitten, was er ihm unmöglich gewähren konnte.
Ich möchte, sagte Veit, daß Sie mich bei Hofe einführen.
Baron Falck zog interessiert die Augenbrauen hoch, ließ sich von Veits Studien berichten und sagte dann, seinen Sohn wohlgefällig taxierend, zu Veits Entsetzen: Das läßt sich machen.
Eine Viertelstunde später war ein Schneider da, um Veits Maße zu nehmen, und eine weitere Viertelstunde später stand Veit wieder auf der Straße mit einem Termin für das nächste Treffen mit seinem Vater. Außerdem hatte ihm sein Vater Geld gegeben. Ziemlich viel. Zum erstenmal.
In diesem Augenblick, auf der Straße, entstand sein Plan. Wenn er schon in etwas hineingeschlittert war, sollte es wenigstens zu etwas gut sein. Er würde den Herzog ermorden.
Er trug den Freunden der Verfassung seinen Plan vor. Sie starrten ihn entgeistert an. Dann redeten alle gleichzeitig. Interessanterweise kam in dieser wie panisch ausbrechenden Diskussion zum Thema Tyrannenmord und Gewalt erst sehr spät die Frage auf, wie er das denn bewerkstelligen wolle, ohne selbst Schaden zu nehmen. Allein haben Sie doch gar keine Chance, sagte Professor Fränkel.

Das ist mir klar, sagte Veit. Aber nur so geht es.
Und wie wollen Sie an ihn herankommen?
Darüber kann ich nicht sprechen, sagte Veit.
Es trat eine betretene Stille ein. Die Zusammenkünfte waren an sich schon gefährlich genug. Völlig unzumutbar aber war es, dann auch noch voreinander Geheimnisse zu haben. Welchen Grund sollte es geben, ihm zu vertrauen? Sie kannten ihn doch kaum. Oder hatten sie es vielleicht mit einem Provokateur zu tun?
Verstehen Sie doch, sagte Veit. Sie sind aus allem heraus. Ich will ja nur, daß in dem Augenblick, wo ich es tue, die Flugblätter und Plakate fertig sind, daß ein Plan da ist und die Männer bereitstehen, ihn auszuführen.
Man griff zu den Mänteln. Die Herren hatten es plötzlich außerordentlich eilig.
Du hättest wenigstens vorher mit mir darüber sprechen können, sagte Riemer frostig, als sie allein waren.
Ich tue es so oder so, sagte Veit.
In Abständen von zwei Wochen fuhr er jetzt nach Stuttgart. Wieder einmal ließ der Baron Falck seinem Sohn eine Garderobe machen. Die Anproben fanden unter Aufsicht des Barons statt.
Nun, wie geht es deinem Lehrer, diesem alten Esel, wie heißt er noch gleich, sagte Falck.
Justus, meinen Sie. Er ist vielleicht alt, aber kein Esel, sagte Veit. Er stand mit ausgestrecktem Arm, an dem der Schneider eine Naht enger steckte.
Der Ausgang des Menschen aus seiner selbstverschuldeten Unmündigkeit. Nicht wahr, so redet er doch, der rothaarige Einfaltspinsel.
Bitte, der Baron, ruhig stehen, sagte der Schneider, Stecknadeln zwischen den Lippen.
Synthetische Urteile a priori, setzte Veit an.

Ihr langweilt mich, sagte Falck. Es schmerzt schon.
Bitte, schauen der Herr Baron bitte weiter zu diesem Fenster hinaus, sagte der Schneider und drehte Veits Kopf wieder in die richtige Richtung.
Wir und nicht ihr, sagte Veit.
Ihr habt Hirne wie Maschinen. Ihr denkt, wie ein Uhrwerk geht, sagte Falck.
Die Mumie spricht, sagte Veit.
Der Schneider griff ihm zwischen die Beine, um den Sitz der Hose zu prüfen.
Du hast Waden wie ein Kutscher, sagte Falck.
Veit fuhr herum.
Du sollst stillstehen, schrie Falck.
Es waren verbale Auspeitschungen jedesmal. Sobald der Schneider von ihm abließ, stürzte Veit hinaus. Doch vorher hatte er, in den absurdesten Haltungen zur Puppe erstarrt, die Flagellation über sich ergehen zu lassen. Sein Vater saß derweil im Sessel, genüßlich zurückgelehnt und nie anders als lächelnd. Er hatte schnell heraus, daß Justus der empfindlichste Punkt seines Sohnes war. Folglich zielte er immer wieder auf diese Stelle. Erst jetzt merkte Veit, wie sehr er Justus liebte, diesen nach Tabak stinkenden, geschwätzigen, sentimentalen, akribischen, in der eigenen Unordnung versinkenden, strengste Grundsätze predigenden, immer hinfälliger werdenden, ewig jungen Kindskopf, diesen unwandelbar Vernunftgläubigen, dies reine Herz.
Und er merkte, daß sein Vater nach ihm zielte, nicht nur um seinem Sohn weh zu tun. Er hatte etwas Sukkubisches, wie er immer wieder auf Justus zu sprechen kam, etwas Aussaugerisches, etwas verzweifelt sich Anklammerndes, etwas das noch in der Verneinung teilhaben wollte.
Wie leer mußt du sein, dachte Veit schließlich. Wie verzweifelt. Armes Schwein, dachte er. Er reagierte schließlich nicht

mehr, aber sein Vater höhnte weiter. Er merkte nicht, daß sein Sohn schon lange schwieg.
Veit ging nur noch selten zu den Klubsitzungen. Man konnte ihn schlecht abweisen, aber man gab ihm zu verstehen, daß er nicht mehr dazugehörte. Man war beschäftigt. Man diskutierte die Gewaltfrage. Sind die Flugblätter fertig, die Plakate? fragte Veit. Er bekam keine Antwort. Eine französische Armee unter General Jourdan war im Anmarsch auf Württemberg. Sie waren peinlich berührt, wenn er erschien. Sie hielten seine Ankündigung, den Herzog zu ermorden, für so phantastisch, daß sie sich noch nicht einmal die Mühe gaben, darüber zu reden. Inzwischen hatte er einen Termin. Mitte März, ein Ball. Er hatte sich ein venezianisches Stilett besorgt, eine handlange Elfenbeinplastik, eine Medusa darstellend, aus der auf Knopfdruck eine Klinge schnellte.
Undurchsichtig war bei den Tübinger Klubisten das meistgebrauchte Wort, wenn auf Veit die Rede kam. Das größte Mißtrauen erregte natürlich seine Weigerung zu erklären, auf welche Weise er sich denn Zutritt bei Hof verschaffen wolle. Und jetzt fügten sich auch Details zusammen: Die Art, wie er mit Polizisten umging (von oben herab wie mit Domestiken) und mit Aristokraten (respektlos, als wären sie seinesgleichen) oder sein Hang zu Spott, Ironie, zu Distanz. Undurchsichtig und unernst, sagte Professor Fränkel, und auf einmal war man gar nicht mehr sicher, ob Veit sein richtiger Name war. Ihm den Zutritt zu den Sitzungen zu verbieten, wagten sie allerdings nicht. Was Professor Fränkel nicht sagte, sondern bloß dachte: Außerdem hat er viel zuviel Erfolg bei den Damen. Und Riemer: Verdächtig teuer angezogen ist er in der letzten Zeit.
Betretenheit aber breitete sich aus, als Veit zu einer Sitzung einen grobschlächtigen Menschen im blauen Leinenkittel mitbrachte, einen Maurergesellen. Das sei Georg Holz. Georg und seine Freunde könnten ihnen am Tag danach zur Hand gehen.

Sicher gebe es viel zu tun, und ohne Leute wie Georg Holz gehe sowieso nichts.
Georg blinzelte freundlich in die fassungslosen Gesichter der Herren: ein Professor, ein Goldschmied, ein Weingroßhändler, zwei Buchhändler, zwei Studenten.
Jetzt reichts aber, sagte Professor Fränkel, als er halbwegs die Fassung zurückgewonnen hatte, die Sitzung ist aufgehoben.
Was haben die denn nur? sagte Georg.
Sie werden sich schon noch an euch erinnern, wenn es soweit ist, sagte Veit.
Am Tag darauf marschierte General Jourdan in Württemberg ein. Von dem Ball war keine Rede mehr. Veit legte sich ins Bett.
Er hatte zwei Tage gelegen, als ihn Riemer holen ließ. Sein Zimmer war voller unbekannter Leute. Georg war nicht darunter. Man tagte in Permanenz. Am Morgen waren die Franzosen in Stuttgart einmarschiert. Veit hörte gleichgültig zu. Die Flugblätter waren natürlich nicht fertig. Es wurden keinerlei praktische Vorschläge gemacht. Man wartete auf Nachricht aus Stuttgart. Es wurde immer voller in Riemers Bude. Nach etwa einer halben Stunde drängte sich ein Mann zu Professor Fränkel durch, in der Hand einen Zettel schwenkend.
Meine Herren, rief Professor Fränkel. Es wurde still. Fränkel setzte die Brille auf. Doch sein erwartungsvolles Lächeln erstarb. Er starrte ungläubig auf das Papier.
General Jourdan proklamiert, er werde keinerlei Erhebungen in Württemberg dulden.
Für einen Augenblick war es still. Man griff nach den Mänteln. Das hieß, der Herzog saß sicherer denn je. Und das mit Hilfe des revolutionären Frankreich. Das hieß, die Polizei war schon überall. Man drängte zur Tür. Keiner sah den andern an. Man würde auf Umwegen nach Hause gehen und so schnell wie möglich. Einige würden die Koffer packen müssen.

Auch Riemer schnürte sein Bündel.
Und du? fragte er.
Ich bleibe, sagte Veit.
Aber sie werden kommen, sagte Riemer.
Ich weiß, sagte Veit.
Riemer starrte ihn an.
Ach so ist das, sagte er.
So ist es nicht, sagte Veit. Ich bin kein Spitzel und auch kein Provokateur. Aber er wußte, daß er Riemer nicht mehr von seiner Meinung würde abbringen können. Riemer ging ohne Gruß.
Es war nur eine Frage der Zeit, bis die Polizei dasein würde. Veit wartete. Doch erst als die Wirtin einen Herrn meldete, der ihn zu sprechen wünsche, und sein Vater ins Zimmer trat, wußte er, worauf er gewartet hatte.
Ich habe den Namen, den du dir zugelegt hast, auf den Listen gefunden. Warum sitzt du immer noch hier?
Wäre es nicht so dunkel im Zimmer gewesen, er hätte gesehen, wie sein Sohn lächelte.
Ich weiß, was du jetzt denkst, sagte sein Vater.
Dann weißt du auch, daß ich bleibe, sagte Veit.
Ich bin ruiniert, wenn du das tust, sagte sein Vater.
Du mußt nur sagen, ich sei nicht dein Sohn.
Er hatte seinen Vater noch nie geduzt.
Das werde ich auch, sagte Falck.
Versuch es, sagte Veit.
Sein Vater stand auf, zögerte, wollte etwas sagen, ging.
Veit lauschte seinen Schritten auf der Treppe nach, und als dann die Stiefel der Polizisten heraufpolterten, war ihm, als säße er immer noch so da. Aber das war Monate später.

Seit seinem Sprung aus dem Turm von Simmern hatte kein Polizist Bückler mehr berühren können. In jener Nacht war er

in ein anderes Leben gesprungen. Doch das wußte er erst nach vier Tagen, als er aus dem Soonwald wieder heraus war.
Er fiel tief, als er sprang, und als er unten im Brombeergebüsch aufschlug, schrie er. Sein Bein schien gebrochen. Er brach sich eine Hopfenstange zurecht und benutzte sie als Krücke. Er hatte nicht viel Zeit, den Wald zu erreichen. Seine Achsel war bereits wund, als das Gebüsch hinter ihm zusammenschlug.
Nach einer halben Stunde blieb er stehen. Etwas folgte ihm. Nicht ein Mensch, das hätte sich anders angehört. Allerdings konnte er sich auch kein Tier denken, das sich so verhalten würde. Es war, als schleifte er etwas hinter sich her.
Was immer es war, es hielt sich auf Distanz. Doch als er zu dem Einödhof hinter Simmern abbiegen wollte, war es nicht mehr hinter ihm, sondern vor ihm. Er änderte die Richtung. Jetzt war es wieder hinter ihm. Dasselbe als er zu einem Dorf abbiegen wollte, das kochem war. Er rutschte Abhänge hinab, watete Bäche hinauf, er ging kreuz und quer, und allmählich ging ihm auf, daß er trotz allem eine bestimmte Richtung einhielt und daß die Richtung auf jenes Gebiet des Soonwalds wies, wo weit und breit keine Menschensiedlung war. Er ging in eine Richtung, in die er gar nicht wollte, in die er mit seinem Bein gar nicht gehen durfte. Es ging ihm auf, daß das hinter ihm ihn in den Soonwald hineintrieb.
Es war seine vierte Flucht. Der Turm von Simmern galt als absolut sicher. Jetzt schien er einer, der nicht zu halten war. Er sah die Bauern feixen, die Knechte, die Fahrenden, die Tagelöhner. Er sah die sauren Gesichter der Herren mit den Uhrketten über den Bäuchen, und er hörte sie sagen, wartet nur ab, er kommt nicht weit. Und er hörte seine Leute sagen, hoffentlich hält er durch.
Er hatte sich bis jetzt nicht umzudrehen gewagt. Er hatte ein Messer bei sich, sonst nichts. Er war jetzt vier Stunden unterwegs, er brauchte eine Rast, und er mußte wissen, was da

hinter ihm her war. Es war beinahe Vollmond und eine wolkenlose Nacht. Als er an eine Lichtung kam, ging er zu einer Buche, die am Rand stand. Er drehte sich um. Er sah nichts. Doch dann, wie zwischen zwei Lidschlägen materialisiert, stand am Rand der Lichtung ein Wolf. Oder ein wolfsähnlicher riesiger Hund. Oder der Teufel.

Wenn es kein Hund und kein Wolf ist, dachte er mit einem Anflug von Galgenhumor, müßte es zumindest rote Augen haben, untertassengroße, feuerspeiende Augen. War es aber ein Wolf oder ein Hund, dann mußte er seine Verletzung gewittert haben. Dann trieb er ihn langsam vor sich her, so lange bis er nicht mehr konnte und zusammenbrach. Das einzige, was ihm einen Rest von Sicherheit gab, war die Tatsache, daß er bis jetzt noch wußte, wo er war. Der Wolf hob langsam die Lefzen.

Ein unterdrücktes Knurren kam aus seiner Brust. Die Äste der Buche, unter der er stand, reichten tief herab und waren mit einem Sprung zu erreichen, vorausgesetzt er sprang mit dem gesunden Bein ab. Er setzte sich. Er würde den Morgen abwarten. Bei Tageslicht würde aus dem Wolf ein Hund geworden sein.

Er erwachte bei Sonnenaufgang. Tatsächlich war aus dem Wolf ein Hund geworden, wenn auch ein sehr großer. Das Tier lag ruhig und beobachtete ihn. Jetzt würde die große Treibjagd auf ihn einsetzen. Wenn sie ihn am Abend noch nicht hatten, würden seine Chancen zu entkommen schlagartig steigen.

Suchte der Hund aber vielleicht nur einen Herrn? Er stand auf und lockte ihn. Der Hund knurrte. Er drehte sich um und marschierte weiter. Noch war es nicht so weit, daß er ihn von hinten anzuspringen wagte. Er mußte einmal Schafe gehütet haben. Er lief Halbkreise hinter ihm. Die Öffnung der Halbkreise wies unverändert in den Wald hinein. Als er gegen

Mittag ein Brombeergebüsch sah, ging er auf die Knie und wühlte sich hinein. Er sah noch, wie der Hund sich davor niederlegte, ein schönes starkes Tier, dann schlief er ein. Als es dämmerte, erwachte er. Er kroch ins Freie. Der Hund schien verschwunden. Doch als er sich in Bewegung setzte, war er wieder hinter ihm.

Die ersten Suchtrupps würden jetzt heimkehren. Die Schänken begannen sich zu füllen. Sie warteten. Sie sahen auf die Tür, ob der Junge hereinstürzen würde mit dem Schrei: Sie haben ihn.

Seine Kräfte nahmen rapide ab. Für lange würden sie nicht mehr reichen, zumal nicht bei diesem Tempo. Denn obwohl er Abstand zu halten versuchte, hatte sich die Entfernung zwischen ihm und dem Hund verringert. Der Hund hatte begonnen, ihn zu treiben.

Gegen Mitternacht stellte er fest, daß er nicht mehr wußte, wo er war. Er kroch unter einen Haselstrauch und schlief bis zum nächsten Mittag. Als er die Augen aufschlug, sah ihn der Hund mit seinen gelben Augen aufmerksam an. Er wich zurück, als er unter dem Strauch hervorkroch, doch nicht weit. Er taumelte mehr, als daß er ging. Der Hund wurde lebhaft, regelrecht aufgeregt. Er trieb ihn jetzt praktisch vor sich her.

Das konnte unmöglich so weitergehen. Der Hund brachte ihn um. Bevor er zu schwach sein würde, ihn bei dem entscheidenden Sprung abzuwehren, mußte etwas geschehen. Als er einen Pfad kreuzte, der zu einem Bach führte, wußte er plötzlich wieder, wo er war. Die Silhouette der Hügelkette über dem Bach, die Kehre des Pfads und der Steg, der über den Bach führte – er war sehr weit von menschlichen Behausungen entfernt. Er wandte sich nach rechts, der Hund verstellte ihm den Weg. Er war jetzt entschlossen. Er suchte sich eine Wiese am Bach aus mit einem Erlengestrüpp. Er begann zu stolpern, während er hinunterging, knickte ein, stürzte, raffte sich wie-

der auf. Der Hund begann zu winseln. Er wurde immer aufgeregter. Als er die Erlen erreicht hatte, ließ er sich fallen.
Er löste die Sperre seines Klappmessers, hielt die Klinge mit dem Daumen aber noch fest und ließ sie sich langsam aufrichten. Es gab nur ein kleines feines Geräusch, als sie einrastete. Er lag halb auf der Seite, den linken Arm ausgestreckt, die Hand mit dem Messer in Brusthöhe.
Der Hund schnürte gierig näher, den Bauch fast auf dem Boden. Er war schön und stark, breitbrüstig, mit dichtem, tiefem, braunschwarzem Fell. Er hatte seine Beute am Boden.
Seine Schnauze näherte sich seiner linken ausgestreckten Hand. Unmerklich verlagerte er sein Gewicht auf den rechten Ellenbogen, und als die Schnauze des Hundes nur noch Zentimeter von seiner linken Hand entfernt war, zuckte seine Linke nach vorn, krallte sich in das Nackenhaar des Hundes, riß er ihn zu sich her, warf er sich über den Kopf, während seine Rechte auf den Körper einstach.
Er wußte nicht, wie lange der Tumult gedauert hatte. Er lag über dem Hund. Er keuchte. Er war voller Blut. Er ließ sich zur Seite fallen. Verreckend hatte sich der Hund in seinen Schuh verbissen.
Es war Abend. Abermals kehrten jetzt die Suchtrupps nach Hause zurück. Morgen früh würde die Jagd offiziell abgebrochen werden. Aber in den Schänken feierten sie jetzt schon.
Sein Bein schmerzte plötzlich unerträglich. Fuß- und Kniegelenk waren unförmig angeschwollen. Zwischen den Bäumen schwarz-rot glühende Kreise. Er kroch in Richtung Bärenbach. Er wußte, wenn er liegenblieb, würde er einschlafen und nicht mehr aufwachen. Schlafen war das Schönste, was er sich vorstellen konnte, und er wäre liegengeblieben, wäre da nicht das Geflüster der Leute gewesen, dieses triumphierende, schwachsinnige, stolze Geflüster.

Nach zwei Tagen erreichte er die Birkenmühle im Hahnenbachtal.
Die Müllersleute fütterten ihn, dann kroch er weiter nach Sonnschied. Sonnschied war kochem. Dort bekam er ein Pferd. Er ritt zu Nagel nach Bärenbach, dem Abdecker und Knochenflicker. Nagel richtete ihm das Bein und gab ihm seine berühmte Salbe mit. Er ritt nach Sonnschied zurück, um sich auszukurieren. Doch wer da einritt, das war nicht Johannes Bückler, das war der Schinderhannes. Das war mehr als ein Mann.

Wann Veit wieder in Mainz war – ob er sich schon ein paar Tage in der Stadt herumgetrieben hatte oder an diesem Tag angekommen war – ließ sich nicht klären. An einem Dienstagnachmittag jedenfalls erschien er bei Rebmanns, um adieu zu sagen, wie er sich ausdrückte. Morgen früh verlasse er Mainz für immer.
Rebmann führte ihn in den Salon und ließ ihn sich erst einmal setzen. Haben Sie denn schon mit Jeanbon gesprochen? Ist er einverstanden?
Er habe ihn nicht angetroffen, sagte Veit. Doch habe er einen Brief hinterlassen, in dem er darum bitte, von seinem Auftrag entbunden zu werden.
Tatsächlich war Veit am Vormittag im Erthaler Hof erschienen – abgerissen, verwildert und nach der Art zu schließen, wie er sich in seinem Zimmer umsah, verwirrt.
Duras, Jeanbons Bürochef, hatte kaum aufgeblickt, als Veit durch den Raum gegangen war. Erst als er Veits Zimmer betrat, in einer Akte blätternd, die Türklinke mit dem Ellenbogen öffnend, rufend, der Generalkommissar hat folgendes angeordnet, bemerkte er Veits Aufzug.
Ja, wie sehen Sie denn aus? sagte er. Ist Ihnen nicht gut?
Was hat der Generalkommissar angeordnet? sagte Veit.
Möchten Sie lieber nach Hause gehen, sagte Duras, und als Veit nicht antwortete: Der Generalkommissar hat angeordnet, daß jeder Beamte über einen Kollegen einen Bericht schreibt, und zwar unter besonderer Berücksichtigung seiner republikanischen Gesinnung und Zuverlässigkeit. Ihnen – er fuhr mit dem Finger eine Liste entlang – ist der Bürger Rebmann zugeteilt worden.

Veit ging zum Fenster.
Sie sehen grotesk aus, sagte Duras. Sie sollten sich wenigstens umziehen gehen.
Veit setzte sich.
Kann ich etwas für Sie tun? sagte Duras.
Veit schwieg. Duras war nicht sicher, ob er verstanden hatte, was er gesagt hatte.
Duras ging achselzuckend hinaus. Als er kurz vor Dienstschluß in Veits Zimmer blickte, war es leer. Auf dem Schreibtisch lag ein Brief an Jeanbon. Außerdem ein Bogen Papier. Offenbar hatte Veit den Bericht über Rebmann zu schreiben versucht, war aber über den ersten Satz, ein Zitat, nicht hinausgekommen. Auf dem Bogen stand: Ein Volk muß seine Freiheit selbst erobern und nicht zum Geschenk erhalten. Georg Friedrich Rebmann 1798.
Jetzt, am Nachmittag bei Rebmanns war er wieder in seinen gewohnten Kleidern. Trotzdem hatte Rebmann ein Blick genügt, um zu sehen, daß etwas mit ihm nicht stimmte. Ob er sich seinen Entschluß auch gut überlegt habe, er halte ihn für unklug, vielleicht sollte er ihn überschlafen – er redete, als müsse er Veit beruhigen, obwohl Veit durchaus ruhig, ja geradezu gesammelt wirkte.
Ob er sich auch von Ulrike und Susanne verabschieden könne, sagte Veit.
Rebmann war einen Augenblick lang verlegen. Mit Ulrike hatte, kurz nachdem Veit zum zweitenmal in den Hunsrück aufgebrochen war, eine Verwandlung eingesetzt, die Rebmann zunächst begrüßt, dann aber mit immer größerer Sorge beobachtet hatte. Ulrike wurde stiller und stiller. Sie verstummte. Inzwischen verließ sie ihr Zimmer nicht mehr.
Ulrike ist nicht wohl, sagte Rebmann, sich einen Ruck gebend. Aber vielleicht spricht sie ja mit Ihnen.
Sie gingen hinauf. Rebmann klopfte.

Sieh mal, wen ich dir bringe, rief er.
Sie warteten, schließlich wurde aufgeschlossen, und die Tür öffnete sich einen Spalt.
Ich möchte adieu sagen, sagte Veit.
Da sind Sie ja wieder, sagte Ulrike, die Tür öffnend.
Ich fahre morgen früh, sagte Veit.
Vielleicht könnten wir zum Abschied einen Tee zusammen trinken, sagte Rebmann.
Sie blickte von einem zum andern.
Ja dann gehen wir doch, sagte sie, plötzlich lächelnd.
Rebmann sah sie ungläubig an. Ja dann gehen wir doch, rief er lachend. Gehen wir.
Sie führten sie zur Treppe. Rebmann war ihr voraus wie ein Arzt. Im Salon sah sie sich lächelnd um, fast staunend, als wäre sie lange fortgewesen.
Und wo ist der Tee? sagte sie.
Ein guter Scherz. Erleichtert lachten sie. Rebmann stürzte hinaus, rief nach den Dienstboten. Susanne kam, die Köchin erschien, alle redeten durcheinander. Schließlich setzte man sich.
Komm zu mir, sagte Ulrike zu Susanne, die flache Hand neben sich auf die Chaiselongue legend.
Es scheint kalt zu sein draußen, sagte sie.
Die Rheinwiesen seien durch die Schneeschmelze überflutet gewesen, berichtete Rebmann. Jetzt seien sie überfroren. Die halbe Stadt ist auf den Beinen, beziehungsweise auf den Schlittschuhen.
Schlittschuhlaufen wäre schön, sagte Ulrike. Nur so müßte man sich fortbewegen können.
Das hilft gegen Kummer, junger Mann, rief sie plötzlich, Veit mit der flachen Hand aufs Knie schlagend. Erkundigen Sie sich doch einmal bei dieser jungen Dame. Vielleicht läßt sie sich von Ihnen aufs Eis führen.

Nur Rebmann lachte. Susanne preßte die Lippen aufeinander.
Ich bin gekommen, um mich zu verabschieden, sagte Veit.
Still, sagte Ulrike, ihm den Finger auf den Mund legend. Das sagt Ulrike.
Bleiben Sie, sagte Rebmann. Wo wollen Sie denn hin? Es gibt doch keine Alternative.
Zu Jeanbon kann ich nicht mehr zurück, sagte Veit.
Und wenn du ihn wieder nehmen würdest? rief Susanne. Dann wäre doch alles wieder wie früher.
Ist das kein Vorschlag? sagte Rebmann.
Sehen Sie, sagte Ulrike.
Veit senkte die Augen.
Wie Sie wünschen.
Die Köchin brachte den Tee.
Kommen Sie morgen an Ihren alten Platz, sagte Rebmann. Ich werde mit Jeanbon sprechen.
An der Tür schüttelte er Veit die Hand.
Ich habe Sie vermißt, sagte er. Ihre Skepsis hat mir gefehlt, sogar Ihr Schweigen. Ich möchte nicht noch einen Freund verlieren.
Ein eisiger Wind schlug Veit ins Gesicht. Er ging zum Rhein hinunter. Mit dem Freund, den er verloren habe, meinte Rebmann Franz Jung. Er war Mentor des jungen Sinclair gewesen, Beamter und Freund des Landgrafen von Homburg, hatte sich vierundneunzig mit ihm überworfen, war achtundneunzig nach Mainz gekommen und in französische Dienste getreten. Er war Polizeikommissar gewesen. Vor einem Monat hatte er sein Amt enttäuscht und angewidert niedergelegt. Von Verrat war die Rede gewesen, von Kapitulantentum, ultralinkem Sektierertum. Rebmann hatte nur einmal etwas gesagt.
Aber wo wäre denn die Alternative, hatte er gesagt. Es gibt doch keine.

Am nächsten Morgen war Veit wieder an seinem alten Platz in Rebmanns Büro.
Rebmann war bester Laune. Ulrike war gestern bis zum Abendessen bei ihnen geblieben, und auch heute zum Frühstück war sie erschienen. Für morgen hatte er – mit ihrer Einwilligung – zu einer Teegesellschaft eingeladen. Sie erwartet, daß auch Sie kommen, sagte Rebmann.
Am Nachmittag ließ Rebmann sich bei Jeanbon melden. Nach einer halben Stunde war er wieder in seinem Büro. Verstört ließ er Veit rufen.
Jeanbon behauptet, Sie hätten an dem Überfall Bücklers auf Jakob Bär in Merxheim teilgenommen. Ein Spitzel namens Schick hat Becker einen Bericht geliefert. Darin taucht auch Ihr Name auf.
Mein Gott, alle möglichen Leute heißen wie ich, sagte Veit.
Ich hätte auch nichts mehr verstanden, sagte Rebmann. Jeanbon ist übrigens mit Ihrem Wechsel einverstanden. Allerdings möchte er Sie noch einmal sprechen. Er wird Sie rufen lassen.
Als Veit nach Hause kam, stutzte er. Er hätte schwören mögen, es sei eingebrochen worden. Hatte er tatsächlich die Schranktür so weit offenstehen lassen? Stand ein Stuhl anders? Warum waren die meisten Schubladen nicht richtig geschlossen? Doch waren die Anhaltspunkte viel zu vage, als daß sie seinen Verdacht hätten begründen können.
Er hatte wieder begonnen, von Blümchen zu träumen. Er hieß Blum, aber auf dem Hohenasperg nannte man ihn Blümchen. Er war für die Abstrafungen zuständig. Rund um sein Dienstzimmer, das – für einen Gefangenen wichtig – ein kleines Fenster hatte, lag ein System von winzigen, lichtlosen Zellen, in denen er seine Schutzbefohlenen aufbewahrte, wie er sagte. Veit hatte oft zu Blümchen müssen, sie waren alte Bekannte, und die Atmosphäre zwischen ihnen war fast familiär zu nen-

nen, beinahe wie beim Hausarzt. Blümchen war ein starker, geschickter, völlig normaler Mann, Schwabe, mit viel Gemüt, also mit Geranien vor dem vergitterten Fenster seines Dienstzimmers, einem Dompfaff in einem kleinen Käfig unter der Decke und einem Blumensträußchen nach der Jahreszeit auf dem Tisch mit der blau-weiß gewürfelten Decke. Veit hatte an ihm etwas entdeckt, was vor ihm noch keiner bemerkt hatte. Es fehlte Blümchen der linke Ringfinger. Offenbar hatten sie ihm alle wohl vor Entsetzen nur immer ins Gesicht gestarrt. Aber Blümchen fehlte der linke Ringfinger. Er hatte ihn nicht durch einen Unfall verloren. Er fehlte ihm einfach.

Am nächsten Nachmittag kurz vor Dienstschluß – Rebmanns Teegesellschaft hatte bereits begonnen – wurden Veit und Rebmann zu Jeanbon gebeten.

Unser junger Freund möchte seinen Auftrag also zurückgeben, sagte Jeanbon, als sie eintraten. Er hat plötzlich keine Lust mehr.

Respektieren Sie seinen Wunsch, sagte Rebmann. Er ist nicht der Mann für solche Aufträge. Im übrigen hat er an dem Überfall auf Bär nicht teilgenommen.

Und was ist das? sagte Jeanbon. Er legte einen Ohrring auf den Tisch. Ich habe gestern bei Ihnen einbrechen lassen. Der wurde in dem Mantel gefunden, den Sie jetzt anhaben. Greifen Sie in die linke Innentasche.

Veit legte einen zweiten Ohrring auf den Tisch, unverkennbar das Gegenstück zu dem, den Jeanbon hingelegt hatte.

Eindeutig aus dem Raub an Bär, sagte Jeanbon. Er hat eine Liste der geraubten Gegenstände zu den Akten gegeben.

Wer weiß, wer ihm die Ohrringe in die Tasche praktiziert hat, sagte Rebmann.

Bückler natürlich, sagte Jeanbon. Er hat ihn zu seinem Komplizen gemacht. Oder glauben Sie, ich bringe meinen eigenen Mann in den Verdacht, an einem Raubüberfall mitgewirkt zu

haben und damit auf die Fahndungslisten der Polizei? Ich bin Becker nur zuvorgekommen. Wenn ich nicht gewesen wäre, hätte Becker jetzt Beweise gegen ihn.
Wie konnten Sie an einer solchen Bestialität nur teilnehmen, sagte Rebmann.
Ich wurde gefesselt mitgeschleift, sagte Veit. Für die Dauer des Raubs band mich Leyendecker an ein Fensterkreuz in der guten Stube im Parterre.
Und wie wollen Sie das beweisen?
Die sechsköpfige Nachtwache könnte es bezeugen, sagte Veit. Als sie fragten, wohin wir wollten, antwortete Bückler, den Bär berauben. Die Männer lachten und ließen uns weiterziehen. Bücklers Leute rammten Bärs Haustür mit einem Pfahl ein, auf den sie Lichter gesteckt hatten. Sie schrien und schossen Flinten ab. Die Stadt Merxheim sah tatenlos zu und ließ uns unbehelligt ziehen. Der Hinweis, daß bei Bär etwas zu holen war, kam übrigens von einem immer noch als hochachtbar geltenden Mann, von dem ehemaligen erzbischöflich-kurfürstlichen Steuereintreiber Schüler aus Merxheim. Bär ist schließlich nur ein Jude, nicht wahr?
Aus den Akten mußten Sie doch gewußt haben, daß Schick ein Spitzel ist, sagte Jeanbon. Wie konnten Sie Trottel sich nur mit Ihrem richtigen Namen einführen. Becker kämmt jetzt ganz Mainz durch nach einem von Schick ziemlich genau beschriebenen Mann namens Veit.
Wenn Bückler ihn zu seinem Komplizen machen wollte, dann muß er gewußt haben, wer er war. Dann ist er enttarnt und folglich für weitere Operationen unbrauchbar, sagte Rebmann.
Das ist noch nicht heraus, sagte Jeanbon. Es kommt auf das Verhältnis zwischen den beiden an. Ich rieche da etwas. Immerhin ist er der erste, der von unserer Seite aus in seine Nähe kam.

Er beugte sich plötzlich vor.
Wie sieht er aus?
In seinem Gesicht war ein gieriges Interesse. Er hörte Veit eine Weile zu, dann lehnte er sich zurück.
Ich kenne die Fressen. Sie sind überall gleich, und es steht überall dasselbe darin: Frechheit und Hohn, Gottlosigkeit und Revolte. Er ist wie Paul. Sie gleichen sich alle.
Er sah zum Fenster hinaus.
Können Sie verstehen, warum sie es immer wieder versuchen? Obwohl es doch ganz aussichtslos ist? Immer wieder?
Er stand auf.
Überlegen Sie es sich, sagte er. Sie könnten es schaffen. Sie sind aus Ihrem Auftrag noch nicht entlassen. Morgen reden wir weiter. Und wenn Sie so freundlich wären, Bürger Rebmann, kommen Sie wieder mit. Ich brauche einen Zeugen.
Sie schwiegen, als sie zum Ausgang gingen.
Halten Sie Ihre Einladung zum Tee immer noch aufrecht? sagte Veit.
Natürlich, sagte Rebmann. Was sind Sie eigentlich für ein Mensch?
Das Verbrechen ist konterrevolutionär, sagte Veit lächelnd. Oder etwa nicht?
Irgend etwas gefällt mir nicht an der Art, wie Sie das sagen. Sie sind mir zu heiter dabei. Nein, das ist falsch. Sie sind ja nicht wirklich heiter.
Sie wurden schon dringend erwartet. Vor allem Veit. Man wollte musizieren und brauchte jemanden fürs Klavier. Ulrike saß abseits wie eine Genesende, lächelnd und erschöpft. Ihre Rolle hatte Susanne übernommen. Sie überwachte, organisierte, dirigierte. Die beiden großen Räume waren voll heiterer, freundlicher Menschen, die sich zugetan waren, einander liebten, die in dem warmen Licht der Kerzen, ausgespart aus Dunkelheit und Kälte, wenigstens für diese Stunde einen Zu-

stand anderer Art herzustellen versuchten, die Ahnung von Schönheit. Rebmann umsorgte Ulrike, führte ihr Besucher zu, förderte das Gespräch, wachte darüber, daß es sie nicht allzusehr anstrengte, goß ihr Tee nach, holte den Zucker. Die Dienstboten funktionierten und so auch Veit am Klavier, der sich durch ein Heft mit Sonatinen hindurcharbeitete, das ihm Susanne auf den Notenständer gelegt hatte.

Rebmann hatte auf dem Hinweg geschwiegen. Es war unübersehbar, daß er sich ekelte vor den Zweideutigkeiten, in die sich Veit hineinbegeben hatte. Trotzdem sagte Veit: Übrigens hat Schüler den Namen Bärs nicht Bückler verraten, sondern mir.

Dann hätten Sie also Bär verraten.

Auch wieder nicht, hatte Veit gesagt. Er wußte, daß Rebmann nichts hören wollte. Die Brutalität des Überfalls war von den Zeitungen genüßlich ausgebreitet worden, der Polizeibericht hatte weitere Einzelheiten hinzugefügt, für Rebmann ein Konglomerat von Widerwärtigkeit. Trotzdem bestand Veit darauf, diesen Punkt zu klären.

Bückler hatte ihn zu Schüler mitgenommen. Sie hatten im Wald oberhalb Merxheims gelagert, als nach etwa einer halben Stunde ein Mann erschien, er hieß Kuhns, wie sich später herausstellte, und mit Bückler leise etwas besprach. Bückler hatte Veits Rappen losgebunden, war aufgesessen und war dem Mann gefolgt. Doch plötzlich war er umgekehrt und zu Veit zurückgekommen. Willst du mitkommen? hatte er gefragt. Offenbar war bereits da sein Entschluß gefallen, ihn zum Komplizen zu machen.

Veit war auf Überraschungen gefaßt gewesen, jedoch nicht auf diese. Aus der Tür eines Nebengebäudes des Merxheimer Schlosses trat ein kleiner dicker Mensch, rief: Welch ein Vergnügen, den berühmten Mann endlich kennenzulernen, und

trat statt auf Bückler auf Veit zu und schüttelte ihm die Hand.
Veit sah Bückler an, doch der grinste nur, und als sie ins Haus gingen, streckte er Schüler, der vorausging, hinter seinem Rücken plötzlich die Zunge heraus. Man trank auf den Schinderhannes, den großen Rebell gegen Unrecht und Fremdherrschaft. Schüler hatte für den Kurfürst-Erzbischof Abgaben und Steuern eingetrieben. Er hatte geschätzt und taxiert und beschlagnahmt. Er hatte das Getreide auf dem Halm und die Rebe am Stock gepfändet. Man hatte ihn bestochen und gehaßt, umschmeichelt und verflucht. Er war der Hunger, die Furcht und die Not. In Frankreich hatte man seinesgleichen an den Toreinfahrten der Schlösser aufgehängt. Veit nahm Bückler die Reitgerte aus der Hand und schlug die Beine übereinander.
Schüler war ein deutscher Mann, er haßte Franzosen und Juden. Aber von den Juden sicher einen besonders, sagte Veit und ließ die Peitsche gegen den Stiefelschaft klatschen. Schüler grinste. Allerdings wäre da vorab etwas zu klären. Nicht daß er es eine Bedingung nennen würde, eher eine Gefälligkeit, eine Petitesse: Drei Papierchen. Jedes auf tausend Louisdor lautend. Mit seiner Unterschrift. Die hätte er allzugern zurück.
Und dann beugte er sich an Veits Ohr. Veit wich unwillkürlich zurück. Er ließ die Gerte gegen den Stiefel klatschen und stand auf.
Wir bedanken uns für den Wein. Veit saß auf.
Er trabte an, und Bückler mußte laufen, um Schritt zu halten. Er fiel dem Pferd in die Zügel, doch erst am Ortsausgang gelang es ihm, es zum Stehen zu bringen, und dort warteten auch schon Schick und Leyendecker. Veit stieg ab, und sie gingen ins Lager hinauf.
Bindet ihn an den Baum da, sagte Bückler zu Leyendecker und Schick. Ich nehme an, du willst mir den Namen nicht sagen.

Richtig, sagte Veit.
Du beginnst mich zu interessieren, sagte Bückler.
Schülers Feinde müßten eigentlich deine Freunde sein, sagte Veit.
Ich hab' nur von mir selbst etwas zu erwarten, sagte Bückler. Ja oder nein?
Nein, sagte Veit.
Bückler ging. Er wollte nicht dabeisein, wenn Leyendecker Veit in die Mangel nahm. Es machte ihn verrückt, daß er aus dem Kerl nicht schlau wurde. War er nun ein Polizist oder nicht?
Nach einer halben Stunde war er wieder zurück. Er hielt Leyendecker fest.
Hör auf, sagte er. Kuhns hat mir gesagt, wer es ist.
Veit hing vornüber in den Stricken. Als Bückler ihn losband, fiel er aufs Gesicht.
Hat er den Namen gesagt?
Nein, sagte Leyendecker.
Bückler breitete eine Decke neben dem Feuer aus und rollte Veit darauf. Er lockerte seine Fesseln und deckte ihn zu. Später brachte er ihm Wasser. Er merkte, daß er enttäuscht gewesen wäre, hätte Veit Bärs Namen verraten.
Für die Dauer des Überfalls band Leyendecker Veit am Fensterkreuz in der guten Stube fest. Als erstes riß er das Regal mit Büchern um, griff sich ein Holzscheit und schlug es in die Bilder und Spiegel, dann stürmte er nach oben, wo Bär und seine Frau und die Kinder schrien.
Nach einer Weile kam Bückler herein. Er begann, einen Wandschrank zu durchsuchen. Er musterte Papiere durch und warf sie auf den Boden. Als er eine Schublade nicht aufbekam, holte er ein Beil.
Sieh an, sagte er schließlich.
Er kam mit drei Blättern.
Da steht doch Schüler drauf, sagte er.

Er steckte die Schuldscheine wieder zwischen die Papiere und ging hinaus.

Veit spielte immer noch Klavier. Die Gesellschaft hatte jenes Stadium erreicht, wo sich Jung und Alt zu trennen beginnen. Susanne holte Veit zum Blindekuhspielen, und nach kurzer Zeit hatte sie es so eingerichtet, daß Veit mit verbundenen Augen umhertappte. Doch statt ihrer erwischte Veit ihren Vater. Rebmann hatte ausweichen wollen, aber da hatte Veit ihn schon gepackt. Übergenau sah Rebmann plötzlich Veits Hände auf seinen Armen.
Lassen Sie mich los, sagte er. Nehmen Sie Ihre Hände weg.
Entschuldigen Sie, sagte Veit.

Bückler und seine Leute hatten die Beute aus dem Raub an Bär zunächst in den Lemberger Stollen gebracht. Der Fährmann Peter Haas versorgte sie mit Essen, das Friedrich Leyrith, ein Lehrer, gekocht hatte. Haas verriet ihnen auch einen geheimen Weg über Eckelsheim, Biebelsheim, den Lärchenhof bei Guntersblum bis nach Eich und Hamm am Rhein, jeweils ein Nachtmarsch, die kochemer Post, auf der sie ihre Beute ins Rechtsrheinische brachten.
Hinter Merxheim hatte Bückler Veit losgebunden. Er steckte ihm eine der Börsen, die er ihm abgenommen hatte, in die Manteltasche und bei dieser Gelegenheit wohl auch das Paar Ohrringe.
Beerdigungskosten, sagte er. Dann war er in der Nacht verschwunden.

Rebmann war betont freundlich am nächsten Morgen, wenn auch merklich distanziert. Was ihn mit Veit verband, war immer noch stärker als das, was ihn von ihm zu trennen begann. Vierundneunzig, damals Redakteur in Dresden, hatte

er Robespierres berühmte Rede vom 18. November dreiundneunzig übersetzt, in der Robespierre erklärte, das revolutionäre Frankreich beabsichtige weder die Befreiung der Nachbarvölker noch Einmischung in die inneren Angelegenheiten anderer Staaten noch die Eroberung fremder Gebiete. Er veröffentlichte sie in Dessau, wo er mit Vollmer einen Verlag gegründet hatte, wurde deswegen ausgewiesen, führte den Verlag mit Vollmer in Erfurt fort. Fünfundneunzig wurde Vollmer verhaftet, Rebmann, nach dem man mit Infanterie, Kavallerie und Spürhunden suchte, entkam in einer Verkleidung. In Altona publizierte er weiter. Als die kurmainzischen Behörden seine Auslieferung verlangten, um ihm in Erfurt den Prozeß zu machen, floh er im Juni sechsundneunzig nach Paris.
Als er achtundneunzig die französische Staatsbürgerschaft annahm und in den Justizdienst eintrat, begründete er seinen Schritt öffentlich. Anfangs hatte er für eine selbständige, mit Frankreich kooperierende linksrheinische Republik plädiert, dann für die Annexion, um diesen Teil Deutschlands bereits an den sozialen und sittlichen Errungenschaften des höheren Gesellschaftssystems teilhaben zu lassen. Doch schon nach zwei Monaten schrieb er aus Paris nach Altona: Um den Zweck der Revolution, allgemeines Glück, war es ihnen ja nie zu tun, sondern bloß um den Gewinn, den sie aus der notwendigen Umstürzung der alten Form ziehen konnten. Die Franken werden euch nicht revolutionieren, sondern eure Länder so viel als möglich benutzen, um ihre Armeen gut zu verpflegen.
Jetzt lag eine Annexion nicht mehr im Interesse der Deutschen. Nur sie selbst konnten sich befreien. „Es muß im südlichen Deutschland eine Revolution ausbrechen.“ Das Direktorium, hoffte er, würde dabei helfen, eine Illusion. Statt dessen wurde die Annexion beschlossen, und dieselben, die einmal eine selbständige linksrheinische Republik gefordert hatten, die die Annexion bekämpft hatten, mußten sich jetzt für eine Vereini-

gung mit Frankreich einsetzen, wollten sie nicht zu Werkzeugen der Reaktion werden.
Achtundneunzig nahm Rebmann die französische Staatsbürgerschaft an. Der Kampf war zu Ende. Seine Zeitschrift, sein geliebtes *Graues Ungeheuer* führte er von Mainz aus fort. Ganze Pakete davon ließ er über den Rhein nach Deutschland schmuggeln. Er war jetzt Franzose, aber von seiner Kritik waren die französischen Behörden deswegen nicht ausgenommen. Als er Fälle von Erpressung durch korrupte Beamte aufdeckte, leitete man eine Untersuchung gegen ihn ein und suspendierte ihn von seinem Amt. Doch er ließ nicht locker. Sie mußten ihn wieder einsetzen.
Duras hatte Veit den Bogen mit dem Rebmann-Zitat durch einen Boten bringen lassen. Mit dem Zusatz: Ich warte auf Ihren Bericht. Jeanbons Anordnung, daß jeder über die Zuverlässigkeit eines Kollegen einen Bericht zu schreiben habe, hatte die Flure im Erthaler Hof veröden lassen. Die Gruppen von Beamten, die sonst lachend und schwatzend zusammengestanden hatten, fehlten. Nur Boten mit Akten auf dem Arm oder stapelweise auf Karren vor sich her schiebend. Jeder wußte, jetzt wird irgendwo sein Urteil geschrieben. Und es gibt weder Einspruch noch Berufung. Noch nicht einmal die Anklage ist bekannt.
Veit verbrachte kaum noch einen Abend zu Hause. Das Wirtshaus, in dem er sonst immer gegessen hatte, mied er, seit ihn dort jedesmal Herr Söhnlein erwartet hatte. Herr Söhnlein war scheinbar unvermeidlich. Es hatte angefangen, als er eines Tages an seinen Tisch getreten war. Er hatte gefragt, ob er Platz nehmen dürfe, stellte sich als Herr Söhnlein vor, während er Platz nahm, und daß er Wein en gros und en detail verkaufe. Daß er vorher Bücher, Kalender und Devotionalien verkauft habe, während er die Karte durchmusterte. Daß er davor Waffen von den Kaiserlichen gekauft und an die Franzosen verkauft

habe und umgekehrt, als der Kellner kam. Daß er ein glühender Verehrer Bonapartes sei, als die Suppe kam. Daß er ein nettes Frauchen, nette Kinderchen und ein nettes Häuschen habe, als er sich die Serviette umband, und ob Veit nicht etwas zu verkaufen habe oder kaufen wolle, er verkaufe alles, während er zu löffeln begann.
Herr Söhnlein war blond, rosig und hatte treue, blaue Schweinsäuglein. Voilà, dachte Veit. Der neue Mensch.
Es nutzte Veit aber wenig, das Wirtshaus zu wechseln. Auch Herr Söhnlein hatte das Wirtshaus zu wechseln begonnen. Immer öfter kam es vor, daß Herr Söhnlein schon da war und ihn, begeistert mit den Armen wedelnd, an seinen Tisch winkte.
Veit hatte Angst vor der Nacht. Er hatte Angst vor Blümchen. Dabei hatte die Art, wie er von ihm träumte, sich geändert. Er lag nicht mehr auf den Bock geschnallt, und Blümchen, den Ochsenziemer in der Rechten, krempelte den Ärmel seines Hemdes hoch. Er lag nicht mehr gefesselt in der Finsternis, in der nichts war als das Huschen der Ratten und das Tropfen des Sickerwassers. Blümchen tat ihm nichts mehr. Im Gegenteil, Blümchen wurde immer freundlicher. Gemütlich plauderten sie in seinem Dienstzimmer, und manchmal nahm ihn Blümchen sogar nach Hause mit. Ein blühender Apfelgarten, ein Häuschen, Kinder die ihnen entgegengelaufen kamen und, in die Tür tretend, eine gesunde, hübsche Frau. Nur, daß Blümchen ein Finger fehlte. Besonders wenn Blümchen sprach, wenn er dieses Schwäbisch sprach, wurde Veit bewußt, daß ihm dieser Finger fehlte, und dann fragte er sich, was sich alle Häftlinge fragten, nur daß er es ganz wörtlich meinte: War Blümchen ein Mensch?
Genial, Blümchen Schwäbisch sprechen zu lassen. Glänzend gelungen auch Blümchens gesunde blonde Haut. Perfekt die Geschmeidigkeit der Bewegungsabläufe. Nur daß man diesen

Finger vergessen hatte. Blümchen hatte ihn nie berührt, außer mit dem Stock oder der Peitsche. Das Fesseln, Losbinden, Anschnallen hatten immer Gehilfen besorgt. Auch wenn er Veit in seinen Träumen begrüßte, hatte er ihm nie die Hand gegeben. Doch war Veit davon überzeugt, berührte er ihn, seine Haut, wenn auch elastisch, so doch eiskalt wäre.
Jeanbon hatte nichts mehr von sich hören lassen. Er sammelt Material gegen mich, dachte Veit. Doch dann ließ er sie rufen.
Ich frage mich, ob ich Sie verhaften lassen soll, sagte er, nachdem er ihnen Platz angeboten hatte. Zehn Jahre Galeere wären das mindeste.
Ich protestiere, sagte Rebmann. Ein junger, unerfahrener Mensch wird hier in trübe, schmutzige Affären verwickelt, für die einzig und allein die Polizei zuständig ist. Sein Enthusiasmus wird ausgenutzt. Schutzlos wird er in ein Ganovenmilieu gejagt, dessen Gefahren er weder abschätzen noch bestehen kann.
Sie hätten recht, wenn das Bild, das Sie von diesem jungen Mann haben, stimmte, sagte Rebmann. Was ich ihm bisher vorwarf, war Ungeschicklichkeit. Was ich ihm jetzt vorzuwerfen habe, ist mehr. Wenn er seine Pflicht getan hätte, säße Bückler jetzt hinter Schloß und Riegel.
Die beiden sahen Veit an.
Sie hätten Bückler gefahrlos verhaften lassen können, sagte Jeanbon. Der Wirt hat uns die Szene beschrieben. Drei Gendarmen und Sie, das wäre kein Risiko gewesen.

Gegen Mittag nach ihrem Aufbruch von Muhl hatte Bückler ein zweites Mal halten lassen. Unter dem Waldrand ein Dorf. Die Männer warfen die Felleisen ab und ließen sich zu Boden fallen. Bückler trat zu Veit.
Machen wir einen Frühschoppen? Ich habe Hunger.

Er ging auf das Dorf zu, als wäre nichts selbstverständlicher, mürrisch, eilig, geschäftsmäßig ab und zu jemand grüßend. Die Tür des Wirtshauses riß er mit Schwung auf.
Einen schönen guten Morgen, rief er in den Schankraum.
Am Tresen standen drei französische Gendarmen.
Er stockte keine Sekunde.
Hol der Teufel das Wetter, rief er, dem Wirt über den Tresen hinweg die Hand gebend und gleichzeitig zu einem Tisch im Hintergrund abdrehend.
Etwas zu essen und zwei Viertel von dem Weißen, rief er.
Er setzte sich mit dem Rücken zur Hoftür und so, daß er die Gendarmen im Auge hatte. Veit hatte sie im Rücken. Er war allein auf Bücklers Augen angewiesen. Sie waren jetzt groß und ganz hell. Er saß locker, doch hielt er den Rücken sehr grade.
Mein Vater schreibt, sie könnten kaum das Brot kaufen, sagte der eine Gendarm. Und nirgendwo Arbeit.
Ich war Uhrmacher, sagte der Gendarm mit der heiseren Stimme. Sektion Opéra. Vor fünf Jahren hab' ich mich freiwillig gemeldet. Jetzt hänge ich immer noch hier herum.
Der Wirt brachte den Wein. Gleichzeitig schob er Bückler einen kleingefalteten Zettel über den Tisch. Bückler ließ den Zettel in der Hosentasche verschwinden.
Ich hätte noch kalte Koteletts und Brot, sagte der Wirt.
Wär das recht? sagte Bückler zu Veit.
In seinen Augen war Spott. Er saß jetzt bequem zurückgelehnt. Die Gendarmen waren etwa fünf Schritt von ihnen entfernt. Durch das Hoffenster konnte man ihre Pferde sehen.
Wir haben ihnen die Aristokraten vom Hals geschafft, sagte der Gendarm mit der heiseren Stimme, aber dann haben sie uns in den Arsch getreten und weggeschickt. Sie werden immer fetter.
Laß erst mal Bonaparte dran sein, sagte der dritte.

Und wo soll er's hernehmen, wenn er's nicht von den Reichen nimmt? sagte der mit der heiseren Stimme.
Die Welt ist groß, sagte der dritte.
Bückler sah Veit nicht mehr an. Er sah zum Fenster hinaus. In den Akten, die Veit durchgearbeitet hatte, waren auch Berichte von Schick gewesen. Schick gehörte zum inneren Kreis.
Der Wirt brachte die Koteletts und einen Teller Brot.
Sie haben ausgetrunken, sagte er mit einer Kopfbewegung zu den Gendarmen hin. Sie werden gleich zahlen.
Bückler begann zu essen. Akribisch nagte er jeden Knochen ab. Die Franzosen bestellten eine neue Runde Wein. Bückler lehnte sich zurück.
Zahlen, rief er. Der Wirt war sofort da. Bückler legte Geld auf den Tisch, trank aus und stand auf. Sie mußten dicht an den Franzosen vorbei, als sie zur Tür gingen.
Bückler tippte an die Hutkrempe im Hinausgehen.
Schönen Tag noch, rief er in den Schankraum.
Sie sprachen nicht, als sie zum Waldrand hinaufgingen. Veit setzte sich. Er lehnte sich mit dem Rücken gegen eine Buche. Nahezu augenblicklich war er eingeschlafen.
Als Veit aufwachte, war er allein. Bückler wollte ihm wohl eine Fluchtmöglichkeit geben. Er stand auf und ging zum Dorf hinunter. Er wollte ins Wirtshaus, doch plötzlich sah er Joschi aus einem Haus treten. Er sprang auf ihn zu.
Wo sind die anderen?
Wollt Ihr etwa doch mitkommen? sagte Joschi.
Sie gingen zum Dorf hinaus und auf der Landstraße weiter.
Wir brauchen die Polizei schließlich nicht zu fürchten, sagte Joschi lächelnd. Außerdem ist es bequemer, und wir kommen schneller voran.
Aber holen wir die andern denn noch ein?
Wir sind sogar schneller als sie. Warum geht Ihr nicht nach Hause, sagte der Zigeuner.

Ich wüßte nicht, wo das wäre, sagte Veit.
Vor ihnen tauchte ein Dorf auf.
Hier kenne ich jemanden, sagte Joschi. Da bekommen wir etwas zu essen.
Er bog in eine Seitengasse ein. An ihrem Ende, am Dorfrand, lag ein kleiner Hof. Er ging um das Haus herum, klopfte an die Hintertür und trat ein. Die Frau, die am Herd stand und sich umwandte, als sie eintraten, war Maria.
Teufel, sagte sie zu Joschi.
Joschi lachte.
Setzt Euch, Herr, sagte sie zu Veit.
Sie schnitt Brot auf und Speck und Wurst. Der Wirt des Lauschieder Gasthofs hatte ihr noch am Morgen von Veits Flucht gekündigt. Den Lohn für zwei Monate hatte er behalten. Eine kleine, schmale Frau kam herein, die Bäuerin. Ihr Mann war vor einem Monat gestorben. Sie war allein mit ihren beiden Töchtern. Als sie gingen, legte Veit seine Uhr auf den Tisch.
Ihr könnt sie nicht verkaufen, sagte er. Sie ist zu wertvoll. Man würde denken, Ihr habt sie gestohlen. Aber ich komme und löse sie aus. Ich bin nämlich ausgeraubt worden. Zum zweitenmal übrigens. Ich hab' keinen Karolin in der Tasche.
Er lachte. In der Tür drehte er sich noch einmal um.
Nach einer Stunde verließen sie die Landstraße und folgten einem Pfad. Kurz darauf stießen sie auf Bückler und seine Leute.
Warum haben Sie Bückler nicht verhaften lassen, sagte Jeanbon.
Ich könnte sagen, wir wollen ja nicht nur Bückler, wir wollen die ganze Bande. Also gilt es, erst einmal sein Vertrauen gewinnen.
Aber das sagen Sie ja nicht, sagte Jeanbon.

Ich könnte sagen, ich wäre mir wie ein Henker vorgekommen.
Das sagen Sie ebenfalls nicht.
Doch, das sage ich.
Aber das ist nicht alles.
Die Bauern da oben liefern ihn ja auch nicht ans Messer.
Und die beginnen Sie zu verstehen?
Vielleicht, sagte Veit.
Jeanbon blickte Rebmann spöttisch an.
Was sagen Sie zu Ihrem Schützling? Glauben Sie immer noch, daß er so unerfahren, so naiv ist?
Rebmann war puterrot geworden. Er stand auf.
Ich nehme an, ich werde nicht mehr gebraucht, sagte er. Ich wäre dankbar, wenn ich mich diesen Zweideutigkeiten nicht weiter aussetzen müßte.
Über die Sie eines Tages aber richten werden, sagte Jeanbon.
Rebmann ging hinaus.
Ich glaube, Sie haben einen Freund verloren, sagte Jeanbon.
Veit schwieg.
Machen wir Schluß für heute, sagte Jeanbon aufstehend. Veit ging zur Tür.
Jeanbon wollte etwas sagen, wußte aber offenbar nicht wie. Er schien sich nicht zu trauen.
Kann ich etwas tun? sagte Veit.
Ich sehe die Leute auf den Rheinwiesen Schlittschuh laufen und Schlitten fahren, sagte Jeanbon verlegen. Ich bin aus dem Süden. Ich kenne das Eis nicht, wissen Sie. Ich meine, ob ich auch einmal? Wenigstens auf einem solchen Schlitten? Sie laufen doch Schlittschuh?
Veit mußte lachen. Auch Jeanbon lachte.
Wenn wir bei mir vorbeifahren, sagte Veit, könnten wir Schlittschuhe holen und auch einen Schlitten.
Eine halbe Stunde später jagte er über das Eis, vor sich auf dem

Schlitten den Alten. Jeanbons schulterlanges graues Haar flatterte, und er kreischte vor Vergnügen. Und je lauter er schrie, desto wilder wurden die Kurven, die Veit fuhr.
Die Sonne funkelte in einem blaßblauen Himmel. In einem feinen bläulichen Nebel stand das Filigranwerk der Pappelalleen wie abgelöst schwebend. Die überfrorenen Wiesen waren voller Menschen. Die Luft schwirrte von Geschrei, als würde ein Fest gefeiert.
Sitzt es sich eigentlich so gemütlich bei Ihrem Paragraphenreiter, schrie Jeanbon.
Er ist ein ehrenwerter Mann, schrie Veit.
Aber wer gibt sich denn jetzt mit Gesetzen ab, schrie Jeanbon. Was jetzt kommt ist Raub und Plünderung.
Die Revolution ist tot, schrie Veit.
Es lebe die Revolution, schrie Jeanbon.
In langen Geraden jagte Veit über das Eis, ließ sich in Kurven tragen, spurtete wieder an. Etwas löste sich in ihm und setzte sich um in Bewegung. Eisig stieß die Luft in seine Lungen. Eigentlich stürzte er, bewahrte sich vor dem Fall aber nur dadurch, daß er immer schneller lief. In einer weiten Kurve ließ er sich schließlich unter die Bäume tragen, wo Jeanbons Wagen war, und plötzlich standen sie vor Ulrike und Susanne.
Ganz Mainz läuft heute wohl Schlittschuh, rief Jeanbon. Er kletterte aus dem Schlitten. Er strahlte, und entsprechend geräuschvoll wurde die Begrüßung. Ulrike und Susanne bemühten wacker ihr Französisch, und Veit stand, mit offenem Mund, keuchend daneben.
Einen Sklaven habe ich bereits verbraucht, rief Jeanbon, auf Veit weisend, wie wäre es, wenn Sie sich an seiner Stelle für einen alten Mann opferten, junges Fräulein. Alle sagen es, aber es ist tatsächlich, als flöge man.
Natürlich war es Susanne ein Vergnügen, und Jeanbon be-

stieg wieder den Schlitten. Kichernd fuhr Susanne mit ihm davon.
Wunderbar, schrie Jeanbon über die Schulter zurückwinkend.
Ulrike stieß sich ab. Sie sahen sich an. Nur vom ersten Schwung getragen, fuhren sie nebeneinander.
Als er die Hand nach ihr ausstreckte, schwang sie sich rückwärts von ihm weg.
Er rührte sich nicht. Die Bewegung, die ihn getragen hatte, erstarb. Sie kurvte auf ihn zu und hielt vor ihm. Sie legte ihm die Hände auf die Brust. Sie gab ihm einen leichten Stoß. Langsam trieben sie auseinander.
Rückwärts ausgreifend, sich nicht aus den Augen lassend, nahmen sie Fahrt auf. In zwei gegenläufigen Bögen jagten sie aufeinander zu, drehten kurz vor dem Zusammenprall ab und ließen sich nebeneinander zum Rhein hinaustreiben.
Kühl stand der Fahrtwind auf ihren Gesichtern. Das Geschrei wurde dünner hinter ihnen.
Sie hielten. Sie sahen sich an. Sie zog ihren Handschuh aus und legte ihren Zeigefinger auf seine Lippen. Ihre Mäntel schlugen im Wind.
Sie stieß sich ab. Entschlossen Fahrt aufzunehmen, drehte sie ab auf den Schlitten und den Wagen zu unter den Bäumen. Bei Susanne und Jeanbon stand Rebmann.
Sind Sie jetzt wieder bei Kräften, junger Mann, rief Jeanbon.
Rebmann lud Jeanbon für Sonntag zu einer Teegesellschaft ein. Er sah Veit nicht an. Die Einladung galt nicht für ihn. Man verabschiedete sich.
Und jetzt noch einmal mit allem, was Sie haben, schrie Jeanbon. Und Veit jagte los. Er schrie. Um ein Haar hätte er den Schlitten verkantet und umgeworfen. Als sie den Wagen erreichten, hätte er keine zehn Schritte weitergekonnt. Noch in den Sitzen keuchte er.

Ich verdanke Ihnen die schönste Stunde seit Jahren, sagte Jeanbon.
Ich warte übrigens auf Ihren Bericht über Rebmann.
Veit lachte ihm ins Gesicht.
Da kannst du lange warten, sagte er auf deutsch.
Am Tag danach traf er Susanne auf der Straße. Das Wetter war immer noch schön, aber die Kälte begann nachzulassen. Sie gingen ein Stück zusammen. Veit erzählte von früher. Von Ausflügen, Picknicks, Bootsfahrten, Tanzvergnügen. Von dem Nachmittag, als Susannes Dompfaff entflogen war. Von dem Gewitter, in das sie einmal gekommen waren. Von dem Abend, als Susanne eine Brosche verlor. Und immer wieder von einem Sommerabend. Susanne saß auf der Schaukel, und er stieß sie an.
Anfangs konnte sie sich an diesen Abend nicht erinnern, doch je mehr Einzelheiten er beschrieb – die Farbe ihres Kleides, ihrer Schuhe, wie ihr Haar aufgegangen war, wie sie schrie, je höher sie flog, desto sicherer wurde sie, daß es diesen Abend wirklich gegeben hatte.
Nach kurzer Zeit hatte er sie angesteckt. Immer neue Begebenheiten fielen ihnen ein, Einzelheiten, Vorkommnisse, Augenblicke, die sie zusammenrafften und aufhäuften wie Beweisstücke. Doch versiegte der Erinnerungsstrom ebenso abrupt, wie er aufgebrochen war. Ratlos standen sie sich gegenüber, plötzlich einander fremd. Sie verabschiedeten sich. Sie hätten nicht einen einzigen Satz mehr wechseln können.

Veit war dazu übergegangen, erst schlafen zu gehen, wenn es hell wurde. Er wollte nicht im Dunkeln aufwachen. Er war nicht eigentlich vom Hohenasperg geflohen. Es war eher so, daß man ihn weggeschafft hatte. Wäre es so weitergegangen, Blümchen hätte ihn totgeschlagen.
Veit behauptete nämlich, Blümchen sei kein Mensch, sondern

ein Automat. Auch unter den Wärtern gebe es mehrere Automaten, sogar unter den Gefangenen. Draußen wimmele es von Automaten. Er hatte sich einen belustigt-neugierigen Blick angewöhnt, wie ihn kein Mensch erträgt. Immer wieder bat er um die Erlaubnis, den Gegenstand seiner Neugierde berühren zu dürfen.

Die meisten Wärter trugen es mit Humor. Sie waren an Seltsamkeiten gewöhnt. Einige aber machte es rasend, vor allem Blümchen, für den sich Veit besonders interessierte. Das Fatale an Veits Wahnvorstellung war, daß sie jenes Warnsystem, das Angst genannt wird, ausschaltete. Denn Veit behauptete, es müsse möglich sein, Blümchens System so zu verwirren, daß es sich selbst blockierte und Blümchen mitten in der Bewegung erstarre, ausgeschaltet plötzlich, eine Puppe, die man mit dem Finger umstoßen könnte. Er setzte Blümchen den verwirrendsten Fragen, Vorstellungskombinationen und Sprachspielen aus, was den biederen Schwaben zur Weißglut trieb. Mehrmals mußten ihn seine Gehilfen zurückhalten, es wäre sonst ein Unglück geschehen.

Man war sich einig, daß das so nicht weitergehen konnte. Sogar Wärter zeigten Verständnis. Sie wollten keinen unangeforderten Toten; das gab nur Scherereien. Man schrieb Briefe nach draußen, Geld kam ins Spiel, und eines Tages war eine Tür nicht abgeschlossen, waren die nächsten drei ebenfalls offen, und sobald es dunkel war, führte man Veit hinaus. An einer abgelegenen Seite der Festung gelangte man ins Freie, und ein Wagen war auch da.

Die Nachforschungen nach Veit wurden außergewöhnlich lax geführt, so daß seine Flucht schnell so gut wie vergessen war. Er selbst bekam von seiner Befreiung wenig mit. Von seinem letzten Versuch, Blümchens System zum Zusammenbruch zu bringen, war sein Aufnahmevermögen noch ziemlich reduziert.

Rebmann hielt Distanz. Jeanbon hatte recht. Veit hatte einen Freund verloren. Eines Abends jedoch trat er in Veits Wohnung. Ulrike war verschwunden. Veit öffnete die Schlafzimmertür, und tatsächlich sah Rebmann in Veits Schlafzimmer nach.
Sie kommen sich wohl ganz großartig vor, sagte Rebmann mit einem Gesicht, das plötzlich verzerrt war.
Nein, sagte Veit. Aber ich würde vorschlagen, wir suchen sie. Jeder für sich, und jeder, wo er sie vermutet.
Rebmann ging wortlos hinaus. Veit ging zu der Kneipe am Rhein, wo er mit Ulrike schon einmal gewesen war. Sie saß an einem Tisch in der Ecke. Bei ihr war die Wirtin und eine Prostituierte. Um den Tisch herum ein Kreis von Männern, die gafften und Witze rissen. Als Veit eintrat, brach ein Gejohle los.
Endlich, sagte Ulrike. Er zahlte, und sie gingen.
Ich wollte Sie noch einmal sehen, bevor Sie abreisen, sagte sie.
Aber das habe ich nicht vor, sagte Veit. Haben Sie mich denn nicht gebeten zu bleiben?
Natürlich werden Sie weggehen, sagte sie. Und Sie wissen das längst.
Es war Veit, als folgte ihnen jemand.
Ich wollte Sie auch bitten, ein wenig auf mich zu achten, sagte sie. Es könnte sein, daß ich das zeitweise nicht mehr kann. Es wäre gut zu wissen, daß da jemand ist.
Der hinter ihnen hielt sich hartnäckig.
Ich glaube, das ist Rebmann, sagte Veit.
Ich weiß, sagte Ulrike.
Passen Sie auf sich auf, sagte sie, als sie vor Rebmanns Haus angelangt waren. Wissen Sie eigentlich, wovon Sie mir erzählt haben, als ich damals abends bei Ihnen war? Sie haben von der Prärie erzählt. Von der amerikanischen Prärie. Hüfthohes

Gras im Wind. Wolkentürme in einem ungeheuren Himmel. Vor uns grasend eine Büffelherde. Planwagen, ein Treck, und plötzlich Indianer. Wochenlang auf einem Schiff, eine düstere, regenverhangene Stadt, die Hamburg sein mußte. Wir überquerten den Rhein in einem Fischerboot. Und hier, unter diesem Fenster, wollten Sie mich mit Pferden erwarten. Sie wollten mich entführen.
Sie lachte.
Sie hatten solche Angst vor mir.
Der hinter ihnen wußte längst, daß sie ihn gesehen hatten.
Denken Sie an mich, sagte sie.
Sie verschwand im Haus. Veit ging, ohne sich nach der Gestalt hinter ihm umzusehen.
Er erschien am nächsten Morgen zwar noch im Dienst, aber nach zwei Stunden nahm er plötzlich Hut und Mantel und ging hinaus. Er machte nicht etwa eine Pause und ging Luft schöpfen. Er würde nicht mehr zurückkehren. Etwas war zu Ende.
Er ging zum Rhein. Das Eis der Wiesen stand unter Wasser. Helle Wolken trieben schnell über ihn hinweg. Die Sonne wärmte. Im Wind der Geruch feuchter Erde. Grün und glatt schossen die Wassermassen dahin. Er öffnete den Mantel. Er hätte plötzlich die Kleider abwerfen mögen, diese ganze Panzerung. In der klaren Luft waren die Horizonte weit geworden. Er atmete mit offenem Mund. Passanten schüttelten den Kopf. Da stand unten an der Brücke ein erwachsener Mann und ließ Steine übers Wasser springen.
Am nächsten Nachmittag erschien er auf Rebmanns Teegesellschaft, uneingeladen, eine Ungeheuerlichkeit. Rebmann versuchte verwirrt, ihn zu übersehen. Ulrike begrüßte ihn, wurde von Rebmann jedoch sofort weggeführt zu anderen Gästen, Susanne hielt Distanz. Zuerst scheu, dann zunehmend peinlich berührt. Es war, als wäre Veit angetrunken. Er drängte sich in Gespräche, hörte aber dann nicht zu, machte Bemerkungen

über Gäste, hatte über alles mögliche viel zu laut zu lachen. Je mehr man, unangenehm berührt, von ihm abrückte, desto lauter wurde er. Man hätte ihn allerdings besser verstanden, hätte man gewußt, wer der Mann war, der rechts neben Rebmann saß. Links von Rebmann saß Stumm, ein Hüttenunternehmer, der mehrere Hämmer und Schmelzen auf dem Hunsrück betrieb, ein Nußknackergesicht mit einem Unterkiefer wie aus Stahl. Rechts von Rebmann aber saß – für den Herzog von Württemberg in diplomatischer Mission in Mainz – Veits Vater, der Baron Falck.

Der Schock hatte Veit zuerst verstummen lassen. Es waren ziemlich viele Leute da, und es konnte einem leicht unterlaufen, jemanden zu übersehen. Doch allmählich merkte Veit, daß von Zufall nicht die Rede sein konnte. Nicht daß sein Vater ihn nicht gesehen hätte, sein Vater übersah ihn. Veit wechselte den Standort, er näherte sich, er entfernte sich, er wurde lauter, für seinen Vater war er nicht da. Ulrike zog sich zurück. Ihre Migräne war zu stark geworden. Veit lärmte. Bis Falck aufstand und auf ihn zu trat.

Sie sind ein Mann von Wort, rief Veit.

Du hättest bequem fliehen können, sagte Falck.

Ich wollte vielleicht wissen, ob ich einen Vater habe, sagte Veit.

Weißt du es immer noch nicht? Wer, glaubst du denn, hat dich aus dem Hohenasperg herausgeholt?

Veit starrte ihn mit offenem Mund an.

Dummkopf, sagte Falck, wandte sich ab und ging, wohin er hatte gehen wollen, zum Abtritt.

Veit ging ohne Abschied. In der Garderobe in der Halle suchte er nach seinem Mantel. Einen Augenblick lang stand er und lauschte auf die Stimmen aus dem Salon, dann trat er auf die Straße.

Er ging zum Erthaler Hof. In Jeanbons Zimmer brannte noch

Licht. Die Wache kannte ihn und ließ ihn durch. Treppen und Flure lagen nahezu dunkel, nur in großen Abständen brannten Laternen, trübe Lichtinseln, unsicher flackernd im Zugwind. Schatten fingerten über Wände und Treppen. Seine Schritte hallten. Hinter den endlosen Türreihen, wuchernd, die Akten.

Die Tür zu Jeanbons Zimmer stand offen. Jeanbon saß an dem Tisch mit dem grünen Tischtuch und den sechs Stühlen. Er saß mit dem Rücken zur Tür. Mit welchen Schatten hielt er Zwiesprache? Welche Stimmen hörte er da in der feuchten, kalten Luft?

Veit klopfte an den Türrahmen. Jeanbon fuhr herum. Sein Haar starrte um seinen Kopf. Es dauerte mehrere Sekunden, bis er wußte, wo er war.

Er habe ihm einen Plan zu unterbreiten, sagte Veit. Jeanbon bot ihm Platz an.

Was Veit entwickelte, war ein Plan zur Ergreifung Bücklers und des wichtigsten Teils seiner Bande, ein Plan, den Jeanbon nur wenig später verwirklichte und als dessen Urheber er gelten sollte und mit dessen Hilfe tatsächlich der wichtigste Teil der Bücklerschen Bande gefaßt werden konnte, jedoch nicht Bückler selbst.

Veit ging aus von der nicht zu bestreitenden Tatsache, daß die Stabilisierung der Verhältnisse noch nicht so weit fortgeschritten war, daß die Polizei allein der Aufgabe gewachsen wäre. Es müßte also darum gehen, die Bevölkerung in die Jagd einzubeziehen. Da aber die arme Klasse daran offensichtlich kein Interesse habe, kämen nur die Besitzenden in Frage.

Die Friedensrichter hätten also eine bestimmte Anzahl von geeigneten Personen für die Aufgabe zu gewinnen und ihm zu melden. Der Rest müßte – da offenbar Nachrichten aus dem Erthaler Hof nach draußen sickerten – allein in Jeanbons Hand liegen. Angenommen – und es bestehe durchaus Grund für

diese Annahme – Bückler operiere zur Zeit hauptsächlich im Kanton Obermoschel, so wären die Friedensrichter anzuweisen, eine bestimmte Zahl von Personen zu melden. Sie würden von Jeanbon dann Briefe bekommen, die Anweisungen enthalten, was sie zu tun hätten. Sie dürften sie aber erst öffnen, wenn Jeanbon ihnen das Zeichen gebe. Niemand außer ihm wisse also im voraus, was wann und wo geplant sei.
Jeanbon hatte ihm aufmerksam zugehört.
Diese Fressen entwickeln einen eigentümlichen Charme, wenn man lange genug hineinsieht, sagte er plötzlich. Eine hinkende Anmut, eine dreckige Schönheit. Eine gewisse – wie soll ich sagen – Anziehungskraft.
Gut, sagte er, sich fangend, holen Sie sich Geld und, wenn Sie wollen, ein Pferd. Er schrieb zwei Zettel aus. Ich habe verstanden. Wir fischen nicht mit der Angel, sondern mit dem Netz. Ich sorge für das Netz, Sie sagen mir, wo der Fisch steht.
Veit steckte die beiden Zettel ein.
Wollen Sie nicht schlafen gehen? sagte Veit.
Bringen Sie mich hinaus, sagte Jeanbon. Ich kann mich immer noch nicht orientieren in diesem Bau. Neulich bin ich zwei Stunden in den Gängen umhergeirrt.
Veit brachte ihn zu seinem Wagen.
Schlafen Sie, sagte er. Die Toten sind tot. Noch in der Nacht packte er.

Als der Kutscher vor seinem Haus halten wollte, öffnete Jeanbon das Fenster. Weiter, rief er. Weiter. Wohin du willst. Er ließ ihn oft ziellos umherfahren. Im Wagen wurde er ruhig.

Auf Kerasond hatte er einen Wärter, den befiel von Zeit zu Zeit ein großer, ihm völlig unerklärlicher Schmerz. Schluchzend, mit tränenüberströmtem Gesicht verlangte er getröstet zu werden.

Tröste mich, du französisches Schwein, schluchzte er, oder ich brech dir alle Knochen.

Und so pries Jeanbon ihm durch die Gitterstäbe hindurch die Wohleingerichtetheit und Harmonie der Welt, die Gottesebenbildlichkeit des Menschen, die Schönheit seiner Gestalt und Seele.

Das hat gut getan, sagte dann der Wärter, putzte sich die Nase und gab ihm einen Tritt.

Es war Lacroix gewesen, ein Kollege aus dem Konvent, der ihm geraten, ja der ihn geradezu gedrängt hatte, sich dem ersten Konsul vorzustellen.

Ich bin müde, hatte Jeanbon gesagt. Ich kann nicht mehr.

Wenn du dich jetzt hinsetzt, hatte Lacroix gesagt, stehst du nicht mehr auf.

Natürlich wußte Bonaparte, wer er war. Das Generalkonsulat in Smyrna war der wichtigste diplomatische Posten im Vorderen Orient. Außerdem hatte er ihn seinerzeit um eine Beurteilung der Belagerungsmöglichkeiten von Algier gebeten.

Während Jeanbon wartete, sah er sich um. Im großen Sitzungszimmer des Wohlfahrtsausschusses hatte es nur den großen Tisch mit der grünen Decke gegeben, Stühle und ein paar

Lampen. Die tägliche Abendsitzung dauerte meist bis spät in die Nacht. Es kam nicht selten vor, daß er sich für die restlichen Stunden eine Matratze holte und sich auf den Boden zum Schlafen legte.
Freundschaften hatte es unter ihnen kaum gegeben, dazu war der Druck der Verantwortung zu groß, die auf jedem der elf lastete. Sie arbeiteten selbständig und doch kollektiv. Außer im Komitee hatten sie im Klub, in Ministerien, in Sektionen zu tun; sie hatten Petitionen zu empfangen, Gespräche zu führen, sie kontrollierten und wurden kontrolliert. Sie versuchten, der Revolution eine Richtung zu geben und wurden gleichzeitig von ihr mitgerissen. Ihre Mahlzeiten nahmen sie hastig zwischen zwei Sitzungen ein oder auf dem Weg zum Klub oder zum Konvent. Privatleben kannte keiner von ihnen, die meisten wohnten in schäbigen Hotels, sie bearbeiteten vier- bis fünfhundert Vorgänge täglich.
Jeanbon war keiner gewesen, der die großen Reden hielt. Doch davon ließ sich Bonaparte nicht täuschen. Er wußte genau, welche Rolle er gespielt hatte. Und trotzdem hatte er ihm nichts anderes anzubieten, als einem kleinen deutschen Strauchdieb das Handwerk zu legen. Aber wäre Jeanbon denn zufrieden gewesen, Bonaparte hätte ihm wichtigere Aufgaben anvertraut, hätte ihn für brauchbarer gehalten?
Das Getrappel der Hufe, das Rasseln der Räder, das Schaukeln des Wagens – wenn er auf der Landstraße war, wurde er fast heiter.
In Paris hatte er Erfolge gehabt, in Montauban aber einen Triumph. Es war ein Augusttag. Zum Marktplatz von Montauban bewegt sich ein Zug von vielleicht dreihundert Menschen. Sie sind die Jakobiner Montaubans und ihr Anhang. Obwohl eine kleine radikale Minderheit, ist es ihnen gelungen, die wichtigsten Magistratsposten zu besetzen. Sie demonstrieren zum Marktplatz zwecks Inauguration einer Büste Mira-

beaus. Ihnen voran marschiert eine Kapelle. Wenn der Zug um eine Ecke biegt, ist sie von denen hinten kaum noch oder nur quiekend, doch dann, wenn die Gasse sich wieder geradeaus erstreckt, plötzlich um so schriller zu hören. Ganze Instrumentalgruppen stocken, geraten aus dem Takt, kämpfen wütend gegeneinander an.
In den engen Gassen werden Nachttöpfe über sie ausgeleert, Türen knallen zu, Blumentöpfe lösen sich aus ihren Verankerungen. An der Spitze des Zuges, direkt hinter der Musik, schreitet ein Mann in einem sonderbaren Aufzug. Er ist klein, gedrungen, und er schwitzt. In der Rechten trägt er einen blumenbekränzten Stab. Auf seinem schwarzen, jakobinisch langen Haar sitzt ein Kranz aus goldbronzierten Eichenblättern. Um ihn wallt eine weiße, römische Toga aus bestem heimischen Leinen. Es ist André Jeanbon Saint-André. Er hat kein Amt inne. Er ist nur Vorsitzender des Jakobiner-Klubs. Er ist nur derjenige, der bestimmt, wer welches Amt bekommt. Später wird David Robespierre in ähnlicher Kostümierung in Paris zum Fest des höchsten Wesens auf dem Marsfeld schreiten lassen. In Montauban ist der Gegenstand der Verehrung irdischer.
Was aber trägt Jeanbon unter der Toga? Er trägt die zweckmäßige, unauffällige, uneitle, sachliche Kleidung eines calvinistischen Predigers. Er trägt dieselbe Kleidung, die er nun schon seit Jahren trägt, seit dem Jahr seines letzten Schiffbruchs.
Als er nach sechs Jahren Fahrt, drei Schiffbrüchen und bankrott nach Montauban heimkehrte, brach sein Vater in dröhnendes Gelächter aus. Auch das dritte Schiff hatte er verloren? Und der Rest der Erbschaft war auch perdu? Ja, wie sollte man denn darauf anders reagieren als mit Gelächter?
Seine Mutter aber nahm ihn an die Hand und führte ihn in sein altes Zimmer hinauf. Sonne und Salzwasser hatten ihm die Haut verbrannt. Seine Lippen waren aufgeplatzt, sein Körper

übersät mit eitrigen Brandblasen. Sie hieß ihn sich ausziehen, während sie Binden und Salbe holte. Jeanbon aber gellte das Lachen seines Vaters in den Ohren. Es gellte ihm in den Ohren, seit er denken konnte, seit einem Sonntagmorgen. Er stand auf dem Kopfkissen seines Vaters. Er predigte. Er war fünf. Er war in seinem Nachthemd und vor ihm eine unübersehbare Menge. Doch nicht er sprach. Der Geist sprach aus ihm. Er sprach in Zungen – bis er den Kopf wandte und in der halboffenen Tür die feixenden Gesichter seiner Geschwister und seines Vaters sah. Das letzte, was er wahrnahm, waren seine nackten Füße auf dem Kopfkissen, dann nichts mehr.
Seine Mutter pflegte ihn gesund. Als seine Wunden abgeheilt waren, ließ er sich Schreibzeug und Papier bringen. Er schrieb die ganze Nacht. Am Morgen adressierte er den Brief an seinen Vater, gab ihn seiner Mutter und brach auf. Eine Woche später war er in Lausanne. Er wollte Theologie studieren und Priester werden. IHM, der ihn so gut wie vernichtet hatte, wollte er dienen. SEINEM unerforschlichen Willen unterwarf er sich. Der strafte und belohnte ohne Ansehung von Werken, dessen Namen wollte er verkünden. Mehr Demut schien nicht denkbar.
Keine schlechte Ausgangsposition. Einen leibhaftigen Kapitän der Handelsmarine hatten sie im französischen Seminar in Lausanne noch nicht gehabt, erst recht keinen, dessen Motiv so über jeden Zweifel erhaben war. Ohnehin würde sein Dienst mühsam sein. Er würde von Gemeinde zu Gemeinde ziehen unter immer noch nicht unbeträchtlichen Gefahren, weshalb sie sich im Seminar Decknamen geben mußten. Er hatte seinem Namen Saint-André hinzugefügt. Die Calvinisten, die 1685 nach dem Edikt von Nantes nicht geflohen waren, mußten den katholischen Glauben annehmen. Jeanbon war vier gewesen, als man seinen Großvater unter Aufsicht katholischer Zeugen zu Tode häutete, und er war zwölf, als Pastor

Rochette in Caussade bei Montauban von einer Meute von Fanatikern ins Gefängnis geworfen wurde. Zwar wagte man inzwischen nicht mehr, die königlichen Edikte gegen sie anzuwenden, aber immer noch mußten die Gottesdienste heimlich und auf freiem Feld abgehalten werden.

Jeanbon war ein guter Kapitän gewesen – die Matrosen mochten einen Kapitän, der befehlen konnte – er wurde auch ein guter Prediger. Die Gemeinde von Castres wählte ihn sofort, und bald saß er auf dem tragbaren Stuhl, den jede Gemeinde besaß, predigte auf freiem Feld oder im Wald, um sich herum die Gemeinde, auf der einen Seite die Männer, auf der anderen die Frauen und Kinder, war er wieder erhöht und herausgehoben.

Er galt als guter Prediger. Zwar war seine Stimme schwach, aber man stieg auf Mauern und Bäume, um ihn zu hören. In Zungen wie der Fünfjährige sprach er allerdings nicht mehr. Er sprach auch wenig von Gott. Er sprach hauptsächlich von der Tugend. Das war praktischer. Wenn sie schon geduldet werden wollten – und mehr hatte Jeanbon mit dem, was mit dem Sturm auf die Bastille begann, zunächst nicht im Sinn –, mußten sie sich vor allem ordentlich aufführen. Das war das mindeste. Es war auch ökonomischer. Der Tugendhafte gab weniger aus. Man war flüssig, und es fiel nicht so auf, daß der größte Teil der Industrie sich inzwischen in den Händen von Calvinisten befand. Die Katholiken kauften sich Titel und Ämter, sie dagegen investierten.

Er hatte sie alle gezwungen, ihn zu respektieren. Niemand lachte mehr, wenn er predigte. Sein Ernst wurde jetzt geschätzt und nicht mehr als Humorlosigkeit verachtet, seine Kälte nicht mehr für Selbstgerechtigkeit und sein Sarkasmus nicht mehr für Überheblichkeit gehalten. Denn dafür hatten sie ihn ja gewählt, daß er sie prüfte im Namen der Tugend und ihnen auf den Zahn fühlte nach allen Regeln der Kunst.

Wie sie ihn auch belohnten dafür, daß er ein so ruheloses Leben in halber Illegalität führte, wo er doch froh war, unterwegs zu sein und es am liebsten hatte, wenn es gefährlich war. Natürlich heiratete er. Aber Marie Desuc, viel älter als er, trieb ihn eher hinaus, als daß sie ihn hielt. Denn ganz außerordentlich war sie an seinem Fortkommen interessiert, zumal sie sofort nach der Heirat ihre zehn Jahre ältere Schwester zu sich genommen hatte. Er brauchte sich also keine Gewissensbisse zu machen, wenn es ihn hinaustrieb. Doch wohin er auch unterwegs sein mochte, zu Gott nicht. Dessen Namen mußte er zu oft aussprechen, als daß dieses Wort noch viel Sinn enthalten hätte. Noch hatte er keine Wörter für das, was ihn umtrieb, doch nicht mehr lange und er würde sie haben.
Nicht schnell, doch unaufhaltsam entwickelte er sich zu einem erfolgreichen Kirchenpolitiker im Midi, zu einem jener Männer, die man die führenden nannte. An dem, was kommen sollte, wollten sie nicht schuld sein. Alles, was sie wollten, war Duldung ihrer Religion. Doch ob Unternehmer, Handwerker oder Arbeiter, ob Männer oder Frauen, durch ihren Glauben waren sie zur Kritik verpflichtet, ihre Kirchenverfassung war von Anfang an demokratisch, sie hatten die wirtschaftliche Macht, sie waren Moralisten, sie kannten es nicht anders, als in der Minderheit zu sein, sie waren es gewohnt, unterdrückt zu werden und zu kämpfen. Und als dann kam, woran sie nicht schuld sein wollten, was sie aber vorbereitet hatten, ohne es zu wissen, da brauchten sie ihre Kirchenverfassung nur zu säkularisieren und nach ihr die Gesellschaft der Freunde der Verfassung zu bilden, den Klub, da waren sie die Revolutionäre der ersten Stunde, und Jeanbon war ihr Führer. Jetzt hatte er Wörter für Predigten ganz anderer Art, und allmählich begann ihm klarzuwerden, was ihn umtrieb. Er saß nicht mehr erhoben auf einem Stuhl, er war mitten

unter ihnen, und es ging voran, wie an jenem Augusttag, als sie die Büste Mirabeaus auf dem Marktplatz aufstellen wollten.

Jeanbons Anhängerschaft bietet einen wenig erhebenden Anblick. Es geht längst nicht mehr gegen die Royalisten. Die Diskussionen um das Wahlrecht haben die Frage der Gleichheit aufgeworfen. Plötzlich waren die Reichen im Gerede. Jeanbon, inzwischen Rousseauist, meint, Reichtum begründe keine Vorrechte, auch dann nicht, wenn es sich um calvinistischen Reichtum handelte. Und so hat er jetzt die Leute hinter sich, die sie in den Diskussionen in den Salons immer unter sich hatten, buchstäblich, denn die Fabrikantenhäuser am Tarn waren so gebaut, daß unten die Fabrikhallen und Werkstätten lagen, darüber die Ballsäle und Salons.

Tuchwalker, Seidendrucker, Färber – ein bunter, elender Haufe. Ausgemergelt, verdreckt, verlaust. Keine Ahnung, warum der Pastor da vorne sich so merkwürdig verkleidet hatte, aber der Mann war in Ordnung, der sagte die richtigen Sachen, dem konnte man zuhören.

Jeanbon ist sein Aufzug einerseits peinlich. Er hat etwas entschieden Karnevalistisches. Andererseits laufen ihm vor Ergriffenheit Schauer über den Rücken. Es macht ihm nichts, daß Schweißtropfen seine Nase entlangrollen und auf seine Brust tropfen. Daß er unter der Toga seine gewohnte, banale Kleidung trägt und manchmal seine weißbestrumpften Beine mit den Schnallenschuhen sichtbar werden. Er ist in diesem Augenblick ein Römer, der die Republik gegen die Diktatur verteidigt. Er findet sich keineswegs komisch. In diesem Augenblick könnte er für die Freiheit sterben.

Natürlich ist er kein Berufsrevolutionär, all diese Rechtsanwälte und Priester, die die Revolution führten, waren es nicht. Er ist weiterhin Pastor, wenngleich die Bibel als ein ziemlich aufrührerischer Text gelesen werden kann und eine Predigt manchmal kaum von einer Wahlrede zu unterscheiden ist.

Doch immer noch ist er ein Gottesmann und profitiert von der Legende, mit seinem dritten Schiffbruch habe Gott ihn eines Fingerzeigs für würdig erachtet, dem er sich seinerseits würdig erwies dadurch, daß er Pastor wurde, ein Hirt in der Wüste.
Es war ein wenig anders. Die Brandblasen, mit denen er in Montauban eintraf, stammten nicht von seinem Schiffbruch. Hätte man in Montauban die Daten in den Akten des Seefahrtsgerichts von Bordeaux gekannt, so hätte man zwischen dem Datum des Untergangs seines Schiffs und seinem Auftauchen in Bordeaux die befremdliche und höchst erklärungsbedürftige Lücke von fast drei Monaten entdeckt. So lange konnte er ja unmöglich auf seinem Floß umhergedümpelt sein, vor allem konnte er damit wohl kaum bis auf die Höhe von Bilboa kommen, denn dort nahm ihn ein spanischer Fischer auf.
Tatsächlich verbrachten sie nur zwei Tage und eine Nacht auf ihrem Floß. Kurz nach Sonnenaufgang brachte sie ein Brigant auf. Die Mannschaft johlte, als sie das Fallreep hinaufkletterten. Offenbar hatte man eine Horde von Transvestiten aufgelesen. Jeanbon blickte nicht auf, als er hinaufkletterte. Er würde noch früh genug in diese Ganovenfressen blicken müssen. So daß er völlig unvorbereitet war, als er auf Deck sprang: Er stand vor der Negerin. Sie trug eine bombastische rote Seidenrobe, die Brüste quollen ihr aus dem Ausschnitt, in der Hand hatte sie einen weißen Sonnenschirm und sie lachte. Sie kreischte. Sie hielt sich die Seiten.
Den will ich haben, schrie sie. Den Kleinen kriege ich.
Sie war die Mätresse des Kapitäns, eines Holländers, und so bekam sie ihren Willen. Jeanbon wurde in die Kammer neben der Kajüte gesteckt als ihr Aufwärter. Der Rest der Floßbesatzung wanderte unter Deck. Man konnte Verstärkung gut gebrauchen. Der Skorbut grassierte.
Und so konnte man Jeanbon morgens aus der Kapitänskajüte treten sehen mit dem Nachttopf der Negerin, klein, sich sehr

gerade haltend, aber zum Gaudium der Mannschaft zurückgebogen vor Ekel vor dem Topf, den er mit ausgestrecktem Arm zur Reeling trug. Man konnte ihn den Topf an einem Tau ausspülen sehen, sehen wie er Putzwasser schöpfte und wieder über Bord kippte, in der Kombüse Trinkwasser und die Mahlzeiten für sie abholte, ihr das Sonnensegel aufspannte und wie ihm der Kapitän in den Hintern trat, wenn ihm etwas nicht schnell genug ging.

Den Rest der Zeit lag er in seiner Kammer, doch auch dort zusammengekrümmt vor Ekel, denn die schmale, dünne Tür hielt ja nichts ab, er hörte alles. Er hörte ihre Pisse gegen die Wand des Topfs peitschen, er hörte sie schmatzen, er hörte das Gegurgel, wenn der Holländer sich über sie wälzte, ihr Gelächter über seine Impotenz und das Klatschen der Schläge in ihr Gesicht, womit er es quittierte. Er hörte sie stöhnend ihre Scheiße aus sich herauspressen und die rauhen, klagenden Laute, die manchmal aufzusteigen begannen, wenn sie allein auf dem Bett lag.

Niemand dachte daran, ihm etwas zu essen zu geben, und mit Grauen merkte er, daß er den Gedanken denken konnte, sich in ihre Kajüte zu schleichen, wenn sie betrunken auf dem Bett schnarchte, und sich über die Essensreste herzumachen, die noch auf dem Tisch standen. Natürlich tat er es schließlich, und er war verblüfft, wie wenig er dabei empfand. Womit sich nicht lange danach ein Problem erhob, das bisher nicht drängend gewesen war. Bisher hatte er sein Wasser nachts über die Reeling abgeschlagen. Eines Nachmittags aber, die Negerin war an Deck, defäkierte er in ihren Topf. Schaudernd dachte er, daß jetzt seine Scheiße ihre Scheiße berührte.

Sie war meistens an Deck. Grotesk herausgeputzt, spielte sie große Dame, führte sie Titten und Arsch spazieren, tief aus der Kehle lachend, zwischen den riesigen blauen, innen fleischroten Lippen ein blitzendes Gebiß entblößend. Zwar wäre es lebensgefährlich gewesen, sie anzurühren, doch Johlen, Pfeifen und alle Sorten von schmutzigen Witzen waren erlaubt, ja erwünscht, bestätigten sie doch die Kostbarkeit der Beute, die der Kapitän gemacht hatte.

Immer öfter kam es jetzt vor, daß sie ihre Kajüte aufgeräumt vorfand, wenn sie von Deck kam, daß ihre Kleider in den Schrank gehängt waren und ihre Wäsche zusammengefaltet in der Truhe lag. Jeanbon begann für sie zu waschen, holte heißes Wasser aus der Kombüse, seifte ein, spülte durch, hängte Hemden, Unterhosen, Strümpfe, Blusen auf eine Leine in den Seewind, und einmal, als wieder der Holländer hereingestolpert gekommen war und sie praktisch vergewaltigt hatte, holte er eine Schüssel Wasser, stellte sie neben ihr Bett und legte Seife und Handtuch dazu. Ächzend rappelte sie sich hoch, hockte sich über die Schüssel und begann, sich zu waschen. Sie hatte nicht gewartet, bis er in seiner Kammer verschwunden war.

Schlimm wurde es, wenn es zu dunkeln begann und sie in die Kajüte des Kapitäns zu den Saufgelagen mußte. Jeanbon hatte sie oft zurückkommen hören, und eines Nachts kam er aus seiner Kammer und hielt ihr den Kopf, während sie sich erbrach. Ihr Kleid war zerrissen, ihre Brüste hingen aus dem Ausschnitt, die Haut über ihren Backenknochen war geschwollen und aufgeplatzt, aus dem einen Mundwinkel sickerte Blut. Er hielt sie, während die Konvulsionen durch ihren Körper liefen. Als sie plötzlich schlaff wurde, rollte er sie aufs Bett. Er wischte ihr das Gesicht ab, zog ihr das Kleid aus und deckte sie zu. Er tränkte ein Taschentuch mit Wasser, gab es ihr in die Hand und legte die Hand mit dem feuchten Taschentuch auf ihren geschwollenen Jochbogen. Von dem Essen blieb immer mehr für ihn übrig.

Jeanbon hatte es gelernt, sich möglichst unauffällig zu verhalten, und wahrscheinlich wußte der Holländer in seinem Suff

schon gar nicht mehr, daß es ihn noch gab. Selbst wenn er noch mitbekommen hätte, was ihm da eines Abends widerfuhr, auf keinen Fall bekam er mehr mit, von wem es ihm widerfuhr. Denn als eines Nachts – es regnete, und außer dem Rudergänger weit hinten war niemand an Deck – der Holländer schwer betrunken sich zur Kajüte der Negerin vorarbeitete, da trat Jeanbon auf ihn zu, packte ihn an den Füßen und kippte ihn einfach über Bord. Sie hatten ziemlich rauhe See, und er hörte noch nicht einmal den Körper ins Wasser klatschen. Danach ging Jeanbon in seine Kammer zurück. Er schlief sofort ein.
Gegen Mittag brachen sie in die Kajüte und in Jeanbons Kammer ein. Der Kapitän war verschwunden. Zwei Stunden später begannen die Kämpfe um seine Nachfolge. Am Abend holte sich der Sieger die Beute ab. Doch bereits nach zwei Stunden war die Negerin wieder da. Wer der Sieger war, hatte so eindeutig wohl nicht festgestanden. Zwar kam in Abständen immer mal wieder einer angetorkelt und machte Besitzrechte geltend, doch mit Jeanbons Hilfe warf sie die Kerle hinaus. Inzwischen nahmen die Vorräte an Lebensmitteln, vor allem an Wasser ab.
Bis eines Mittags der Lärm zum Tumult anschwoll. Angeführt von dem Zimmermann von Jeanbons Schiff bewegte sich ein Haufe auf die Kajüte der Negerin zu. Doch nicht mit ihr hatten sie etwas im Sinn, sondern mit Jeanbon. Der Zimmermann zog ihn aus seiner Kammer hervor. Jeanbon sollte ihr Kapitän sein. Und Jeanbon sagte ja.
Er besetzte alle führenden Funktionen mit Leuten von seinem Schiff. Randalierer ließ er sofort auspeitschen. Alkohol kam unter Verschluß. Ab sofort wurde gearbeitet. Als er am Abend in die Kapitänskajüte kam, stand die Negerin am Fenster. Sie trug ein fußlanges Gewand, bunt und weit, auf dem Kopf einen Turban. Ihr Gesicht eine plötzlich unbekannte nächtliche Landschaft. Sie wirkte riesig.

Die Mannschaft merkte nicht, daß sich Jeanbon abseits der befahrenen Routen hielt. Sie wunderte sich nur, daß kein Segel in Sicht kam. Jeanbon wollte wenigstens die afrikanische Küste erreichen. Er führte zwar einen Briganten, aber der Tatbestand der Seeräuberei war damit noch nicht erfüllt. Doch die Vorräte gingen zu Ende, die Mannschaft wurde unruhig, und als endlich eine französische Zweimastbark am Horizont auftauchte, hatte er zu wählen zwischen Angriff oder Nichtangriff, zwischen der Aussicht, in den nächsten zehn Minuten von der Mannschaft aufgeknüpft zu werden oder irgendwann später von dem Henker der Stadt Bordeaux. Er entschied sich dafür anzugreifen. Zwei Stunden später lag die Bark längsseits, war das Gemetzel zu Ende, war aus dem ehemaligen Kapitän der französischen Handelsmarine ein Seeräuber geworden.
Er segelte die afrikanische Küste empor. Die Mannschaft war satt, die Rumvorräte würden für Wochen ausreichen, über den Kurs wurde nicht diskutiert. Auf der Höhe von Cadiz merkte er, daß sie von einer spanischen Korvette verfolgt wurden. Er versuchte, ihr davonzulaufen, aber er wußte, daß sie keine Chance hatten. Auf dem Deck brach Chaos aus. Die einen wollten sich ergeben, die andern wollten kämpfen. Die Korvette legte sich breitseits. Die Klappen vor ihren Kanonen wurden aufgezogen. Jeanbon ging in die Kajüte, um sich von der Negerin zu verabschieden. Als sich auf die Aufforderung hin, sich zu ergeben, aus Jeanbons Schiff ein Kanonenschuß löste, feuerte die Korvette. Es brach sofort Feuer aus. Nach der zweiten Salve begann die Brigg zu sinken.
Jeanbon zog es vor, sich nicht aus dem Wasser ziehen zu lassen. Hinter Treibgut versteckt, beobachtete er, wie die Korvette Segel setzte und Fahrt aufnahm und wie die wenigen Überlebenden der Brigg an die Rah geknüpft wurden, die Zeugen seines Verbrechens. Doch dauerte es immerhin zwei Ta-

ge, bis er einen spanischen Fischer auf sich aufmerksam machen konnte.

Nein, er war nicht Priester geworden, weil er sich für seine Rettung erkenntlich zeigen wollte. Er war Priester geworden, weil er ein Mörder war.

Der Mann Jeanbon in der weißen Toga auf dem Marktplatz von Montauban schwitzt, und gleichzeitig ist ihm kalt vor Ergriffenheit. Er spricht von der Menschheit, der Tugend und der Zukunft. Seit er fünf war, seit jenem Sonntagmorgen auf dem Kopfkissen seines Vaters hatte er nicht mehr so gesprochen. Er brauchte nicht zu überlegen. Und deshalb ist die Toga auch nicht lächerlich und der Eichenkranz und der blumenumwundene Stab.

Gegen diese Stunde war Paris nichts. Paris war Plackerei, Intrige, Schlaflosigkeit, Erschöpfung, Einsamkeit und manchmal das kalte Feuer eines Triumphs.

Als die Tür aufging und Bonaparte eintrat, glaubte er für einen Augenblick, er sei im Theater. Er hatte eine Ölstudie gesehen, die David von Bonaparte gemacht hatte. Niemand schien es mehr zu bemerken, aber das war eine Karikatur. Der feuchte, nach oben gerichtete Schmachtblick, darunter ein weicher, vertrotzter Männermund. David hatte ihm noch nicht einmal diese unsägliche, in die Stirn fallende Locke erspart. Die Dichter blähten schon die Hälse.

Er ist einunddreißig, dachte Jeanbon, aber er beginnt schon, dick zu werden.

Bonaparte ging rasch und geschäftsmäßig auf ihn zu, schüttelte ihm betont kameradschaftlich die Hand, war sich, indem er den Eindruck davon zu verwischen suchte, der Theatralik seines Auftritts also bewußt.

Seine Rolle ist ihm schon die zweite Natur, dachte Jeanbon. Wenn er mir jetzt den alten Jakobiner vorspielt, ist das Theater

im Theater. Immerhin waren sie beide nach dem Thermidor inhaftiert gewesen.
Sie wurden schnell handelseinig. Jeanbons Beurteilung der Belagerungsmöglichkeiten Algiers hatten dem ersten Konsul übrigens sehr gefallen.
Nein, er möchte zu Fuß zurückgehen, sagte Jeanbon zu dem Sekretär, der ihn hinausbegleitete.
Der Wagen hielt, und der Kutscher öffnete den Schlag.
Wenn Sie schon kein Mitleid mit mir haben, Bürger Jeanbon, sagte er, dann haben Sie wenigstens Mitleid mit den Pferden.
Du hast recht, sagte Jeanbon. Fahren wir nach Hause.
Wohleingerichtet ist die Welt, hatte er seinem türkischen Wärter durch die Gitterstäbe hindurch gepredigt, ihr göttlicher Bauplan unausdenkbar schön. Jedes hat seinen Platz und erfüllt seinen Zweck und dient dem andern, der Mensch aber Gott.
Es war ihm gewesen, als sänge er eine alte Melodie, die von weit her kam, traulich und tröstlich, wie er sie gehört hatte, als er ein Kind war. Fürchtet euch nicht, denn ich bin bei euch alle Tage bis an der Welt Ende.

Veit hielt Wort.
Ich will nur meine Uhr auslösen, rief er.
Sie saßen beim Essen: Maria, Lisbeth, die Bäuerin, und die beiden Kinder. Durch die offenen Küchenfenster schien die Märzsonne, die Spatzen schrien, und es läutete Mittag.
Ich muß auch gleich weiter, rief Veit. Aber da saß er schon am Tisch, hatte Lisbeth seinen Mantel und seinen Hut an den Kleiderhaken an der Tür gehängt, hatte sie ihm ein Glas Viez eingegossen, lief sie zum Herd, putzte einen Löffel an ihrer Schürze ab und brachte ihm einen Teller Graupensuppe.
Obwohl sie ihn nur einmal gesehen hatte, hatte sie ihn sofort erkannt, und obwohl sie kein Wort mit ihm gewechselt hatte, als er mit Joschi hereingekommen war, hatte sie ihn jetzt begrüßt wie einen alten Bekannten. Als hätte sie auf ihn gewartet, dachte Maria.
Habt ihr denn noch etwas für mich übrig? hatte Veit gerufen, als Lisbeth ihn fragte, ob er mit ihnen essen wolle. Aber natürlich haben wir etwas übrig für Euch, hatte sie mit einem schlauen, lächelnden Seitenblick auf Maria gesagt. Veit hatte gelacht.
Maria hatte sich noch nicht gerührt, seit Veit hereingekommen war. Sie saß mit hängenden Schultern, die Hände kraftlos im Schoß, den Blick gesenkt. Was ist das für ein Spiel, das sie da spielt, dachte sie. Ich habe ihr nie von ihm erzählt, aber sie tut, als wüßte sie alles. Lisbeth plapperte wie aufgedreht, Josefa und Gretel, die Kinder, starrten Veit mit offenen Mündern an, und endlich hatte das Läuten aufgehört.
Als der Lauschieder Wirt sie am Morgen nach Veits Flucht hinausgeworfen hatte, war sie zu Lisbeth gegangen.

Aber wie soll ich dich bezahlen, hatte Lisbeth gesagt.
Mach dir darüber keine Gedanken. Am liebsten hätte sie gesagt, Hauptsache, es ist kein Mann im Haus.
Lisbeths Mann war erst seit sechs Wochen tot. Die Schwiegereltern halfen, die Nachbarschaft, aber das war auf die Dauer kein Zustand. Sie kam wie gerufen. Lisbeth war noch sehr schwach. Manchmal mußte sie sich setzen, wenn das Weinen sie zu sehr schüttelte. Fast jeden Abend kamen die Schwiegermutter und die Nachbarin, und dann wurde es erst richtig schlimm. Nach kurzer Zeit waren die Kinder angesteckt, sie schrien. Maria brachte sie dann hinauf ins Bett, und es dauerte oft länger als eine Stunde, bis sie sie beruhigt hatte.
Lisbeths Mann war lange krank gewesen, und es gab viel zu tun. Maria arbeitete hart. Doch benutzte sie die Arbeit auch, um nicht in diese Tränenorgien hineingezogen zu werden. Irgendwann muß es doch auch einmal ein Ende haben, dachte sie manchmal, verbot sich den Gedanken jedoch sofort. Was verstand sie schließlich schon von Männern.
Sie hielt sich also heraus, doch eines Tages beobachtete sie, wie Lisbeth mitten in einem Tränenausbruch in dem Kalender zu lesen begann, der noch vom vorigen Abend aufgeschlagen da lag. Maria hatte darin gelesen. Lisbeth schluchzte zum Steinerweichen und gleichzeitig las sie interessiert diese kleine Geschichte von einem Bauern, der sich nach einem Wirtshausbesuch auf den Misthaufen zum Schlafen legt.
Maria war dabei, einen Topf auszuscheuern. Verblüfft hielt sie inne. Lisbeth blickte auf.
Was glotzt du, schrie sie plötzlich.
Maria scheuerte weiter. Es war still in der Küche. Nur das Geräusch des Sands, mit dem Maria den Topf scheuerte.
Jetzt hab' ich sie ertappt, dachte Maria.
Lisbeth stand unschlüssig am Tisch. Es tat ihr offensichtlich leid, sie angeschrien zu haben. Gleichzeitig war sie wütend.

Hast du denn so an ihm gehangen? sagte Maria.
Lisbeth kam langsam zu ihr herüber.
An ihm gehangen? sagte sie, als hätte Maria etwas ganz Verblüffendes gesagt.
Ja, sagte Maria. Wie heißt es? Hast du ihn so geliebt?
Ich war achtzehn, sagte Lisbeth, und er zwanzig. Da wurden wir miteinander verheiratet.
Sie sagte das, als hätte das mit ihrer Trauer um ihn nichts zu tun, nichts mit ihr selbst.
War er denn ein solch liebenswerter Mensch?
Er war nicht besser und nicht schlechter als die andern auch.
Sie blickte Maria plötzlich mit gerunzelter Stirn an, als dämmerte ihr etwas.
Maria wollte nicht lachen, doch es gluckerte in ihr, es stieg ihr immer höher, und plötzlich lachte sie. Und da lachte auch Lisbeth. Sie standen da am Rinnstein, und sie lachten. Die Tränenausbrüche hörten danach auf.
Natürlich mußte noch ein wenig geschluchzt werden, wenn die Schwiegermutter kam, aber Lisbeth war danach immer verlegen, und nach und nach versiegten auch die Tränenvorräte der Schwiegermutter.
Es war viel Arbeit liegengeblieben. Lisbeth packte endlich mit an. Eine ganz andere Frau kam zum Vorschein. Sie arbeiteten zusammen, als hätten sie das jahrelang getan. Sie verstanden sich wortlos, und wenn es dunkel wurde, sie gegessen hatten und die Kinder im Bett waren, saßen sie schwer vor Müdigkeit am Herd, hörten den Wind ums Haus gehen und das Feuer zischeln im Herd, und sie hätten nicht sagen können, was ihnen noch fehlte.
Wie glücklich sie miteinander gewesen waren, merkten sie erst, als Joschi und Veit kamen, merkten sie, als Lisbeth Maria anschrie, nachdem die beiden gegangen waren, merkten sie, als sie beide weinten.

Was hast du mit diesem Kerl zu schaffen? hatte Lisbeth geschrien und war in Tränen ausgebrochen. Maria hatte sie in den Arm genommen. Nichts, flüsterte sie, nichts, nichts, und da hatte auch sie geweint, obwohl sie eigentlich fröhlich war, obwohl sie frohlockte: Lisbeth war eifersüchtig.
Gleichwohl hatte sie geweint. Und sie merkte, daß sie Grund dazu hatte, wenn er auch nur allmählich zum Vorschein kam. Sie hatten sich versöhnt, doch ein wenig zu schnell, fand Maria. Eine winzige Distanz war geblieben, ein versteckter Vorwurf, und allmählich merkte sie, wozu er gut war. Schon seit einiger Zeit strich ein junger Witwer ums Haus, Schröder, ein Bauer mit ebenfalls zwei Kindern. Das sah ganz absichtslos aus, aber er grüßte ein wenig zu laut und zu freundlich, und schon zwei- oder dreimal hatte Lisbeth sich aufgerichtet im Garten und, auf den Spaten gestützt, mit ihm über den Zaun hinweg geredet oder war in der Stalltür stehengeblieben, wenn er mit seinen beiden Pferden anhielt.
Nimm dich zusammen, hatte Maria sich gesagt. Was ist denn schon dabei? Was soll das beweisen? Überzeugt hatte sie sich allerdings nicht. Eines Mittags, als sie den Tisch deckte, war ihr Blick auf die Uhr im Küchenschrank gefallen, die Veit dagelassen hatte. Sie hatte noch nie etwas so Schönes und Kostbares gesehen. Es läutete Mittag, und so stellte sie sie und zog sie auf.
Im Dorf war man übrigens einhellig der Meinung, daß Schröder und Lisbeth wie geschaffen füreinander seien, nur Lisbeths Trauerjahr sei noch abzuwarten.
Habt ihr denn meine Uhr überhaupt noch? rief Veit, seinen leergegessenen Teller zurückschiebend.
Aber natürlich, rief Lisbeth und sprang auf. Hier. Niemand hat sie angerührt.
Aber sie geht ja, rief Veit.
Ich habe sie nicht aufgezogen, rief Lisbeth.
Wir auch nicht, die Kinder.

Sie sahen Maria an, die rot geworden war bis zum Hals hinunter.
Veit warf eine Börse auf den Tisch.
Lisbeth blickte hinein.
Aber das ist doch viel zuviel, rief sie erschrocken.
Es ist eben eine teure Uhr, sagte Veit.
Davon könntet Ihr Euch fünf Uhren kaufen, sagte Lisbeth.
Aber nur eine wie diese, sagte Veit.
Wir brauchen das Geld, sagte Maria.
Dann könnten wir uns ja eine dritte Kuh kaufen, sagte Lisbeth ungläubig.
Beispielsweise, sagte Veit.
Bleibt zum Kaffee, rief Lisbeth. Ich backe den Streuselkuchen vom Sonntag auf.
Das Geld gehört übrigens mir, sagte Maria, den Beutel in die Schürzentasche steckend.
Wollt ihr mir nicht einmal den Garten und den Stall zeigen? sagte Veit zu den Kindern.
Der Hof lag am Dorfrand. Hinter dem Apfelgarten fiel der Grund ab in ein tiefes, weites Tal, das erst sanft, dann immer steiler anstieg zu einer anderen Hochebene, auf der ein anderes Dorf lag, hinter dem sich ein anderes Tal eröffnete und so fort, eine bis zum Horizont von Tälern gefurchte Hochebene, über der ein hoher, wolkendurchzogener Frühlingshimmel stand. Es roch nach dem modernden Gras des letzten Jahres, nach Erde und nach dem Wind, der an den Kleidern zerrte.
Ein junger Bauer lehnte am Zaun. Veit ließ sich auf ein Gespräch ein. Natürlich wollte der Mann, obwohl er es tat, nicht wirklich übers Wetter reden, er wollte wissen, wer Veit war und was er hier zu suchen hatte. Veit verstand das, und er gab Auskunft, so gut er konnte. Als er mit den Kindern die Küche betrat, rief Josefa, die Älteste: Er bleibt bei uns.
Da weißt du aber mehr als ich, sagte Veit.

Lisbeth war aufgesprungen, als er hereingekommen war. Doch war sie nicht schnell genug gewesen, als daß Veit nicht bemerkt hätte, daß sich die Frauen schweigend gegenübergesessen hatten, feindselig.
Lisbeth machte Kaffee. Sie schwatzte wie aufgedreht. Doch ließ sie sich Zeit. Es konnte ihr anscheinend nicht langsam genug gehen. Ein Bild von einem Mann, dein Veit, hatte sie gesagt. Da könnte man ja direkt schwach werden.
Maria hatte mit gesenktem Kopf dagesessen, und langsam begannen ihr Tränen die Wangen herunterzulaufen. Sie tropften auf den Tisch, und endlich hatte Lisbeth geschwiegen. So hatten sie gesessen, als Veit mit den Kindern zurückkam.
Schließlich brachte Lisbeth den Kaffee oder was sie so nannten, ein schwarzes Gebräu aus gebranntem Roggen. Köstlich, rief Veit, als der Streuselkuchen kam. Für Streuselkuchen könnte ich sterben. Lisbeth flirtete mit ihm, doch nicht wirklich. Sie flirtete symbolisch, stellvertretend. Und es war nicht schwer zu raten, für wen. Veit fühlte sich dabei immer wohler, und es wurde immer später. Und als hätte sie es nicht schon längst gewußt, rief Lisbeth: Mein Gott, es wird ja schon dunkel. Wollt Ihr denn wirklich noch weiter heute?
Und als hätte er nicht gewußt, daß es keinen Gasthof im Dorf gab, sagte Veit: Vielleicht gibt es ja einen Gasthof bei euch im Dorf.
Da mußte Lisbeth natürlich lachen. Selbstverständlich gab es keinen Gasthof im Dorf. Aber wenn Euch die Kammer oben gut genug ist, rief sie, könnt Ihr hier übernachten.
Gern, rief Veit. Wenn es euch nichts ausmacht. Ich helfe auch beim Füttern. Das fand Lisbeth nun aber doch zu drollig, aber Veit meinte es ernst, und so nahm sie ihn mit zum Füttern. Die Kinder jubelten.
Maria wusch ab. Dann heizte sie den Ofen in der Kammer oben an und bezog das Bett. Sie hatte der Komödie zugesehen, ohne

einzugreifen. Lange bevor die beiden auf den Gedanken gekommen waren, wußte sie, daß Veit die Nacht über bleiben würde. Sie hatte Veits Augen gesehen. Mit Lisbeth hatte er geredet und gelacht, aber zu ihr war sein Blick immer wieder zurückgekehrt. Immer wehrloser hatte sie diesen Blick über sich hinstreifen lassen.

Veit hatte die Spannung zwischen den beiden Frauen sofort gespürt. Obwohl er nicht wußte, worum es ging, machte ihm das Laune. Es war ihm klar, daß Lisbeths Flirten nicht ernst gemeint war. Es hatte eine Spitze, die auf Maria wies. Der Abend im Gasthof von Lauschied fiel ihm ein, als sie im Nachthemd zu ihm gekommen war. Um die Schultern hatte sie ein Wolltuch. Sie hatte nicht bemerkt, daß ihr Nachthemd über der Brust auseinandergefallen war.

Als die vier vom Füttern kamen, hatte Maria das Abendessen auf dem Tisch. Normalerweise war es umgekehrt. Da war sie im Stall, und Lisbeth kochte. Als sie zu Lisbeth kam, hatte sie sofort die schweren Arbeiten übernommen. Das ist viel zu schwer für dich, hatte sie gesagt und gemeint, Lisbeth damit etwas Gutes zu tun. Sie merkte nicht, daß sie sie auf diese Weise von allem Wichtigen ausschloß. Sie war es, die bestimmte, was zu tun war. Sie war der Mann im Haus.

Lisbeth hatte wortlos eingewilligt, und es schien nichts damit zu tun haben, daß dieser Schröder immer öfter aufzutauchen begann. Dem kämst du gerade recht, sagte Maria einmal gehässig. Der will doch nur dein Land und dein Vieh. Sie kam wohl nicht auf den Gedanken, daß der Mann noch andere Motive haben könnte und daß er nicht sie meinte, wenn er vor dem Haus stehenblieb und ein Gespräch begann, sondern Lisbeth, und daß vielleicht Lisbeth selber entscheiden könnte, mit wem sie sprach und mit wem nicht.

Lisbeth schwieg. Aber manchmal hätte sie Maria in den Arm nehmen mögen dafür, wie genau sie über Männer Bescheid wußte. Und gelegentlich tat sie es auch. Es war schön, diesen massigen, muskulösen Frauenkörper zu spüren, und so viel war ihr klar, daß sie ohne Maria über kurz oder lang den erstbesten würde heiraten müssen.
Euer Gartenzaun ist ja in einem schlimmen Zustand, rief Veit beim Abendessen. Und die Bäume müßten auch einmal wieder geschnitten werden.
Ich glaube, wir behalten Euch erst einmal hier, sagte Lisbeth. Arbeit wäre genug da.
Ein Obstbaum muß nämlich so geschnitten sein, sagte Veit, daß man von jeder Seite aus die Mütze hindurch werfen kann.
Sie waren gerade mit dem Abendessen fertig, als es klopfte. Lisbeth war mitten in einem Satz, lachend, weitersprechend, zwischendurch herein rufend, wandte sie sich um. In der Tür stand, schlau-verlegen lächelnd, Schröder. Lisbeth war mitten im Satz verstummt. Es war still.
Schröder stotterte etwas von einem Profilhobel, den Lisbeths Mann ihm geliehen habe und den er zurückbringen wolle. Veit blickte zwischen den beiden Frauen hin und her. Lisbeth war rot geworden, Maria starrte bitter vor sich hin. Kennen wir uns nicht? rief Veit. Wir haben doch heute nachmittag miteinander gesprochen.
Richtig, rief Schröder. Jetzt erinnere ich mich. Dabei wußten alle, daß er sich nur hereingetraut hatte, weil da ein Mann war. Dankbar rückte Schröder näher. Lisbeth nahm resigniert den Arm von der Lehne des Stuhls, damit er sich setzen konnte. Ja, Schröder erinnerte sich. Veit war tatsächlich der, mit dem er heute nachmittag gesprochen hatte.
Lisbeth brachte die Kinder zu Bett, Maria ging in den Keller, einen Krug Viez holen, eine Art Most, gewonnen aus den

steinharten Früchten der windverkrüppelten Apfelbäume, die da oben die Landstraßen säumten, ein essigsaures, wenngleich nicht ganz harmloses Getränk.

Sie lehnte sich an die Kellerwand. Sie war müde. Doch war das eine Müdigkeit, die nicht auszuschlafen war. Sie war gesund, sie war stark. Bisher hatte sie gelebt, als würde das immer so sein. Aber plötzlich wußte sie, daß sie sich schnellstens einen Bauern suchen mußte, bei dem sie alt werden konnte. Dem sie noch so lange von Vorteil sein konnte, daß er es nicht mehr wagte, sie wegzujagen, wenn die ersten Krankheiten kamen. Dem sie die Kinder großziehen konnte, damit die ein gutes Wort für sie einlegten. Für den sie die Beine breit machte, damit er ein schlechtes Gewissen hatte. Wo sie schließlich zum Inventar gehören würde, eine Art Möbel, unbrauchbar inzwischen, das man aber nicht wegzutun wagte, zumal es kaum mehr Kosten verursachte und es absehbar war, wann man es los sein würde. Und sie würde sich schleunigst um eine Engelmacherin kümmern müssen.

Als sie hinaufkam, hatte sich Lisbeth so gesetzt, daß für sie nur noch der Platz auf der Bank neben Veit übrig war. Manchmal hatte sie von ihm geträumt. Sie hatten an einem Fenster gestanden, durch das sie beide hinaussahen. Mehr nicht. So wie er mit Schröder und Lisbeth redete und lachte, war er ihr fremd. Manchmal betrachtete sie ihn von der Seite.

Ich bin müde, sagte sie plötzlich. Ich geh' schon mal.

Als sie aufstand, merkte sie, wie erschöpft sie war. Sie stolperte, als wäre sie angetrunken.

Als sie am nächsten Morgen aufwachte, war es neun. Sie konnte sich nicht erinnern, jemals später als um sechs aufgestanden zu sein. Auf dem Küchentisch stand ihr Frühstück. Das Haus war still. Sie schienen alle draußen zu sein. An der Tür hingen noch Veits Hut und Mantel. Sie mußte sehr tief geschlafen haben. Richtig wach war sie immer noch nicht. Sie

saß lange, bevor sie zu essen begann. Ins Sonnenlicht blinzelnd, trat sie vor die Tür. Sie entdeckte Veit in einem Apfelbaum.
Ausgeschlafen? rief er. Lisbeth habe angespannt und sei mit den Kindern zu einer Miete Rüben holen. Du bist ja immer noch nicht richtig wach, rief er.
Sie lächelte nur und ging ins Haus zurück. In der Futterküche füllte sie den großen Kessel mit Wasser und machte Feuer darunter. Sie wollte baden. Veit hatte recht. Sie war immer noch nicht richtig wach. Aber das wollte sie auch gar nicht werden.
Sie betrachtete ihren Körper im Wasser. Mit zwölf, auf einer ihrer ersten Stellen, hatte sie eines Tages, als alle zum Heuen draußen waren, ganz hinten in der Schublade einer Kommode ein Kästchen aus Holz entdeckt, handlang, die Nachbildung einer Truhe. Es war leer und roch innen dumpf und bitter. Doch war es ihr unendlich schön und vollkommen unwiderstehlich vorgekommen. Sie trug es in ihren Verschlag und versteckte es unter ihrem Strohsack. Sie wußte nicht, was sie darin aufbewahren wollte, sie besaß ja nichts, und so legte sie einfach ein paar Steine hinein. Dann das Ei einer Amsel. Dann den Schädel einer Maus aus dem Gewölle eines Käuzchens. Eine Vogelkralle. Ein Stück Kreuzotternhaut. Eine vertrocknete Kröte. Sie arbeitete durchweg vierzehn Stunden am Tag, und wenn sie sich schon ganz durchsichtig fühlte, dachte sie an ihr Kästchen als etwas Viereckiges, Hartes, Verschlossenes, und dann war sie dieses Kästchen und gleichzeitig lag sie darin, neben dem Ei und der Vogelkralle, beschützt in dem dumpfen, bitteren Geruch. Und manchmal war ihr, als wäre dieses Kästchen die einzige Garantie dafür, daß sie nicht nach und nach aufgebraucht wurde, so daß sie eines Abends verschwunden war, einfach verdunstet.
An einem Sonntagnachmittag überraschte sie den ältesten

Sohn des Bauern, einen dicklichen Vierzehnjährigen, in ihrem Verschlag. Er hatte ihr Kästchen gefunden. Sie war fast so alt wie er, ein ungeschlachtes, übelgelauntes Mädchen, und sie verprügelte den Kerl, daß er aus Mund und Nase blutete. Sie wurde hinausgeworfen, die Nachrede des Diebstahls und der Hexerei warf man ihr hinterher. Und natürlich nahm man ihr das Kästchen weg.
Sie war so klug, den Versuch, etwas Persönliches besitzen zu wollen, nicht mehr zu machen. Wer immer es wünschte, konnte ihren Strohsack und ihre Kleiderkiste durchwühlen, und alle Bauern, bei denen sie sich verdingte, samt Frauen, Kindern und Gesinde, taten es. Niemand fand etwas Wertvolles oder etwas, das auf ihre Person hinwies.
Man hatte ihr das Kästchen wegnehmen können, nicht aber die Erinnerung daran. In dieser, nur mit ihrer Person zu zerstörenden Form, konnte es sogar mehr aufnehmen als das alte, wirkliche Kästchen: neben inzwischen mehreren Sorten von Vogeleiern das Bild einer Forelle, mit nervös zitternder Schwanzflosse in der Strömung eines Bachs stehend. Den Geruch von Lebkuchen oder den plötzlichen Geschmack von Eisen in ihrem Mund, als sie einmal auf dem Heuboden, hoch unterm Dach, abrutschte und sich gerade noch mit der linken Hand an einer Leitersprosse festzuklammern vermochte. Zugang zu dem, was sie ihr Kästchen nannte, hatte sie am leichtesten im Traum oder in halbschlafähnlichen Zuständen, morgens etwa, wenn sie als erste aufstand und Feuer machte, oder abends auf der Heimfahrt vom Acker auf den Kartoffelsäcken oder auf dem schaukelnden Heuwagen. Doch waren solche Momente selten. Die meiste Zeit war sie so beschäftigt, daß sie es vergessen zu haben schien. Dann aber fiel es ihr wieder ein, oft in Momenten von Bedrängnis. Wenn sie sich gedemütigt fühlte, ungerecht behandelt oder verächtlich gemacht. Der Gedanke daran war dann wie ein heißer, freudiger Schreck, als könnte sie auf eine

Reserve zurückgreifen, die sie gar nicht mehr vermutet hatte.
Was sie da in dem hölzernen Zuber, in dem warmen Wasser tat – sie betrachtete sich –, war Sünde. Vor Jahren war sie einmal bei einem Bauern in Dienst gewesen, der krank wurde. Und als es ans Sterben ging, versammelte sich die Familie an seinem Bett. Der Pfarrer kam mit zwei Meßdienern und brachte die Letzte Ölung, man betete, der Bauer stöhnte und schrie, doch er starb nicht. Einer nach dem andern schlich erschöpft und entnervt in die Küche hinunter, und als schließlich auch die Bäuerin einen Weinkrampf bekam und es nicht mehr aushielt, da flüsterte sie dem Bauern etwas ins Ohr, da spannte sie an, breitete einen Bund Stroh auf dem Wagen aus, hob den Bauern aus seinem Bett, trug ihn hinunter, legte ihn auf den Wagen, band ihn fest und deckte ihn zu. Sie hatte nur ein Pferd eingespannt, und gemächlich zuckelte sie aus dem schlafenden Dorf hinaus. Die Sonne ging auf, und es versprach, ein herrlicher Junitag zu werden. Sie wollte dem Bauern noch einmal sein Land zeigen. Sie fuhr an hüfthohen Kornfeldern vorbei und an duftenden gelben Rapsfeldern. Sie durchquerte den Dorfbann und fuhr zum Wald hinauf. Der Bauer wurde ruhiger, und manchmal hielt sie an, wischte ihm den Schweiß von der Stirn und gab ihm aus dem Krug mit Wasser, den sie mitgenommen hatte, zu trinken. Am späten Vormittag fuhr sie zu einer hohen Ulme hinauf, von der man weit ins Land sehen konnte. Sie spannte das Pferd aus, damit es grasen konnte, legte sich in den Schatten und schlief ein.
Als sie erwachte, war der Bauer tot. Doch fuhr sie nicht zurück, sondern weiter in den Wald und immer tiefer in ein Tal hinein. Schließlich hielt sie. Es war still und heiß, und da legte sie dem Bauern einen Sack über den Kopf, zog sich aus und stieg in den Bach, der schnell und kalt neben dem Weg floß.
Sie lag in der eiskalten Strömung und spürte die runden,

moosglitschigen Steine am Bauch. Sie legte sich auf den Rükken und ließ das Wasser über ihr Gesicht schießen, und wenn sie den Kopf hob, kam ihr Körper ihr wie ein großer weißer Fisch vor.
Als sie sich aber aufrichtete und aus dem Bach steigen wollte, war der Sack herabgerutscht, und der Bauer glotzte sie mit offenem Maul an. Sie war nackt, und ihre Kleider lagen neben dem Wagen. Sie stand im Schatten und fror. Ihre Kleider zu holen, traute sie sich nicht, und so watete sie durch den Bach und legte sich auf dem anderen Ufer ins Gras und in die Sonne.
Der Bauer glotzte. Zwischen ihm und ihr war der Bach, in dem sich weiß ihr Leib spiegelte. Der Schädel des Toten, ihr Spiegelbild und sie selbst. Der Bach, das Tal und der Himmel darüber. Schließlich watete sie durch den Bach, band der Leiche den Unterkiefer hoch, warf ihr den Sack wieder über den Kopf und machte sich an den Heimweg.
Als Lisbeth mit den Kindern und Veit in die Küche kam, stand Maria am Herd, und der Tisch war gedeckt. Sie trug ihr bestes Kleid. Ihr Haar war noch feucht. Sie hatte es im Nacken zusammengebunden. Es ging ihr den halben Rücken hinunter.
Als Lisbeth nach dem Essen den Wagen mit Futterrüben abladen ging, blieb sie in der Küche und machte den Abwasch. Zwei Stunden später kam Lisbeth verdreckt und völlig erschöpft herein. Maria saß am Herd und stopfte Strümpfe.
Und wann willst du wieder arbeiten? sagte Lisbeth.
Sobald du mich bezahlst.
Eine Stunde zuvor hatte ein Scherenschleifer angeklopft, ein älterer Mann, den Maria seit Jahren kannte.
Ob er Joschi in der letzten Zeit gesehen habe.
Gestern noch.
Sie gab ihm Geld.
Dann geh zu ihm und sag, er soll kommen. Sofort.

Veit hatte die Bäume geschnitten. Jetzt flickte er den Gartenzaun. Er hätte längst wieder unterwegs sein müssen. Am Abend erzählte er von Amerika. Man könnte glauben, Ihr wärt schon dort gewesen, sagte Lisbeth. Schröder war wieder da, und sie saß neben ihm auf der Bank. Die beiden lächelten herablassend. Das ging sie alles gar nichts an. Anders Maria.
Alle Menschen sind gleich?
Und frei, sagte Veit. Ein neuer Mensch entsteht dort.
Sie wollte mehr wissen. Sie hakte nach. Sie bohrte. Sie ließ nicht locker. Sie hatte sich ihm zugewandt, es gab nur mehr das Gespräch zwischen ihnen beiden. Sie hing an seinem Mund, sie sah ihm nur noch in die Augen. Anfangs hatte Veit gern erzählt. Er war in Begeisterung geraten. Es hatte ihm Vergnügen gemacht. Aber allmählich merkte er, daß ihn ihr Blick nicht mehr losließ. Er sah an ihr vorbei, über sie hinweg, aber das nutzte ihm wenig. Über kurz oder lang stürzte er in ihren Blick. Es war ihm, als sauge etwas an ihm, als werde er Schritt für Schritt an den Rand eines Kraters gezogen. Er hatte plötzlich Angst vor ihren Augen.
Schluß für heute, rief er. Schließlich ist Amerika weit weg.
Lisbeth und Schröder hatten ihnen zugesehen. Mehrmals hatten sie Veit zu Hilfe zu kommen versucht, doch vergeblich. Jetzt hakte Schröder ein. Er bot Lisbeth an, den einen ihrer drei Äcker, da er neben einem der seinen lag, mit seinen Pferden mitzupflügen, das sei ein Aufwasch. Im Gegenzug wollte Lisbeth auf seinem Acker Steine lesen. Maria ging schlafen, und kurz darauf verabschiedete sich auch Veit. Er sei müde, sagte er, und plötzlich merkte er, daß er nicht gelogen hatte.
Als er die Treppe hinaufkam, stand Maria an seiner Kammertür. Sie trat dicht an ihn heran.
Kommst du mit nach Amerika? sagte sie.
Wie bitte?
Ich nehme dich mit. Land und Wasser gibt es genug.

Sie stand dicht vor ihm. Ihr Atem wehte ihm heiß ins Gesicht. Er trat einen Schritt zurück. Doch sie folgte ihm.
Ich kann arbeiten, flüsterte sie. Ich kann alles. Ich bin so gut wie ein Mann.
Laß mich los, sagte er. Sie hatte ihn an den Oberarmen gepackt.
Hör doch zu, flüsterte sie.
Er wand sich in ihrem Griff. Das war absurd. Eine Verrückte. Er war plötzlich rasend vor Zorn, doch er kam ihr nicht aus, sie drückte ihn gegen die Wand. Ihr Gesicht kam auf ihn zu. Er starrte sie mit aufgerissenen Augen an. Sie wollte ihn tatsächlich küssen. Sein Kopf schnellte herum. Doch ihr Mund suchte seinen.
Jetzt sind wir in Amerika, flüsterte sie.
Ihre Wangen lagen aneinander, ihr Körper drückte wie ein Sack gegen seine Brust, er bekam kaum noch Luft. Und so, abgewandten Gesichts, sagte er: Du stinkst.
Er spürte sie starr werden. Ihr Griff lockerte sich, ihre Arme sanken herab, sie trat zurück. Er löste seine Uhrkette und steckte ihr Kette und Uhr in die Tasche ihres Kleides.
Damit du schneller nach Amerika kommst, sagte er.
Er ging in sein Zimmer und verschloß die Tür hinter sich. Seine Knie zitterten plötzlich. Er atmete tief ein und aus, als drohte er zu ersticken. Eigentlich hätte er heulen mögen, so windelweich fühlte er sich plötzlich, so gedemütigt.
Er erwachte spät. Das Haus war still. Sie waren alle draußen auf dem Feld. Er begann, seine Sachen zu packen. Er war fast fertig, als er die Haustür gehen hörte.
Ist niemand da? rief jemand.
Die Stimme hatte er doch schon einmal gehört. Er ging zur Treppe. Unten in der Küche standen Joschi und Bückler.

Er hatte das Gefühl, in einem Traum zu sein.
Irgendwie scheinen wir nicht auseinanderzukommen, sagte Bückler schließlich.
Das kommt mir auch so vor, sagte Veit und ging die letzten Stufen der Treppe hinunter.
Dann wollen wir uns endlich einmal unterhalten, sagte Bückler und legte eine Pistole auf den Tisch. Setz dich.
Ich bin selber neugierig, sagte Veit.
Aber du hast mich doch rufen lassen, sagte Joschi.
Veit starrte ihn ungläubig an.
So hat der Scherenschleifer gesagt.
Scherenschleifer? sagte Veit. Ich verstehe kein Wort.
Irgend etwas stinkt hier, sagte Bückler. Aber ich krieg' das noch raus, verlaß dich drauf. Such, ob du etwas zu essen findest, sagte er zu Joschi. Und Schnaps.
Wie lange glaubst du eigentlich, daß das gutgeht mit dir, sagte Veit.
Bückler blickte irritiert auf.
Das fragt man mich seit vier Jahren.
Das waren andere Zeiten vor vier Jahren.
Und was ist jetzt anders?
Bist du denn blind? sagte Veit. Sie numerieren die Häuser. Sie numerieren die Wälder, das Vieh, den Boden, das Wild, sie numerieren uns. Und dich haben sie schon lange auf dem Zettel. Als die ganz große Nummer. Wie lange glaubst du, daß sie brauchen, um dich auf Null zu bringen?
Wenn sie nur solche wie dich haben, noch lange, sagte Bückler grinsend. Veit konnte nicht verhindern, daß er auch grinsen mußte.
Aber im Ernst, sagte Veit. Weißt du, was eine Akte ist? Eine Akte ist dauerhafter als ein Baum. Und über dich gibt es eine Akte.
Draußen waren plötzlich Stimmen. Die Kinder und Maria

kamen herein. Maria stutzte, doch dann hatte sie die Situation überblickt.
Warum bist du denn selbst gekommen, sagte sie zu Joschi. Du solltest dem Kleiderjuden ausrichten, er möchte bei Gelegenheit vorbeikommen.
Mir hat der Scherenschleifer gesagt, einer aus Mainz wollte mich sprechen, sagte Joschi.
Unsinn, rief Maria. Der da hat überhaupt nichts damit zu tun. Aber trinken wir erst einmal einen Schnaps, und dann gibt's Mittag.
Bückler hatte das Hin und Her zwischen Joschi und Maria mißtrauisch verfolgt, auch Veits Reaktionen zwischendurch kontrolliert. Offenbar lag ein Mißverständnis vor, obwohl immer noch nicht klar war, was dieser Veit hier oben suchte. Er entspannte sich.
Prost, rief Maria, ihr Schnapsglas hebend.
Wir kennen uns doch, sagte Bückler plötzlich lächelnd.
Ihr habt uns ganz schön ins Schwitzen gebracht in der Lauschieder Mühle, sagte Maria. Bückler war wach geworden. Er ließ sie nicht mehr aus den Augen. Aber auch Maria wandte den Blick nicht mehr von ihm. Lisbeth kam herein, Maria deckte den Tisch, trug auf, doch das Hin und Her zwischen ihr und Bückler riß nicht ab. Die Teller wurden abgeräumt, die Schnapsflasche kam wieder auf den Tisch, und plötzlich hatten die beiden Veit entdeckt.
Interessanten Besuch hast du da, sagte Bückler.
Ein Holzhändler, sagte Maria. Er kauft ganze Kahlschläge.
Er sieht eher aus, als wäre er bei der Polizei.
Kann ich nicht finden, sagte Maria. Er hat etwas Hölzernes. Fühl doch mal.
Sie griff Veit an den Arm. Bückler prüfte Veits Schulter.
Ich glaube, du hast recht, sagte Bückler. Sind schon Würmer drin?

Wenn er lange sitzt, findet man unter ihm kleine Häufchen von Holzmehl. Ich glaube, er ist schon ziemlich stark befallen.
Lisbeth machte Kaffee. Die Flasche war beinahe leer. Maria stand auf. Sie nahm Bückler bei der Hand. Sie müsse ihm etwas zeigen. Kichernd stiegen die beiden die Treppe hinauf.
Lisbeth strich sich eine Haarsträhne aus dem Gesicht und begann, den Tisch abzuräumen. Joschi war verschwunden. Veit ging in seine Kammer und holte sein Felleisen. Er verabschiedete sich. Zwei Stunden später war er bei Carl, dem Friedensrichter von Meisenheim. Er benötige einen Boten, der dem Generalkommissar in Mainz noch heute eine Nachricht bringt. Carl ließ einen jungen Burschen holen, er stellte sogar sein eigenes Pferd zur Verfügung. Im Gasthof ließ sich Veit ein Zimmer geben.
Carl hatte keine Fragen gestellt. Er hatte vielsagend gelächelt. Wir sind bereit, hatte er gesagt.
Wir treffen uns in Lettweiler, hatte Veit Bückler zu Joschi sagen hören. Also schrieb er auf den Briefbogen Lettweiler, nur das Wort Lettweiler. Wenn sein Brief an diesem Abend ankäme, könnte Jeanbon noch heute die Aktion einleiten.
Er schlief schlecht in dieser Nacht. Übermorgen würde Bückler ins Netz gehen. Der Fall wäre erledigt. Er fühlte sich müde und leer. Er könnte jetzt nach Mainz gehen und sich seine Belohnung abholen. Protegé eines kleinen französischen Präfekten, Bürodienst, später ein Posten, Friedensrichter in einem dieser Kaffs. Es sei denn, er zöge mit Bonaparte auf Raub aus. Bis früh am Morgen wachte er immer wieder auf. Erst als es zu dämmern begann, fiel er in einen bleiernen Schlaf, aus dem er am späten Vormittag zerschlagen erwachte.
Er frühstückte lange. Dann machte er sich auf den Weg nach Lettweiler. Er wollte dabeisein, wenn Bückler auf den Wagen nach Mainz mußte.
Wohin des Wegs? sagte es plötzlich neben ihm.

Veit blieb stehen.
Haben wir den gleichen Weg? sagte Bückler grinsend.
Wenn du nach Lettweiler willst, ja, sagte Veit.
Das trifft sich, sagte Bückler. Er hatte einen Bauern bei sich, ein altes verhutzeltes Männchen.
Ich hab' ihn mitgenommen, damit er nicht allein gehen muß, sagte das Männchen, auf Bückler weisend. Der Schinderhannes ist wieder in der Gegend.
Ihr beschützt ihn also gleichsam, sagte Veit.
Ja, sagte das Männchen. Ich kenne den Hannes nämlich. Er hat mir einmal fünf Karolin abgenommen und einen Krug Branntwein.
Und jetzt tut er Euch nichts mehr?
Ich hab' eine Sicherheitskarte von ihm dafür bekommen, sagte der Alte. Er zog eine schmutzige Spielkarte aus seiner Westentasche. Sie blieben stehen, um sie zu betrachten. Sie war mit Johannes durch den Wald unterschrieben.
Warum zeigt Ihr ihn nicht der Polizei an? sagte Veit.
Der Polizei? rief das Männchen. Was hat die denn damit zu tun?
Und wie sieht er aus? sagte Veit.
Ein schöner junger Mann, rief das Männchen. In einem grünen Rock wie ein Jäger.
Sie hatten Mühe, mit ihm Schritt zu halten. Er hatte einen gewaltigen Knotenstock bei sich, einen sogenannten Hermeskeiler. Unter dem runden Hut ein Gesicht zerknittert wie ein Bratapfel. Er begann, ihnen die Geschichte von Schinderhannes und der ungetreuen Eierfrau zu erzählen.
Nein, nicht die, rief Bückler.
Aber der Alte war nicht zu bremsen. Vor Vergnügen krächzend, schilderte er, wie Schinderhannes der ungetreuen Eierfrau die Röcke über dem Kopf und so weiter, eine für ihn offenbar unendlich komische Vorstellung.

Als sie an eine Weggabelung kamen, blieb Bückler entnervt stehen. Wir müssen jetzt hier entlang, sagte er zu dem Bauern. Da habt Ihr einen Karolin, und wenn Euch jemand fragt, von wem, dann sagt, vom Schinderhannes.
Jetzt hast du eine neue Anekdote produziert, sagte Veit.
Sie umgingen das Dorf, das vor ihnen lag, dann folgten sie wieder der Landstraße. Es begann zu regnen. Als der Regen stärker und gleichmäßiger wurde, suchten sie Schutz in einem leeren Schafstall am Waldrand. Veit machte Feuer. Bückler sah ihm grinsend dabei zu, anerkennend pfeifend, als er es schließlich tatsächlich in Gang brachte. Bückler packte Brot und Wurst aus und auch eine Flasche Schnaps. Er bot Veit an. Sie aßen und sahen ins Feuer. Draußen wurde es dunkel.
Bis Lettweiler schaffen wir es heute doch nicht mehr, sagte Veit. Besser wir übernachten hier und gehen morgen früh weiter.
Bückler sah ihn aufmerksam an.
Vielleicht ist es wirklich besser, sagte er.
Er reichte Veit die Schnapsflasche.
Hast du eigentlich einmal daran gedacht auszuwandern? sagte Veit. Nach Amerika beispielsweise?
Bückler sah ihn verwundert an.
Nie, sagte er. Warum sollte ich? Aber was willst du in Amerika?
Neu anfangen, sagte Veit. Alles anders machen.
Versuch bloß nicht, mir die Würmer aus der Nase zu ziehen, sagte Bückler grob. Sie suchten Stroh und Reisig zusammen und legten sich unter ihren Mänteln schlafen.
Als sie aufwachten, schien die Sonne. Kurz vor Lettweiler hörten sie Pferdegetrappel und Geschrei. Sie sprangen in den Wald über der Straße. Aus einer Hecke heraus konnten sie einen erstaunlichen Zug betrachten. Gendarmerie zu Pferd. Dann zwei Wagen, umringt von Zivilisten, die aussahen, als

kämen sie von einer Treibjagd. Sie lachten und schwenkten ihre Büchsen. Auf den Wagen Gefangene. Darunter mindestens vier aus Bücklers engstem Kreis. Jeanbon hatte das Netz zugezogen.
Auf einem der Wagen würdest jetzt auch du sitzen, sagte Veit. Doch Bückler war verschwunden.

Was die Herren da zu fangen versucht hatten – es hatte Laune gemacht, einmal selber aufräumen zu können, richtig jung geworden waren sie bei der Menschenjagd –, das war nicht bloß ein Mann, das war ein Traum. Im Traum vom Schinderhannes aber – und erst das macht ihn wirklich gefährlich – ist Schinderhannes nicht allein. Eine Frau ist bei ihm. Neben dem Räuber steht die Räuberbraut, neben Hannes das Julchen. Der Traum erzählt nicht nur von Freiheit, er erzählt auch von Glück.

Bückler hätte darüber sehr gelacht. Ostern vor einem Jahr hatte er auf dem Wickenhof bei Kirn getanzt, und die beiden Blasius-Mädchen und ihr Vater hatten die Musik gemacht. Wie üblich war es die Älteste, Margareta, an der alle Augen hingen, auch seine, erst recht, als sie schließlich mit ihm tanzte. Vierzehn Tage später schickte er Joschi mit dem Feldschütz Klein zu ihr. Sie sollten sie ihm in den Wald beim Reidenbacher Hof bringen. Joschi aber brachte beide, Margareta und Julchen.

Bist du blöde? sagte er, mit dem Kopf auf Julchen weisend. Was will denn die hier?

Der Zigeuner lächelte. Margareta sah Bückler an, sie sah ihre Schwester an, und plötzlich grinste sie.

Wenn der Hannes mich nicht möchte, willst du mich denn wenigstens haben, sagte sie zu Dahlheimer.

Meinst du mich? schrie Dahlheimer. Aber ja doch. Und sogar mit Vergnügen.

Dann komm, sagte Margareta und hängte sich bei Dahlheimer ein. Die beiden zogen ab, und auch Joschi ging. Über die Schulter zwinkerte er ihm zu.

Bückler machte eine hilflose Geste hinter den dreien her, als bäte er sie, ihn nicht zu verlassen.
Wenn du willst, gehe ich mit dir, sagte Julchen. Für immer.
Er versuchte zu lachen. Sollte das ein Witz sein? Er war außer sich plötzlich. Er wollte um sich schlagen, aber ihm war, als wäre er gefesselt. Noch nicht einmal Worte fand er. Ein Gefühl von solcher Ohnmacht hatte er noch nicht empfunden. Sie sah ihn immer noch an, und da endlich konnte er sich wieder bewegen. Er drehte sich um und stapfte los. Sie sollte sich davonscheren, sie sollte abhauen, Leine ziehen, ihn in Ruhe lassen. Gleich würde er es ihr sagen. Er sagte es nie.
Er ging zu seinen Leuten zurück, aber es war, als flüchtete er. Er war schon in viele groteske Situationen geraten, aber noch nie hatte er sich so lächerlich gefühlt wie jetzt. Als er in die Mühle kam, wo seine Leute saßen, waren Margareta und Dahlheimer schon da. Es wurde still, als er die Küche betrat. Sie starrten ihn an. In der Küchentür erschien das Mädchen.
Dahlheimer stand auf und legte ihm die Hand auf den Arm.
Hannes, sagte er. Wir freuen uns für dich.
Er glotzte Dahlheimer an, als hätte er einen Irren vor sich.
Ja seid ihr denn verrückt geworden? schrie er.
Vielleicht legst du dich ein bißchen aufs Ohr und beschläfst es, sagte Dahlheimer grinsend.
Bückler riß sich los. Jetzt verstand er gar nichts mehr. Und plötzlich griff er sich eine Flasche Schnaps vom Tisch und ging hinaus. Er kletterte den mit Eichen- und Haselnußhecken bestandenen Hang über der Mühle hinauf. Zweige schlugen ihm ins Gesicht, rissen an ihm, doch er schien nichts zu spüren. Endlich glaubte er, einen Platz gefunden zu haben, der weit genug von ihnen weg war. Schwer atmend setzte er die Flasche an.
Hatte er etwa Angst vor diesem Mädchen? Er hatte es längst aufgegeben, seine Eroberungen zu zählen. Die Frauen liefen

ihm nach. Er brauchte bloß zuzugreifen. Und er tat es. Er war bekannt dafür. Also was? Er war in heller Aufregung. Was wollten sie von ihm? Nicht nur das Mädchen, auch die andern, alle wollten etwas von ihm.

Er hatte sich zusammengekrümmt und die Arme über den Kopf gekrallt, als sie kamen, damals auf der Bank vor der Kirche, als er den Franzosen geholfen hatte, das Dorf zu plündern, als er neun war. Er hatte sich so klein und so hart gemacht wie nur möglich, er hatte sich ganz schwer und undurchdringlich gemacht, so daß sie sich wehtaten an ihm, als sie versuchten, ihn zu öffnen. Sie hatten ihn nicht weggekriegt, und schließlich hatten sie von ihm ablassen müssen. Aber als er am nächsten Tag ins Dorf hinunter zu seinen Spielkameraden ging, war er taub. Er verstand sie nicht mehr. Man konnte sich nur noch schreiend mit ihm verständigen.

Seine Mutter schleppte ihn nach Kirn zu einem Arzt. Man feuerte Flinten an seinem Ohr ab, knallte mit Peitschen; er zuckte nicht mit der Wimper. Er verlor schnell die Kontrolle über seine Stimme. Er schrie die Leute an. Sie hielten sich die Ohren zu. So sagte er immer weniger. Notdürftig konnte man sich mit ihm verständigen. Praktisch galt er als taubstumm. Jetzt las er den Leuten die Wünsche von den Augen ab.

Er galt jetzt als freundlicher und hilfsbereiter Junge. Freundlich wohl wegen des kleinen, blöden Lächelns, das auf seinem Gesicht erschien, wenn er sie reden sah. Hilfsbereit, weil er oft unaufgefordert mit anpackte und auch Botengänge bereitwillig übernahm. Allerdings nahm er nichts an, weder Belohnungen noch spontane Sympathiebeweise, ein Stück Kuchen, einen Apfel. Er lehnte lächelnd ab, auch wenn der Geber zornig wurde. Auch dann unerbittlich lächelnd. Sehr verändert habe sich der Junge, fand man, und zwar zu seinem Vorteil.

Aus einem Baum oder einem Busch heraus sah er den Leuten in die Zimmer, am liebsten abends, wenn sie Lichter angezündet hatten. Manchmal schlug er allerdings plötzlich zu, grundlos und ohne Anlaß, oder stieß seinen Schrei aus, ein gellendes, haltlos schwankendes Krächzen. Doch war man sofort bereit, ihn zu entschuldigen, zu vermuten, man habe hinter seinem Rücken getuschelt oder ihn auf unklare Weise ungerecht behandelt. Nur zweimal war man ärgerlich, fast wütend über ihn.

Eines Nachts hatte ein Hof gebrannt. Man konnte das Vieh retten, aber alles andere war verloren, und so stand das Dorf um den Brand und genoß das Schauspiel. Bis plötzlich oben in einem Giebelfenster der Kopf eines kleinen Mädchens auftauchte – die jüngste Tochter des Bauern. Er hatte neun Kinder, man hatte ihr Fehlen nicht bemerkt. Er war damals zwölf, und plötzlich löste er sich aus dem Kreis der Zuschauer, ging durch die Haustür die Treppe hinauf, packte das Mädchen und trug es durch die Flammen hinunter. Sie waren beide unversehrt. Das anderemal war er während eines Richtfestes auf dem Firstbalken erschienen. Sie saßen unten an Brettertischen vor ihren Bierkrügen. Er winkte zu ihnen hinunter. Doch statt zurückzuwinken, drohten sie ihm mit Fäusten, schrien, waren zornig. Auch als er das Kind aus den Flammen geholt hatte, waren sie zornig gewesen. Gewiß, er hatte eine große Tat vollbracht, trotzdem waren sie zornig und ärgerlich. Seinetwillen. Er hatte sie erschreckt.

Den Irrfahrten seines Vaters folgte er mit Gleichmut. Wo immer es sie hin verschlug, ihm kam zugute die Nachsicht, die man – solange sie nichts kostet – Schwachsinnigen entgegenbringt. Er hatte mit den Händeln und Querelen seines Vaters nichts zu tun.

Er war sehr unglücklich da oben über der Mühle zwischen den Hecken mit seiner Flasche Schnaps. Er war hilflos, er war wütend, und er tat sich leid, und als er spätabends in die Küche der Mühle getorkelt kam und sie ihn umringten, ihm auf die

Schulter klopften – das Mädchen schlüpfte hinaus – und ihn aufmuntern wollten, da wurde alles nur noch schlimmer. Doch als sie ihn alleinließen, als er am nächsten Morgen weitertrank, da war auch das falsch. Wie immer sie sich verhielten, es würde falsch sein.

Damals hatte er niemanden mehr verstanden, jetzt verstand ihn niemand mehr. Obwohl, als er dreizehn war, hatte er plötzlich doch wieder verstanden. Es war ein Tag vor Dreikönig, und der Gastwirt Koch von Veitsroth schickte ihn nach Oberstein, Schnaps kaufen. Der Auftrag war nicht ungewöhnlich. Er galt auch hier in solchen Dingen als absolut zuverlässig. Allerdings fiel Koch nicht auf, daß er zusammenzuckte, als er ihm den Auftrag ins Ohr schrie.

Zwei Stunden zuvor war nämlich ein Wunder geschehen. Er hörte wieder. Er hörte den Wind, als führen Wagen durch die Luft. Das Schreien eines abgestochenen Schweins gellte, das Ticken einer Uhr stach wie Nadeln. Doch nahm das schnell ab, und als ihn Koch nach Oberstein schickte, war ihm fast, als wäre er nie taub gewesen.

Er ging zu seinem Freund Hanfried, dem Schweinehirten von Veitsroth. Er streckte ihm die Faust hin.

Sieh mal, sagte er.

Er öffnete langsam die Faust. Auf seiner Hand lag ein Goldstück, ein Louisdor.

Kommst du mit?

Sie sahen sich über das Goldstück hinweg an.

Sechs Tage später setzte sie ein Kirner Gastwirt vor die Tür. Sie machten sich auf den Heimweg. Es war später Nachmittag, es begann zu dunkeln, und es hatte angefangen zu schneien. Ihr Geld war weg, und Branntwein hatten sie natürlich auch nicht. Sie hatten den Louisdor durchgebracht.

Sie hatten nur rasten wollen. Eine Stunde nachdem sie nach Oberstein aufgebrochen waren, hatten sie sich auf die Bank vor einem Gasthof gesetzt. Als der Wirt erfuhr, mit welchem Auftrag sie unterwegs waren, ging er ins Haus. Nach einer Weile kam er zurück. Er schüttete zwei Handvoll Münzen auf die Bank.

Ich hab' zuviel Kleingeld, sagte er. Ihr würdet mir einen Gefallen tun, wenn ihr mir wechseln würdet. Ihr könnt nachzählen.

Sie sahen ihn verblüfft an, dann zählten sie nach. Es stimmte. Zum Dank gab ihnen der Wirt einen Schnaps aus. Der Louisdor war weg, aber Hannes hatte plötzlich die Tasche voll Geld. Es kam ihm vor, als wäre er reicher geworden.

Der Wirt trank mit ihnen, als wären sie dreiundzwanzig und nicht dreizehn. Das wärmte mindestens so sehr wie der Schnaps. So daß Hannes einen zweiten bestellte. In den Krügen, die sie nach Veitsroth schleppen würden, würden dann eben zwei Schluck fehlen, eine Menge, die winzig war, überhaupt nicht auffiel und ihre Mühe bei weitem nicht entgalt. Von da ab war es, als ob das Geld in seiner Tasche verdunstete. Er hätte bloß aufzustehen und hinauszugehen brauchen. Wenn er es nicht tat, dann nicht weil dieser Nebel in ihren Köpfen war, der sich mit dem ersten Schluck gebildet hatte, ein Dunst, in dem es wohlig war und alles freundlich ungenau. Auch nicht wegen all der plötzlich sehr freundlichen Leute, die alle wußten, daß das Geld, das sie ausgaben, nicht ihnen gehörte und daß sie noch viel zu jung für Schnaps waren und hinter deren Lächeln die Gier armer Teufel zu sehen war, endlich einmal etwas umsonst zu bekommen, und wenn sie auch dafür zwei Kinder ausplündern mußten. Gegen all das hätte er sich durchaus wehren können. Wenn das Geld dennoch weniger wurde wie eine Pfütze in der Sonne, dann weil er es so wollte.

Der Gastwirt Koch von Veitsroth war ein freundlicher Mann. Gerade zu Hannes war er immer besonders freundlich gewesen. Am Tag bevor er ihn nach Oberstein schickte, hatte Han-

nes' Vater im Wirtshaus eine Szene gemacht. Wieder einmal fühlte er sich ungerecht behandelt, hatte man heimlich über ihn gegrinst, wollte man ihn hinausekeln. Koch hatte ihn zu beruhigen versucht, war sogar scharf geworden, als einige über den Feldschütz lachten, auch wenn er dabei riskierte, Gäste zu verlieren. Ihn mit so viel Geld nach Oberstein zu schicken, war geradezu eine Demonstration gewesen. Vertrauen gegen Vertrauen, hatte Koch gesagt. Ihr werdet sehen, daß er mich nicht enttäuschen wird. Es war, als ihm dieser Satz einfiel, daß Hannes beschloß, das was von dem Louisdor übrig war, auch noch auf den Kopf zu hauen.
Der Schnee trieb fast waagrecht, als sie sich auf den Heimweg machten. Vornübergebeugt kämpften sie sich durch den Sturm voran. Sie fürchteten sich nicht vor den Prügeln, die sie erwarteten. Gegen diese Sprache waren sie unempfindlich geworden. Sie gingen zurück, weil ihnen zunächst nichts anderes einfiel. Über einem Dorf am Waldrand rasteten sie. Sie hatten sich endlich einmal satt gegessen, sie hatten den Schnaps kennengelernt, und sie hatten gemerkt, daß an Frauen heranzukommen war. Sie hatten etwas Scharfes und Wildes geschmeckt. Sie blickten auf das Dorf herab, ihre verfrorenen Kindergesichter waren alt und hart und gierig, und plötzlich wußten sie, daß sie nicht zurückgehen würden. In dieser Nacht im Schneesturm überschritten sie eine Grenze.
Sicher, nach einem halben Jahr tauchte er wieder in Veitsroth auf. Doch nicht um zurückzukehren. Er war schon so, daß sein Vater ihn nicht mehr anzufassen wagte. Gleichwohl gab er nach, als er ihn zu Nagel in die Lehre schickte. Er war anstellig und freundlich, und alles schien gut zu werden. Nur daß nach einem halben Jahr die Polizei erschien und ihn abholte. Nagel wollte es nicht fassen, daß ein so freundlicher Junge zu solchen Gaunereien fähig war.

Der Junge, der bei Mara erschien, war nicht mehr freundlich. Der hatte plötzlich ein überfeines Ohr. Der hörte sie hinter den Türen flüstern, der hörte sie sich gegen ihn verschwören, dem entging keine Gemeinheit, die sie gegen ihn ausheckten. Der junge Mann, der Mara verließ, hörte das alles immer noch, nur daß er ihre Gier, ihre Eitelkeit, ihre Niedertracht plötzlich zu benutzen verstand, einzusetzen und einem Ziel dienstbar zu machen wußte. Immer öfter wollte man hören, was er zu einer Unternehmung meinte, immer öfter trug man ihm die Leitung an.

Erst recht als er nach seinem Sprung aus dem Turm von Simmern aus dem Soonwald wieder auftauchte. Danach begann man, von ihm als dem Schinderhannes zu reden. Das Bild von dem fröhlichen Räuber entstand. Dazu gehörte, daß er zu keinen Grausamkeiten fähig war. Es waren ihm tatsächlich keine nachzuweisen. Allerdings hat er auch keine verhindert. Gelegentlich die allerschlimmsten. Etwa als seine Leute einer alten Bäuerin brennende Kerzen unter die Achseln stellten und ihr Nachthemd Feuer fing. Er goß einfach einen Eimer Wasser über sie. Es war nicht falsch, daß er gern lachte. Als er den Eimer Wasser über die Frau goß, lachte er, und als seine Leute den Gendarmen André vom Pferd schossen. Doch war es nicht sein Verdienst, daß er keinen Mord beging. Er war zu gleichgültig dafür.

Und jetzt lachten sie über ihn. Der große Schinderhannes saß abseits wie ein kleiner, trotziger Junge. Der gefürchtetste Verbrecher des Rheinlands wagte sich nicht in die Nähe eines jungen Mädchens. Einer der abgebrühtesten Ganoven weit und breit hockte im Schmollwinkel und schielte zu ihr herüber wie ein geprügelter Hund. Er, der immer als erster wußte, wie die Hasen laufen, wußte nicht, was inzwischen auch der Dümmste begriffen hatte, was nämlich mit ihm selbst los war. Eine trostlose Figur, hockte er in seinem Unglück und spürte voller

Kummer, wie auch die Reste dessen, was er Stolz nannte, dahinschmolzen. Gedemütigt, voller schwächlicher Wut, rappelte er sich schließlich auf und ging zu ihnen herüber. Ihr Gelächter unterdrückend, machten sie ihm Platz. Das Mädchen saß ihm schräg gegenüber. Er wagte nicht aufzublicken.

Schließlich war man satt, der Frühstückstisch wurde abgeräumt, man ging hinaus in die Sonne, nur er blieb sitzen. Und da faßte er einen Entschluß. Er ging in seine Kammer und packte. Er wollte weg. Er war keine halbe Stunde gegangen, als er stehenblieb. Es war ihm, als könnte er keinen einzigen Schritt mehr weiter tun. Er schleppte sich zurück. Seit er sie gesehen hatte, hatte er nichts mehr gegessen. Ihr Haar hatte die Farbe von Kastanien, wenn man sie aus der Frucht schält.

Er setzte sich an die Rückwand des Holzschuppens in die Märzsonne. Er hätte weinen können vor Schwäche. Plötzlich fiel ein Schatten auf ihn. Sie stand vor ihm mit einem Teller mit Brot und Fleisch und einem Becher Wein. Er sah sie nicht an, als er den Teller und den Becher nahm. Langsam und kummervoll begann er zu essen. Immer noch lag ihr Schatten auf ihm, und da stand er auf, packte sie am Handgelenk und zerrte sie in den Holzschuppen.

Sie wehrte sich wie rasend. Sie biß und kratzte und trat. In diesem Augenblick hätte sie sich lieber umbringen lassen, als auf diesen Haufen Sägespäne herunterzugehen. Wortlos und verbissen kämpften sie im Halbdunkel dieses Holzschuppens, und plötzlich wußte er, daß er diesen Kampf verlieren würde. Es fehlten ihm die Verachtung und der Haß, die einzig ihren Widerstand zu brechen imstande gewesen wären. Er merkte, daß er, selbst wenn sie ihre Gegenwehr aufgegeben hätte, gar nicht imstande wäre, die Vergewaltigung zu vollziehen.

Keuchend ließ er von ihr ab. Sie brachte ihre Kleider in Ordnung und ging hinaus. Er ging zu seinem Platz an der Rückseite des Schuppens und setzte sich. Das Licht schmerzte. Gegen

Abend kam Dahlheimer, zog ihn hoch und führte ihn in die Küche, wo die andern beim Essen waren. Er setzte ihn auf den Platz neben sie.

Sie füllte ihm seinen Teller, und sie goß ihm ein. Sie hatte kleine runde Hände. Sie mußten trocken und warm sein. Eine große, furchtbare Trauer erfüllte ihn. Gehorsam aß er. Er saß still und für sich. Später ging er hinaus. Es war ihm feierlich zumute.

Sie fand ihn im Kuhstall bei einem jungen, hellbraunen Rind. Ihr rundes, sanftes Mädchengesicht war ernst. Langsam legte sie ihre Arme auf seine Schultern und lehnte ihre Stirn an seine. Das Rind, unter der Belastung schwankend, versuchte den Kopf zu drehen und rollte die Augen. Es schlug mit den Ohren, und plötzlich hob es ein wenig den Schwanz. Kummervoll betrachteten sie die herabklatschende Scheiße. Erschöpft gingen sie in die Küche zurück.

Kurz darauf zog sie sich zurück. Bückler brütete bis tief in die Nacht unansprechbar vor sich hin. Als er am nächsten Morgen die Küche betrat, war sie dabei, sich zu verabschieden. Sie wollte nach Hause. Zum erstenmal sahen sie sich an, und langsam begannen ihre Augen zu schwimmen. Große Tropfen lösten sich und stürzten ihre Wangen herab. Er nahm ihr das Bündel aus der Hand und führte sie hinaus.

In den nächsten Tagen sahen die andern wenig von den beiden. Manchmal, wie sie am Mühlbach auf und ab gingen. Wie sie aus dem Wald kamen und im Haus verschwanden. Oder gegen Mittag aus ihrer Kammer in die Küche herunterkamen, sich Brot abschnitten und zum Bach hinuntergingen. Am vierten Tag abends aber, als sie um den Küchentisch beim Wein saßen, öffnete sich die Tür. Ein Jubelsturm brach los. Sie umringten die beiden. Es wurde eine lange Nacht. Sie feierten so etwas wie eine Hochzeit. Bückler ließ die Begeisterung mit einem verlegenen, weder vorher noch nachher an ihm beobachteten Lä-

cheln über sich ergehen, einem Grinsen von seltener Dämlichkeit. Am nächsten Morgen, während er seinen Rausch ausschlief, machte sich Julchen über seine Wäsche her.
Das Bild war fertig. Neben dem Räuber stand die Räuberbraut. Neben dem Schinderhannes sein treues Julchen. Im grünen Jägerkleid schwenkte er treuherzig seine Flinte, ein glücklicher Mann. Doch schien Julchen die Phantasie mehr zu beschäftigen als Hannes. Auf den Flugblättern geriet sie immer etwas mollig. Anfangs in einem roten Rock und grün-schwarzem Mieder, dauerte es nicht lange, und sie war in Hosen und hatte eine Pistole in der Hand. Doch wurde die Laszivität, sie in Hosen darzustellen, immer sofort zurückgenommen durch das Eigenschaftswort treu. Sie war nicht einfach des Schinderhannes' Julchen, sie war stets sein treues Julchen. Obwohl sofort Erzählungen im Umlauf waren, sie habe – in Hosen natürlich – an mehreren Raubzügen teilgenommen, stimmte daran nichts. Sie hielt sich lieber an das, wo sie besser als die Männer war: an die Waschbütt und den Herd.
Seit Bückler mit ihr zusammen auf Kirmessen und Tanzereien auftauchte, war etwas anders geworden. Vorher hatte er Neugier, Beifall und feixende Zustimmung erregt, doch vorwiegend bei Männern. Jetzt aber sprangen auch die Frauen auf und umringten sie. Mit den Franzosen waren Veränderungen gekommen, von denen sie nicht einmal zu träumen gewagt hatten. Die Franzosen hatten ihnen ja nicht nur genommen, sie hatten ihnen ja auch etwas gebracht. Nicht, daß sie dadurch mehr im Topf gehabt hätten, aber daß zum Beispiel die Allmacht der Pfaffen gebrochen war, das war etwas, was sie unmittelbar spürten. Eine merkwürdige Ausgelassenheit entstand, wenn die beiden auftauchten, eine Aufgekratztheit, die durch Bier und Schnaps und Tanz nicht zu erzeugen war, die mit ihnen beiden zusammenhing, aber auch mit den neuen Zuständen. Von solchen Abenden sprachen sie auf den Dörfern

noch lange. Nicht nur weil der Schinderhannes und sein Julchen dagewesen waren, sondern weil da alter Haß und generationenlange Feindseligkeiten plötzlich vergessen waren. Weil da Leute miteinander tranken, die jahrelang kein Wort gewechselt hatten. Die überraschendsten Paarungen waren beim Tanz zu besichtigen, aber auch später hinter dem Haus. Bei manchem Kind rätselte man noch lange nachher über die Vaterschaft. Von solchen Nächten erzählten sie lange noch wie von einem wirren, glücklichen Traum.
Mit dem Sommer kam Bücklers beste Zeit. Im August setzten sie sich auf der halbverfallenen Schmidtburg bei Kirn hoch über dem Nahetal fest. Auf dem Kallenfelser Hof beschäftigte er zwei Schneider. Es war in diesen Wochen, daß er unten auf der Straße einen der beiden Schneider traf. Er wollte mit einem Rock und einer Hose zu ihm auf die Schmidtburg zur Anprobe hinauf. Bückler zog sich auf offener Landstraße aus. Jetzt, ihr Gendarmen, rief er, kommt und holt den Schinderhannes. In dem Kesslerschen Wirtshaus von Griebelschied gaben sie einen Ball. Sie hatten Gäste aus der ganzen Umgebung.
In dieser Zeit spielt eine oft erzählte Geschichte, in der er eine Kutsche mit einer französischen Tänzerin anhält. Tatsächlich waren es seine Leute, die die Kutsche abfingen. Er selbst saß an diesem Nachmittag mit Julchen und ein paar Besuchern auf der Schmidtburg beim Wein. Geschrei und Gelächter waren plötzlich unter dem Fenster, und dann schoben seine Leute diese Tänzerin und ihren Begleiter ins Zimmer. Er stimmte augenblicklich in das Gelächter ein, als er diese Heuschrecke von Stutzer sah und diese Frau, die in ihrer Pariser Garderobe hier oben so bizarr wirkte wie von einem anderen Stern.
Eine Tänzerin aus Paris, schrien seine Leute. Eine Tänzerin. Sie soll tanzen.
Bückler lachte. Er lachte auch noch, als sie ihn mit ihren riesigen schwarzen Augen ansah, die wie Löcher waren.

Tanzen, schrien seine Leute. Tanzen.
Das können Sie unmöglich verlangen, rief die Heuschrecke. Das ist menschenunwürdig. Das können Sie Madame nicht zumuten.
Das kann ich nicht? sagte Bückler. Das wollen wir doch einmal sehen. Das Gesicht der Frau war nahezu fleischlos und gegen die Augen unter dem schwarzen Haar kalkweiß.
Das wirst du nicht verlangen, sagte Julchen, sich neben die Tänzerin stellend.
Bückler sah die beiden an, und plötzlich sagte die Tänzerin etwas zu ihrem Begleiter. Es klang hart und verächtlich. Der Mensch fragte ungläubig zurück. Die Tänzerin schwieg.
Madame versteht Ihre Bitte, sagte die Heuschrecke verwirrt. Sie möchte tanzen. Wir brauchten dann den schwarzen Koffer, den kleinen braunen mit meiner Laute und ein Zimmer, wo Madame sich umziehen kann.
Bückler ging an das andere Ende des saalartigen Zimmers und öffnete die Tür an der rechten Seite. Er verbeugte sich ironisch, als sie an ihm vorbei in das Zimmer ging. Er befahl, das Gepäck der beiden hereinzuschaffen. Er ließ Stühle holen. Er rief alle seine Leute herein, auch die Wachen.
Wer jetzt lacht, sagte er, als sie schließlich alle saßen, oder einen Witz reißt, überhaupt, wer in der nächsten halben Stunde das Maul aufmacht, dem schlag' ich alle Zähne einzeln ein.
Er sprach kalt und ruhig, und das war immer ein Zeichen, daß man vorsichtig zu sein hatte. Sie rückten nervös auf ihren Stühlen hin und her, sie räusperten sich, aber niemand wagte zu sprechen. Bückler ging vor ihnen auf und ab. Die Heuschrecke, die am Kopfende des Zimmers neben der Tür saß, stimmte nervös die Laute. Als die Tür von innen geöffnet wurde, setzte sich Bückler.
Von der Tänzerin war noch nichts zu sehen. Ihr Begleiter

spielte eine Melodie an, doch ein scharfer Zuruf aus dem Zimmer unterbrach ihn und gab ihm gleichzeitig an, was er spielen sollte. Er beugte sich über sein Instrument, plötzlich konzentriert, wartend. Dann, als hätte er in dem Bruchteil genau dieser Sekunde anfangen müssen und keinen Augenblick früher oder später, begann er. Eine ruhige, getragene Melodie im Dreivierteltakt, eine Chaconne.

Mit zwei Sprüngen war die Tänzerin in der Mitte des Raums. Aus dem zweiten war sie unmittelbar in eine Pirouette gesprungen, in ein langsames Kreisen um sich selbst, das zögernd, doch exakt mit der Einleitungsfigur erstarb und sich in Bewegung auflöste.

Ob die beiden vergessen hatten, wo sie sich befanden, war nicht zu entscheiden. Doch Bückler begriff, daß sie vor Königen nicht anders gespielt und getanzt hätten als vor diesem Haufen zerlumpter, verlauster Galgenvögel, die ihnen mit offenen Mäulern und atemlos zusahen. Er begriff, daß diese Frau mit der äußersten Hingabe und Konzentration tanzte, deren sie fähig war. Er begriff, daß diese Hingabe nicht ihrem Publikum galt, sondern ihrer Kunst. Und er begriff, daß sie damit gleichzeitig sagen wollte, wer sie war. Daß sie auch in dieser Situation auf ihrer Würde bestand.

Die Chaconne endete. Die Tänzerin erstarrte hochaufgerichtet mit über dem Kopf erhobenem Arm. Bückler klatschte. Seine Leute jubelten. Die Spannung im Körper der Tänzerin ließ nach. Sie verbeugte sich und schlüpfte ins Nebenzimmer. Ihr Begleiter saß weiter über seine Laute gebeugt. Als er den ersten Akkord griff, war sofort wieder Ruhe. Ein schnelles Stück, eine Gavotte, getanzt mit der abgezirkelten Präzision einer Spieluhr, unzweifelhaft der Schluß der Vorstellung.

Bückler klatschte. Wein, rief er. Etwas zu essen. Und raus mit euch. Er ging zu dem Lautenspieler, der dabei war einzu-

packen. Ich hoffe, meine Leute haben Sie nicht allzusehr belästigt.
Der Mann hieß Schäfer. Er stammte aus Dresden, ein dicklicher, leicht schwitzender Mensch. Er wollte mit der Tänzerin nach Mainz. Sie kamen aus Paris. Als die Tänzerin wieder das Zimmer betrat, ging Bückler ihr entgegen und führte sie zum Tisch. Sie sollten sich als seine Gäste betrachten, ließ er Herrn Schäfer übersetzen. Und selbstverständlich seien sie völlig frei, weiterzureisen, wann immer sie wollten.
Die Tänzerin antwortete mit einem harten, fast spanisch klingenden Akzent. Ihre Stimme war tief und rauh, fast wie die eines Mannes. Sie sah Bückler lächelnd an, während sie sprach.
Schäfer fragte verblüfft nach, bevor er übersetzte. Madame nehme seine Gastfreundschaft gerne an, sagte er dann. Wenn es ihm nichts ausmachte, würde sie bis morgen bleiben.
Aber das ist ja großartig, rief Bückler. Die Tänzerin lächelte. Man solle sofort die beiden Zimmer im Turm herrichten und eins unten für Schäfer, rief er. Und Julchen solle sich um das Essen kümmern. Er schien nicht zu bemerken, daß sie ihn ansah. Er war wie elektrisiert. Heute abend wolle er ein Fest geben.
Julchen brachte die Tänzerin und Schäfer zu ihren Zimmern. Bückler schickte Boten mit Einladungen in die Nachbardörfer. Ein gewaltiges Braten und Backen und Sieden begann, sogar nach einer Kapelle ließ er schicken. In dem großen Zimmer stellte er Tische und Bänke an den Wänden entlang auf, so daß in der Mitte ein rechteckiger freier Raum entstand. Gegen neun trafen die ersten Gäste ein. Doch als sie eine Stunde später an den Tischen saßen und aufgetragen wurde, ließ die Tänzerin durch Schäfer ausrichten, sie fühle sich nicht wohl, er möge sie entschuldigen.
Er hatte nichts von ihrer Anwesenheit erwähnt, die Boten

sogar ausdrücklich instruiert, von ihr zu schweigen, so daß Enttäuschung bei seinen Gästen nicht aufkam, wohl aber bei ihm. Er hatte sich ihr Erscheinen als die große Überraschung gedacht, sogar darauf gehofft, sie würde tanzen.
Er wurde abwesend. Ohne daß er es merkte, glitt er aus Gesprächen heraus, starrte vor sich hin, fuhr zusammen, wenn man ihn ansprach. Julchen versuchte, ihn in die Gegenwart zurückzuholen. Er ließ sich ihre Frage wiederholen, doch war sie sicher, daß er, noch bevor sie mit ihrer Antwort zu Ende war, schon wieder vergessen hatte, wonach er gefragt hatte. Als er bei ihrem dritten Versuch sich noch nicht einmal an das erinnerte, wonach sie ihn gefragt hatte, stand sie auf und ging hinaus. Er sah, daß sie ging. Er sah auch, daß sie mit den Tränen kämpfte. Doch er war unfähig, sich zu rühren. Es war laut geworden. Die Kapelle hatte zu spielen begonnen, und es wurde getanzt. Er stand auf und ging hinaus.
Durch halbverfallene Zimmer ging er auf den Wehrgang hinaus. Die Musik und die Stimmen hinter ihm verklangen. Er hörte plötzlich den Nachtwind. Es war immer noch warm. Im Westen stand noch ein rosa Schein, im Osten, hinter einem schwarzbewaldeten Höhenzug, begann es silbrig zu glimmen. Tief unter ihm lag dunkel das Land unter dem Nachtwind. Er saß lange, dann ging er in ihre Kammer, zog sich aus und legte sich neben sie. Er spürte, daß sie weinte. Doch er lag starr und unfähig, sich zu rühren.
Er erwachte spät. Wie seit über einer Woche schon war der Himmel wolkenlos. Es war heiß. Julchen schwieg, als er in die Küche kam. Er ging auf den Wehrgang hinauf. Unter ihm die Straße durch das Nahetal. Die diese Burg damals bauen ließen, hatten gewußt, wo sie am günstigsten ansetzten. Aber auf den Mauern wucherten Unkraut und Birken, Zimmerdecken waren heruntergebrochen, Treppen eingestürzt, durch die leeren Fensterhöhlen pfiff der Wind. Die neuen Herren brauchten keine

Zwingburgen mehr. Sie saßen in Städten in Salons und wurden trotzdem reich. Die Zeit wendete sich. Das tausendjährige Alte brach nieder. Aber was da heraufkam, betrachtete er kühl. Für einen wie ihn hatten die neuen Herren nichts im Sack.

Plötzlich stand die Tänzerin neben ihm. Ihr dünnes weißes Kleid schlug im Wind. Sie sahen auf das Land hinaus, das grün und silbern und blau in der Sonne lag. Als er nach einer Weile den Kopf wendete, war sie verschwunden.

Er stieg auf den Turm hinauf. Das Dach war eingestürzt. An der Innenseite kletterte er empor, bis er auf dem Rand stand. Er ging die bröcklige Mauerkrone entlang bis zum höchsten Punkt, wo eine Birke wuchs. Doch diesmal hatte er keine Zuschauer. Um ihn brauste der warme Wind. Er glaubte zu fliegen, Höhe gewinnend durch den Wind zu jagen. Wäre er gestürzt, er hätte mehrere Sekunden gebraucht, bis er unten im Gestrüpp aufgeschlagen wäre.

Abwärts steigend, hörte er Lautenspiel. Er hörte es zum erstenmal auf der Höhe des Zimmers der Tänzerin. Doch auch weit tiefer noch hörte er es, auch im dritten Stock, auch unten. Das ganze Gemäuer schien von Tönen durchschwommen. Er stieg in das Verlies unter dem Turm. Jetzt war es still. Er sah nichts mehr. Doch solange sein Fuß noch eine Stufe ertastete, stieg er weiter abwärts. Endlich blieb er stehen und setzte sich. Er kauerte sich zusammen.

Am Nachmittag tauchte er in der Küche auf. Julchen pflückte Salat. Wie schön sie war. Ihr rundes stilles Gesicht. Sie blickte auf. Sie sah ihn gleichgültig an.

Sie sind weg, sagte sie, doch so als bedeutete das schon nichts mehr. Ich möchte, daß du mich mit über den Rhein nimmst, sagte sie. Wo niemand weiß, daß ich mit dir etwas zu tun hatte.

So geschah es. Er mietete ihr in Haßloch ein kleines Haus. Er kaufte ihr Wagen und Pferd. Sie zog auf Krammärkten umher und setzte sein Beutegut ab, aber auch saubere Ware. Inzwischen hatte sie sich schon ein Dienstmädchen eingestellt. Inzwischen mußte er schon den Hintereingang benutzen, wenn er sie besuchte. Inzwischen wurde er angefahren, wenn er sich nicht die Stiefel abgetreten hatte vor der Tür.

Kurz nachdem sie in Haßloch war, verlor sie das Kind, das sie von ihm hatte. Erst ein halbes Jahr später erzählte sie ihm davon. Sie war eine tüchtige Geschäftsfrau geworden, die es sich leisten konnte, ihre Launen gelegentlich an ihrem Dienstmädchen auszulassen. Ihr Häuschen war blitzblank, und wenn er mit neuer Ware kam, nahm sie ihn mit ins Bett. Manchmal zogen sie auch gemeinsam auf den Märkten umher. Als Herr und Frau Ofenloch. Wenn er kam, war es recht, wenn er nicht kam, war es auch recht. Was da oben in den Hunsrückwäldern gewesen war, war vergessen.

Als man ihn schnappte, holte man auch sie. Sie saß neben ihm auf dem Karren, auf dem man sie von Frankfurt nach Mainz über den Rhein zu den Franzosen brachte, den ganzen Weg über durch ein Spalier von Menschen. Im Gefängnis bekam sie das Kind, das sie angeblich von ihm hatte. Sie durfte es sogar mit in die Verhandlungen nehmen, ein übereinstimmend als rührend empfundenes Bild. Sie bekam zwei Jahre, die Untersuchungshaft wurde angerechnet. Noch Mitte des Jahrhunderts berichteten Reisende, die sie besuchten, daß es nur ein wenig Schnaps bedurfte, um die Alte zum Reden zu bringen, und noch ein wenig mehr Schnaps, daß sie in der Stube umherzuhopsen begann, die alten Moritaten vom Schinderhannes krächzend.

Man beglückwünschte Jeanbon zu den Aktionen vom ersten April. Man bewunderte die generalstabsmäßige Planung und die Präzision des Ablaufs. Man staunte über die phänomenale Ausbeute. Man war sich einig, daß damit das Ende des Bandenunwesens auf dem Hunsrück gekommen war.
Zehn Tage später meldete Duras zwei Herren aus Paris, Emissäre Fouchés. Ein anonymer Brief war eingegangen, in dem Jeanbon beschuldigt wurde, an den staatlichen Organen vorbei ein eigenes Spitzelnetz aufgebaut und dabei einen Mann beschäftigt zu haben, der Bückler nachweislich mehrere Male entkommen ließ, und das mit Wissen Jeanbons, so daß die Frage zu prüfen war, ob und wieweit sich Jeanbon der Komplizenschaft mit dieser offensichtlichen Sabotage, wenn nicht gar konterrevolutionärer Umtriebe schuldig gemacht habe.
Es war später Samstagnachmittag, die Herren hatten einen weiten Weg hinter sich. Duras würde sie erst einmal zum Hotel bringen. Jeanbons Vernehmung setzte man auf den nächsten Tag, Sonntag morgen um neun Uhr in seinem Büro an.
Es war das zweitemal, daß Jeanbon unter Anklage stand. Das erstemal war vor sieben Jahren gewesen, nach dem Thermidor. Hardy hatte ihn der Konspiration mit Robespierre angeklagt. Pierret de l'Aube verlangte seine Verhaftung. Man hatte ihn ins Gefängnis *Vier Nationen* gebracht, später ins *Luxembourg*.
Er hatte die Glückwünsche zu dem Erfolg von Lettweiler und der Aktion vom ersten April lächelnd entgegengenommen. Doch innerlich hatte er getobt. Solange er *ihn* nicht hinter Gitter gebracht hatte, waren alle Erfolge nur Scheinsiege. Er

hatte mehrere Aktionsvarianten vorbereitet gehabt. Doch erst als Veits Brief kam, hatte er Lettweiler als Schwerpunkt gewählt. Auf Veits Brief hatte Lettweiler gestanden. Nichts weiter als das Wort Lettweiler.

Seit er in Mainz war, hatte er die Fähigkeit verloren zu schlafen. Auf mehr als drei Stunden pro Nacht brachte er es selten. Er war überwach und gleichzeitig erschöpft von einer Unrast, die ihn erbarmungslos umtrieb, obwohl er sich auf der Stelle hätte hinlegen mögen. In der Nacht zum 1. April war er spät nach Hause gekommen, müde, doch heiter wie lange nicht und überzeugt, in dieser Nacht endlich Ruhe zu finden. Die Kuriere waren unterwegs, in wenigen Stunden würden seine Vertrauensleute die versiegelten Briefe, die er ihnen hatte zustellen lassen, öffnen und die Anweisungen, die sie enthielten, ausführen. Im Morgengrauen wäre Lettweiler umstellt, würde das Netz zugezogen werden.

Er ging pfeifend in seiner Bibliothek umher, den Korkenzieher für die Flasche mit grünem Kräuterbitter suchend, den er abends immer trank. Er sah die Szene schon vor sich: Bückler schläft, der rechte Arm hängt an der Bettseite herunter, der Kopf ist zurückgeworfen und nach rechts über den Rand des Kissens gerutscht. Die Tür fliegt krachend auf, das Zimmer ist plötzlich voller Bewaffneter. Er war schon dabei, sich auszukleiden, als er merkte, daß der schlafende Bückler die Züge Pauls trug, des Manns von Therese, der Gemüsehändlerin. Er spürte einen heftigen Drang zu urinieren, stellte auf der Toilette jedoch fest, daß seine Blase leer war. Er goß sich einen zweiten Kräuterbitter ein.

Als er ins *Luxembourg* eingeliefert worden war, hatte er auf dem Flur David getroffen, den Maler. Er stand ebenfalls unter Anklage. Er war Mitglied des Konvents und des Sicherheitsausschusses gewesen und hatte zur Gruppe um Robespierre gehört, war mit ihm sogar befreundet gewesen. Jeanbon war

verlegen, als sie sich begrüßten. Er genierte sich immer noch dafür, daß er David gebeten hatte, Therese zu porträtieren.
David wirkte fahrig. Er war blaß. Es war unübersehbar, daß er Angst hatte. Am 8. Thermidor, als Robespierre am Ende seiner Verteidigungsrede sagte, mir bleibt nur noch, den Schierlingsbecher zu trinken, hatte David gerufen, ich werde ihn mit dir trinken. Am nächsten Tag, als der Freund stürzte, hatte er gefehlt im Konvent. Er habe, behauptete er, ein Brechmittel nehmen müssen.
Jeanbon setzte sich ans Fenster. In den Scheiben Nacht und sein Spiegelbild. Er rief sich wieder das Bild des schlafenden Bückler herauf, und wieder trug es Pauls Züge. Seit er in Mainz war, hatte er an Therese nicht mehr gedacht. Er sah unwillkürlich zur Tür. Er ging in sein Schlafzimmer und begann, sich auszuziehen. Doch dann hielt er inne. Er wußte, daß es sinnlos war. Er war hellwach. Er ging in die Bibliothek zurück.
Therese hatte ihm den Apfel gegeben an dem Tag, als sie im Klub Brissot ausschlossen. Doch erst mehr als eine Woche später erinnerte er sich wieder an sie. Die Erinnerung kam nicht gewalttätig, sondern eher beiläufig. Er sah ihr Lächeln, ihre ausgestreckte Hand mit dem Apfel, doch so, als beobachtete er sie – ungeachtet der Perspektive – von der Seite. Bis ihm plötzlich klarwurde, daß er es war, den sie anlächelte, daß sie ihm diesen Apfel reichte, daß er gemeint war und kein anderer. Er war im Klub, er hörte plötzlich nicht mehr, was der Redner vorne am Pult sagte, und langsam errötete er. Er stand auf und drängte nach draußen. Er hatte keine Ahnung mehr, wo ihr Stand gewesen war. Er ging erst ziellos, doch dann begann er zu suchen. Er war Vorsitzender des Klubs von Montauban, der mächtigste Mann der Stadt, man hatte ihn in den Konvent gewählt, er begann, in den Kreis jener wenigen hundert Männer einzudringen, die die Revolution führten oder zu führen glaubten, und er suchte nach einem Marktweib, nach einer

Frau, die er gar nicht kannte, nach einem Gesicht, von dem er nur ein Lächeln erinnerte. Doch dieses Lächeln wollte er wiedererleben. Nur einmal noch. Wenigstens einmal.

Er hatte gearbeitet. So viel konnte er sagen. Als er ankam, hatte er sich ein Zimmer in der Rue Saint-Thomas du Louvre genommen. Doch bald war er in das Hotel *Die Vereinigten Staaten* gezogen, wo auch Saint-Just wohnte, ein Hotel nahe beim Konvent, dem Klub, neben dem Palais Royal, der Nachrichtenbörse. Von den anderen Deputierten des Departements Lot hielt er sich abseits, an zwei, drei Abenden im Monat war er bei Dubois-Crancé und seiner Frau bei Gesprächen, die bewußt alles Politische mieden, der Rest war der Klub, der Konvent, waren Ausschüsse, Versammlungen, Reisen, war sein Hotelzimmer, war Schäbigkeit, Banalität, war die Verlassenheit derer, die Dinge taten, die vor ihnen noch niemand getan hatte.

Das Glück ist eine neue Idee in Europa, hatte Saint-Just gesagt. Galt das nicht nur für die Revolutionierten, sondern auch für die Revolutionäre? Das Volk ist gut und gerecht, hatte Jeanbon geschrieben. Ein moralischer Instinkt, der es selten trügt, führt es zur Wahrheit. Was für ein geschwollenes Zeug, dachte er, als er diese Marktweiber sah, das bleifarbene Grün der Artischocken, das rötlich glühende Lila der Auberginen, Äpfel rot und wachsgelb, das ziegelstumpfe Rot der Karotten, Kopfsalat, Weißkohl, Tomaten. Nicht lange und er wird allerdings auch schreiben: Wenn Ihr wollt, daß Euch der Arme bei der Vollendung der Revolution hilft, muß er unbedingt am Leben gehalten werden. In außergewöhnlichen Situationen darf man nur das große Gesetz des Staatswohls beachten.

David war sichtlich erleichtert gewesen, als er ihm im *Luxembourg* begegnete. Er hielt Jeanbon offenbar für kaltblütiger als sich selbst. Ein paar Tage später sagte er: Wenn du magst,

würde ich gern ein Portrait von dir machen. Ich glaube, du interessierst mich. Sie gingen in sein Zimmer. Er setzte Jeanbon auf einen Stuhl vor das Fenster.
Sieh geradeaus und sitz still, sagte er.
Er ging um Jeanbon herum und musterte ihn.
Dein Bild von Therese ist großartig, sagte Jeanbon. Er hatte sich einen Ruck geben müssen, um davon zu sprechen.
Du willst wissen, wie es mit ihr war, sagte David. Wie mit dir jetzt. Sie mußte stillsitzen und geradeaus sehen. Ich mußte ihr übrigens Geld geben, damit sie mir saß. Solange ich sie malte, konnte sie schließlich kein Gemüse verkaufen.
Er hatte auf einem Zeichenblock zu skizzieren begonnen. Im Sicherheitsausschuß wußten wir übrigens von deiner Affäre mit ihr. Du sollst stillsitzen. Ihr Mann, dieser Paul, war ein Jacquesroutier, ein Provokateur. Wir haben dich überwachen lassen. Im Hotel hat dich jemand beobachtet, wie du mit ihr geschlafen hast.
Jeanbon sprang auf.
Da waren wir sicher, daß es harmlos war, sagte David. Du wolltest offenbar wirklich nichts anderes als mit ihr schlafen. Wir haben uns sogar für dich gefreut. Weil du doch so ein verklemmter Typ bist, sagte David lachend.
Als Jeanbon in der Nähe des Pont Neuf Therese schließlich fand, war er enttäuscht. Eine nicht mehr junge Frau, hager, mit einem bitteren Mund. Er hatte sie nur einmal zuvor gesehen, aber er wußte sofort, daß sie es war, die ihm den Apfel gegeben hatte. Sie wog Weißkohl ab, füllte Kartoffeln und Salat in Taschen, nahm Geld, gab heraus. Als er sich abwandte, um zu gehen, hörte er sie, seinen Namen rufen. Das fuhr süß in ihn hinein. Er drehte sich um, und da war wieder ihr Lächeln.
Bürger Jeanbon.
Er trat an ihren Stand. Er sei zufällig vorbeigekommen, auf dem Weg in eine Sitzung. Der Kerl, der Körbe mit Gemüse von

einem Karren ablud, schien ihr Mann zu sein. Eine abgefeimte Visage, hager und frech. Er war offenbar jünger als sie. Er trieb sie, kommandierte sie herum, schrie in ihre Unterhaltung hinein. Ihre Blicke kreuzten sich. Der Kerl grinste. Jeanbon verabschiedete sich.

Die Berge von Gemüse und Obst und Früchten täuschten. Das Volk hungerte. Arbeiter konnten sich das alles kaum leisten. Im Konvent hatte sich Jeanbon einen Platz auf der rechten Seite bei seinen girondistischen Freunden gesucht. Er war mit großen Erwartungen gekommen. Das Königtum war abgeschafft, man konnte darangehen, die Republik zu errichten. Aber dann hörte er die Anklagen der Gironde gegen Paris, das er liebte. Die Montagnards seien dabei, eine Diktatur zu errichten. Er begriff nicht. Die Gironde stellte schließlich mit Roland den Innenminister, alle Ausschußvorsitzenden, sie waren überall in der Mehrheit. Was meinte Brissot, wenn er die Pariser Jakobiner als Desorganisatoren bezeichnete, die alles gleichmachen wollten, das Eigentum, den Wohlstand, den Preis der Lebensmittel, die verschiedenen Dienstleistungen an die Gesellschaft. Dagegen Robespierre: Die Urheber der Theorie haben den Profiten der Großhändler und Grundeigentümer großes Gewicht beigemessen, das Leben der Menschen aber fast für nichts geachtet. Das erste Recht ist jenes auf Existenz. Das erste soziale Gesetz ist folglich jenes, das allen Gliedern der Gesellschaft ihre Existenzmittel garantiert. Alle andern sind ihm untergeordnet.

Sers richtet ihm aus, Delouche wolle ihn kennenlernen, Jeanbons ehemaliger Reeder. Er hatte das Schloß Delouches in Bordeaux ein paarmal im Vorbeifahren gesehen, sein Pariser Stadtpalais kannte er nicht. Ein kleiner, gemütlicher Mensch trat in das Empfangszimmer, in dem Sers und Jeanbon warteten.

Ah, der Mann mit den drei Schiffbrüchen, rief Delouche, auf

Jeanbon zugehend und ihm die Hand schüttelnd. Und nun sind wir Staatsmann geworden?
Das war eine Ohrfeige. Sers lachte beflissen. Jeanbon wußte, daß er auch hätte lachen müssen, doch sein Gesicht war wie aus Stein. Er hätte nicht einen Mundwinkel verziehen können. Sers beeilte sich, aus dem Konvent zu berichten, von Ausschüssen, vom Klub. Er gab Informationen weiter, die vertraulich bis geheim waren. Delouche schien das gewöhnt zu sein. Als wären wir seine Lakaien, dachte Jeanbon. Gelegentlich streiften Delouches freundliche Äuglein über ihn hin. Als sie sich verabschiedeten, hatte Jeanbon kein einziges Wort gesagt.
Zwei Tage später bewarb er sich um einen Sitz im Marine-Komitee. Er wurde nur als Anwärter und auch nur an sechster Stelle gewählt. Er hatte dem Bürger Delouche offenbar nicht gefallen.
Er wohnte gerade zwei Tage im *Vereinigte Staaten*, als die Negerin hereinkam. Sie war Zimmerfrau. Sie war alt geworden. Schweigend wirtschaftete sie in seinem Zimmer herum, latschte mürrisch hinaus. Er tat unbeteiligt, als kenne er sie nicht.
Als David damals das Portrait Thereses auf die Staffelei gestellt hatte, war Jeanbon kalt geworden vor dem, was David in diesem Gesicht formuliert hatte. Das Volk von Paris – eine Frau. Vor diesem Bild hatte Jeanbon gemerkt, daß er nicht wußte, wovon er sprach, wenn er das Wort Volk gebraucht hatte.
Im *Luxembourg*, ihn zeichnend, mußte David gespürt haben, daß Jeanbon darauf wartete, daß er mehr von Therese erzählte.
Therese und ich haben übrigens kaum gesprochen, sagte er übergangslos.
Hat sie ihr Haar offen gehabt? sagte Jeanbon.
Nein, warum? sagte David.
Sie schwiegen. Nur das Geräusch der Feder auf dem Papier war zu hören.

Er hatte nur einen Tag der Versuchung widerstanden, zu ihr zu gehen. Als er zum Pont Neuf kam, drängten sich die Leute auf dem Markt, doch auf den Karren lagen nur noch Reste. Die Marktfrauen umstanden Thereses Karren. Sie redeten auf sie ein. Sie schwieg, dann redete sie. Die Frauen gingen wieder an ihre Stände. Kein Zweifel, wer in diesem Viertel den Mund aufmachen wollte, mußte mit ihr rechnen. Sie war die Herrin des Markts und der umliegenden Straßen. Er hatte sich unbeobachtet geglaubt. Doch plötzlich sah er sie hinter ihrem Karren hervorkommen. Sie hatte ihn entdeckt. Sie kam auf ihn zu. Sie lächelte.

Er spürte Panik. Er war nicht liebenswürdig. Er mußte sich jede Zuwendung erarbeiten, und dann bekam er nicht Liebe zurück, sondern allenfalls Respekt. Er haßte die Großen, die Genialischen, denen alles zuflog. So hatte er viel zu tun, seinen Stolz zu verbergen, mußte er sehr tugendhaft sein, damit nicht herauskam, wie lasterhaft er war. Nicht lange, und er wird am Nebentisch einen Stutzer zu einem anderen Stutzer sagen hören, was er selbst längst weiß, Lanjuinais habe gesagt, dieser Jeanbon habe in seinem kleinen Finger mehr Galle als Marat in seinem ganzen Körper. Doch er hielt stand. Er lief nicht weg. Er zog den Hut.

Aber warum kommen Sie nicht näher? rief sie. Sie führte ihn an ihren Stand wie einen schüchternen Jungen. Sie erklärte ihm die Situation. Die Bauern lieferten nicht. Sie horteten das Getreide. Sie weigerten sich, für ihre Arbeit Papiergeld einzutauschen, das jeden Tag an Wert verlor. Ihre Augen, die List und Freundlichkeit kannten, ihr großer, harter Mund, der Bitternis kannte, ihre Wangen, die Kälte und Hunger kannten, ihr ganzes Gesicht sprach zu ihm, und als er in ihrem Blick eine winzige Irritation bemerkte, war ihm, als erwachte er. Ihrem Blick folgend, sah er Paul herankommen. Er verabschiedete sich. Im Klub war er einmal wegen Geschwätzigkeit gerügt

worden. Bei ihr hatte er nicht das Bedürfnis gehabt zu sprechen.
Es war November. Er hatte Kontakt zu Marat aufgenommen. Als am 2. November der Vorsitz Dantons im Klub erlosch, wählte man bis zum 17. November Jeanbon. Er begriff die Gironde nicht mehr. Sie hatte den Krieg gewollt, aber sie wollte ihn nicht führen. Das Volk forderte das Maximum, es forderte Festpreise, Lohnerhöhungen, Gewinnbegrenzung, Verstaatlichung von Schlüsselsektoren der Wirtschaft, es forderte seinen Anteil an der Revolution, es wollte satt werden. Die Gironde sagte nein. Wie aber war der Krieg ohne das Volk zu führen? Die österreichischen Armeen hatten Sieg um Sieg erfochten, die Reaktion war im Vormarsch. In diesem Augenblick den Krieg gegen den Feind draußen und gegen den Feind drinnen nicht zu führen, hieß mit der Reaktion zu paktieren. Sechs Wochen nach Zusammentritt des Konvents war die Spaltung zwischen Gironde und Montagne vollzogen, stand Jeanbon auf der anderen Seite, und das hieß auch Bruch mit vielen Anhängern zu Hause, hieß Bruch vieler Freundschaften.
Bourgeois und Citoyen, Delouche und Robespierre, der eine, der nur seine eigenen Interessen kennt und der andere, der seine Interessen dem Gemeinwohl unterordnet – erst der Nachmittag bei Delouche hatte Jeanbon klargemacht, wie sehr sie bei allem, was sie bisher getan hatten, wie ungewöhnlich und neu es auch war, immer noch im Schutz der Macht operiert hatten, im Einverständnis mit den Großen, also immer Rückzugswege und Schlupflöcher für sie offengestanden hatten für alle Fälle. Jetzt war er, wie die andern Montagnarden, aus diesem Schutz herausgetreten. Sie standen allein. Jeder für sich. Angefeuert nur noch von denen, die sie gar nicht kannten, die sie das Volk nannten, ihre Gegner aber verächtlich Sansculotten.
Immer noch stand die Frage, was mit dem König geschehen

sollte. Danton brachte das Problem auf die einfachste Formel: Wenn man ihn richtet, ist er tot. Die Gironde zögerte natürlich. Louis Capet zu richten hieß eine Grenze zu überschreiten, hinter die nicht mehr zurückzugehen war. Am 14. November fordert Jeanbon im Klub, Louis Capet den Prozeß zu machen.

Auch als Jeanbon das nächstemal zu Therese ging, hatte er nicht den Mut, an ihren Stand zu treten. Sie tat, als bemerkte sie ihn nicht. Er wartete, bis ihr Mann die Einnahmen kassiert hatte und mit dem Karren davonfuhr. Als sie ihre Tasche packte, um nach Hause zu gehen, ging er zu ihr hinüber. Sie lächelte müde. Ob er sie ein Stück begleiten dürfe. Ob sie mit ihm einen Kaffee trinken möchte. Ob sie Lust auf eine Kleinigkeit zu essen habe. Er hatte sie in ein Café geführt. Sie saß breitbeinig vor Müdigkeit, grau im Gesicht. Sie aß gierig. Er ließ die Karte noch einmal kommen. Er drängte sie zu bestellen. Sie machte keinen Versuch mehr, ihren Hunger zu verbergen. Sie aß mit gesenktem Kopf, und als er sah, wie Tränen über ihre Wangen liefen, legte er seine Hand auf ihre. Sie zog ihre Hand nicht zurück. Sie drehte sie, so daß die Innenfläche ihrer Hände aneinanderlagen. So saßen sie Hand in Hand, während sie aß. Sie hielt seine Hand fest, als müsse sie sich seiner versichern, eine fast kindliche Geste. Schließlich lehnte sie sich zurück.

Ich weiß nicht, wie lange das her ist, daß ich mich einmal satt essen konnte, sagte sie.

Ich würde Ihnen meine Geldbörse dalassen, wenn ich nicht fürchten müßte, Sie würden das mißverstehen, sagte er.

Tun Sie es doch einfach, sagte sie.

Und da warf er seine Börse in ihre Tasche.

Er brachte sie nach Hause. Sie wohnte im fünften Stock eines Mietshauses. Sie hatte drei Kinder.

Dort drüben wohnt Jacques Roux, sagte sie.

Sie war bei der Erstürmung der Bastille dabeigewesen, und sie hatte den Zug der Marktfrauen nach Versailles mitgemacht und fast jede der großen Journéen.

Jeanbon war zurückgezuckt, als ihm David im *Luxembourg* schließlich sein Porträt zeigte. Eine Federzeichnung, braun laviert, mit Gouache gehöht, kreisrund, etwa achtzehn Zentimeter im Durchmesser. Er hat die Arme über der Brust verschränkt. Der Oberkörper ist leicht ins Bild gedreht, aber der Kopf blickt geradeaus, nach rechts aus dem Bild heraus. Die von der Hutkrempe beschatteten Augen sehen etwas. Er hat sich vorgebeugt. Er sieht etwas Enormes. Nur sein Überraschtsein hindert ihn noch daran aufzuspringen.

Seit er in Mainz war, hatte er das Gefühl, die Geschichte sei zu Ende. Gewiß, Bonaparte, das bedeutete Krieg, es würden Ströme von Blut fließen, alles mögliche würde passieren, aber es würde nichts mehr geschehen. Starr und erschöpft lag die Welt in einem grauen Zwielicht, das langsam abnahm. Jetzt öffneten sich die Gräber. Paul lächelte im Schlaf. Sein zurückgeworfener Kopf war halb über den Rand des Kissens geglitten, sein Arm hing herab. Jeanbon stand auf, um nach der Uhr zu sehen. Die Boten mußten angekommen sein, seine Vertrauensleute hatten die Siegel erbrochen. Es war ihm, als könnte jeden Augenblick ein Gesicht in den nachtschwarzen Scheiben der Fenster erscheinen. Er zog hastig die Vorhänge zu. Er horchte. Der Wind hatte sich gelegt. Es war totenstill. Vor dem Haus mußten Leute sein. Sie standen unter den Fenstern. Er ging vorsichtig zur Tür und schloß ab. Er war todmüde. Er setzte sich auf einen Stuhl. Er durfte jetzt nicht einschlafen.

Er sah plötzlich den Portugiesen vor sich, seinen Ersten Offizier, wie er in den Tauen hing und das Wasser über sein Gesicht wusch. Sein Bruder in der Traurigkeit. Sein Gefährte im Schweigen. Wie er ihn beruhigte, wenn Frauen in die Nähe kamen. Wie er lächelte, wenn er sich über die Disziplinlosigkeit

eines Matrosen erregte. Wie er aushielt, wenn sich sein Zorn wieder einmal zu einem Ausbruch steigerte gegen all diese Dummköpfe, die doch wissen konnten, daß ganz töricht war, was sie da taten, denen man doch gesagt hatte, daß sie erwischt werden und ihr Fett abbekommen würden, und die trotzdem stahlen, hurten, sich gegenseitig umbrachten, soffen, die in unerklärlicher Naivität taten, was sie wollten. Die einfach drauflos lebten. Wenn zum Vorschein kam gegen alle, die lachen konnten, sein tiefer, fressender Neid.
Wie David hatte auch er an seiner Verteidigungsschrift gearbeitet. Zwischendurch malte David den Blick aus seinem Fenster auf den Jardin du Luxembourg, ein öder Bretterzaun im rechten Winkel, zwei Baumreihen im rechten Winkel. Am Bildrand rechts ein weißes Haus. Herbstlaub, eine winzige Gruppe Menschen im Mittelpunkt, mit etwas Unerklärlichem am Boden beschäftigt. Wem gegenüber sollten sie sich verteidigen? Gegenüber Fréron und seinen Schlägerbanden? Jüngelchen der Jeunesse dorée, die sich Zuhälter und Kriminelle gemietet hatten und mit ihnen die Cafés und Theater stürmten, die den Klub verwüsteten und den Vorwand lieferten, ihn zu schließen? Die Anschuldigungen gegen ihn und David waren absurd, willkürlich zusammengeschustert. Man machte sich nicht einmal mehr die Arbeit, sie plausibel erscheinen zu lassen.
Jeanbon erhob sich mühsam von seinem Stuhl. Das Haus war umstellt. Wer war es, die ihn anklagten? Die Delouches? Die Fettsäcke? Die Schieber? Er taumelte vor Müdigkeit. Er begann, auf und ab zu gehen, um sich wach zu halten. Er lachte.

Antwort auf die unverschämte Frage: Was ist denn eigentlich ein Sansculotte?
Ein Sansculotte, Ihr Herren Schufte? Das ist einer, der immer zu Fuß geht, der keine Millionen besitzt, wie Ihr sie alle gerne

hättet, keine Schlösser, keine Lakaien zu seiner Bedienung, und der mit seiner Frau und seinen Kindern, wenn er welche hat, ganz schlicht im vierten oder fünften Stock wohnt.
Er ist nützlich, denn er versteht, ein Feld zu pflügen, zu schmieden, zu sägen, zu feilen, ein Dach zu decken, Schuhe zu machen und bis zum letzten Tropfen sein Blut für das Wohl der Republik zu vergießen.
Und da er arbeitet, kann man sicher sein, weder im Café Chartres auf ihn zu stoßen noch in den Spielhöllen, wo man konspiriert; weder im Nationaltheater, wenn man den *Freund der Gesetze* gibt, noch im Vaudeville bei der Aufführung der *Keuschen Susanne,* noch in jenen literarischen Kabinetten, wo man Euch für 2 Sous, die ihm so kostbar sind, mit der *Chronique* und dem *Patriote Français* Gorsas' Unflat vorsetzt.
Am Abend tritt er vor seine Sektion, nicht etwa mit einer hübschen Larve, gepudert und gestiefelt, in der Hoffnung, daß ihn alle Bürgerinnen auf den Tribünen beachten, sondern vielmehr, um mit all seiner Kraft die aufrichtigen Anträge zu unterstützen und jene zunichte zu machen, die von der erbärmlichen Clique der regierenden Politikaster stammen.
Übrigens: Ein Sansculotte hat immer seinen Säbel blank, um allen Feinden der Revolution die Ohren abzuschneiden. Manchmal geht er mit seiner Pike ruhig seiner Wege; aber beim ersten Trommelschlag sieht man ihn nach der Vendée ziehen, zur Alpenarmee oder zur Nordarmee.
Ende August 93 kamen täglich vierhundert Sack Mehl nach Paris hinein statt tausendfünfhundert, die mindestens gebraucht wurden. Hébert: Das Vaterland, verdammt noch mal – die Großkaufleute haben keins. Solange sie glaubten, daß ihnen die Revolution von Nutzen sei, waren sie mit von der Partie. Sie haben den Sansculotten die Hand gereicht, um Adel und Parlements zu vernichten. Das war aber, um sich selber an die Stelle der Aristokraten zu setzen. Seit es nun keine Aktiv-

bürger mehr gibt, seit der ärmste Sansculotte über die gleichen Rechte verfügt wie der reichste Steuereinnehmer, haben alle diese Scheißkerle ihre Kittel gewendet und setzen Gott und die Welt in Bewegung, um die Republik zu zerstören. Sie haben alle Nahrungsmittel, alle Bedarfsgüter gehortet, um sie zum Gewicht des Goldes zurückzuverkaufen oder uns die Hungersnot zu bringen.

Die Erregung in den Sektionen und Volksgesellschaften stieg. Mitten hinein platzt die Nachricht, daß Girondisten und Royalisten Toulon und das Mittelmeergeschwader den Engländern ausgeliefert hatten. Am 4. September Ansammlung von Bau- und Rüstungsarbeitern. Sie marschieren zur Place de Grèves, um von der Commune Brot zu verlangen. Chaumette: Dies hier ist der offene Krieg der Reichen gegen die Armen. Sie wollen uns vernichten. Nun gut, man muß ihnen zuvorkommen: Vernichten wir sie selbst. In unseren Händen liegt die Macht!

Am 5. September vereinigen sich die Sektionen zu einem Umzug und besetzen den Konvent. Die Abgeordneten beraten unter den Augen des Volkes. Der Konvent dekretiert Verhaftungen, Säuberung der Revolutionskomitees, die Aufstellung einer Pariser Revolutionsarmee zur Sicherung der Versorgung. Aber zur Hauptforderung, der Einführung des Maximums, formuliert er nur eine vage Versprechung. Auch die Montagnarden wagen nicht, die Gesetze des freien Markts zu verletzen.

Es war die letzte große Journée. In dem Getümmel im Konvent hatte Jeanbon plötzlich Therese entdeckt. Sie hatte die Arme über der Brust gekreuzt und starrte finster in das Durcheinander. Jeanbon duckte sich unwillkürlich und drängte sich in einen Kreis diskutierender Abgeordneter.

Anfangs hatte er noch gegen die Versuchung, zu ihrem Stand zu gehen, gekämpft. Dann hatte er es aufgegeben. Angeblich

genügte es ihm, nur dazustehen und sie zu beobachten. Angeblich wußte er nicht, wohin das führen würde. Sie hatte getan, als bemerkte sie ihn nicht, doch als Paul verschwunden war, kam sie zu ihm herüber. Sie gingen, als wären sie verabredet gewesen, sie gingen, als wüßten sie schon jetzt, wohin sie gehen würden. Da war ein Einverständnis und eine Zielstrebigkeit, vor der er erschrak, und als wäre das von Anfang an klargewesen, standen sie plötzlich vor einer Absteige. In eine solche Spelunke sollte er gehen und nach einem Zimmer fragen?
Natürlich fragte er nach einem Zimmer. Er hörte sich sogar recht forsch fragen, als tue er das nicht zum erstenmal, so daß das Grinsen des Lakaien, der ihm den Zimmerschlüssel gab, nur schwach ausfiel und seine dreckigen Bemerkungen sich in Grenzen hielten, als sie die schmierige Stiege hinaufkletterten.
Merkwürdigerweise war ihm, als wäre es in diesem Hotelzimmer immer sehr still gewesen. Das Haus bebte von Gekreisch, Flüchen, Stöhnen und Gelächter, und wenn sie aus ihrem Zimmer traten, hörten sie es auch. Aber drinnen war es stets sehr still gewesen.
Er bestellte immer Essen und Wein. Es war ihm gleichgültig, was das kostete. Es war ihm vieles gleichgültig geworden. Louis Capet war tot. Ein Kompromiß mit Europa war nicht mehr möglich. Es gab kein Zurück mehr. Wenn sie jetzt sagten, Sieg oder Tod, dann meinten sie das wörtlich. Sie alle kannten das Manifest des Herzogs von Braunschweig. Sie wußten, was mit ihnen geschehen würde. Der Galgen wäre das geringste. Wenn die Revolution am Ende etwa fünfundvierzigtausend Menschen das Leben kostete, so hätten mindestens eine Million dran glauben müssen, hätten sie die Revolution in diesem Augenblick angehalten.
Nachdem Therese gegessen hatte, war sie aufgestanden und hatte begonnen, sich auszuziehen.
Was ist? sagte sie.

Sie war nicht erstaunt darüber, wie er dastand, und sie lachte auch nicht. Sie zog ihn aus. Er zitterte vor Scham und Entsetzen, aber er hielt still.
Sie genoß dieses Hotelzimmer, das Essen, den Wein, das Bett. So komfortabel habe sie noch nie gelegen. Und Paul?
Hast du Angst, daß er die Tür einschlägt und plötzlich im Zimmer steht? sagte sie. Komm her. Denk einfach nicht an ihn.
Beim nächstenmal hatte sie blaue Flecke auf Armen und Schultern, und ihre Oberlippe war aufgeplatzt.
Das geht dich nichts an, sagte sie lächelnd.
Wenn das Essen kam, setzte sie sich an den Tisch wie vor eine Arbeit. Ihre großen, rissigen Hände handhabten Messer und Gabel wie Werkzeuge. Paul war Bauarbeiter gewesen. Vor zwei Jahren war er vom Gerüst gestürzt. Sein rechter Arm war seitdem nicht mehr richtig zu bewegen. Eine Freundin hat ihn mir vermacht, sagte sie. Mit dem Arm wollte sie ihn nicht mehr. Was sollte ich machen. Ich hatte zwei Kinder. Da hab' ich ihn genommen. Wer ihr Vater war, wußte sie nicht. Den Stand hatte sie von ihrer Mutter geerbt. Ein altes Geschlecht von Marktweibern.
Erst allmählich spürte er ihren großen, mageren Leib, der dennoch weich und warm war, und nach und nach spürte er auch seinen eigenen Körper. Sie hatte recht. Wie schmierig auch die Laken, wie stinkend und verfleckt – das Bett war wunderbar, und jenseits von ihm war die Welt zu Ende.
Eines Tages löste er ihr Haar. Er kämmte es. Es ging ihr fast bis auf die Hüften. Es waren schon graue Strähnen darin. Und während er es kämmte, machte er eine Entdeckung, die den reinlichen Calvinisten erstarren ließ: Sie hatte Läuse. Aber was tat er? Er wurde jetzt noch rot, wenn er daran dachte. Er begann, ihr die Läuse abzusuchen. Plötzlich saßen sie im Bett und suchten sich gegenseitig die Läuse ab. Sie lausten sich wie

zwei Affen, kichernd, voller Jagdeifer und sehr befriedigt, wenn sie eine zwischen den Daumennägeln knackten. Und erst da schliefen sie miteinander. Sie zog ihn plötzlich über sich und nahm ihn in sich auf. Er wurde eifrig, er wollte es ihr recht machen, er war stolz. Doch nach einer Weile begann er nachzulassen, er spürte nichts, und als er sich nur noch ganz wenig bewegte, fühlte er sie starr werden. Ihr Bauch wölbte sich hart hervor, sie warf den Kopf in den Nacken. Die Lider über ihren Augen flatterten. Sie hatte das Kreuz durchgebogen. Sie atmete nicht mehr.

Und dann, nach einer endlosen Minute, brach sie mit einem langen Schrei zusammen, barg sie mit kleinen Lauten ihr Gesicht in seiner Achselhöhle, während es in ihr wie Wellen pulste und ihm das Licht der Kerze zu einer grellen Sonne aufgehen und zu einem kleinen Lichtfunken zusammensinken ließ.

Insgesamt war er mit ihr nicht öfter als sechs- bis siebenmal ins Hotel gegangen.

Er sah sie da oben stehen und ins Getümmel des Konvents herunterblicken, brütend, finster, mißtrauisch. Er wußte, wenn er zu ihr ging, würde sie ihn nach Jacques Roux fragen. Habt ihr die Spekulation geächtet? hatte Jacques Roux geschrieben. Nein. Habt ihr die Todesstrafe für Schieber verhängt? Nein. Habt ihr bestimmt, worin die Freiheit des Handelns besteht? Nein. Habt ihr den Handel mit Hartgeld verboteen? Nein. Nun gut – wir erklären euch, daß ihr für das Glück des Volkes nicht alles getan habt. Die Freiheit ist nichts als leerer Wahn, wenn eine Menschenklasse die andere ungestraft aushungern kann. Die Gleichheit ist nichts als leerer Wahn, wenn der Reiche mit Hilfe des Monopols das Recht über Leben und Tod seines Mitmenschen ausübt. Die Republik ist nichts als leerer Wahn, wenn sich die Konterrevolution Tag für Tag durch den Preis der Lebensmittel vollzieht, den dreiviertel der

Bürger nicht bezahlen können, ohne Tränen zu vergießen. Entscheidet also noch einmal. Die Sansculotten mit ihren Piken werden eure Dekrete zur Ausführung bringen.
Sie hatten entschieden. Der besetzte Konvent beeilte sich, die radikalsten Maßnahmen zu ergreifen, der plötzlich von revolutionärem Eifer überschäumende Konvent flehte das Volk geradezu an, ihm die Gesetze zu diktieren. Aber heute morgen hatten sie Jacques Roux verhaften lassen im Klub. Er war im Auftrag nicht nur seiner Sektion da, der Sektion Gravilliers, sondern auch anderer. Sie hatten entschieden, ihn verhaften zu lassen. Sie hatten entschieden, sich nicht links überholen zu lassen. Sie hatten entschieden, ihm das Maul zu stopfen.
Jeanbon löste sich aus der Gruppe diskutierender Abgeordneter und drängte sich zu ihr hin. Therese, rief er. Doch als sie ihn kommen sah, setzte sie sich in eine Bank. Wie schutzsuchend verschränkte sie die Arme über der Brust. Genau wie auf dem Bild, das David von ihr gemalt hatte. Und jetzt wußte er auch, woher er den Blick kannte, den sie auf dem Bild hat. Auf dem Bild tritt jemand ins Zimmer. Sie wendet den Kopf. In ihren Augen ist Angst, Verletztheit, Mißtrauen, Verachtung. David hatte den nicht dargestellt, der ins Zimmer tritt. Aber Jeanbon wußte jetzt, wer es war. Er war es selbst. So blickte sie auch, als er im Konvent auf sie zukam.
Er hat sie danach nie mehr gesehen. Er hatte eine Inspektionsreise zur Nordarmee machen müssen, nach Mainz, dann nach Toulon. Aber er war ja immer wieder zurückgekehrt. Hatte er sie vergessen? Nachbarn hörten jetzt oft Gekeife aus seinem Hotelzimmer, Gepolter, obszöne Geräusche, Gekicher, beschwerten sich über die Brutalität, mit der er eine alte Zimmerfrau herumkommandierte, eine Negerin. Er wußte nicht, warum er nicht mehr zu ihrem Stand am Pont Neuf gegangen war. Er wußte nur, daß er etwas ganz und gar Unverzeihliches getan

hatte, etwas das er sich auch in seiner letzten Stunde nicht vergeben würde.
Durch eine Vorhangritze sickerte erstes trübes Licht. Vorsichtig zogen sie jetzt die Degen, spannten die Hähne der Gewehre und Pistolen, ein Geräusch, das verstohlen ums Haus lief. Ein Pferd galoppierte heran, und jetzt, jetzt endlich flog krachend die Tür auf.
Duras fand ihn in einem Winkel zwischen einem Schrank und einer Kommode. Er stellte ihn auf die Füße und führte ihn zum Tisch. Er zog die Vorhänge auf und ließ die Sonne ins Zimmer. Es war elf Uhr. Ein großartiger Fang war ihnen gelungen. Allerdings müsse er eine Einschränkung machen. Eine Person fehle, eine leider nicht ganz unwichtige Person.
Duras erzählte später, Jeanbon sei in Gelächter ausgebrochen, als er hörte, daß Bückler abermals entwischt sei. Doch könne er nicht sagen, welcher Natur dieses Gelächter gewesen sei. Es sei jedoch ein ganz und gar fürchterliches Lachen gewesen, fast irre, johlend, kreischend, jedenfalls sei ihm ganz kalt dabei geworden.
Zwei Tage später erschien Veit. Nicht im Amt, sondern in Jeanbons Haus. Er sah abgerissen aus, verwahrlost, verlangte Geld, um Bückler weiter auf der Spur bleiben zu können. Jeanbon gab es ihm. Er verzichtet darauf, Veit Fragen zu stellen. Er bot ihm Wein an. Sie saßen und schwiegen vor sich hin.
Jeanbon merkte jetzt, wie groß die Zuneigung war, die er für Veit empfand. Niemand liebt gestiefelte Missionare, hatte Robespierre gewarnt. Die Gironde hatte trotzdem den Propagandakrieg eröffnet. Brüderliche Hilfe werde er allen Völkern gewähren, die ihre Freiheit wiedergewinnen wollen, hatte der Konvent im Namen der französischen Nation erklärt. Schwesterrepubliken sollten entstehen. Einen Gürtel

von Republiken wollte Brissot um Frankreich legen. Grégoire kündigte ein Europa ohne Festungen und Grenzen an.
Wie viele junge Leute wie dieser Veit mochte es in Europa geben? Aber hatte er wirklich geglaubt, so einer könnte ihm den Bückler fangen? Hatte er geglaubt, so einer wollte ihm den Bückler fangen?
Galligkeit überschwemmte ihn plötzlich. Woher nahmen sie das Recht, die Köpfe hängen zu lassen? Was hatten sie denn schon geleistet, diese jungen deutschen Herren, die sich Jakobiner nannten, diese Revolutionstouristen. Was gab ihnen das Recht zu ihrer anklägerischen Melancholie? Wo war denn ihre Revolution? Was hatten sie vorzuweisen?
Ich soll Sie übrigens von Ihrem Vater grüßen, sagte Jeanbon.
Veit fuhr hoch.
Ich hatte vorgestern mit ihm zu verhandeln, sagte Jeanbon grinsend.
Ich bin sicher, daß Sie sich glänzend mit ihm verstanden haben, sagte Veit mit einem Gesicht, das schief war von dem Versuch, die Fassung zu bewahren.
Durchaus, sagte Jeanbon. Wir wissen beide, was Macht ist. Im Gegensatz zu gewissen jungen Herren.
Die die Macht verachten, sagte Veit. Denen nichts verächtlicher ist als die Mächtigen.
Jeanbon verstand Veit, ja, er mochte ihn, und trotzdem blies er ins Feuer, wissend, daß ihm Veit diese Stunde nicht verzeihen würde. Er wollte Flammen sehen.
Wußten Sie schon länger, wer ich bin, oder hat es Ihnen mein Vater gesagt?
Jeanbon hätte jetzt lügen können. Er hätte lügen müssen, wenn er Veit nicht verlieren wollte. Was würde es ihn denn kosten, Veit die Erkenntnis zu ersparen, von seinem eigenen Vater verraten worden zu sein. Hatte er denn so viele, die ihn mochten oder denen er wenigstens nicht mißfiel?

Ich hab' es von ihm, sagte Jeanbon.
Veit lachte mit einem hohen, hellen Ton auf.
Interessant, sagte er mit unsicherer Heiterkeit, wann er sich entschließt, einen Sohn zu haben und wann nicht.
Jeanbon hörte wieder das dröhnende Gelächter seines eigenen Vaters, als er nach seinem dritten Schiffbruch nach Hause gekommen war. Und doch hinderte ihn das nicht daran, Veit auch noch den letzten Hieb zu versetzen. Danach würde Ruhe sein, vor ihm nichts als die Öde der Jahre, des Rests.
Ich soll Ihnen ausrichten, Sie sollen nach Hause kommen, sagte er.
Nach Hause? sagte Veit. Wo ist das?
Das wissen Sie genau Baron, sagte Jeanbon.
Veit stand auf und verabschiedete sich. Das heißt, er ging mit einer leichten Verbeugung einfach hinaus. Jeanbon hatte sich nicht bewegt. Auch nach einer Stunde hatte er sich noch nicht bewegt.
Am Sonntagmorgen war er pünktlich um neun in seinem Büro. Seine Unterlagen hatte er in einer Mappe vor sich auf dem Tisch. Er hatte einen Brief an Fouché geschrieben, den er den beiden unabhängig von dem Ergebnis, zu dem sie kamen, mitgeben würde. Er bezweifelte, ob er den beiden das Phänomen Bückler begreiflich machen konnte. Und daß man ihm nicht mit einem der üblichen kleinen Ganovenspitzel kommen konnte. Er hatte natürlich auch gesehen, daß Veit keinerlei kriminalistische Erfahrung hatte. Er war jedoch sicher, daß Fouché seine Taktik verstehen würde. Auf jeden Typus war Bückler vorbereitet, nur nicht auf diesen.
Das Wort konterrevolutionär amüsierte ihn. Doch gleichzeitig merkte er, wie hohl es bereits klang, wie antiquiert. Naiv in den Ohren der schnellen jungen Herren in den Büros und Ministerien.
Kalt und bitter von Staub und Aktengeruch stand die Luft in

dem Raum. Er fror. Es war viertel nach neun, und Fouchés Leute waren immer noch nicht da. Um halb zehn trat er auf den Flur hinaus. Er horchte. Über ihm im Treppenhaus hatte er Stimmen gehört. Hatten die beiden sich verlaufen?
Hallo, rief er.
Messieurs.
Seine Stimme hallte. Er stieg die Treppe hinauf.
Hier bin ich, rief er.
Hier bin ich, kam das Echo.
Hierher, rief er. Hierher, rief das Echo. Er lachte.
Maximilien, rief er plötzlich. Marat. Therese.
Scheiße, schrie er. Das Blut und die Scheiße.
Er lief die Treppe hinauf. Auf einem Gang, der nach rechts führte, sah er weit hinten zwei Figuren um die Ecke biegen. Er schrie, doch sie schienen ihn nicht gehört zu haben. Er lief den Gang hinunter. Als er um die Ecke bog, um die sie verschwunden waren, stand er vor einer schmalen Treppe. An ihrem Ende ein anderer Flur, leer, doch enger, niedriger. Er wollte zurück, doch mußte er den Niedergang übersehen haben, wieder stand er vor einer Treppe, die nach oben ging, jetzt schon eine Stiege. Er öffnete eine schmale Tür. Ein hoher, dämmriger Raum, dessen Ende nicht abzusehen war. Über sich erkannte er Balkenwerk. Er war offenbar auf dem Boden. Um das Dach brauste der Wind. Schon nach wenigen Schritten hatte er die Orientierung verloren zwischen Standuhren, Nachtstühlen, Uniformen, Schneiderpuppen und Kirchenfahnen. Wo war vorne zwischen Schaukelpferden, Klistierspritzen, Stiefelknechten, Stutzuhren, Geflügelscheren, Brillen und Holzbeinen? Wo hinten zwischen Bettpfannen, Mäusefallen, Glasaugen, Daumenschrauben, Geflügelscheren und Wickeltischen? Und plötzlich, zwischen Besenschränken, Spieluhren, Kehrblechen, Bratpfannen, Kasserollen und Nußknackern, entdeckte er die beiden.

Ein großer Dicker und ein kleiner Dünner.
Ich begrüße Sie in meinem Arbeitszimmer, rief Jeanbon. Fangen wir an.

Maria lag, wie Bückler sie verlassen hatte, den Rock über den Hüften, die Bluse offen. Veit war heraufgekommen, hatte seine Sachen geholt und war gegangen. Da hatte Bückler noch neben ihr gelegen. Dann war auch er gegangen.

Der Wind wummerte gegen das Kammerfenster, und da fiel ihr Entschluß. Sie würde das Kind behalten. Sie stand auf.

Kurz darauf stürmte Lisbeth ins Zimmer. Augenblicklich habe sie das Haus zu verlassen. Dies sei zuviel. Sie unterhalte kein Bordell. Und hier sei ihr Lohn.

Sie ging ohne Abschied. Sie mied das Dorf, durchquerte den Apfelgarten und kletterte den Abhang zur Straße hinunter, die ins Tal führte und dann ostwärts ins nächste Dorf. Sie ging nicht schnell, doch zügig. Sie wußte, daß sie einen weiten Weg vor sich hatte. Es gab nicht viel Höfe, die groß genug waren, daß man sie dort brauchen konnte, und sie lagen weit auseinander.

Im Wirtshaus des nächsten Dorfes kehrte sie ein. Als man ihr Essen und Bier brachte, war sie plötzlich verlegen. Sie war nicht gewohnt, etwas zu essen, das sie nicht selbst gekocht hatte, geschweige denn, bedient zu werden. Es war ein ganz neues Gefühl, aber ein schönes, und sie aß langsam und mit Sorgfalt. Schließlich wagte sie, nach einer Kammer für die Nacht zu fragen. Befangen, als hätte sie nie in Wirtshäusern gearbeitet, folgte sie dem Wirt hinauf. Als er gegangen war, sah sie sich um. Es war ihr, als hätte sie etwas ganz Sündhaftes getan, als sie diese Kammer mietete, etwas das ihr überhaupt nicht zustand und das sie niemandem erzählen durfte. Gleichwohl stieg sie geradezu übermütig ins Bett. So luxuriös hatte

sie noch nie gelegen. Sie versuchte, die Situation so lange wie möglich auszukosten, doch sehr bald fielen ihr vor Wohlsein die Augen zu. Sie schlief tief und fest in dieser Nacht.
Die Sonne schien, als sie am nächsten Morgen aus der Tür trat. Weit und klar lag das Land vor ihr, und weit und licht war ihr auch zumute. Aus einem Labyrinth von Ställen, Küchen, Futterkammern, Kornböden und Abstellkammern hatte sie ins Freie gefunden. Sie würde ihrem Kind ein Haus suchen. Von nun an teilte sie ihr Leben ein in die Zeit vor diesem Augenblick und die danach. Sie hatte eine Geschichte.
Es war schön auf der Landstraße. Kutschen, Wagen, Reiter, Bauern, Viehhändler, Krämer, Soldaten, Zigeuner – auf jeden war sie neugierig, jedem blickte sie ins Gesicht, auf jeden freute sie sich. Immer war Kraft aus ihr herausgesogen und vernutzt worden. Jetzt würde wenigstens ein Teil davon in ihrem Kind wiedererscheinen. So wäre sie nicht mehr ganz so geknechtet, nicht mehr ganz bloß Instrument. Einen Teil ihrer Kraft würde sie ihren Herren entziehen.
Es war schön zu gehen. Es war schön, unter Menschen zu sein. An ihr Kind denkend, merkte sie, wieviel Liebe in ihr war, die nicht herausgekonnt hatte. Ununterscheidbar waren die Jahre gewesen. Ihre Herren wechselten, aber nicht ihr Verhältnis zu ihnen und ihren Familien. Sie war nicht viel mehr gewesen als Vieh, das nach getaner Arbeit wieder in seinen Verschlag geführt wurde. Gewiß, die Mägde und Knechte im Dorf und in der Umgebung kannten sich, saßen beieinander auf Kirmessen und Tanzereien, stießen sich gegenseitig in die Rippen, wenn ihre Herren vorübertanzten oder vorübertorkelten. Sie hielten zusammen, so gut es ging, aber insgeheim dachten sie alle voneinander, wie ihre Herren über sie dachten. Sie verachteten sich gegenseitig, und sie verachteten sich selbst.
Manchmal bog sie von der Straße ab, folgte Wegen, die in Pfade übergingen, die sich im Wald verliefen, bis nur noch der Wind

und die Geräusche, die Tiere machen, zu hören waren. Und manchmal schlief sie auch im Wald. Unter herabhängenden Tannenästen machte sie sich ein Nest aus trockenem Reisig, zog ihren Umhang über den Kopf und ließ sich vom Nachtwind in den Schlaf flüstern. All die Nächte in Verschlägen, Kammern, Ställen, auf Stroh, auf Bänken, auf dem nackten Boden. Seit sie Veit getroffen hatte, träumte sie anders. Nicht mehr von Tieren, Steinen, Gewässern, jetzt träumte sie in Menschengesichtern. Doch nicht von ihm. Ihn kannte sie ja – betrunken auf einem Stuhl eine Ansprache haltend, nackt und schlafend auf ihrem Bett; ihn hatte sie ja in ihrem Kästchen. Und dennoch schienen all die Gesichter, die sie träumte, in unterirdischer Verbindung mit ihm zu stehen, mit seinem Leib auf ihrem Bett, aus dem sie an langen Wurzeln hängend sprossen wie Seerosen.

Dann wieder trieb sie sich auf Märkten umher, badete förmlich in Geschrei und Gedränge. Gar nicht lärmig genug konnte es ihr sein, und je schriller die Stimmen der Marktweiber und Ausrufer, je greller die Geschichten der Moritatensänger (vor allem die Geschichten vom Schinderhannes), desto lieber. Einmal sah sie von weitem Joschi. Er lachte ihr zu und tauchte wieder in der Menge unter.

Es war angenehm gewesen mit Bückler. Zum erstenmal hatte sie mit einem Mann geschlafen. Sie hatte gewußt, daß sie Bückler nicht wiedersehen würde. Aber gerade das hatte es ihr leicht gemacht mit ihm. Und daß sie nicht mehr schwanger werden konnte, weil sie es ja schon war. Sie war neugierig gewesen, und er hatte ihr gefallen. Das Freche an ihm hatte ihr gefallen. Seine Anmaßung zu wissen, daß er ihr gefiele. Die Unverschämtheit, sicher zu sein, daß er sie kriegte. Aber auch das Spielerische: Zu tun, als wisse er noch nicht, ob er sie überhaupt haben wolle. Das war eigentlich das Frechste. Das konnte nur einer, der schon viele gehabt hatte. Auch das hatte

eine Rolle gespielt. Zu wissen, daß sie in guten Händen sein würde.
Er war ein bißchen müde gewesen und hatte es gar nicht eilig. Er mußte an ihr sozusagen erst in Fahrt kommen. Anfangs hatte sie aus Unsicherheit ihre Hände dorthin getan, wo er seine hatte, spiegelbildlich. Streichelte er ihre Schultern, streichelte sie seine. Aber dann merkte sie, daß nicht nur sie auf ihn hörte, sondern er auch auf sie. So hatte sie es ein bißchen steuern können. War aber auch gern überrascht worden.
Die Zurückweisung durch Veit tat ihr nicht mehr weh. Für einen Moment hatte sie sehr Unterschiedliches nicht auseinandergehalten. An seine reale Person dachte sie eigentlich gleichgültig, ein bißchen mitleidig, jedenfalls wie an einen, den sie zum letztenmal gesehen hatte.
Mit großem Behagen dachte sie dagegen an ihre Barschaft. Da war die Börse, die Veit dagelassen hatte, und da war die Börse, die ihr Bückler aufs Kissen gelegt hatte. Da war der Lohn, den sie von Lisbeth bekommen hatte, und da war Veits Uhr samt Kette. Das war mehr, als hätte sie in der Lotterie gewonnen.
So daß sie gelassen blieb, als Lisbeth hereinstürmte, nachdem hinter Bückler die Tür zugefallen war, und sie kreischend aufforderte, augenblicklich das Haus zu verlassen. Sie war nicht überrascht über Lisbeths Wut. Schließlich hatte sie mit Hilfe Bücklers nicht nur Veit, sondern auch Lisbeth etwas beweisen wollen. Und obwohl sie wußte, daß sie Lisbeth damit nur noch mehr provozieren würde, hatte sie gelächelt.
Und wann wollt ihr heiraten? hatte sie gefragt.
Lisbeths Schimpfkanonade brach ab, als hätte man ihr den Hals zugehalten.
Wann wir heiraten?
Lisbeth starrte sie an.
Im Juni, sagte sie trotzig.
Es war nicht schwer zu sehen, daß sie sich in diesem Augenblick

entschieden hatte, und nicht nur vor Maria, sondern auch vor sich selbst. Jetzt konnte sie nicht mehr zurück. Maria sah es mit Schadenfreude.
Du mußt ihn doch nicht heiraten, sagte sie lächelnd.
Ich kann gar nicht anders, sagte Lisbeth.
Sie sah so trübselig aus in diesem Augenblick, daß Maria Mühe hatte, sich das Lachen zu verbeißen. Es ist nicht einfach, den Kummer der Besitzenden zu teilen.
Es war frech gewesen, mit Bückler anzubändeln. Die Magd hatte der Herrin signalisiert, daß auch sie für Männer interessant ist. Da machte sich das Gesinde mausig mit Gesindel.
Sie hatte ihre Sachen in den Schrank getan, in dem auch die Kleider von Lisbeths Mann hingen, und plötzlich hatte sie sich eine von seinen Hosen gegriffen und angezogen. Sie blickte an sich herab. Sie mußte lachen, aber die Hose paßte ihr. Sie zog eines seiner Hemden an, dann eine Weste, dann den Rock dazu. Sie trat vor den Spiegel. Und da setzte sie sich seinen runden Hut auf. Und wenn sie sich jetzt noch das Haar abschnitte?
Ihr wurde unheimlich. Das Gesicht, das sie aus dem Spiegel anblickte, wurde ihr immer fremder, je länger sie es betrachtete. Sie zog hastig die Sachen aus und legte sie in den Schrank zurück.
Es war Frühling. Noch lag das Land erdbraun unter der warmen Luft. Doch ein Rieseln, Schwellen, Atmen überall, und nur noch Tage, und über Nacht wäre das Land grün, hätte der Wald wieder Sprache. Die Vorstellung, wie sie zum erstenmal ihr Kind im Arm halten würde, diesen winzigen, süß riechenden Körper, war so überwältigend, daß sie sich nur selten gestattete, zumal immer etwas Wehes dabei wach wurde, eine Sehnsucht nach ihrer Mutter. Vor Jahren hatte man sie einmal aus dem Stall gerufen. Auf dem Hof stand eine hagere, krank aussehende Frau. Sie behauptete, ihre Schwester zu sein. Sie hatten einander so fremd angestarrt, die Vorstellung, mit die-

sem Menschen etwas gemeinsam zu haben, war so bizarr, daß sie der Frau aus Verlegenheit all ihr Geld gab, nur damit sie ging. Jetzt bedauerte sie, daß sie keine Fragen gestellt hatte. Vielleicht hätte sie etwas über ihre Mutter sagen können. Oder über ihren Vater. Vor allem aber über ihre Mutter.

Es schien ihr neu und seltsam, Wörter wie Vater und Mutter zu denken. Bisher hatte sie zu denen gehört, die Vater und Mutter eigentlich nicht haben, die kein Herkommen haben und auch keinen Namen, die entstehen und mit dem Schwinden ihrer Kraft wieder vergehen, ein Heer von Namenlosen, über die es kein Erzählen und für die es kein Gedächtnis gibt und die so gut wie nicht existiert hatten.

Bisher hatte sie nur Absagen bekommen. An ihrer Person war immer Interesse gewesen. Aber wenn sie sagte, sie sei schwanger und sie wolle das Kind bekommen, das sei Bedingung, war das Gespräch immer abrupt zu Ende gewesen, meist unter unflätigen Beschimpfungen. Aber vorher war ein gieriges, abtaxierendes Aufleuchten in den Augen der Bauern gewesen. Da rechneten sie sich schon etwas aus. Da dachten sie, sie hätten einen Fang gemacht mit diesem Klotz von Weib.

Sie mußte immer öfter rasten. Mit zehn war sie zu einem Bauern zwei Dörfer weiter gegeben worden. Davor hatte sie ein paar Jahre bei einer Tante gelebt oder einer Frau, die sie so nannte, eine mürrische, harte Alte, die allein lebte und bei Bauern arbeitete, so lange sie konnte. Sie mußte längst tot sein. Trotzdem war sie zu dem Dorf gewandert. Sie hatte auch das winzige Haus am Dorfende wiedererkannt. Eine Frau mit vielen Kindern lebte darin. An die Alte, an ihre Tante, konnte sich niemand mehr erinnern.

Es gab im weiten Umkreis keinen Hof mehr, wo sie sich nicht schon angeboten hätte, und allmählich gestand sie sich ein, was sie nicht hatte wahrhaben wollen: Für eine Magd, die schwanger war, gab es keine Arbeit und kein Unterkommen. Da konnte sie so weit herumfragen, wie sie wollte. Also doch die Engelmacherin?

Sie wanderte jetzt ohne Ziel. Sie sah das Rennen und Laufen um sich herum und ihr war, als wäre sie auf die Rückseite der Welt geraten. Von vorn hatten die Fäden altbekannte, geordnete Muster gezeigt, von hinten dagegen ein undurchschaubares Gewirr. Sie saß jetzt oft in Kirchen. Nicht um zu beten, sondern der Stille wegen. Bei ihrer Tante, wenn sie nachmittags allein war, hatte sie manchmal das Gefühl gehabt, die andern wären alle weggegangen. Sie war kein ängstliches Mädchen. Man konnte sie im Dunkeln auf den Speicher oder in den Keller schicken. Aber vor diesen Nachmittagen, wenn das Dorf wie ausgestorben unter einem hohen, hellgrauen Himmel lag, hatte sie Angst. Eine grauenhafte Ahnung kam dann in ihr auf. Die anderen wären alle weggegangen, die Menschen hätten sich aus der Welt gestohlen und sie zurückgelassen. Sie wäre allein auf der Welt.

Zum Schluß hatte sie kaum noch nach Arbeit fragen können, so sehr hatte ihr der Haß in der Kehle gesessen. All die Hunde, diese kläffenden, geifernden Schnauzen. Aber das war vorbei.

Gleichgültig schleppte sie sich weiter. Aus den Tälern heraus auf die Hochebenen, wo es wenig Menschen gab, nur selten ein Dorf, wie verlassen liegend unter einem hohen, gleichgültigen Himmel, unter dem die Luft wie Blei stand.

Es war an einem solchen Nachmittag, daß sie in ein Dorf kam. Sie hatte Durst, doch sie wagte schon nicht mehr, nach einem Trunk Wasser zu fragen. Sie hatte das Dorf beinahe schon durchquert, als ihr ein Hof auffiel. Es lag genauso verlassen unter dem grauen Himmel wie alle andern. Nur, daß eine Kuh brüllte. Wie sie brüllte, mußte sie sehr lange nicht mehr gefüttert worden sein. So wagte sie es und klopfte. Als niemand antwortete, drückte sie die Klinke. Die Tür war offen. Sie ging durch den Flur in die Küche. Auch hier niemand. Nur Feuchtigkeit und Kälte. Schließlich öffnete sie eine Tür. Eine Schlafkammer, eng und dunkel. In dem einen der beiden Betten lag ein alter Mann. Er fieberte, murmelte wirres Zeug. Der Gestank war unerträglich. Als sie in die Küche kam, stand sie plötzlich vor einem kleinen Mädchen. Sie mochte acht sein. Sie stellte eine Kanne Milch auf den Tisch und legte einen Laib Brot dazu. Das sei für den Alten.

Ob sich denn niemand um ihn kümmere?

Das Mädchen zuckte die Achseln und ging.

Sie setzte sich. Nur für einen Augenblick dachte sie.

Sie senkte den Kopf. Also doch die Engelmacherin. Auch wenn sie es überstehen würde, wäre sie tot danach. Warum aber dann nicht gleich? dachte sie. Warum noch die Quälerei? Warum nicht jetzt und hier, wo es ohnehin bald einen Toten geben würde?

Eine Gleichgültigkeit, wie sie sie noch nie an sich erlebt hatte, begann sich in ihr auszubreiten, als beginne sie sich selbst zu verlassen, als sei sie aus sich herausgetreten und bewege sich von sich weg, von allem weg. Trotzdem ging sie hinüber, als sie aus der Kammer einen Laut hörte. Der Alte umklammerte ihre Hand. Durst, verstand sie, und so ging sie in die Küche und machte Feuer im Herd. Sie setzte einen Topf mit Milch auf und brockte Brot dazu. Mit einem Löffel flößte sie dem Alten die Milch und das Brot ein. Danach ging sie in den Stall. Sie konnte das Brüllen der Kuh nicht mehr hören, eine ganz automatische Reaktion, auf die sie seit ihrer Kindheit dressiert worden war. Die Kuh war völlig verwahrlost. Sie mistete, legte ihr Heu vor, holte Wasser, häckselte Rüben. Außer der Kuh gab es nur noch ein paar Hühner auf dem Hof. Im Stroh des Stalls fand sie Eier. Die Küche begann schon warm zu werden.

Als Bruno Stiller, der Bauer, spät am Abend aus dem Fieber auftauchte, lag er in der Küche auf einem Strohsack in sauberem Bettzeug. Zwei Lichter standen auf dem Tisch, und es war warm. Am Herd saß eine fremde Frau. Sie hatte die Schuhe ausgezogen und die Beine auf einen Stuhl gelegt. Sie blickte ins Feuer.

Stiller rührte sich nicht. Er war schon weit weggewesen. Er hatte geglaubt, diese Küche, dieses Haus, dieses Dorf für immer verlassen zu haben. Die Frau mußte etwas gespürt haben. Sie blickte auf.

Da seid Ihr ja wieder, sagte sie.

Er war zu schwach, um zu sprechen. Als sie mit warmer Milch, Brot und Omelette kam, schluckte er gehorsam. Danach fielen ihm wieder die Augen zu. Als er erwachte, schien die Sonne in die Küche, und es läutete Mittag. Die Küche war leer. Er horchte. Als er ein Geräusch hörte, durchfuhr ihn ein freudiger Schreck. Die Frau schien doch nicht gegangen zu sein. Als sie die Küche betrat, schloß er halb die Augen, um sie besser beobachten zu können. Sie hatte nur einen Rock und ein Hemd an, das auf der Brust offen war. Sie ging barfuß. Sie war in der Räucherkammer gewesen. Sie legte ein Stück Speck und ein paar Würste auf den Tisch. Die Kuh war still, sie mußte sie gefüttert haben. Die Frau machte einen abwesenden, gleichgültigen Eindruck. So als legte sie ihm etwas zu essen hin, bevor sie ging. Würde sie das tun, wäre er verloren.

Aber wollte er nicht sterben?

Er war zweiundsechzig. Vor drei Monaten war seine Frau gestorben, und er sollte zu seiner Tochter ziehen. Er hatte sich geweigert, dann war er krank geworden. Wenn es ihm wirklich dreckig geht, wird er schon kommen, hatte sein Schwiegersohn gesagt, vor so viel Starrsinn die Achseln zuckend, und war mit seiner Frau gegangen. Er räusperte sich.

Guten Morgen, sagte sie.

Sie setzte Milch auf. Dann griff sie ihm mit der einen Hand in den Rücken, richtete ihn auf und setzte ihm mit der anderen

einen Becher mit Milch an den Mund. Ihr Hemd stand ziemlich weit offen, und er konnte den Ansatz ihrer Brust sehen. Er trank, und sie legte ihn wieder zurück.
Als er erwachte, saß sie am Tisch und rupfte ein Huhn. Er überlegte noch, wie er anfangen sollte, als sie von sich aus erzählte, wie sie ihn gefunden hatte, wer sie war, wie sie hieß und daß sie auf dem Weg nach Mainz zu einer Tante sei.
Sie briet das Huhn, dann schnitt sie das Fleisch eines Schenkels klein. Als sie ihn damit füttern wollte, weigerte er sich zu essen.
Warum? sagte sie.
Er senkte die Augen vor ihrem Blick.
Weil Ihr Angst habt, ich gehe weg?
Er nickte.
Macht den Mund auf, sagte sie.
Er aß, dann schlief er wieder ein, diesmal für lange. Manchmal war es hell in der Küche, wenn er im Halbschlaf die Augen öffnete, manchmal dunkel. Er mußte mindestens zwei Tage geschlafen haben, doch schließlich war er wirklich wach.
Es war dunkel draußen. Im Herd brannte ein gewaltiges Feuer. Der große Kessel stand darauf, in der Mitte der Küche ein Zuber mit Wasser. Sie hatte die Ärmel ihres Hemdes aufgekrempelt und hob einen zweiten Topf mit Wasser auf den Herd. Er tat, als schlafe er, aber sie kam und rüttelte ihn.
Aufstehen, rief sie. Jetzt wird gebadet.
Sie goß kochendes Wasser in den Zuber, prüfte die Temperatur, schüttete kaltes Wasser dazu, und dann kam sie und stellte ihn auf die Füße. Sie zog ihm die Socken aus und streifte ihm das Nachthemd herunter. Er stand nackt vor ihr. Sie führte ihn zu dem Zuber, und ehe er sich's versah, hob sie ihn hoch und setzte ihn hinein.
Ist es zu heiß? sagte sie.
Er antwortete nicht. Doch schien sie das auch nicht erwartet zu

haben. Sie war selber verlegen. Sie machte sich am Tisch und am Herd zu schaffen. Von dem Rest des Huhns bereitete sie eine Suppe. Als sie den Topf schließlich aufs Feuer gesetzt hatte, kam sie zu ihm. Er schämte sich. Die Wasseroberfläche hatte sich ölig getrübt. Gelbe Brocken schwammen darauf. Sie wusch ihm das Haar, und dann griff sie ihm unter die Achseln und stellte ihn auf die Füße. Sie seifte ihn von oben bis unten ein.

Er keuchte. Er hätte sich eine solche Wohltat noch nicht einmal vorstellen können. Sein Geschlecht hatte keine Zeit gehabt, sich aufzurichten. Als sie es das zweitemal berührte, ergoß er sich in ihre Hand. Er hoffte, sie bemerkte es nicht.

Schließlich half sie ihm aus dem Zuber und führte ihn zu dem flachen Bottich. Sie spülte ihn mit frischem Wasser ab, rieb ihn trocken, streifte ihm ein sauberes Nachthemd über, hüllte ihn in eine Decke und setzte ihn auf einen Stuhl. Mit einem Eimer schöpfte sie Bottich und Zuber soweit leer, daß sie sie aus der Küche hinausziehen und draußen ausgießen konnte.

Schließlich war die Suppe fertig. Sie fütterte ihn: ein Löffel Suppe, ein Stück Brot. Danach schnitt sie ihm die Fingernägel. Sie schnitt ihm die Fußnägel, und sie schnitt ihm das Haar, das weiß war. Dann holte sie sein Rasierzeug. Ein schönes, längliches, fast frauenhaftes Gesicht kam unter dem Messer hervor.

Er erwachte am späten Vormittag. Die Küche war leer. Er war plötzlich in Panik. Er horchte ins Haus. Er ging in den Flur und stieg die Treppe hinauf. Das eine Zimmer war leer. Er stieß die Tür des anderen auf. Sie stand am Fenster mit einem Strick in der Hand.

Er nahm sie bei der Hand und ging mit ihr hinunter. Ich hab' Hunger, sagte er. Danach wollte er gefüttert und ins Bett gebracht werden. Geh nicht weg, während ich schlafe, sagte er.

Nein, sagte sie. Ich verspreche es.

Sie war am nächsten Morgen dabei, die Kuh zu versorgen, als er im Stall erschien, im Nachthemd.

Da bist du ja, sagte er.

Sie führte ihn in die Küche zurück. Sie briet ihm Eier, sie machte Milch warm, schnitt Brot auf.

Warum tust du das alles? sagte er.

Wärt Ihr denn lieber gestorben? sagte sie.

Ja, sagte er. Anfangs schon.

Und jetzt nicht mehr?

Er zuckte die Schultern. Er wußte nicht, was er antworten sollte. So wie es aussah, würde er gesund werden, und dann säße er wieder allein in diesem Haus. Vor der Vorstellung graute ihm. Er hatte sein ganzes Leben in diesem Haus, in diesem Dorf verbracht. Als seine Frau starb, war auch der letzte Grund entfallen weiterzuleben. Die Wiederholung des immer Gleichen hatte längst das Beruhigende verloren. Vertrautheit, Wiederholung begannen zu schmerzen, wurden Terror. Aus dem sich Wiederholenden entwich der Sinn wie aus einem Wort, wenn es endlos nachgesprochen wird, kindisches Lallen schließlich, absurder Laut, peinigend.

Mit dieser Frau war etwas anders geworden. Er mußte schon bis in seine frühe Kindheit zurückgehen, um für die Augenblicke, die er in den letzten Tagen erlebt hatte, Vergleichbares zu finden. Er war nicht zum Kind geworden unter ihren Händen, aber er war auch nicht mehr der mißtrauische, aufrechnende, harte Bauer, der er gewesen war, werden mußte, um hier zu überleben. Jetzt hätte er neugierig auf sich werden können. Aber er war ein alter Mann, und die Frau würde gehen, sobald er gesund war.

Maria verstand gut, warum er nicht geantwortet hatte, als sie ihn fragte, ob er jetzt wieder leben wolle. So hatte sie viele auf dem Altenteil gesehen, und oft hatte sie sie sagen hören, allein

am Herd oder im Bett, warum kann ich nicht sterben? Ich möchte so gerne sterben.
Wäre er anders gewesen, gierig darauf weiterzuleben, sich festkrallend, winselnd, wäre sie längst nicht mehr da. Aber er hatte ja losgelassen, ähnlich wie sie, und so, in der Schwebe, in einem Zwischenbereich, war es angenehm für eine Weile.
Übrigens gefiel er ihr. Ein schöner alter Mann, so groß wie sie und, wenn er sich erholt haben würde, durchaus nicht hinfällig. Er hatte das Schlimmste überstanden. Wenn er wollte, könnte er wieder auf die Beine kommen.
Morgen früh gehe ich, sagte sie beim Mittagessen.
Am Nachmittag, aus dem Stall kommend, sah sie ihn im Garten. Ein heftiger Schauer ging nieder, und er stand, nur in Hemd und Hose, unter den Bäumen. Zorn packte sie. Sie zerrte ihn schimpfend ins Haus, zog ihm die nassen Kleider vom Leib, rieb ihn ab, zog ihm trockene Sachen an und steckte ihn ins Bett.
Dafür habe sie nicht gearbeitet, schrie sie. Dann hätte sie ihn ja gleich liegenlassen können. Jetzt müsse sie wieder von vorn anfangen.
Sie war zornig, aber offenbar auch auf sich selbst. Sie sprach bis zum Dunkelwerden nicht mehr mit ihm. Am Abend, eine Zwiebel schälend, schnitt sie sich bös und tief in die Hand. Das Blut schoß über die Zwiebel, doch sie rührte sich nicht, sah nur teilnahmslos zu. Er sprang aus dem Bett, holte saubere Leinwand und verband ihr die Hand. Sie ließ ihn schweigend machen.
Sie blieb einsilbig und ging früh schlafen. Sie schlief in einem der beiden Betten in der Kammer nebenan, er immer noch in der Küche. Er fühlte, es arbeitete in ihr. Der Schwebezustand, in dem sie gelebt hatten, war zu Ende, und da stand er auf, ging in die Kammer und legte sich in das Bett neben ihrem. Er spürte, daß sie wach war, doch sie schwieg.

Sie wachte vor ihm auf. Sie betrachtete lange sein Gesicht. Es war nichts Schwächliches darin. Es war ruhig und klar und kraftvoll. Solche hatte sie nicht viele gesehen. Sie stand auf.
Nach dem Frühstück saßen sie auf der Bank hinter dem Haus in der Sonne. Und da sagte sie, daß sie schwanger sei und gehen müsse. Es war Sonntag, und es läutete zum Hochamt, und da sagte er: Weißt du was? Jetzt gehen wir in die Kirche.
Er wartete ihre Antwort nicht ab und ging ins Haus. Als er in seinen Sonntagskleidern vor ihr stand, mußte sie lächeln. Er sah gut darin aus. Groß, schlank, fast elegant.
Ein Tuscheln ging durch die Kirche, als sie eintraten. Als das Hochamt zu Ende war, bot er ihr den Arm und führte sie hinaus. Vor der Kirche kaufte er ihr von einem Händler ein Seidentuch und legte es ihr um die Schultern.
Er wollte, daß sie möglichst bald heirateten, und so ging er schon am nächsten Tag zum Pfarrer, um das Aufgebot zu bestellen. Aber der lehnte es ab, die Zeremonie zu vollziehen. So blieb es bei der Ziviltrauung, die die Franzosen eingeführt hatten, und das war ihnen genauso recht. Mit den beiden Trauzeugen, einem Jugendfreund von ihm, einem Witwer, und dem Lehrer gingen sie nach der Trauung ins Nachbardorf ins Wirtshaus zum Essen. Auf dem Nachhauseweg, als sie allein waren, gab sie ihm Veits Uhr. Er machte große Augen.
Aus einem meiner Raubüberfälle, sagte sie lachend.
Zwar hatten sie noch einige erbitterte Angriffe seiner Tochter und seines Schwiegersohnes abzuwehren, aber dann war Ruhe. Der Stall füllte sich allmählich wieder mit Vieh, und fürs nächste Jahr wollten sie Land dazu pachten.
Eines Abends im September, als sie verschwitzt und verdreckt aus dem Stall kam, hatte er eine Überraschung für sie. Auf dem Herd siedeten zwei große Kessel mit Wasser, auf dem Küchenboden stand der große Zuber und der Bottich. Er hatte ihr ein Bad gemacht.

Jetzt bist du einmal dran, sagte er.
Sie zierte sich, doch er ließ nicht locker. Er zog sie aus und half ihr in den Zuber. Zuerst hatte sie sich ihres Bauchs geschämt, doch als er ihr Haar zu waschen begann, schloß sie die Augen und überließ sich seinen Händen. Er wusch ihre Füße und ihre Hände, er ließ sie aufstehen und seifte sie ein. Er war langsam und gründlich. Danach ließ er sie in den Bottich steigen, begoß sie mit klarem Wasser und rieb sie trocken.
Er legte sein Ohr an ihren Bauch.
Hallo, rief er. Kannst du mich hören?
Sie war überzeugt davon, daß sie einen Jungen bekommen würde. Sie kam aber mit einem Mädchen nieder. Sie war ganz verblüfft, als sie hörte, daß es ein Mädchen war, und auch ein wenig enttäuscht. Je länger sie aber darüber nachdachte, desto schöner fand sie es. Ein bißchen war ihr, als hätte sie eine kleine Schwester bekommen.
Ein halbes Jahr später war sie wieder schwanger, und ihr war es recht.

Seit der Aktion von Lettweiler war Bewegung in die Fahndung nach Bückler gekommen. Bereits eine Woche später verfügte Jeanbon die Einsetzung eines Sondergerichts in Mainz. Die bei der Aktion vom 1. April Aufgegriffenen wurden im Mainzer Arresthaus zusammengefaßt.
Bückler reagierte darauf mit etwas, was später die Schinderhannes-Parade genannt wurde. Am Abend des 12. April ruft er den Bauern Wilhelm Bollenbach in Oberhausen an der Nahe aus dem Stall. Draußen sind fünfzehn bewaffnete Männer angetreten. Auf Bücklers Kommando präsentieren sie die Gewehre. So absurd die Szene, sie spricht sich sofort herum, und das Resultat gibt Bückler recht. Man traut ihm jetzt zu, daß er jederzeit mindestens dreihundert Mann zusammenfassen und in Aktionen führen kann.
Als Joschi wenig später Veit zum Trombacher Hof brachte, lachte Bückler. Willst du mich schon wieder retten? rief er. Veit hatte allerdings etwas vorzuschlagen, was dem nahekam. Bückler hatte gar nicht so weit daneben geraten. Und so kam es kurz danach nicht weit vom Trombacher Hof im Wald zu einer erstaunlichen Szene.
Unter den Augen einiger Bauern aus dem nahegelegenen Alten-Bamberg bewegen sich zwei schwerbewaffnete, aus jeweils acht Männern bestehende Gruppen vorsichtig aufeinander zu. An der Spitze der einen Gruppe steht Bückler, an der Spitze der anderen ein Herr mit einer, wie er später nicht versäumen wird hervorzuheben, nagelneuen Jagdflinte. In der Mitte der Lichtung aber, die beiden Gruppen zusammenwinkend, steht Veit.
Ganz zufällig, und zwar bei Gelegenheit eines Holzeinkaufs sei

er Bückler begegnet, wird der Herr mit der neuen Jagdflinte später dem öffentlichen Ankläger Anton Keil schreiben. Die Wahrheit aber war, daß Friedrich Georg Lichtenberger, Salinenpächter aus Münster am Stein, gezielt jemanden gesucht hatte, der ihm diese Begegnung vermittelte. Es war Veit gewesen.

Von denen, die da zusammenkommen sollen, ist noch nichts zu sehen. In den Büschen, die die Lichtung säumen, ist allerdings an zwei sich gegenüberliegenden Stellen Bewegung. Wer wird als erster den Schritt ins Freie tun? Veit lacht, ruft, winkt, und endlich tut sich auf der rechten Seite etwas. Die Zweige teilen sich, und Lichtenberger betritt die Bühne. Hinter ihm drängt seine Begleitung ins Freie. Und jetzt traut sich auch Bückler hervor. Lichtenberger und Bückler stehen sich auf eine Entfernung gegenüber, die für einen sicheren Büchsenschuß allerdings noch zu groß ist.

Wer tut den nächsten Schritt? ruft Veit. Ein wenig mehr Vertrauen, meine Herren.

Die Szene ist von staatstragender Symbolik. Ein Bürger hat sich entschlossen, einen Irrenden nicht Polizei und Behörden zu überlassen, sondern sich selbst für ihn verantwortlich zu fühlen. Friedrich Georg Lichtenberger hat sich nicht mehr und nicht weniger vorgesetzt, als den Schinderhannes zu überreden, von seinem verbrecherischen Tun abzulassen und ein nützliches Mitglied der Gesellschaft zu werden.

Veit lacht, während er winkt. Er scheint Lichtenbergers Unternehmen nicht ernst zu nehmen, obwohl er sich einem erheblichen Risiko aussetzt im Fall irgend jemandem gehen die Nerven durch, und es kommt zu einem Schußwechsel, oder Lichtenberger hat gelogen und stellt Bückler, was natürlich dessen erster Gedanke war, als er von Lichtenbergers Vorschlag hörte, eine Falle.

Doch war sich Veit in dieser Hinsicht völlig sicher. Lichtenberger war der Typ, den er nie gemocht hatte, der Typ der unfähig zu Hintergedanken ist, zu jedem Zeitpunkt und an jedem Ort völlig ehrlich. Er hatte ihn in einem Gasthaus in Mainz kennengelernt. Er hatte kaum die Schankstube betreten, als ihn der bekannte, offensichtlich unvermeidliche Aufschrei begrüßte. An einem Tisch im Hintergrund war Herr Söhnlein aufgesprungen und wedelte mit den Armen. Herr Söhnlein war begeistert. Zu seinem vollkommenen Glück hatte Herrn Söhnlein nur noch Veit gefehlt. Mit am Tisch hatte Lichtenberger gesessen. Wenig später hatte Herr Söhnlein eine Idee. Er wisse jetzt, wer Lichtenberger die Begegnung mit dem Schinderhannes vermitteln könne. Veit nämlich.

In diesem Augenblick, wahrscheinlich ausgelöst durch die Erwähnung Bücklers, faßte Veit einen Entschluß. Wenn er ihn ausführte, müßte er ohnehin zu Bückler, denn sein Plan war nur mit seiner Hilfe auszuführen. Und so sagte er zu.

Denn Veit hatte Ulrike gesehen. Er hatte sie aus einer nicht ganz gewöhnlichen Perspektive gesehen, nämlich durch ein Fenster des Gartenhauses und aus der Kastanie heraus, die vor dem Fenster stand.

Am Morgen hatte er Rebmann getroffen. Er war in Begleitung Wernhers. Rebmann schien bester Laune. Er lachte und gestikulierte, doch mit einer Schrillheit, wie Veit es noch nie an ihm gesehen hatte. Veit war plötzlich mißtrauisch. Ulrike fiel ihm ein. Als Wernher sich verabschiedete, ging Veit zu Rebmann hinüber.

Rebmann begrüßte ihn überschwenglich. Ulrike gehe es wieder glänzend. Sie besuche allerdings im Augenblick gerade eine Tante in Kirn. Lassen Sie es sich wohl gehen, junger Freund, rief Rebmann. Ich bin in Eile.

Veit folgte ihm, und als er ihn im Erthaler Hof verschwinden sah, kehrte er um und ging zu Rebmanns Haus. Lenchen, die

Köchin, öffnete. Die gnädige Frau sei zu ihrer Schwester nach Kassel. Ob sie etwas ausrichten könne?
Nein, sagte Veit. Danke schön.
Als es dunkel war, kam er zurück. Im Salon war Licht, auch in Rebmanns Arbeitszimmer. Doch nicht oben bei Ulrike. Veit zog sich an der Gartenmauer hoch. Rebmann saß allein am Schreibtisch. Als Veit sich wieder auf den Boden herabließ, sah er, daß im Gartenhaus drei Fenster erleuchtet waren.
Du bist verrückt, sagte er sich. Das bedeutet nichts. Aber seine Beunruhigung blieb. Er wollte schon gehen, als er Doktor Keller, Rebmanns Hausarzt, vorfahren und ins Haus gehen sah. Wenig später verließen Rebmann und Doktor Keller das Haus durch den Hintereingang und gingen zum Gartenhaus hinüber. Veit kletterte über die Mauer. Die drei erleuchteten Fenster lagen zu hoch, als daß er hätte hineinsehen können, und so stieg er denn in die Kastanie.
Durch das rechte Fenster sah er in eine Kammer. Rebmann und Keller sprachen mit einer grobschlächtigen Frau, offenbar einer Art Wärterin. In dem Zimmer daneben stand Ulrike. Sie starrte auf die Tür. Als Rebmann und Keller hereinkamen, wich sie in eine Ecke zurück. Veit hörte nichts, doch er sah, daß sie schrie. Keller öffnete seine Tasche, nahm ein Fläschchen heraus, entkorkte es und begann daraus etwas in ein Glas Wasser zu träufeln. Ulrike schrie, und plötzlich riß sie sich das Kleid auf und bot ihnen auf den Händen ihre Brüste dar. Sie spuckte nach Rebmann. Sie hob die Röcke.
Rebmann betrachtete sie mit verzerrtem Gesicht. Keller tröpfelte ungerührt aus dem Fläschchen in das Glas, dessen Inhalt sich weißlich zu trüben begann. Schließlich war er fertig, nahm das Glas und ging auf Ulrike zu. Gleichzeitig trat Rebmann hinter sie und packte sie. Sie wehrte sich, doch Rebmann hielt sie von hinten fest. Keller griff ihr in die Kinnladen und goß ihr den milchweißen Inhalt des Glases in den Mund. Rebmann

hielt sie noch eine Weile, dann trug er sie aufs Bett und deckte sie zu. Er löschte das Licht, ging in das vordere Zimmer, wo die Frau ebenfalls das Licht löschte. Gemeinsam gingen sie herunter. Draußen schloß Rebmann die Tür zum Gartenhaus ab, die Frau verabschiedete sich, und Keller und Rebmann gingen wieder ins Haus.

Soviel wußte Veit, als er am nächsten Tag Söhnlein und Lichtenberger traf, und von einem Entschluß konnte noch keine Rede sein. Herr Söhnlein war bester Laune. Die Geschäfte gingen glänzend. Es war nicht zu glauben, was, seit die Franzosen da waren, alles käuflich beziehungsweise verkäuflich war. Grund und Boden, Haus und Hof, Klöster und Kirchengüter. Doch handelte Herr Söhnlein auch mit feineren Waren. Mit Nachrichten beispielsweise. So wurde gerade sehr viel Geld geboten für die Auskunft, wo jener Mann zu finden war, der bei dem Überfall Bücklers auf Jakob Bär mitgemacht hatte und der witzigerweise ebenfalls Veit hieß. Andererseits würde der Bürger Lichtenberger es sich etwas nicht weniger Ansehnliches kosten lassen, würde ihm jemand eine Begegnung mit dem Schinderhannes vermitteln.

Herrn Söhnlein betrachtend, wie er ihn mit seinen blauen Schweinsäuglein anstrahlend kaltblütig erpreßte, fand Veit, daß man ihm einfach nicht böse sein konnte. Böse oder gut, menschlich oder unmenschlich, das waren Wörter, bei denen Herr Söhnlein nur verständnislos, doch unerschütterlich freundlich gelächelt haben würde.

Söhnlein und Lichtenberger waren befreundet. Was immer Lichtenberger auch sagte, Herr Söhnlein war damit einverstanden. Lange genug habe er, Lichtenberger, nun dem Spiel zwischen Bückler und der Polizei zugesehen. Hatte man denn mit Bückler gesprochen? Hatte man mit ihm diskutiert? Hatte man an seine Vernunft, an seinen unverdorbenen, wenn auch fehlgeleiteten Gerechtigkeitssinn appelliert? Hatte man ihm eine

Chance gegeben? Statt dessen hatte man ihm gedroht. Hatte man ihn gejagt. Immer weiter in das Verbrechen hinein.
Veit betrachtete das Pärchen, und plötzlich mußte er vor Ekel lachen. Und da fiel sein Entschluß. Zu seiner Ausführung würde er erst einmal zu Bückler müssen, und so sagte er zu.
Bückler witterte natürlich als erstes eine Falle. Aber ich denke, du kennst den Mann, sagte Veit. Der behauptet, er kenne deine ganze Familie, sogar Julchen.
Eben drum, sagte Bückler.
Du weißt nicht, was sich um dich herum zusammenbraut, sagte Veit. Ich an deiner Stelle würde mit dem Mann reden.
Aber deswegen bist du doch nicht gekommen, sagte Bückler.
Nein, sagte Veit. Dann trug er seine Bitte vor.
Das läßt sich machen, sagte Bückler.
Und so kam es, daß Veit auf dieser Waldlichtung stand, sich gleichzeitig als Geisel wie als Zielscheibe anbietend.
Näher zu mir, meine Herren, ruft er. Mehr Vertrauen. Nicht so zaghaft, nicht so mißtrauisch.
Und er hat Erfolg. Langsam bewegen sich die beiden Gruppen aufeinander zu.
Meine Verlegenheit in dieser Lage übersteigt jede Beschreibung, wird Lichtenberger kurz darauf dem öffentlichen Ankläger Anton Keil mitteilen. Umzingelt von acht Räubern, wovon mehrere als Mörder und alle als entschlossene Menschen bekannt waren, versehen mit einer Uhr, silbernen Schnallen und einer neuen Jagdflinte, mußte ich alles Unangenehme, selbst den Tod fürchten. Neben Bückler stand der durch schreckliche Mordtaten gebrandmarkte Schwarze Peter, der einem Maler zum Ideale der teuflischsten Bosheit dienen könnte und der mit Harpyien-Blicken meine Uhr und Schnallen betrachtete und ohne des Schinderhannes Gegenwart sicher seine schlechte Flinte gegen meine bessere würde vertauscht haben.
Doch so nahe sind sich die Herren noch nicht. Ihre Bewegung

aufeinanderzu stockt, und zwar an dem Punkt, von wo ab jeder Büchsenschuß sozusagen ein Volltreffer sein würde.
Mut gefaßt, ruft Veit. Noch ein Schritt, und wir haben es geschafft.
Er war erst vor einer Stunde angekommen. Er war in einem Einspänner angekommen, an den hinten zwei gesattelte Pferde angebunden waren, und er war nicht allein gewesen.
Am Abend zuvor hatte er Wagen und Pferde in Mainz bei einem Fuhrunternehmer gemietet. Gegen elf hielt er damit in der Gasse, die an der Rückseite des Rebmannschen Grundstücks entlang führte. Das Haus lag dunkel, auch das Gartenhaus. Er stieg über die Mauer und kletterte in die Kastanie. Die Scheiben spiegelten nur Wolken und den treibenden Mond. Er sprang zu Boden und ging zur Tür des Gartenhauses. Nicht ohne Genugtuung stellte er fest, daß seit den Tagen, als er auf Frauenberg Kisten und Schubladen ihre Geheimnisse entriß, sein Verhältnis zu Schlössern nicht gelitten hatte.
Er horchte ins Haus, dann ging er auf Zehenspitzen die Treppe hinauf. Alles hing jetzt davon ab, ob die Wärterin nach Hause geschickt worden war oder nicht. Das Zimmer war leer. Langsam drückte er die Klinke zu Ulrikes Zimmer nieder. Er fühlte, daß in dem Raum ein Mensch war. Er ging zu ihrem Bett. Ihr rechter Arm lag auf der Decke. Er ergriff ihre Hand.
Ulrike, sagte er.
Ihre Lider bewegten sich. Er richtete sie auf und stützte sie im Rücken mit Kissen. Langsam öffnete sie die Augen. Sie sah ihn an, und dann, ein winziger Lichtfunke, zuckte Erkennen in ihren Augen auf. Sie versuchte zu lächeln.
Du mußt wach werden, flüsterte er. Wir fahren nach Amerika. Weit weg, wo uns niemand findet.
Sie versuchte zu nicken, und da schlug er die Bettdecke zurück und zog ihre Beine herum, daß sie über die Bettkante hingen. Er ergriff ihre Hände und zog sie hoch. Und sie stand. Schwan-

kend zwar, aber sie stand. Er suchte Kleider zusammen, und mühsam, mit vielen Rückfällen aufs Bett, zog er sie an. Sogar einen Koffer fand er, suchte Wäsche zusammen, ein zweites Kleid und Schuhe, und dann führte er sie, Schritt für Schritt, durch die beiden Zimmer, die Treppe hinunter, durch den Garten und zur Mauer, hinter der der Wagen stand.
Und erst da merkte er, daß er einen entscheidenden Fehler gemacht hatte. Wie sollte sie in diesem Zustand über die Mauer kommen? Doch da fiel ihm der Koffer ein. Er stellte ihn an die Mauer, hob ihren rechten Fuß darauf, drückte sie hoch, so daß sie den linken nachziehen konnte, legte ihre Hände auf die Mauerkrone und sprang hinauf. Er zog sie hoch, bis sie bäuchlings über der Mauer lag. Dann kletterte er in den Garten zurück, warf den Koffer hinüber und kippte sie einfach auf die andere Seite. Danach war es nicht mehr allzu schwer, sie in den Wagen zu bringen. Er ergriff die Zügel, schnalzte, und vorsichtig, Schritt für Schritt, dann immer zügiger ging es auf Seitenwegen zur Stadt hinaus.
Als sie auf dem Trombacher Hof ankamen, war sie bereits sehr viel wacher, konnte fast ohne Hilfe aus dem Wagen steigen und, wenn auch schwankend, hinauf in die Kammer gehen, die Bückler für sie hatte vorbereiten lassen. Eine Magd brachte sie zu Bett.
Somit war Veit – und das macht ihn so heiter auf der Lichtung – selber ein Verbrecher, schuldig des Menschenraubes, des Einbruchs, der Freiheitsberaubung und sicher noch einiger anderer Vergehen mehr.
Und da endlich bricht das Eis, tun Bückler und Lichtenberger den letzten Schritt. Endlich stehen sie sich gegenüber.

Lichtenbergers Blick trübt sich augenblicklich: Ich erstaunte über die Freimütigkeit des Räubers, wird er schreiben, über seine offene, ruhige Miene, die gewöhnlich den schwarzen Verbrecher flieht. Der schöne, im vollkommensten Ebenmaß gebildete Körper des Schinderhannes, seine ruhige, unbefangene Miene, sein edles Betragen gegen mich und meine Gefährten bestärkten mich in der Idee, daß Schinderhannes kein so sehr verstockter Bösewicht sei, daß er nicht noch gebessert werden könne.

Mindestens so viel bedurfte es, um sich auf die Höhe der Situation zu bringen, und unter dem edlen Wilden Rousseaus durfte es Friedrich Georg Lichtenberger nicht tun. Vor ihm stand, personifiziert in Bückler, sozusagen der vorrevolutionäre vertragstheoretische Zustand: Jeder ein Räuber am anderen, doch ein edler Räuber. War der Eigennutz indessen aufgeklärt und der Gesellschaftsvertrag gegeben, so hatte man gedacht, müßte es gehen ohne Raub, Mord und Totschlag. Es ging aber nicht. Denn was nützt der Vertrag, wenn die Leutchen nicht vertragsfähig sind? Was macht sie dazu?

So wie die Heroen der Revolution mit dem Opfer ihres Lebens die Gesellschaft, den Staat, die Freiheit im Namen der Menschheit nicht nur verteidigt, sondern geradezu erst konstituiert hatten, so war Friedrich Georg Lichtenberger unter die Räuber und in die Gefahr gegangen und hatte sein Leben aufs Spiel gesetzt. Und nichts weniger verlangte er von Bückler. Der Räuber solle seinem räuberischen Wesen abschwören und den Opfergang zur Polizei gehen. Erst in der Einsicht in diese Notwendigkeit werde er wirklich frei, seien seine Taten gesühnt. Was ihm als Lohn dafür winkte, ein Denkmal oder die Guillotine, konnte Friedrich Georg Lichtenberger freilich nicht sagen. In jedem Fall aber sei die Sittlichkeit des Staates bekräftigt. Denn nur wer für ihn zu sterben wisse, sei vertragsfähig und somit ein guter Bürger.

Veit hatte die beiden zusammengebracht, jetzt verabschiedete er sich. Wenn man nicht werden wollte wie Söhnlein, fragte er sich, blieb dann tatsächlich nur der Heldentod oder die Guillotine? Doch, ein drittes, dachte er. Ulrikes Weg, der Wahnsinn.

Er ging zu ihr hinauf. Sie schlief. Er hatte sie hierher gebracht, damit Bückler oder einer seiner Leute sie auf der Kochemer Post über den Rhein brächten. Auf der Landstraße wäre er nicht weit mit ihr gekommen.

Bückler hatte die Unterredung schließlich abgebrochen und war mit seinen Leuten zum Trombacher Hof zurückgegangen. Doch folgte er ihnen nicht ins Haus, um die nächste Aktion zu besprechen. Er ging auf den Hof. Er wollte allein sein. Ein Zigeunerclan mit einem Planwagen war angekommen. An die Wand der Scheune gelehnt, beobachtete er, wie die Männer die beiden Maultiere ausspannten, die Frauen Feuer machten. Eine war auf dem Bock sitzengeblieben. Bückler lächelte ihr zu, und sie lächelte zurück. Einer der Zigeuner trat zu dem Wagen und sagte etwas zu ihr. Sie stieg herunter und ging zu den andern. Bückler stieß sich von der Wand ab und ging ins Haus.

Während Lichtenberger auf ihn einredete, war ihm ein langes, rundes Lederfutteral aufgefallen, das an einem Riemen über seiner Schulter hing. Was das sei, hatte Bückler, ihn unterbrechend, gefragt. Ein Fernrohr, hatte Lichtenberger gesagt. Wollt Ihr einmal hindurchsehen?

Gern, sagte er. Er hatte noch nie eins in der Hand gehabt. Lichtenberger nahm es aus dem Futteral, zog es auseinander und reichte es ihm. Bückler setzte es in Richtung der Landstraße an, gab es aber schnell Lichtenberger zurück.

Er kam mit einem roten Tuch aus dem Haus. Er ging zu den Zigeunern hinüber und hielt der Frau, die ihn angelächelt hatte, das Tuch hin, ein Seidentuch. Einer der Zigeuner, ihr Mann wohl, trat zwischen sie. Die Frau verschwand. Bückler grinste und ging wieder zur Scheune zurück. An die Scheunenwand gelehnt, beobachtete er die Zigeuner, in der Hand immer noch das Tuch, das dunkelrot und mit schwarzen Mustern

bedruckt war. Der Zigeuner hatte nichts gesagt, als er sich zwischen Bückler und seine Frau gestellt hatte. Er hatte Bückler nur forschend angesehen. Die Frau hatte im Weggehen Bückler über die Schulter zugelächelt.
Es war wie Zauberei gewesen, als er durch das Fernrohr geblickt hatte. Gras, Hecken, Chausseebäume, alles zum Greifen nahe. Und plötzlich auch die Soldaten – Kavallerie. Auf der Chaussee, etwa fünfhundert Meter entfernt, war ein Zug Kavallerie aufgeritten, bereit, über die leicht abschüssige Wiese zum Hof hinunterzupreschen. Interessant, hatte er gesagt und das Fernrohr zurückgegeben.
Wußte Lichtenberger von dem Militär? Wenn nicht, was wurde dann gespielt? Wenn er davon wußte, hätte er ihm nicht das Fernrohr geben dürfen. Bückler brach die Unterredung ab. Er sehe keine Veranlassung, auf Lichtenbergers Vorschlag einzugehen, seine Bande aufzulösen und sich zu stellen, sagte er. Denn jetzt setzten die Bäume endlich Laub an. Da seien sie wieder sicher.
Lichtenberger müßte jetzt bei den Franzosen auf der Landstraße angekommen sein. Wenn sie angreifen würden, würden sie es jetzt tun. Bückler rührte sich nicht. Er lehnte noch immer an der Scheunenwand. Als die Frau mit einem Eimer Wasser zu den Maultieren ging, trat er auf sie zu und hielt ihr wieder das Tuch hin. Und wieder trat ihr Mann zwischen sie. Er sagte etwas zu Bückler, und Bückler lächelte. Da stieß ihn der Zigeuner vor die Brust. Bückler taumelte einen Schritt zurück, immer noch lächelnd. Wieder stieß ihn der Zigeuner zurück und noch einmal. Dann drehte er sich um und ging hinter den Wagen. Bückler lächelte noch immer. Die Frau hatte mit einer Kopfbewegung auf den Holzschuppen neben der Scheune gedeutet und das Zeichen für die Nacht gemacht. Er hängte das Tuch an einen Nagel im Eckbalken der Scheune und ging ins Haus.

Als er die Küche betrat, stürzte ein Junge herein. Auf der Landstraße sei französische Kavallerie, doch abziehend. Sie sprangen auf, schrien durcheinander, drängten zur Tür. Bückler setzte sich. Erst als sie wieder hereinkamen, als sie sich überzeugt hatten, daß die Gefahr vorüber war, sahen sie ihn da sitzen. Ob er von dem Militär etwas gewußte habe? Lichtenberger habe ihm doch sein Fernrohr gegeben. Er habe in Richtung der Landstraße geblickt. Er müsse doch etwas gesehen haben.
Nichts habe ich gesehen, sagte Bückler lächelnd.
Überhaupt, was habe er eigentlich mit Lichtenberger zu reden gehabt? Ob das notwendig gewesen sei, sich auf dieses Treffen einzulassen und sie alle in Gefahr zu bringen?
Ich habe niemanden gezwungen mitzugehen, sagte Bückler.
Lichtenberger habe doch ein zweites Treffen mit ihm verabredet. Was werde da gekungelt und auf wessen Kosten?
Ich kungele nicht und schon gar nicht mit so einem, sagte Bückler und ging hinaus.
Das ist mir zu gefährlich, sagte Leyendecker. Ich gehe.
Sie sahen bedrückt zu, wie er seine Sachen zusammenraffte.
Der fängt sich schon wieder, sagte Deckert, doch ohne Überzeugung.
Ihr werdet's sehen, sagte Leyendecker, warf sein Felleisen über die Schulter und hinkte hinaus.
Bückler ging zu dem Holzschuppen und hockte sich auf die dicke Schicht von Holzspänen und zerkrümelter Borke. Mit dem Rücken lehnte er sich an den Hauklotz. Durch die Bretterritzen leuchteten die Feuer der Zigeuner.
Hatte er darauf vertraut, daß Lichtenberger das Militär abziehen ließ? Seit wann vertraute er einem wie Lichtenberger? Wenn er geworden war, wie er war, dann weil es die Lichtenbergers gab. Auf der Chaussee war auch eine Kutsche gewesen. Und neben der Kutsche hatte einer gestanden, der hatte auch

ein Fernrohr gehabt. Gegenseitig hatten sie sich durch ihre Fernrohre betrachtet. Unter dem hohen, schwarzen Hut aber war kein Gesicht gewesen. Was ihn da betrachtete, hatte dort, wo ein Gesicht war, etwas Flaches, Viereckiges mit zwei Augenschlitzen und einer Mundkerbe, etwas Eisengraues, etwas ehern Gleichgültiges.

Er könnte ins Rechtsrheinische gehen und untertauchen, wie er es schon oft getan hatte. Doch was er war, das konnte er nur hier sein. Hier sprach er, wie die Bauern sprechen, hier hatte er seine Freunde und Spitzel und Hehler, seine Unterschlupfe in Mühlen und abseits stehenden Höfen, in Gasthäusern und Weilern. Hier kannte er jeden Weg, jeden Pfad, hier kannte er das Land, die Horizonte und den Himmel darüber, die Erde und was darauf wuchs und die Richtungen der Bäche und Flüsse.

Lichtenberger hatte ihm eine Arbeit in seiner Saline angeboten. Er hatte ihm das bescheidene, ruhige, zufriedene Leben ausgemalt, das er haben würde, ein Leben wie ein langer, stinkender Furz in ein schmieriges, verstunkenes Sofa in einer verstunkenen Stube an einem endlosen trüben Sonntagnachmittag.

Vor Jahren, vor vielen, vielen Jahren, wie ihm jetzt schien, in dem Sommer, nachdem er Mara verlassen hatte, hatte er einmal drei Wochen allein im Wald gelebt. Er hatte den Räubertraum geträumt. Er würde eine Bande gründen, alles treue, auf Tod und Leben verschworene Freunde. Unbesiegbar wären sie. Das Unrecht würden sie rächen und den Bedrückten zu Hilfe kommen. Überall hätten sie Freunde, und es würden immer mehr zu ihnen stoßen. Immer größer würden die Gebiete, wo sie die Polizei und die Pfaffen und die Bürokraten vertrieben hatten. Ganz anders, jetzt wo niemand es mehr schikanierte und niederhielt, würde das Volk leben. Nach seinen eigenen Gesetzen und Wünschen, und es würde sich aufrichten.

Eigentlich hatte er nur eine Abkürzung über einen Bergrücken nehmen wollen. Doch dann war er nicht zur Straße hinuntergegangen, sondern dem Bergzug gefolgt, immer tiefer in den Wald hinein. Nur selten stieg er in ein Dorf hinunter, um sich Proviant zu holen. Er stach Fische, sammelte Beeren, fing Waldtauben. Die Sonne brütete auf den Baumkronen, und noch bis in die hellen Nächte hinein war der Boden warm. Und eines Nachmittags, nahe dem Weiher, sah er sie.

Sie saß auf einem Stein unter einer Tanne und band sich die Sandale. Ihre klare, braune Stirn hatte sie gesenkt, der ernste Mund war geschlossen. Sie trug ein braunes Leinenkleid mit einem schmalen Gürtel. Sie war sehr jung. Ihre braunen Hände waren schnell und geschickt. Sie stand auf und ging weiter.

Er hatte sich nicht gerührt. Undenkbar, daß er zu ihr gegangen wäre oder sie angerufen hätte.

Eines Nachmittags, in dem goldbraunen Wasser des Weihers schwimmend, hatte er am Ufer unter Gestrüpp Mauerwerk entdeckt und eine Treppe. Sie ging durch eine schmale Öffnung in die Mauer und lief dann an den Innenwänden eines Turms empor. Oben in der runden Öffnung Himmel und Wolken und Baumkronen. Durch eine Türöffnung trat er auf eine Plattform über dem Weiher. Er stand wohl auf den Resten einer Siedlung, die im Dreißigjährigen Krieg ausgestorben und vom Wald überwuchert worden war. Er legte sich auf die warmen Steine und blickte über den Rand auf den Weiher herab. Und da spürte er sie. Sie stand hinter ihm. Er war nackt. Er rührte sich nicht.

Fische stiegen und manchmal ein riesiger, huschender Schatten, der Hecht. Eine Schlange glitt unter die Erlen am Ufer, und wie ein Stein fuhr der Fischadler herab, klatschte sich schwerfällig Luft unter die Flügel, in den Fängen silbern zappelnd die Beute. Wolkenschatten färbten wie Tinten das Wasser. Warme Windböen fuhren über seinen Rücken und machten in breiten Bahnen das Wasser erschauern.

Zuletzt sah er sie nach einem Gewitter. Der Wald dampfte, noch

schwiegen die Vögel, und hinter dem abziehenden Gewölk brach die Sonne hervor. Sie stand unter einer Buche auf der andern Seite des Weihers. Mit dem linken Arm sich am Stamm der Buche stützend, sah sie aufs Wasser hinaus. Schließlich wandte sie sich ab und verschwand in dem buchenbestandenen Hang.
Die Feuer der Zigeuner flackerten niedriger und begannen zu verglühen. Jetzt mußte sie kommen. Ein Strom von Kälte war von dem mit dem Fernrohr zu ihm herübergedrungen. Er spürte sie immer noch. Sie wich nicht. Komm, sagte er. Komm endlich. Du mußt jetzt kommen.

Sie erwachten von seinem Schrei. Er stand vor dem Wagen der Zigeuner. Ein eisiger Wind fegte über den Hof und wirbelte lange Staubfahnen hoch. Der Himmel war wolkenlos, das Licht grell und kalt. Am Eckbalken der Scheune flatterte rot und schwarz das Tuch. Sie war nicht gekommen. Er schrie.
Die Zigeuner traten langsam hinter dem Wagen hervor. Auf der andern Seite versammelten sich die Leute aus dem Haus. Bückler schrie. Er schrie keine Wörter. Er stieß einzelne, langgezogene Schreie aus. Der Mann der Zigeunerin ging auf ihn zu. Er sagte etwas, nur ein einziges, doch weich und tief aus der Kehle kommendes Wort. Immer wieder. Und da schlug Bückler nach ihm. Der Zigeuner wich dem Schlag aus und stieß Bückler zurück. Doch Bückler drang prügelnd auf ihn ein. Es war offensichtlich, daß der Zigeuner ihm nicht weh tun wollte, aber es war abzusehen, daß er das nicht lange durchhalten konnte. Seine Rechte kam heraus, schnell, nicht hart, nur wie zur Warnung. Doch dann kam sie wieder, diesmal kurz und trocken. Bückler prügelte blind drauflos, und plötzlich knickte er ein. Benommen saß er auf dem Boden. Er rappelte sich auf. Zwei-, dreimal flog sein Kopf zurück. Er fiel auf die Knie und dann langsam vornüber.

Niemand rührte sich, um ihm zu helfen. Bückler krümmte sich zusammen und kam mühsam auf die Beine. Er stakste zur Scheune und ließ sich auf die Erde fallen. Er lehnte sich an die Wand und streckte die Beine von sich. Sein Kopf hing vornüber.

Die Zigeuner hockten sich nieder. Was hier abgemacht wurde, würde Zeit brauchen. Das Licht blendete. Der Wind fegte in kurzen, harten Stößen über den Hof.

Bückler kam wieder hoch. Der Zigeuner stand auf. Bückler ging wie im Schlaf, doch plötzlich, unvermutet, hatte er den Zigeuner am Kopf getroffen. Der Zigeuner taumelte zurück, fiel gegen den Wagen, versuchte, seitlich auszuweichen, und wurde wieder getroffen. Doch dann konnte er seine Linke durchbringen, kam er auch von dem Wagen weg, und kurz darauf hatte er Bückler am Boden.

Er half ihm auf die Beine. Bückler sah ihn nicht an. Er drehte sich weg und ging vornüber gegen den Wind gebeugt zum Haus hinüber.

Mit den letzten sechs, die ihm geblieben waren, ging er auf den Hunsrück. Am 18. April, Ostersonntag, waren sie im Wald bei Wildenburg. Über den Steinhardter Hof zogen sie in die Gegend um die Gräfenbacher Hütte. Mehrmals hatte man sie abgewiesen, als sie Unterkunft suchten, mehrmals hatte man mit der Polizei gedroht. Es gab Streit, und sie beschlossen, in kleinen Gruppen über den Rhein zu gehen. Bückler ging mit Anton, doch bei Lauschied trennte auch er sich von ihm. Über die Kochemer Post kam Bückler auf die andere Seite.

Er sollte nicht mehr zurückkehren. Nur einmal noch überquerte er den Rhein: auf einem Wagen, neben sich Julchen, umstellt von Wachen, als man sie in den Holzturm nach Mainz brachte.

Veit hatte eine böse Nacht verbracht. Grell war ihm aufgegangen, was er getan hatte, als er Ulrike entführte. Das war doch alles ganz unübersehbar, kriminell sowieso und verantwortungslos von Anfang an. Wer war er denn, daß er Schicksal spielte? Und was wäre, wenn da oben eine Verrückte aufwachte?

Sie wich mit aufgerissenen Augen vor ihm zurück, als er am Morgen in ihr Zimmer trat. Und da wußte er, daß er alles vergessen konnte, was er sich vorgenommen hatte zu sagen. Er setzte sich. Jemand, der sitzt, wirkt weniger bedrohlich als jemand, der steht oder auf einen zukommt. Und tatsächlich hörte sie auf, sich rückwärts zu bewegen. Setzen Sie sich, Ulrike, sagte er. Die Angst begann, aus ihren Augen zu weichen, sie tastete nach einem Stuhl, und langsam, mißtrauisch setzte sie sich.

Er habe Frühstück gebracht, sagte er. Er habe es vor der Tür abgestellt, und er werde es jetzt holen. Sie zuckte zurück, als er aufstand, blieb aber sitzen. Als er mit dem Tablett hereinkam, sprang sie auf. Nein, sagte sie. Es ist auch für mich, sagte er. Er stellte zwei Teller auf den Tisch, rührte demonstrativ mit der Kelle die Suppe um, dann füllte er die Teller auf. Er schnitt Brot. Er hielt ihr den Löffel und ein Stück Brot hin. Bitte, Ulrike, sagte er.

Langsam setzte sie sich. Sie nahm das Brot und den Löffel. Sie sah ihn immer noch an, und plötzlich, wie aus Versehen, entfuhr ihr ein gellender Lacher. Sie sah ihn erschrocken an, doch dann stieg ihr wieder das Lachen ins Gesicht.

Mein kleiner Kutscher, sagte sie. Du hast ja schon wieder solche Angst vor mir.

Veit lächelte mühsam. Ein bißchen schon, sagte er.

Nun hast du mich also doch entführt, sagte sie. Nur weißt du auch jetzt nicht, was du mit mir anfangen sollst, stimmt's? Vielleicht sollten wir erst einmal essen, sagte Veit. Richtig, sagte sie. Die Suppe wird kalt.

Und sie aß. Sie löffelte mit Appetit. Sie biß Brot ab. Sie mußte sehr hungrig sein. Sie hat ein fantastisches Gebiß, dachte Veit.

Ich glaube, ich hab eine ganze Woche lang nicht mehr gegessen, sagte sie. Seit mir Doktor Keller dieses Zeug einflößte.

Und wie nebenbei: Wo bin ich eigentlich?

Veit berichtete. Es war ihm, als laufe er auf sehr dünnem Eis. Er war auf alles gefaßt gewesen, nur nicht auf diesen Ton, aus dem er nicht klug wurde und der ihm, das merkte er immer deutlicher, Angst machte.

Eigentlich frech von dir, sagte sie, den Teller zurückschiebend. Klaust mich einfach. Dabei bin ich doch das Eigentum deines Chefs. Du kannst doch nicht deinen Chef bestehlen.

Rebmann und Keller hätten Sie umgebracht, sagte Veit.

Mein barmherziger Samariter, sagte sie. Immer edel und selbstlos. Aber das glaubst du dir doch selber nicht. Was willst du von mir?

Veit starrte sie an, und da schlug etwas in ihm um, etwas Bösartiges sprang auf.

Wie hieß es doch einmal? Vielleicht werde ich einmal nicht mehr richtig für mich sorgen können, äffte er sie nach. Dann mußt du auf mich aufpassen.

Sie beugte sich vor. Was hast du mit mir gemacht im Wagen, sagte sie. Als ich bewußtlos war von dem Zeug. Und lasziv: Hast du an mir herumgefummelt?

Veit lehnte sich zurück. Riekchen, sagte er. Gutes, dickes Mädchen. Es ist wohl alles etwas viel gewesen.

Tatsächlich hatte er sich auf der Hinfahrt manchmal über sie gebeugt. Aber sie lag wie tot. Als er heute morgen zu ihr

hinaufging, hatte er sich einen Augenblick lang vorgestellt, sie schlafe noch. Er trete an ihr Bett, beuge sich über sie, und sie öffnete die Augen, riesige, im Wahnsinn lachende Augen, eine wider alle Vernunft grausig lockende Vorstellung, mehr als das, ein selber dem Wahnsinn naher Wunsch.
Du hast bestimmt an mir herumgefummelt, flüsterte sie. Wie damals im Keller.
Sie stand auf und kam um den Tisch herum.
Du hast oft versucht, mich da herunterzubekommen, sagte Veit. Obwohl du gewußt hast, daß da unten Blümchen auf mich wartet. An dem Abend mit Jeanbon ist es dir gelungen. Ich hatte nicht aufgepaßt. Du hast es so arrangiert gehabt, daß ich nicht nein sagen konnte.
Stinkst du immer noch so schön? sagte sie lächelnd.
Sie trat dich an ihn heran. Ihre Brüste berührten ihn, und da griff er sie. Sie wehrte sich, doch lachend und nicht sehr heftig. Seine Hände wühlten in ihren Kleidern. Den Kopf zurückgeworfen, lachte sie immer lauter. Schließlich stieß sie ihn zurück, und da sah er die Pistole in ihrer Hand. Sie spannte den Hahn. Die Pistole hatte in der Innenseite seines Rocks gesteckt.
Jetzt bring ich dich um, sagte sie.
Er strich sich lächelnd eine Strähne aus der Stirn.
Aber nicht hier, sagte er. Hier macht es zuviel Schmutz.
Du kannst es dir aussuchen, sagte sie.
Sie gingen hinaus und die Treppe hinunter. Sie ließ Veit vorangehen. Draußen faßte sie der Sturm. Der Himmel war von einem fahlen Blau. Das Licht blendete. Sie dirigierte ihn zum Wald hinauf.
Ich bringe Sie nach Mainz zurück, Ulrike, sagte Veit. Ich nehme alles auf mich.
Oder? sagte sie.
In der Küche wartet Joschi, sagte Veit. Er würde uns auf der

Kochemer Post über den Rhein bringen. In Frankfurt, in der Freßgass, kenne ich den Tischler Wolf. Bei ihm und seiner Frau könnten Sie wohnen. Abstand gewinnen. Nachdenken. Und von Frankfurt aus ist es nicht weit bis Mainz.

Unter den Bäumen war es still.

Man verdreht einer braven Frau nicht den Kopf, sagte sie.

Eine brave Frau benutzt nicht das Personal, um ihrem Mann etwas zu beweisen, sagte er.

Er hörte einen kleinen unterdrückten Laut hinter sich. Er drehte sich um. Sie weinte. Er hätte ihr jetzt leicht die Pistole wegnehmen können.

Vielleicht war die Frau ja auch nicht so brav, wie sie getan hat, sagte er, oder wie sie selber glaubte.

Sie griff ihm in den Rock und nahm ihm die andere Pistole ab.

Und noch einmal griff sie zu. Sie nahm ihm sein Geld ab.

Kann ich jetzt gehen? sagte er.

Dreh dich um, sagte sie.

Es krachte. Neben seinem Kopf fuhr die Kugel in den Baum.

Sie spannte den Hahn der anderen Pistole. Hatte sie daneben geschossen oder daneben getroffen? Sie lächelte.

Beim zweiten Schuß mußt du mich ansehen, sagte er, sich umdrehend.

Verschwinde, sagte sie. Was mit mir geschieht, geht euch alle von jetzt ab nichts mehr an.

Veit trat aus dem Wald heraus in den Sturm. Von dem Dorf hinter dem Hügel läutete es. Die Farben bleichten aus in der Helligkeit, nur noch weiß und immer hellere Grautöne. Er ging zum Hof hinunter. In der Tür stand die Pächtersfrau.

Das Geld hat jetzt die Dame dort, sagte er. An die müßt Ihr Euch halten.

Sie stand am Brunnen. Ihr Umhang flatterte im Wind, eine schwarze, totemartige Figur.

Als er die Pferde aus dem Stall führte, sah er sie ins Haus gehen. Er saß auf und trabte an.
Die weiß lodernde Sonnenscheibe hatte den Zenit überschritten und neigte sich den baumschwarzen Höhen zu. Der Wind hatte sich gelegt. Immer mächtiger flossen die Farben in die Dinge zurück, und die Schatten wurden länger und tiefer. Veit war, als lägen Steine in seiner Brust: Verzweiflung, Trauer und Schuld. Ein wenig leichter wurde ihm, als er einen Entschluß faßte. Er würde zu Rebmann gehen und sich stellen. Er würde alles auf sich nehmen. Er hielt zügig Trab. Kühl stand der Wind auf seinem Gesicht.

Früh am nächsten Morgen ging er zu Rebmann. Er saß mit Susanne beim Frühstück. Veit hatte kaum angedeutet, weshalb er gekommen war, als Rebmann ihn unterbrach.
Ich weiß nicht, wovon Sie sprechen, sagte er. Meine Frau ist bei ihrer Schwester in Regensburg.
Veit blickte Rebmann an, er blickte Susanne an.
Ich muß ins Amt, sagte Rebmann, die Serviette hinwerfend und aufstehend. Leben Sie wohl, junger Freund.
Glaubt er wirklich, seine Frau sei bei ihrer Schwester? sagte Veit.
Er sagt es so oft, daß er es inzwischen wohl glaubt, sagte Susanne. Sie ist für ihn in Regensburg. Für immer.
Und für Sie?
Ich weiß nicht, wohin sie mit ihrem Geliebten geflohen ist, sagte Susanne.
Es gibt keinen Geliebten, mit dem sie geflohen ist. Ich könnte Ihnen sagen, was geschehen ist.
Ich will es nicht wissen, sagte Susanne.
Ihr Gesicht sah plötzlich spitz aus und bitter.
Veit fiel der Abend ein, als er so gelacht hatte, weil auch Prälat Kiefer der Meinung war, Jeanbon hätte am Thermidor unter

die Guillotine gemußt, und Susanne auf einmal mit einem Obstmesser auf ihn eingestochen hatte.
Was ist an uns so lächerlich? hatte sie geschrien. Warum können Sie über uns immer nur lachen?
Am nächsten Tag hatte er sich bei ihr entschuldigt. Sie war verblüfft gewesen. Sie sei es doch, die sich entschuldigen müsse. Nein, er müsse es, denn schließlich sei er es doch, der so gelacht habe.
Auf diese Wendung war sie nicht vorbereitet gewesen. Sie war feierlich und ernst hereingekommen, als er ihr gemeldet wurde, und eigentlich gab es nichts zu reden. Eigentlich hätten sie einander in die Arme sinken müssen. Das wäre folgerichtig, das wäre zwingend und das einzig Richtige gewesen, und das hatte sie wohl auch erwartet. Statt dessen hatte er sich entschuldigt, und verwirrt und irritiert hatten sie sich in das Hin und Her verwickelt, wer sich bei wem entschuldigen müsse, und da war der Augenblick verpaßt.
Und auch jetzt war der Augenblick verpaßt, wie sehr ihr Gesicht auch in der Morgensonne leuchtete.
Wollen Sie denn wirklich nicht wissen, was mit Ihrer Mutter geschehen ist, sagte Veit.
Nicht von Ihnen, sagte Susanne. Sie sind doch in diesen Schmutz mit verwickelt.
Ihr Mund war verzerrt in Bitterkeit und Eifersucht. Eine widerwärtige Intimität hatte zwischen ihr und Rebmann am Frühstückstisch geherrscht. Rebmann hatte sie mit einer schleimigen Zärtlichkeit überzogen, die sich offenbar schon vorher angesammelt hatte wie Speichel und die nur die Abwesenheit Ulrikes brauchte, um auszutreten. Veit verstand auf einmal, warum sie für immer bei ihrer Schwester sein sollte.
Arme Susanne, dachte er. Ohne ihre Mutter würde sie ihm ausgeliefert sein. Aus dieser Umklammerung könnte sie nur

herausgeheiratet werden, und der einzige, der das könnte, wäre Veit. Aber der Augenblick war verpaßt.
Er verabschiedete sich. Es war sommerlich warm geworden. Ich scheine ein Talent dafür zu haben, den richtigen Augenblick zu verpassen, dachte Veit.
Er ging zum Rhein. Angesichts Rebmanns Weigerung, die Wirklichkeit zur Kenntnis zu nehmen, war sein Entschluß, sich zu stellen, zur pathetischen Gebärde geworden, die in Lächerlichkeit endete. Er lachte, und als ein Holzschiff ablegte, das nach Amsterdam ging, da sprang er, obwohl es schon fünf Schritte von der Kaimauer entfernt war, hinauf. Er würde nach Amerika gehen.
Das Schiff trieb in den Fluß hinaus, wurde von der Strömung erfaßt, nahm Fahrt auf. Veit einigte sich mit dem Schiffer, dann ging er zum Bug. Er zog Mantel und Rock aus. Es war heiß auf dem Holz und gleichzeitig kühl von dem Wasser. Langsam zogen die Ufer vorbei, in dem blauen Maihimmel trieben große, weiße Wolken, und die Stunden zogen vorüber wie sie. Grün und lockend strömte das Wasser, daß ihm schläfrig wurde und schwindelig, bäuchlings liegend und über den Bootsrand hinunterblickend, ein Blick, der vielleicht doch ein wenig zu tief war für ihn, denn auf einmal – ohne daß er hätte sagen können, wie das zugegangen war – rutschte er über Bord. Veit fiel in den Rhein.
Der Schiffer versuchte noch, ihn mit einem Ruder zu erreichen, aber es hatte Veit schon heruntergezogen. Er sank in eine kühle, grüne Dämmerung, wurde sinkend hinweggetragen, und plötzlich wußte er, daß er sich dieser Kraft überlassen werde, daß dies der richtige Augenblick war zu sterben.
Es wurde aber nichts daraus. Wiederum verpaßte Veit den richtigen Augenblick. Er hatte die Rechnung ohne seine Arme und Beine, ohne seinen jungen starken Körper gemacht, und nach einer guten halben Stunde watete er ans Ufer, war es

vollbracht, zwar nicht früher Tod und Vollendung, wohl aber eine respektable sportliche Leistung.
Ein doppeltes Wunder. Denn was sah Veit, als er, nur mit Stiefeln, Hose und Hemd bekleidet, triefend aus dem Wasser watete? Eine weite, sanft ansteigende, licht mit Pappeln und Erlen bestandene Au, an deren Ende auf einer kleinen Anhöhe, fern und leuchtend, ein kleiner Barockbau mit einigen Wirtschaftsgebäuden lag. Veit ging wie im Traum, und nach einer knappen Stunde, im letzten Abendlicht, kam er auf Schloß Frauenberg an.
Geschäftiges Treiben herrschte. Das Dach war neu gedeckt worden, man war dabei, die Fassade auszubessern und in einem südlichen Ocker zu streichen. Die Buchsbaum-Rocaillen des Parks waren geschnitten, die Gemüsebeete verschwunden und Blumenrabatten angelegt, und es dauerte nicht lange, bis eine livrierte Gestalt auf den wilden mit Pflanzen und Algen verunstalteten, triefend nassen Wassermann zuschoß und ihn anfuhr, was er hier zu suchen habe und wer er sei.
Das ist dein Herr, schrie eine am Stock heranhumpelnde Alte, du Heuschrecke. Das ist der Baron, schrie Gundel.
Sie führte ihn in den Park. Unter einer großen Ulme ein Grab und ein Kreuz: Justus. Und da erst legte sich Veit in ihre Arme und weinte sich aus.
Später am Abend, als er in frischen Kleidern war und gegessen hatte, gab sie ihm einen Brief. Ich bin nach Haiti, schrieb sein Vater. Du bist jetzt ein reicher Mann. Ich wußte, daß du kommen würdest.

Bückler wurde am 31. Mai gefaßt. Der Mann, der das Verdienst in Anspruch nehmen konnte, war ein gewisser Herr Fuchs, kurtrierischer Hofgerichtsrat und Amtsverwalter in Limburg an der Lahn. Eine Note Fouchés vom 15. Mai hatte den rechtsrheinischen Behörden Beine gemacht. Am 16. Juni kam der Wagen mit Bückler und Julchen, eskortiert von einer Kompanie Chasseurs, inmitten einer Menschenmenge in Mainz an. Am 24. Oktober des nächsten Jahres begann der Prozeß.

Er fand im Erthaler Hof, im Akademiesaal statt, wo schon der junge Mozart gastiert und der Mainzer Jakobinerklub getagt hatte. Nach der neuen französischen Strafprozeßordnung war er öffentlich. Angesichts des Andrangs mußten Eintrittskarten ausgegeben werden, und es wurde ein Café eingerichtet. Um elf Uhr eröffnete Gerichtspräsident Rebmann das Verfahren mit der Verlesung der vorher veröffentlichten Anklageschrift.

Unter den Zuhörern saß auch ein außerordentlich eleganter junger Herr: Eduard Veit Baron von Falck. Er erschien zwei- oder dreimal, dann nicht mehr. Er hatte mit Übelkeit zu kämpfen gehabt. Die eleganten Garderoben im Publikum überwogen. Die Herrschaften genossen den Prozeß wie ein Schauspiel. Achtundsechzig Angeklagte, vierhundert, zum Teil vor Gericht vernommene Zeugen, Anwälte, Staatsanwälte, Richter: Das war eine Besetzung, wie man sie so schnell nicht wiedersehen würde. Und vor allem: Es würde wirkliches Blut fließen.

Veit konnte auch den Anblick Bücklers nicht mehr ertragen. Julchen war im Gefängnis mit einem Sohn niedergekommen, und Bückler spielte den Familienvater. Veit kannte Wernher, den Untersuchungsrichter. Er leitete die Vernehmungen. Veit wußte, was dieser Mann mit Menschen anzustellen imstande war. Er hatte Bückler in die Mangel genommen, daß er am Ende nicht mehr wußte, wer er war. Sie hatten Bückler leergeblasen. Wernher hatte Rebmann einen Hauptangeklagten geliefert, wie er gebraucht wurde: reuig, einsichtig, munter, der mit Fassung auf die Guillotine gehen würde, brav. Jeder wußte, daß mit Bückler der Schinderhannes nicht tot sein würde. Also mußte Bückler so harmlos wie möglich gemacht werden.

Außerdem warf sich Veit vor, daß er es war, der Bückler dorthin gebracht hatte, wo er war. Auf einem seiner ersten Ausritte von Schloß Frauenberg hatte er auf einem Krammarkt im Nachbardorf plötzlich ein Pärchen gesehen, von dem ihm der Mann bekannt vorkam. Es waren Herr und Frau Ofenloch, die von ihrem Wagen herunter Töpfe und allerlei Haushaltswaren verkauften.

Veit trat an Bückler heran. Einen hübschen Vogelkäfig hast du da, sagte Veit. Bückler fuhr herum, doch es dauerte mehrere Sekunden, bis er ihn erkannt hatte. Er zog den Hut. Sie gingen mit dem Vogelkäfig beiseite.

Ich würde an deiner Stelle sehr weit weglaufen, sagte Veit.

Ich gehe zum Militär, sagte Bückler mit einem Grinsen zu Madame Ofenloch hinüber. Da ist mehr Freiheit als hier.

Wenn du etwas brauchst, melde dich, sagte Veit. Er bezahlte den Vogelkäfig und saß auf, ein eleganter junger Landedelmann.

Tatsächlich hatte Bückler sich anwerben lassen, war aber wieder geflohen und – offensichtlich auf dem Weg zu Veit – aufgegriffen worden.

Warum hatte er sich wieder eingemischt, fragte sich Veit. Was ließ ihn von dem Kerl nicht loskommen? Was hatte der mit ihm zu tun?

Am 21. November 1803 wurde Bückler mit neunzehn Mitan-

geklagten hingerichtet. Das Gerüst mit der Guillotine hatte man außerhalb der Stadt auf der Höhe bei Weisenau aufgebaut. Die Polizei mußte die Stadttore schließen, um das Gedränge einigermaßen zu brechen. Man schätzte die Menge auf dreißigtausend, eine für die Zeit ungeheure Zahl.
Bückler bestieg als erster die Guillotine. Die Henkersknechte fingen das Blut mit Bechern auf und reichten es Umstehenden, die sich dadurch die Heilung ihrer Fallsucht versprachen. Der durch einen ledernen Sack ohne Boden fallende Kopf wurde unten von den beiden Medizinstudenten Größer und Pittschaft aufgefangen. Im Auftrag der Medizinischen Privatgesellschaft zu Mainz führten sie Bewußtseins- und Empfindungsexperimente aus. Der eine nahm den Kopf in beide Hände, um ihn zu beobachten, während der andere abwechselnd in das eine, dann in das andere Ohr schrie: Hörst du mich?
In einer Hütte nahebei wurde vier Minuten nach der Hinrichtung der Rumpf geöffnet. Man experimentierte mit Einspritzungen, Voltaschen Säulen, Leidener Flaschen und einer Elektrisiermaschine. Man brachte Muskeln zum Zucken und Zähne zum Knirschen. In den Mastdarm wurde eine Kupfersonde eingeführt, wodurch sich der auf dem Bauch liegende Rumpf hochstemmte und die Luft mit einem röchelnden Geräusch aus den Lungen getrieben wurde. Zuletzt wurden Staroperationen vorgenommen und die Linsen der Augäpfel präpariert. Ein Teil der Leichen blieb in Mainz zu weiteren Untersuchungen, der Rest wurde auf französische Universitäten verteilt.
Veit war in Mainz gewesen, doch wohnte er der Abschlachtung nicht bei. Er nutzte die Gelegenheit, die Begleichung seiner Schulden zu veranlassen. Sie waren nicht unbeträchtlich. Es war das letzte, was man von ihm hörte. Ulrike lebte in Frankfurt, eine dicke grobschlächtige Bürgersfrau, die sich Jahre später mit einem Hutmacher zusammentat, einem ängstlichen, leibarmen Mann. 1824 starb Rebmann, zu Tode gepflegt von

Susanne, einer hageren, verbitterten Frau. Jeanbon starb am 10. Dezember 1813, von Bonaparte geadelt mit dem Titel eines Reichsbarons, die Versorgung der Verwundetentransporte aus Bonapartes Rußlandfeldzug organisierend, die Mainz überfluteten. Es brach Typhus aus, dem auch er zum Opfer fiel. Schon einen Tag später wurde er begraben.
Im selben Jahr, am 26. August, fiel Veit, Mitglied des Lützowschen Freikorps, zusammen mit Körner, im Kampf gegen die Franzosen in einem Gefecht bei Gadebusch.
Bückler war tot, doch nicht der Schinderhannes. Auf abgelegenen Wegen kann man ihm in den Hunsrückwäldern noch heute begegnen, eine im Mondlicht schnell wandernde, fahle Gestalt.